포기하지 않은 배움
꿈을 이룬 18인의 인생노트

포기하지 않은 배움
꿈을 이룬 18인의 인생노트

초판1쇄 인쇄 | 2023년 11월 30일
초판1쇄 발행 | 2023년 12월 8일

글 | 강준오 외 17인(전국검정고시총동문회)

발행인 | 김남석
발행처 | ㈜대원사
주 소 | 06342 서울시 강남구 개포로140길 32 원효빌딩 B1
전 화 | (02)757-6711, 6717
팩시밀리 | (02)775-8043
등록번호 | 제3-191호
홈페이지 | http://www.daewonsa.co.kr
인쇄처 | 선진인쇄사

값 20,000원

Daewonsa Publishing Co., Ltd
Printed in Korea 2023

ISBN | 978-89-369-2263-4

포기하지 않은 배움
꿈을 이룬 18인의 인생노트

대원사

발간사

역경은 검우인들에게 있어서 가장 빛나는 가치이다!

300만 검정고시인들의 마음이 담긴 다섯 번째 수기집『포기하지 않은 배움 꿈을 이룬 18인의 인생노트』출간을 진심으로 축하드립니다.

동문들의 수기집 원고를 보니 "신은 한 사람을 위대하게 키우기 위해 그에게 온갖 시련과 고난을 준다."는 격언을 생각하게 합니다.

필자 대부분은 한국전쟁의 후유증을 몸소 겪으면서 살아온 세대들입니다. 맥아더 장군조차 이 나라가 전화(戰禍)에서 복구되려면 적어도 100년은 걸릴 것이라고 했습니다. 이처럼 혼란한 역사의 수레바퀴 속에 내던져진 우리 검우인들은 더 나은 환경을 개척하고자 무작정 농촌에서 도시로 상경했습니다. 또래 친구들은 학교에 다닐 때 우리 검우인들은 공장이나 노동판을 기웃거리면서 겨우 먹고살기 위한 처절한 삶의 투쟁을 벌였습니다.

어김없이 세월은 흘러 나이가 들어도 뒤늦게 배움에 대한 열망이 가득했습니다. 어느 누구보다도 일찍 생활전선에 뛰어든 검우인들로서는 현실에 만족하며 제자리에 안주할 수가 없었습니다. 자신의 더 나은 미래를 위해 또래 친구들보다 한참 늦었지만 "늦었다고 생각할 때가 시작이다."라는 말처럼 외롭고 힘든 주경야독에 첫발을 내딛었습니다. 우리 검우인들에겐 일과 학업은 목숨을 건 내 직업이었고, 내 일이었습니다.

이처럼 분투 중에 쓰러짐을 택할지언정 포기하지 않은 배움을 통해 역경을 극복한 필자들에게 감사를 드립니다. 필자들께서는 오늘날 정치, 경제, 의료, 교육, 국방 등 우리 사회의 각 분야에서 성공적인 삶을 이룩하였습니다. 더구나 자신의 성공 미담에 머물지 않고 더 밝은 세상을 위해 나름대로의 봉사와 기여를 하고 있습니다. 참으로 감사하고 고마운 일입니다.

사실 자전적 수기는 자칫 감추고 싶은 과거의 생활들이 세상에 드러나는 것 같아서 다소 꺼려지거나 조심스럽기도 합니다. 하지만 절망적이고 실의에 빠진 사람들에게 희망의 메시지를 전한다는 그 마음 하나로 용기를 내어 주셔서 이렇게 소중한 수기집이 탄생되었습니다.

"역경은 그대에게 있어서 가장 빛나는 가치이다!"라는 부제처럼, 고난과 역경을 헤치며 살아온 18인이 세상을 향해 쏘아 올린 수기집이 이 사회에 꿈과 희망이 되기를 진심으로 기원합니다.

2023년 12월

문주현 전국검정고시총동문회 총회장 |
㈜엠디엠 회장 | 한국자산신탁(주) 회장 | 재단법인 문주장학재단 이사장

격려사

'나도 할 수 있다'는 믿음과 용기를 선물한 18인의 인생노트

이번 필자들과의 만남은 저 자신을 반추하고 힐링하는 매우 뜻깊고 유익한 시간이었습니다. 오래전 쓴 일기장을 꺼내 보듯 과거를 회상하며 글을 쓰시느라 수고하신 필자들께 진심으로 감사를 드립니다.

자신의 과거를 만나는 여정에 아마도 많이 설레기도 했을 것이고, 때로는 눈시울을 붉히며 글을 쓴 필자들도 있었을 것입니다. "지나온 과거는 아름답다."는 말이 있듯, 그땐 고생스럽고 힘든 과정이었지만 지나고 보니 애잔하고 즐거운 시절로 기억될 것입니다.

필자들께서는 검정고시야말로 인생에 중요한 전환점이 되었을 것입니다. 주경야독으로 성취한 검정고시 합격은 필자들께서 보다 더 넓은 세상으로 나아가는 매개체가 되었습니다.

저도 검정고시를 통하여 변호사가 되었습니다. 저는 전남 담양에서 초등학교만 겨우 졸업하고 열다섯 살에 서울에 혼자 올라와서 서울역 앞에서 여관 종업원으로 시작해 음식점 종업원, 양복점 공원, 공사판 막노동자, 동대문시장 점원 등을 하며 숱한 어려움과 배고픔을 겪었습니다. 동대문시장 점원 시절 우연한 기회에 검정고시 학원 광고를 보고 뒤늦게 검정고시를 거쳐 대학에 진학했습니다. 대학도서관에서 책을 보다가 사법시험 제도를 알게 되어 사법시험에 도전하였습니다.

초등학교 친구들이 대학 2학년일 때, 저는 8년이나 늦은 스무 살에 중학교 검정고시 공부를 시작했지만 그로부터 11년 후에 변호사가 되었습니다. 하지만 저의 오늘이 있기까지 인생의 가장 큰 전환점은 사법시험 합격이 아닌 '검정고시 합격'이었습니다. 검정고시가 저의 인생 항로를 완전히 바꾸는 계기가 되었습니다.

검정고시를 통하여 이 사회에 배출된 인재들은 약 300만 명이 넘습니다. 사회 각 분야에 진출한 검정고시 출신들이 각자 역량을 발휘해 사회의 주역으로, 어둠을 밝히는 진정한 별들로 살아가고 있습니다.

필자들의 진솔한 마음을 담은 수기는 어둡고 힘든 과정을 지내고 있는 사회적 약자들에게 커다란 희망을 줄 것으로 믿어 의심치 않습니다. 필자들의 글을 보면서 '나도 할 수 있다.', '나도 성공할 수 있다.'는 믿음과 용기를 갖고 다시 일어서게 될 것임을 굳게 믿습니다.

끝으로 자신의 과거를 돌아보며 글을 쓴다는 것은 여러 모로 결코 쉽지 않은 일이었을 것입니다. 그럼에도 불구하고 후배들을 위해 좋은 글을 써 주신 필자 여러분들께 다시 한번 감사와 격려 말씀을 드립니다.

2023년 12월

박영립 전국검정고시총동문회 초대 회장 ㅣ
전 법무법인(유) 화우 대표 변호사 ㅣ 현 법무법인 최앤박 대표 변호사

추천사

빛바랜 18인의 인생노트,
이 시대의 살아 있는 용기와 도전 정신!

검우인 18명이 쓴 자전적 에세이 『포기하지 않은 배움 꿈을 이룬 18인의 인생노트』 출간을 축하드립니다.

필자들 대부분은 50, 60년대 전후세대들로서 전쟁 후 혼란한 우리 역사의 수레바퀴와 함께한 장본인들이라는 사실입니다. 18인 필자들의 열악한 환경에서도 살아남기 위해 애쓰고 노력하는 모습들은 금세 눈시울을 붉게 만들었습니다. 비록 어린 나이이지만 세상에 홀로 남겨져 거친 사회와 당당하게 맞서며 어려움을 극복해 나가는 과정은 진한 울림이 되어 가슴속에 오랫동안 전해졌습니다.

당시엔 나라 사정이 매우 어려웠습니다. 필자들 또한 어린시절 가정 환경이 그다지 좋지 않았습니다. 그럼에도 부모님의 경제 능력을 탓하거나 자신의 처지를 비관하지 않는 의젓함이 몸에 배어 있습니다. 우리 검우인들은 너무 막막한 현실 상황에서도 '적은 밖에 있는 것이 아니라 내 안에 있음'을 깨닫고는 더 나은 삶을 향해 주경야독의 열정적인 삶을 살았습니다.

"소는 비록 걸음이 느리지만, 능히 천리를 간다.", 바로 검우인들을 두고 하는 말인 것 같습니다. 여러 가지 어려운 사정으로 배움의 때를 잠시 놓쳤지만, 끝까지 정진하고 노력하여 나름 의미 있고 멋진 성공적인 삶을 사셨습니다. 어떤 상황에서도 포기하지 않고 불굴의 투지로 환경을 극복하여 세상을 환하게 비추는 사람들이라는 생각이 들고, 진정 용기 있는 책이라는 생각에 감히 추천합니다.

필자들께서 쓴 빛바랜 인생노트는 분명 이 시대를 살아가는 젊은이들에게 훌륭한 귀감이 될 것입니다. "아버지 세대는 이러했거늘 너희들의 시대는 어떠한가?"라는 물음표를 이 사회의 젊은 층에게 던지는 귀한 메시지입니다.

다시 한번 자신의 처지를 비관하거나 현실에 안주하려는 젊은이들에게 이 책을 강력히 추천합니다. 이 책을 통해 검우인들의 용기와 도전 정신을 배워 멋진 사회의 일원으로 성장하기를 바랍니다.

2023년 12월

이재정 민선 4기 경기도교육청 교육감

추천사

배움에 매혹된 삶의 기록

자전적 에세이 『포기하지 않은 배움 꿈을 이룬 18인의 인생노트』 출간을 진심으로 축하드립니다. 빛바랜 일기장을 뒤적이며 과거를 회상하며 글 쓰신 필진 여러분들의 노고에 감사드립니다.

필진 여러분들께서는 수십 년이 지난 오늘에 이르러 희미한 기억의 조각들을 하나하나 꺼내 지나온 삶을 돌이켜보았을 것입니다. 과거의 아픔이 되살아나기도 했겠지만, 다른 한편으로는 매우 의미 있는 성찰의 시간이었을 것입니다. 또한 새로이 살아갈 앞날에 대한 다짐의 시간이기도 했을 것입니다. 나 또한 자전적 에세이를 쓰면서 여러분들과 같은 마음이었습니다.

조선 의병장 조헌은 쟁기질하면서 밭두둑에 책을 걸쳐놓고 읽었고, 귀양 간 송나라 학자 장무구는 호롱불을 밝힐 기름이 없어 14년간 디딤돌이 파이도록 새벽 창가에 서서 책을 읽었다고 합니다. 우리 검우인의 공부에 대한 열정도 그에 못지않습니다.

“기회란 오는 것이 아니라 잡는 것이다.”, 제가 가장 좋아하는 말입니다. 기회는 늘 다가오지만, 기회를 잡는 사람만이 성공의 길로 들어설 수 있습니다. 저도 어려운 환경에서 학업을 이어 준 유일한 기회를 잡은 것이 ‘검정고시’였습니다. 그 덕에 9급 공무원으로 시작해 국립대 총장을 마칠 때까지 많은 분의 은혜 아래 소임을 잘 마무리할 수 있었습니다.

세상은 하나의 점으로 시작해서 선이 되었고, 그 선은 세상을 이어 주는 인연이 되어 우리는 그 선을 따라서 살고 있다는 생각이 듭니다. 과거 검정고시 출신들은 학교에 다니지 않은 관계로 다소 인간관계에 한계가 있었을 수도 있다는 생각이 듭니다. 다행히도 30여 년 전 전국 검정고시총동문회가 창립되어 검우인들을 하나로 모을 수 있는 매개체 역할을 해주어 검우인이라는 자긍심을 갖게 되었습니다. 더구나 30년이 지나는 동안 검정고시총동문회에서 무려 다섯 권의 수기집을 발행한 사실에 감격하지 않을 수가 없습니다.

이 책은 비록 18인의 사연으로 엮었지만 300만 검우인 모두의 이야기와 다를 바 없습니다. 일하며 공부하며 사랑하며 살아온 이야기들이 널리 알려져 우리 사회에 용기와 희망을 주는 등불이 되었으면 하는 바람입니다.

2023년 12월

류수노 한국방송통신대학교 제7대 총장

차 례

배움

"1969번 강준오."

내 이름이 또렷이 새겨져 있었다. 그토록 희구하던 행정직(5급을류) 공무원 필기 시험에 당당히 합격한 것이다. 눈물이 쏟아졌다. 아아, 그 고통 그 괴로움!, 눈물에 씻겨 내려갔다. 마지막 면접시험을 마친 후 최종 합격 통지를 받았다. 면접시험을 볼 때 다소 겁을 먹었는데, 면접관은 검정고시로 중고등 과정을 이수했다는 이력을 보고 장하다는 평까지 덧붙여 주었다.

잘못 들어선 길은 없다

플라스틱 공장 노동자,
KT문화재단 사업지원본부장이 되다

강준오

한국문인협회 회원, 문학저널문인회 이사
KT경주수련관장
KT문화재단 사업지원본부장
(사)KT동우회지 편집국장
정통부장관·국방부장관 표창, KBS 근로문학예술제 수필부문 은상,
제10회 문학저널 수필부문 신인상, 제8회 서울이야기 수필공모 당선,
제1회 문학저널문인회 작품상, 제30회 문학저널 소설부문 신인상,
제2회 IT문화대상 공모전 수상, 호미문학제 수필부문 입상 등 수상
수필집 『파란 낙엽』·『시간의 강』,
동인지 『내 앞에 열린 아침』·『겉보리서말』 외 다수

지게를 짊어진 소년

1951년 12월 31일 해가 바뀌는 밤, 충청도 광천의 깊숙이 들어간 산촌에서 태어났다. 피비린내 나는 한국전쟁이 한창인 시기였지만 태어난 고장은 산골 후미진 동네라서 조용했다. 부모님은 박토 몇 마지기를 지으면서 겨우 굶지 않을 정도의 어려운 살림을 하셨지만 자식에 대한 사랑은 끔찍했다. 질병이 심한 시기라 낳는 대로 여러 자식을 잃고, 아들 두기를 소원하던 부모님은 사내로 태어난 나를 옥이야 금이야 남다른 사랑을 주며 키우셨다. 불면 날아갈세라 쥐면 꺼질세라 금지옥엽인 양 길러주신 덕에 질병 없이 유아 시절을 보냈다. 누나들이 고구마로 끼니를 이을 때도 내게는 밥을 주셨던 기억이 난다.

별 탈 없이 성장하면서 초등학교(당시 국민학교)를 우수한 성적으로 졸업하고, 중학교 입학시험에도 우수하게 합격했다. 그러나 학업을 지속할 수 없었다. 어느 날 아침, 밥상머리에서 아버지께서 말씀하셨다.

“준오야, 애비가 환갑이 넘은 나이라 농사짓기도 힘들고 집안 형편도 어렵구나. 아무리 생각해도 널 중학교에 못 보내겠구나.”

나는 울컥했지만 덤덤하게 받아들였다. 오히려 아버지가 드시던 숟가락을 내려놓고 목메어 흐느끼는 바람에 온 식구가 따라 울음을 터뜨렸다. 눈물 속에서 어머니는 품팔이를 해서라도 가르쳐야 한다고 한사코 주장했지만, 집안 사정을 잘 알고 있던 나는 진학을 포기하겠다고 말씀드렸다.

이런 정황을 알게 된 친지들이 학비를 보태주겠다고 나섰다. 공부도 잘하는 놈인데 진학시켜야 한다며 이웃·친지들은 아버지를 압박했다. 하지만 나는 도움을 받고 싶지 않았다. 어린 마음에도 그렇게까지 해서 학업을 이어 가기는 더더욱 싫었다. 결국 나는 아버지의 농사일을 돕기로 결심했다. 그때가 1966년이었다.

농사일을 하면서도 배워야겠다는 향학열은 불타올랐다. 늘 뇌리에서 공부를 해야 한다는 생각이 떠나지 않았다. 위인전을 읽으며 감명받았던 링컨의 이야기 등이 새삼 떠올랐다. “늘 명심하라. 성공하겠다는 너 자신의 결심이 다른 어떤 것보다 중요하다는 것을.”

학교에 다니지 않고 독학으로 성공한 위인들이 많은데 나는 초등학교라도 마치지 않았나. 주어진 여건대로 독학의 길을 택해야겠다고 마음먹었다. 농사일을 도우면서 통신강의록을 받아 주경야독을 시작했다. 낮에는 내내 고된 농사일에 시달리고 밤이면 파고드는 졸음을 억제하며 등잔불 심지를 돋우고는 하나씩 터득해 나갔다. 새로운 중학 과정을 하나둘 알아가는 것은 보람이고 즐거움이었다. 아침마다 이웃 동창들이 읍내 학교로 자전거를 타고 통학할 때, 나는 지게를 지고 논밭으로 향했다. 그렇지만 그들을 선망하기보다는 오직 단어 하나하나 익히기에 여념이 없었다. 살아서 굴욕을 받느니 차라리 분투해서 쓰러짐을 택하겠다는 각오를 다지고 다졌다. 남보다 나은 미래를 향해 굳건한 신념으로 무장했다. 하지만 세상은 녹록지 않았다.

농사일을 제쳐놓고 공부에 전념할 수도 없는 처지에 홀로 스스로 터득하는 데는 한계가 있었다. 한계에 부딪힐 때마다 내게는 가야만 하는 길이 있음을 스스로 각인시키며, 어느새 2년이 훌쩍 지나갔다. 1차 목표인 고등학교 입학 자격(중졸 자격) 검정고시에 응시했다. 하지만 과목 합격에 그쳤다. 실망스러웠다. 나 자신의 노력 부족이라 생각하고 다시 시작한다는 오기로 마음을 채웠다. 또래들은 중학교 졸업 시기인데 나는 어디에 서 있단 말인가! 이룬 것이 없으니 마음은 조급해지고, 불안한 나날을 보내야 했다.

장밋빛 포부

"아버지, 어머니! 젊음을 이렇게 보낼 수 없어요. 농사일을 돕는 것만이 자식 된 도리가 아닐 겁니다. 가슴 깊이 사무친 학업의 한은 세월이 지나면 풀 수 없습니다. 배우고 익혀서 성공해야겠습니다. 그러려면 이 산골짜기를 떠나야 합니다. 허락해 주십시오."

한동안 무거운 침묵이 흐른 뒤 아버지가 말문을 열었다.

"네 마음은 알겠다만, 이 애비는 점점 늙어가고 그나마 몇 마지기 농사를 너마저 없다면 어떻게 짓는단 말이냐? 안 된다. 애비 에미 생각 좀 해 주렴."

목메는 낮은 목소리였다. 잠시 머뭇거리며 말을 아끼던 어머니가 나섰다.

"죽이 되든 밥이 되든 늙은이들이야 그럭저럭 꾸려 나가면 된다. 아무려면 논밭 묵히고 산 목구멍에 거미줄 치겠냐? 학업에 전념해야 할 네가 에미 애비 잘못 만나 지게 짊어지고 논두렁 밭두렁 오가는 꼴을 보면 눈물난다. 민망하고 안쓰럽다. 네 원대로 허락하는 게 부모의 노릇일 듯싶다. 네 뜻이 그렇다면 뜻대로 하려무나."

어머니는 단호하고 절연(截然)하게 결론을 내주셨다.

1968년은 제1차 경제개발계획을 성공적으로 완수하고 제2차 경제개발 5개년 계획 1년 차가 되는 해였다. 미국의 정보수집함 푸에블로호 납치사건, 무장공비 청와대 습격사건 등 남북 간의 긴장감으로 나라는 어수선한 분위기였지만 산업화 사회로 진입하는 수도 서울은 활력으로 꿈틀거렸다. 농촌 지역은 폭발적으로 늘어나는 인구와 절대빈곤으로 가가호호 가난을 벗어나려고 안간힘을 쏟는 시기였다.

그해 11월 8일, 미리 준비해 둔 신문 쪽지(기능공 양성 모집 광고)를 봇짐에 넣고 나는 장항발 서울행 새벽 열차에 몸을 실었다. 돈을 벌고 공부해서 꼭 성공해 돌아오겠다는 장밋빛 포부로 결행한 일이었다. 상경을 미리 알린 것은 아니지만, 서울 미아리에 당숙이 살고 계셨기에 그곳이 나의 도착 목적지였다.

어수룩한 촌뜨기가 길을 묻고 또 물어 늦은 밤이 돼서야 가까스로 당숙 댁을 찾아냈다. 당숙모님은 불현듯 나타난 조카의 모습에 당황하는 눈치였지만, 나는 염치불문하고 올라온 과정을 짧게 말씀드리고 짐을 풀었다.

동경하고 갈망하던 서울에 왔으니 이제부터 기술을 배워서 취직하고 공부에 매진하여 인생에 승부수를 띄워야 했다. 우선 가지고 온 쪽지를 품에 넣고 종로 공평동에 있는 상공부 지정 '중소기업중앙회 기술지도 센터'를 찾았다. '기능공 양성 기술 센터'는 모집 등록 마감일이 임박해 있었다. 선반공이나 기계제도공을 택해 기술을 연마하려 했지만 모집 인원이 마감되어 나는 '합성수지 가공' 분야 즉, 플라스틱을 만들고 다루는 기능 분야에 접수했다. 이렇게 3개월 코스의 기능공 양성 학습이 시작되었다.

깊은 밤 추운 겨울

생활비 마련이 난감했다. 시골의 부모님께 손 벌릴 용기도 나지 않고, 그렇다고 친척 집에 부담 주기도 싫었다. 궁하면 길이 생긴다던가, 같이 기술을 배우던 동급생이 아르바이트를 하자고 제안했다. 밤 12시부터 새벽 4시까지 통금시간을 이용한 전차선을 철거하는 일이었다. 그러니까 서울의 전차가 역사 속으로 사라지는 마지막 현장을 누빈 셈이다. 젊은 세대는 모를 수도 있는데, 서울의 전차는 1898년 9월에 개통되어 1968년 11월에 폐선되었다. 아르바이트를 시작한 건 12월 초순쯤이었던 것 같다.

평소 잠이 많은 잠꾸러기가 통금이 시작되는 자정부터 청량리에서 동대문까지 전철 구간을 이동하며 동분서주했다. 철거 전문가가 전선을 절단해 놓으면 가지런히 뒷정리하며 이동하는 작업이었다. 단순 노무였지만 섣달 밤의 추위는 여간 매섭지 않았다. 이런 맹추위 속에서 작업하고 날이 새면 학원으로 달려가 기술을 연마했다. 남들이 잠자는 시간에 하는 작업이라 그런지 네 시간 일하고 받는 시급은 혼자 생활하기에 충분했다.

학원에서는 수료하는 대로 일터를 알선해 주었다. 3개월 기술학습을 마치고 배치된 곳은 영등포 '신진화학'이라는 플라스틱 공장이었다. 당시 영등포·구로동에는 수출산업공업단이 조성되어 일대에 공장들이 집중화되어 있었고, 양평동 일대를 중심으로 수많은 굴뚝에선 연일 검은 연기가 피어올랐다. 허술한 붉은 벽돌 구조물 '신진화학', 드디어 나는 경제활동의 첫걸음을 내딛었다. 고상한 말로 경제활동이지 공장 생활(공돌이)의 시작이었고, 남의 머슴이 되는 시발점이었다. 하지만 밭 갈고 논매던 시골뜨기가 산업전선의 현장에서 돈 벌 수 있는 기회를 잡았다는 것 자체가 기쁨이었다. 슬며시 미소도 지어졌다.

그런데 기쁨도 잠시, 열악한 기숙사 생활과 살벌하고 삭막한 분위기의 공장 생활은 곧 절망으로 바뀌었다. 공돌이의 하루하루는 답답하고 눈물겹기만 했다. 그때는 '3D 업종'이라는 용어조차 몰랐다. 80년대 이후에 생긴 더럽고(Dirty), 힘들고(Difficult), 위험한(Dangerous) 직업군에 내가 속해 있었던 것이다.

이런 환경에서 언제 어떻게 공부를 한단 말인가! 앞이 보이지 않는 터널 속에 들어선 기분이었다. 사회 어느 곳이나 신참에 대한 괄시는 드셌는데, 공장 선입자들의 텃세는 대단했다. 모욕적인 언사가 다반사였고, 여차하면 펜치나 스패너가 날아들고 폭력도 마다하지 않았다. 빈대, 벼룩이 들끓는 기숙사의 처참한 환경은 말로 표현하기조차 어려울 지경이었다. 그러나 어쩌겠는가. 가야만 하는 길이 있으니…….

드리워진 고난을 무던히 감내하면서 틈틈이 책과 씨름했다. 가슴에 품은 뚜렷한 목적이 있기에 참고 또 견뎌야 했다. 현재의 고통은 목적지에 우뚝 서기 위한 과정이고 시련일 뿐이라 여기며 우직하게 나아갔다.

연로한 부모님의 농사일을 돕지 못하는 아쉬움에 늘 마음이 편치 않았다. 날씨가 불순하여 비바람 칠 때는 더욱 그랬다. 죄송한 마음에 쥐꼬리 월급 5,000여 원을 타면 기숙사 비용과 얼마의 용돈을 빼놓고는 품삯으로 쓰시라고 집으로 송금하곤 했다. 1969년 2월, 당시 첫 월급이 5,000원 정도였는데 쌀 한 가마니와 교환하기에도 부족한 금액이었다. 1년 후에는 월 1만 2,000원을 받을 수 있었다. 1년 만에 임금이 곱절 이상 올랐지만 소비자 물가도 치솟았기 때문에 실질임금에는 별 변화가 없었다. 1970년, 그해 쌀 한 가마(80킬로그램)는 1만 원, 택시 기본요금은 90원, 파고다 담배 한 갑이 50원이었다.

홀로 터득하는 독학의 길은 오던 길이 가던 길 같고, 진도가 답보 상태로 머물러 있곤 했다. 마음을 무겁게 짓누를 때가 많았다. 검정고시 전문학원의 찌라시(홍보물)에는 6개월 또는 1년 내에 속성으로 전 과목을 합격할 수 있다고 선전하고 있었다. 솔깃한 문구에 매혹되었지만 내게는 그림의 떡이었다. 공돌이 생활이 아니면 어떻게 돈을 벌며, 돈이 없으면 어떻게 삶을 유지한단 말인가. 뾰족한 방도가 없어 따분하고 답답한 여건에 현실을 저주하고 한탄하며 세상을 원망하기도 했다. 하지만 나 자신만 의기소침해질 뿐 아무 소용 없는 짓이었다.

근무시간이 짧으면 학원에 다니며 막히는 부분을 해소하겠지만, 열두 시간씩 주야로 나눠 교대하는 일터였기에 학원 다닐 틈이 없었다. 길은 외길, 오직 초지일관하여 부단히 익히고 노력하는 수밖에. 깊은 밤은 새벽을 잉태하고 추운 겨울은 봄을 숨기고 있듯, 내게 지금은 깊은 밤이요, 추운 겨울이라 여기며 지냈다.

첫 번째 산을 넘어

시골에서 농사를 지으며 고입(중졸) 자격 검정고시에 응시하여 과목 합격을 했던 바 있다. 고향을 떠난 가장 큰 이유는 검정고시로 진학하지 못한 한을 풀고자 했던 것이다. 열악한 노동 현장 속에서 땀 흘리며 주변의 눈치 살피면서 하나둘 터득해 간 것이 쌓이고 쌓여 갔다. 물을 주면 주는 대로 바로 빠져나가는 콩나물시루임에도 콩나물은 무럭무럭 자라듯이…….

어느 정도 정리가 된 것 같아 합격했던 네 과목을 제외하고 나머지 다섯 과목에 도전했다. 그리고 마침내 중졸 자격 검정고시 전 과목에 합격했다. 비로소 고등학교 입학 자격이 주어진 것이다. 나도 모르게 눈물이 흘러내렸다. 인고의 순간들이 필름에 감광된 영상처럼 흐르는 눈물에 어리어 스쳐갔다. 나이 스물에 중졸 학력 취득이라! 보잘것도 내세울 것도 없는 결과지만, 누구 하나 도움 없이 독학으로 일궈 냈다는 사실에 위안이 되고 힘이 솟았다. 그렇다고 야간 고등학교에 갈 형편도, 입장도 못 되었다. 합격의 희열에 매몰될 때도 아니었다. 지극히 작은 동산 하나를 넘었을 뿐, 심기일전하여 저 멀리 두 번째 산을 넘자고 다짐했다.

'이제부터 고등학교 과정을 밟아 나가야 한다. 공돌이 생활에서 하루라도 빨리 벗어나자.' 열악한 조건에서 하루 열두 시간 일해야 하는 어려움은 이루 말할 수 없는 고통이었다. 그 무렵 근로자 평균 노동 시간은 주 53시간이었는데(지금은 5일 근무제 40시간), 나는 80시간이 넘는 과도하고 끔찍한 노동으로 혹사당하고 있었다. 근로기준법이 엄연히 존재하고 있었지만, 그것은 형식에 불과했다. 경제개발이라는 시대적 그늘에 가리어 법이 제 역할을 못 하는 시절이었으니까. 일요일도 쉬지 못하는 경우가 많았다. 공장의 쉼 없는 가동은 내 땀방울의 결과였다.

플라스틱 공장에서 일하던 때의 필자

몸담았던 '신진화학'은 합성수지를 성형 가공하는 곳이다. 주로 사출기와 압출기를 동작시켜 제품을 생산해 내는데, 사출기는 우리가 사용하는 플라스틱 그릇을, 압출기는 흔히 말하는 비닐 포장지를 생산한다. 합성수지 가공에서 가장 견디기 힘든 것은 PVC를 원료로 제품을 생산할 때 나오는 유독가스였다. 원료가 포말인 PE나 PP와 달리 PVC는 분말이어서 가루가 날려 온몸에 붙는 등 꽤 성가신 존재다. 숨 막히는 답답한 공간에서 발생되는 가스가 인체에 해로울 것은 뻔하지만 별다른 대응을 할 수가 없었다. 마스크를 쓴들 미세한 가스가 차단될 리 만무했다. 그대로 들숨 날숨과 함께 몸속을 내통한다. 그래도 당장 몸에 이상이 생기는 게 아니어서 그런지 함께 일하는 동료들도 묵묵히 일에 전념할 뿐이었다. 더럽고 힘들고 위험한(3D) 곳에서 목이 아프고 눈이 따가웠지만 우직하게 견디며 삶이란 베틀에서 희망을 짜내려고 애를 썼다.

두 번째 산을 넘어

어느덧 숙련공 대우를 받게 되었다. 월급도 올랐다. 압출기 다섯 대를 관장하는 조장이라는 직책도 받았다. 다소 일신이 수월해지니 책 볼 시간도 많아졌다. 짜임새 있는 계획을 세우고 실행으로 옮겼다.

웬만큼 공부가 됐다 싶어 고졸 학력 검정고시에 응시했다. 그러나 목마른 기다림은 단번에 해소되지 않았다. 아쉽게도 과목 합격에 그치고 말았다. 실망이 컸지만 스스로 부족함이 많다는 것을 느꼈다. 제대로 씨를 뿌리지 않고 열매를 기다린 게 아니었을까. 독학으로는 학문의 기초를 탄탄히 다지기가 어려웠다. 애초부터 무모한 도전을 해왔는지도 모르겠다. 세상에 쉬운 길은 없는 것 같았다.

대부분 공장에서는 관련 기술(기능)을 마스터하면 동종 업계로 옮기곤 한다. 월급을 올려 받을 수 있기 때문인데, 숙련공들은 스카우트의 대상이 되기도 했다. 동고동락하던 상사(생산 주임)가 신설 회사로 이직하면서 몇몇 동료들을 데리고 가겠다고 했다. 그 무리에 나도 속했다. 물론 압출기를 다루는 동종 업체였다. 그래도 새로운 일터는 근로 환경과 대우가 좀 더 나았다. 상사의 배려로 공부할 수 있는 여건이 다소 좋아졌다. 오나가나 하루 열두 시간 근로는 똑같았지만, 그래도 마음의 여유를 누릴 수 있었다. 근로시간을 단축하지 못하는 것은 압출기에서 제품을 생산하려면 기계를 멈춰서는 안 되는 특성 때문이었다. 24시간 내내 기계는 돌아가야 하니 주야간조로 나눠 교대를 하는 것이다.

웬만한 작업을 견습공들에게 맡기니 조금 틈이 났다. 일을 마친 후 동료들이 영화관에 드나들고 술 마시는 시간에 나는 책과 벗이 되었다. 누가 뭐래도 뚜벅뚜벅 황소걸음으로 미래를 향해 걸었다. 이제 혼자 읽고 깨우치는 데는 이골이 났다. 독학이라는 험준한 길도 오고갈 수 있는 지혜가 생긴 것 같았다. 하지만 수학 과목에서는 늘 헤맸다. 사실 초등학교부터 산수 점수가 약했다. 수리에 밝지 못한 모양이니 과락 점수만 모면하면 된다는 가정하에 다른 과목에 집중했다. 결국 지난해 합격한 과목 외에 나머지 과목에 응시하여 전과목 합격 통지서를 움켜쥘 수 있었다. '아, 힘들고 어려웠던 길! 얼마나 희구하던 것이던가. 말과 글로 다 표현할 수 없구나!'

어엿한 고등학교 졸업 자격을 얻었다. 배고팠던 설움도 괄시받던 순간도 봄눈 녹듯 녹아내리고, 먹지 않아도 든든하고 마음이 넉넉해졌다. 무엇보다도 나 자신을 장하게 여긴 건 순수한 독학으로 고졸 자격을 따낸 사실이었다. 거개가 검정고시 전문학원에서 속성 코스를 밟고 합격한 경우가 대부분이다. 주변을 살펴봐도 나 같은 경우는 없었다. 감히 스스로 장하다고 말하고 싶다.

승부수를 던지다

어느 날 회사에 세무조사 나온다고 주위에서 웅성거렸다. 작업 현장에는 주변을 정리 정돈하고 여느 때처럼 작업에 임했다. 그런데 생산부장과 전무가 평소와 다른 행동을 보였다. 현장에서 일하는 우리들과 부장·전무는 대면하기도 어렵고 하늘처럼 높이 여기던 분들인데, 아무리 봐도 한참 어린 젊은이에게 허리 굽혀 인사를 하고 예의를 갖추는 것이었다. 알고 보니 그 젊은이들은 세무서에서 나온 세무조사원들이라고 했다. 말단 서기, 주사 정도의 직함을 가졌다고 했다. 말로만 듣던 공무원의 위상을 실감하는 순간이었다. 그날 나는 충격과 강한 느낌을 받았다.

중소기업의 부장, 전무도 공무원들과 차별이 있는 것 같았다. 비록 말단 공무원일지라도……. '그렇구나! 공무원의 위세와 대우가 저런 정도로구나!' 당장 말단 공무원이라도 되어야겠다는 생각이 들었다. 할 수 있다는 자신감도 있었다. 마침 그 무렵에 《서울신문》 전면 광고를 접하게 되었다.

"5급을류 공무원 채용 공고"

총무처장관 명의로 나와 있던 광고가 예사로 보이지 않았다. 나의 진로를 어떻게 하면 좋을까. 며칠을 생각하며 방안을 강구하고 고민에 빠졌다. 자세히 광고를 들여다보니 시험 일자가 7월 27일, 그렇다면 4개월 남짓 남은 기간이 있었다. 그동안 공무원은 내 마음속 깊이 갈구하던 목적지였는데, 절호의 기회가 될 수도 있겠구나 싶었다. 내 나이 20대 중반, 응시할 기회도 많이 남지 않았다. 하지만 마음이 급하다고 섣불리 접근해서 될 일이 아니었다. 내 자신을 스스로 잘 알고 있었다. 겨우 고졸 검정고시를 합격한 수준인데, 탄탄히 실력을 쌓아온 정규 고등학교 또는 대학교 졸업생과 겨뤄지겠는가. 번민으로 몇 밤을 지새웠다.

고민으로 이루어지는 것은 없다. 굳건한 결심과 실천이 절실한 때였다. '승부수를 던지자!' 어렵게 마음의 결정을 했다. '회사를 사직하고, 시험일까지 4개월 동안 집중하여 공부를 하자!' 회사를 사직하면 당장 기숙사를 나와야 하고, 그러면 기거할 곳이 있어야 했다. 따져 보니 퇴직금과 적금을 깨면 월세방을 얻어 생활하면서 버틸 수 있을 것 같았다. 좌고우면할 겨를도 없었다. 마침내 공장 생활 7년에 마침표를 찍었다.

독학으로는 도무지 안 될 것 같아 종로에 있는 행정고시학원에 등록했다. 이제 실컷 공부에 전념할 수 있게 되었다. 밤낮없이 책에 매달렸다. 학원에서 배우고 복습하고 차근차근 문제 풀이를 해 나갔다. 수학 과목을 빼놓고는 대체로 이해가 됐다. 물러설 수 없는 데드라인 7월 27일을 향해 열과 성을 다해 매진했다. 실패하면 어떡하나 걱정도 되었지만 지긋지긋한 공장 생활, 끔찍한 공돌이로 돌아가지 않기 위해선 더더욱 힘써야 했다.

드디어 시험 날이 왔다. 그날은 비가 내리고 있었다. 검정고시를 치르던 날도 비가 내린 적이 있어 내게는 좋은 징조라고 생각되었다. 진인사대천명(盡人事待天命)이라! 배운 대로 아는 대로 써냈지만 불안한 마음은 지울 수 없었다. 결과가 발표되는 날, 《서울신문》을 구입해 떨리는 마음으로 읽어 내려갔다.

"1969번 강준오."

내 이름이 또렷이 새겨져 있었다. 그토록 희구하던 행정직(5급을류) 공무원 필기시험에 당당히 합격한 것이다. 눈물이 쏟아졌다. 아아, 그 고통 그 괴로움!, 눈물에 씻겨 내려갔다.

마지막 면접시험을 마친 후 최종 합격 통지를 받았다. 면접시험을 볼 때 다소 겁을 먹었는데, 면접관은 검정고시로 중고등 과정을 이수했다는 이력을 보고 장하다는 평까지 덧붙여 주었다.

공무원 임용 첫 발령지는 국제우체국이었다. 국제우편을 취급하는 곳이다. 기쁘면서도 왜 하필 우체국일까, 내심 실망감도 컸다. 그도 그럴 것이 당시에는 총무처에서 3,000명 행정직을 뽑아 정부 각 부처에 배치했었다. 나 또한 세무서 등 정부 어느 부처에 갈 수 있었기에 조금은 아쉬었다. 좋다는 부처의 공무원을 소망하며 시험을 준비했지만 수포로 돌아갔고, 그 후 승진과 신분 변동을 겪으며 공무원 생활이 지속되었다. 전화국으로, 정부투자기관으로, KT로…….

각 관서의 행정업무라는 게 쉬운 것도 아니지만 크게 어렵지도 않았다. 함께 토의하고 기획하고 실행하면 되는 것이었다. 물론 밤을 지새우며 결과물을 만들어 내야 하는 고통이 따르기도 했지만. IMF가 터

KT 근무 당시의 필자

지던 1997년, 경제가 침체되고 사람들이 힘들어할 때 공무원 신분이었던 나는 생활에 큰 애로가 없었다. 아마 공장에 있었다면 어려움을 많이 겪었을 텐데……. 공무원 신분이 된 것에 위안이 되기도 했다.

근무하면서 남아 있을 발자취를 찾아보면 백색·청색 전화가 구분되던 시절 수년 동안 적체된 전화 청약자를 승낙 작업에 투입해 밤을 지새우며 적체를 해소시킨 일, 1986년 서울 아시안 게임과 1988년 서울 올림픽 때 전화 취급소를 운영했던 일, GATT(관세 및 무역에 관한 일반 협정) 즉, 우루과이라운드가 발효되면서 국제조달에 관한 준비 작업, 상계 목동 지역 케이블 TV 시범 운용, 인터넷 사용 순기능 강화 등에 앞장섰던 일들이 있다.

잘못 들어선 길은 없다

평소 글쓰기에 관심이 있던 터라 근로공단과 KBS 주관으로 매년 시행하는 근로문학예술제에 수필 한 점을 출품했다. 시·소설·수필·희곡 등 여러 장르를 아우르는 근로문학제였는데, 출품한 수필 〈행운목〉이 수필부문 은상으로 선정되어 상장과 상금을 받았다. 글을 어떻게 엮는지도 모르면서 써낸 첫 출품작이 상을 타게 된 것이다. 아! 글은 그렇게 쓰나 보다.

제대로 글쓰기 바탕을 다져야 한다는 생각에 방송통신대학교 국문학과에 입학했다. 국문학을 섭렵하면서 그리던 대학공부에 힘을 쏟았다. 나의 문학 이력은 제22회 근로문학예술제 수필부문 수상을 시작으로 제10회 《문학저널》 수필부문 신인상, 제8회 서울이야기 수필공모 당선, 제1회 문학저널문인회 작품상, 제30회 《문학저널》 소설부문 신인상, 제2회 IT문화대상 공모전 수상, 호미문학제 수필부문 입상 등이 있다. 한국문인협회 회원으로 《문학저널》 편집국장과 부회장을 역임한 바 있다.

일하면서 틈틈이 써놓은 글이 꽤 쌓였다. 두 번에 걸쳐 수필집도 냈다. 글이 좋고 나쁨을 떠나 내 삶의 기록으로 남기고 싶어 출판했다. 지금도 틈틈이 글을 쓰며 내 삶을 돌아보고 기록하는 중이다.

공무원에 들어서서 마지막 직장 'KT문화재단'에서 정년을 3년 남겨 놓고 조기 퇴직했다. 최종 직함은 사업지원본부장, 몇 년 전만 해도 선후배 동료들을 퇴직시키기 위해 금부도사 역할을 하던 내가 차례가 되어 30여 년 직장생활을 마무리한 것이다. 뒤돌아보니 아쉽고 허망하다. 부도, 명예도 이뤄 놓지 못한 상태에서 퇴직한 심정은 가을 들판처럼 허허로웠다.

퇴직 후 집에 들어앉아 있으니 답답하고 뭔가 해 보겠다는 생각으로 지인이 운영하는 문학지 출판업을 돕고 있었다. 그러던 어느 날, 전에 상사로 모셨던 분한테서 연락이 왔다. 나는 그가 추천해 준 곳에 새 일터를 잡았다. '(사)KT동우회'라는 곳이다. KT동우회는 KT 퇴직자 모임으로, 회원이 전국적으로 2만 3,000여 명이나 되는 매머드 단체다. 나는 그곳에서 《향기로운 삶》이라는 잡지를 기획 편집하는 일을 하고 있다. 한때 현직에서 출판팀장을 역임한 이력이 있기에 이 자리에 있는 것 같다. 하는 일이 즐겁고 보람을 느끼며 지내고 있다. 언제까지 이 잡지를 발간할지는 모르지만 몸담고 있는 그날까지 사랑받는 잡지를 만들려고 한다.

살다 보면 생각하지 못한 험난한 길을 가야 할 때가 있다. 그럴 땐 스스로를 믿고 우직하게 나아간다면 자신이 원하던 길을 마주할 것이라 믿는다. 우리가 믿어야 할 건 눈앞에 보이는 길이 아니라 나의 발걸음이다.

배움

솔방울을 따서 판 돈으로 목포 유달산으로 가는 수학여행을 보내 주신 형수님, 어린 나를 첫눈에 알아보고 목욕탕에 데려가고 한집에 살면서 먹여 주고 재워 주신 경기쌀상회 원 사장님, 학업은 저만치 물건너간 듯하던 내게 교과서를 빌려주며 공부를 가르쳐 준 원 사장님 따님들, 그 밖에 내가 희망을 잃고 '포기'라는 말을 떠올렸을 때 용기를 주셨던 많은 분이 계셨다. 처음엔 내가 불쌍해서 도와주었을 것이라고 생각하며 고마워했다. 하지만 나이 일흔이 다 되어 생각해 보니 나와 인연을 맺었던 그분들은 내가 불쌍해서 도와준 것이 아니라 마지막 남은 내 자존감을 지켜 주고 살려 내신 분들이었다.

소는 비록 걸음이 느리지만 능히 천리를 간다

쌀가게 점원, 한국철강자원산업의 선두 주자가 되다

강창규

전국검정고시총동문회 수석부회장
국민의힘 부평구(을) 당원협의회 운영위원장
제20대 국회의원 후보(새누리당, 부평구(을))
제21대 국회의원 후보(미래통합당, 부평구(을))
윤석열 국민캠프 인천공동선대위원장
윤석열 대통령후보 인천국민후원회장
윤석열 대통령인수위 국민통합위원회 자문위원
인천광역시의회 의장(제5대 2기)
한국자유총연맹 인천광역시지부 회장(제8·9·10대)
민주평화통일자문회의 인천지역회의 부의장(제15기)
인천서부산업단지공단 이사장(제6·7대)
충청향우회중앙회 공동대표
인천대학교 기성회장
국민훈장 동백장, 국제자유장 수훈
산업자원부장관 표창, 법무부장관 표창, 행정자치부장관 표창,
국세청장 표창, 1160만 경인봉사대상, 250만 인천시민상,
56만 부평구민상, 제1회 매니페스토 약속대상, 인천교육대상,
율곡대상, 인천광역시 산업평화대상 등 수상

솔방울 팔아서 수학여행 보내 주신 착한 형수님

1955년, 충남 공주시 탄천면 화정리 농촌마을에서 태어났다. 내가 살던 마을은 전깃불이 들어오는 집이 단 한 곳도 없을 정도로 작은 시골이었다. 마을은 도로 하나를 사이에 두고 논산과 부여가 맞닿아 있었다.

내가 자란 시기는 한국전쟁의 폐허로 인해 태어날 때부터 먹고사는 문제를 걱정해야만 했던 불운한 시절이었다. 당시 휴전이 된 지 2년밖에 안 되었으니 당연한 일인지도 모른다. 당시엔 미래에 대한 열망보다는 당장 전후 복구에 모든 국민이 사활을 걸고 생존 문제를 해결하던 시기였다. 읍내 거리에는 상이용사들과 거지들이 몰려다니며 구걸하였고, 굶어 죽거나 간단한 치료 약이 부족해 일찍 세상을 뜨는 아이들도 많았다. 나라는 폐허나 다를 바 없었고, 오직 생존을 위한 아귀다

툼으로 인한 슬픈 광경이 자주 목격되기도 했다. 한국전쟁의 극심한 폐해는 고스란히 국민들이 물려받았다. 외국의 많은 나라는 한국의 현실을 절망적으로 말했다. 당시 눈앞에 펼쳐진 전쟁의 참혹한 환경에서 오로지 먹고사는 문제에 온 심혈을 기울였다. 미국과 우방국들의 구호 물품에 의존하던 시절, 농촌 시골이라고 해서 상황이 더 나을 건 없었다.

그 와중에 우리 집 환경은 더 나빴다. 부모님이 결혼을 늦게 하셔서 내가 태어났을 때 아버지는 환갑, 어머니는 38세였다. 아버지는 일본에 강제 징용으로 끌려가셨다가 돌아오신 후, 몸이 편찮으신 할아버지와 할머니의 뒷바라지를 하느라 늦은 나이에 결혼해 나를 낳은 것이다. 내 위로는 형님, 아래로는 남동생이 있었는데 남동생은 첫돌이 되기도 전에 사망했다. 불운이 연속되는 가운데 황달로 고생하시던 어머니마저 내가 일곱 살이 되던 해 45세에 돌아가셨다.

일찍 작고하신 어머니를 대신해 형수님이 어린 나를 키우셨다. 형수님은 어려운 살림을 도맡아하시면서도 산에서 솔방울을 따다가 판 돈으로 목포 유달산으로 가는 초등학교 수학여행비를 줄 정도로 따뜻한 분이셨다. 형수님의 착한 마음을 떠올리면 지금도 눈시울이 붉어지곤 한다. 어린 나에게 형수님은 어머님 같은 존재, 아니 어머니였다.

어린 내가 형수님 은혜에 보답할 수 있는 건 딱 하나였다. 형수님을 대신해서 물을 길어오는 것. 물지게를 지고 집에서 500미터 떨어진 샘까지 먼 거리를 오가며 물을 길었다. 어렸지만 물지게라도 져서 농사일로 집안일이 힘든 형수님을 도와야겠다는 생각을 했다.

우리 집은 농사가 적어 매우 궁핍한 생활의 연속이었다. 농촌이었지만 강냉이죽, 꿀꿀이죽, 쑥죽으로 굶주린 배를 채우기 일쑤였다. 허기를 채우려고 산으로 돌아다니면서 새집에서 새알을 꺼내 대파로 감싸서 구워 먹고, 개구리를 잡아 뒷다리를 구워 먹으며 영양을 보충했다. 쌀밥에 소고기, 돼지고기를 먹는다는 건 상상할 수도 없었다.

초등학교 졸업 후 탄천중학교에 합격했지만 등록금이 없어 입학하지 못하는 상황이 벌어졌다. 초등학교 은사인 정진규 선생님께서 등록금을 내준다고 하셨지만 내 마음이 편치 않아 받지 않았다. 또한 힘든 집안 형편 때문인지 아버지께서는 중학교 입학을 반기지도 않으셨다. 결국 학업을 포기하고 열네 살 나이에 쥐꼬리만한 집안 농사일을 도울 수밖에 없었다.

아침 일찍부터 들에서 일하며 가장 부러웠던 것은 검은 교복에 검은 모자를 쓰고는 자전거를 타고 중학교에 등교하는 친구들의 모습이었다. 어린 나이에 마음의 큰 상처로 자리 잡아 때론 가난과 부모님을 원망하기도 했다. 친구들이 하굣길에 소에게 먹일 풀을 베고 있는 내게 다가와 영어 단어를 말하거나 학교에서 있었던 이야기를 자랑하듯 늘어놓았다. 그땐 부럽기도 하고 신기하기도 했다.

초등학교 졸업 당시의 필자

나는 점점 말수가 적어졌고 집안일에 게으

름을 피웠다. 산에 올라가 소꼴을 베어 놓고 누워서 흘러가는 뭉게구름을 보다가 집으로 들어오는 날들이 많아졌다. 그러던 어느 날, 문득 이건 아니라는 생각이 들었다. 농촌에서 살아봤자 지금처럼 굶주리는 일이 나를 비켜 갈 것 같지 않았다. 그래서 친구들이 공부할 때 나는 돈을 벌어 성공하기로 결심했다.

내 인생의 자본금 170원

가을 수확이 끝날 무렵 아버지께 서울로 가겠다고 말씀드렸다. 남의 자식들은 중학교에 다 보내는데 그렇게 하지 못한 아버지의 얼굴에 당황스러운 표정이 역력했다.

"어린 네가 서울 가서 뭘 한다고 그러냐?"

"서울 가서 돈을 벌어오겠습니다."

아버지는 크게 한숨을 내쉬면서 한참을 고심하셨다. 하지만 중학교도 못 가고, 힘든 농사일에 지친 아들이 안쓰러웠는지 더이상은 말리지 않으셨다. 그러고는 서울행 기찻삯을 내 손에 쥐여 주셨다. 어린 자식이 의지할 곳 하나 없는 서울로 떠나는 뒷모습을 바라보면서 속으로 얼마나 우셨을지 짐작이 간다.

화정리 집을 떠나 20리 떨어진 논산역까지 물어물어 걸어갔다. 논산역에 가니 대합실에 전깃불이 켜져 있었다. 난생처음 전깃불이 들어오는 걸 본 것이다. 아버지한테 받은 돈으로 기차표를 샀다. 그러고는 정든 고향을 뒤로하고 서울행 기차에 몸을 실었다.

기차를 타니 설레기도 했지만 겁도 났다. 아무 연고도, 오라는 곳도 없으니 그럴 수밖에. 하지만 돈을 벌어서 가정에 보탬이 돼야겠다는 일념으로 선택한 길이었기에 '죽기 아니면 까무러치기'라는 심정으로 마음을 가다듬었다.

새벽녘이 되어서야 용산역에 도착했다. 사람들이 내리길래 무작정 따라 내렸다. 기다리는 사람도, 일가친척이라고는 눈 씻고 찾아보아도 없는 낯선 땅에 외로이 선 것이다. 어디로 가야 할지 갈피를 잡지 못하던 차에 역에서 빠져나온 사람들이 무리 지어 가길래 무작정 따라갔다. 용산역 건너편에서 전차를 타고 신설동 종착역에 내려 안암동 로터리를 지나고, 고려대학교를 지나 걷다 보니 '종암시장'이라는 곳까지 가게 되었다.

종암시장에는 아저씨들 여럿이 사과 상자에 왕겨를 태워 불을 쬐고 있었다. 추위를 잊기 위해 나도 그 옆에 쪼그리고 앉았다. 검정고무신을 신고 더벅머리를 한 나의 모습은 거지나 다름없었다. 호주머니를 뒤지니 170원이 남아 있었다. 아버지가 주신 돈에서 기찻삯을 내고 나니 170원이 남은 것이다. 후일 나는 사람들에게 '나의 인생 자본금은 170원'이라고 말하곤 했다.

갈 곳 없는 나는 종암시장 이곳저곳을 기웃거렸다. 그러던 중 삼륜차로 쌀을 실어 나르는 광경이 내 눈에 들어왔다. 거지꼴을 하고 '경기쌀상회'라는 간판이 걸린 가게 앞에서 한참을 바라보고 있는데, 한 아저씨가 다가와 쌀 포대를 메어볼 수 있겠냐고 물었다.

"그럼요, 이 정도는 거뜬하지유!"

어릴 때부터 농사일로 단련된 나는 아저씨께 보란 듯 힘들지 않게 쌀가마를 번쩍 들어 어깨에 짊어졌다.

"너, 우리 가게에서 일해 보지 않을래?"

"있다마다유. 밥만 먹여 주신다면 열심히 일할께유."

서울 온 첫날부터 갈 곳 없는 나는 이것저것 좋다 싫다, 월급은 얼마 줄 거냐 등 생각할 겨를도 없었다. 당시엔 초등학교 졸업하면 많은 아이가 일거리를 찾아서 도회지로 나갔다. 당시엔 월급은 고사하고 밥만 먹여 주는 조건으로 가게 심부름, 가내수공업 보조원, 점원 생활 등을 했다. 이처럼 나 또한 긴박한 상황에서 아무 조건 없이 '경기쌀상회'의 어린 직원으로 험난한 첫발을 내딛었다. 낯설고 의지할 곳 없던 나에겐 그나마 큰 행운이었다.

사장님은 내가 시골에서 갓 상경한 아이라는 것을 첫눈에 알아보시고는 내 몰골이 초라해 보였는지 우선 목욕탕에 데려갔다. 깨끗이 목욕시키고는 아들이 입었던 교련복을 내어 주셨다. 난생처음으로 가본 목욕탕 온기와 무작정 상경한 아이에게 목욕을 시켜 주신 사장님의 따뜻함은 평생 잊을 수가 없다. 남의 어려운 상황을 이용하지 않고 그 아픔을 보듬고 도와주려는 인간적인 모습, 이것은 내가 경제인으로 정치인으로 살아가면서 어려운 사람들을 위해 봉사하는 원동력이 되었다.

경기쌀상회 원 사장님의 배려로 그곳에서 먹고 자면서 나보다 크고 무거운 자전거로 쌀 배달, 국수 배달을 했다. 어렸지만 밤낮없이 성실하게 일했다. 고향이 그립기도 했고 힘들 때도 많았지만, 이를 악물고 쌀 포대를 짊어지고 자전거에 실어 배달했다. 힘들게 일해도 늘 배고팠던 고향에서의 농사일보다는 그나마 적은 돈이라도 만질 수 있다는 게 너무 좋았다.

힘든 쌀 배달 일이다 보니 밥은 배부를 때까지 실컷 먹었다. 그리고 먹고사는 문제가 해결되고 월급도 받게 되자 은근히 배움에 대한 열망이 꿈틀거렸다. 하지만 내가 쌀가게 일을 그만두고 중학교 진학을 하기엔 꿈조차 꿀 수가 없는 환경이었다. 대신 나는 가끔 사장님 자녀들이 보는 영어책이며 국사책을 무심코 들여다보면서 못다 한 공부에 대한 아쉬움을 달랬다. 이런 내 마음을 알아차린 원 사장님의 1남 5녀 중 셋째와 넷째 딸이 저녁때면 책을 빌려주며 공부하라고 했다. 하지만 초등학교밖에 못 나온 내가 사장님 딸들이 내어 준 책의 내용이 머릿속에 들어올 리 만무했다. 이 사정을 알게 된 두 딸은 나에게 시간을 내서 직접 공부를 가르쳐 줬다. 학교에서 수업 듣는 것에 비할 바는 아니었지만, 나에겐 학업의 끈을 놓지 않는 기회가 됐다. 이것은 훗날 고입 검정고시와 대입 검정고시 합격의 발판을 만들어 주는 산파 역할을 했다. 그때 아예 공부에 담을 쌓았더라면 내 앞날은 어찌됐을까? 생각하니 참으로 고마운 인연이다. 그렇게 10대의 질풍노도 같은 시기에 나는 힘든 육체적인 노동을 하며 돈 버는 일에만 전력을 다했다.

시간이 흘러 조금 철이 들자 쌀가게 점원으로 살기엔 너무 청춘이 아깝다는 생각이 불현듯 스쳤다. 그래서 새로운 일자리를 찾아 종암시장 경기쌀상회를 그만두고 하월곡동으로 이사했다.

어느 날 내가 일하던 가게 단골 아주머니께서 나를 성실하게 잘 보았는지, 객지에서 고생하는 게 안됐다고 생각해서인지 새로운 일자리를 제시했다.

"우리 집 양반이 대한전선 공장장인데, 추천해 줄 테니 회사에 들어가서 기술을 배워 봐."

나는 대한전선이면 안정된 직장이라는 생각에 귀가 솔깃했다. 그리고 나는 그분의 추천으로 쉽게 대한전선에 들어갔다. 그러던 중 대한전선을 드나들면서 폐금속을 수거해 고물상에 팔아 돈 버는 사람을 목격하게 되었다. 관심이 있어서 자세히 알아보니, 이 사람은 며칠 만에 내 한 달치 월급을 버는 게 아닌가! 폐전선에서 피복을 벗기고 구리선을 골라내 고물상에 파니 엄청난 돈을 받는 것이었다. 당시 내가 발견한 건 바로 '자원 재활용'이 돈이 된다는 것이었다.

월급도 꼬박꼬박 나오는 대한전선에서 계속 안정된 직장 생활을 할지, 아니면 돈을 많이 버는 자원재활용업을 할지 한동안 고심이 컸다.

'그래, 한번 해보자! 어려움이 많겠지만 잘하면 돈 많이 버는 사장이 될 수 있어!' 나는 결심이 서면 바로 실행에 옮기는 성격이다. 바로 대한전선을 그만두고 그간 모은 돈을 종잣돈 삼아 '충남상사'라는 작은 고물 수집 회사를 차렸다. 친구와 함께 삼륜차를 타고서는 전국을 휘젓고 돌아다녔다. 처음엔 고철, 비철이 있을 만한 곳에 찾아가 물건을 수집해서 고물상에 팔았다. 돈 버는 재미에 삼시 세끼 빵으로 끼니를 때워도 배고픈 줄을 몰랐다.

조금 시간이 흘러 당시 뚝섬에 있던 서울제강에 고철을 납품했는데, 국내에서도 알아주는 상당한 규모의 회사였다. 그리고 서울제강이 인천으로 크게 확장 이전하게 되면서 나도 자연스레 인천으로 이사했다. 제2의 고향이 된 나의 인천 생활이 시작되는 기회가 된 것이다.

제2의 고향 인천에서 힘차게 날개를 펴다

인천에 삶의 둥지를 틀고는 더욱 열심히 충남상사를 키워 나갔다. 계속 서울제강과 오랜 시간 동안 사업 파트너가 되어 고철을 납품하며 돈을 꽤 벌었고, 회사도 그만큼 성장했다. 하지만 나는 충남상사를 접고 서울제강 대만자원 상무이사로 근무했다. 소위 말하는 고물상 수준이 아닌 철강회사의 생리를 더 잘 알고 싶어서였다. 큰 회사에서 상무이사로 일하면서 이 계통의 생리를 거의 다 파악하고는 철강 재활용을 체계적으로 사업해 봐야겠다는 생각이 들었다. 그 후 제철업 생리를 익힌 나는 서울제강을 그만두고 1988년 자본금 5,000만 원으로 '대신철강(주)'를 설립했다.

현대제철(당시는 '인천제철'이었음.)에 철스크랩(고철)을 납품하기 위해 인천시 동구 송현동에 영업 사무실을 두고, 서구에 위치한 서부산업단지 내 1,300평 부지에 공장과 사무동을 세웠다. 이때부터 선진화된 재활용 시스템을 배우려고 일본 업체들을 방문했고, 최신식 설비와 운송 방법 등을 벤치마킹했다.

당시 우리나라는 철강 자원이 단 1킬로그램도 생산되지 않아 철광석 전량을 수입에 의존했다. 나는 쉽게 버려지거나 땅에 묻혀 사라지는 고철을 재활용할 수 있다는 생각에 자부심이 생겼다. 생산성을 높이고 환경 피해 최소화를 위해 공장을 지었다. 그리고 그 안에 1,250톤급 길로틴과 대형 그랩 등 상하차 설비를 갖췄다. 당시 우리나라에서는 1,250톤의 거대한 설비를 생산할 수 없었기 때문에 일본의 고시나가 회사가 제작한 설비를 도입했다.

최신 재활용 시설을 구축한 대신철강(주)는 빠르게 철강자원 재활용업계의 모범으로 자리 잡았다. 최신 설비 투자는 당시 이 업계에서는 엄두도 내지 못하는 과감한 시도였다. 이로 인해 업계 최초로 ISO9001 인증을 획득, 철스크랩 유통 구조 개선에 공헌한 공로로 업계 최초로 산업자원부장관 표창을 수상하는 영예를 얻었다. 또한 당시 업계에서 만연했던 불투명 회계를 투명하게 운영하여 국세청장 표창을 수상했다. 이러한 성과들을 인정받아 '철스크랩 분야' 신지식인에 도 선정되는 영광도 안았다. 당시엔 철스크랩업계에서 '최초'라는 수식어를 많이 얻었다.

소중한 자원인 철스크랩을 고철로 취급하고, 재활용업을 고물상 취급하는 국민들의 인식은 이 분야 종사자들과 그 가족들에게 자존감을 잃게 하고 위축되게 했다. 때문에 철스크랩업의 중요성을 부각시키고, 좋지 않은 인식을 바꾸기 위해 무던히 노력했다. 이러한 노력 끝에 한국철강자원협회 부회장으로 활동하며 철스크랩 인식 개선과 발전을 꾀하는 일에 매달렸다. 당시 산업자원부를 찾아가 철스크랩업에 산업분류코드를 부여해 달라고 설득하고 강하게 건의했다. 이러한 각고의 노력으로 1997년 철스크랩업에도 당당히 산업분류코드가 부여됐고, 고철이라는 용어도 '철스크랩'으로 명명되었다. 당시 기획재정부장관을 지내신 이승윤 부총리께서 큰 도움을 주셨다.

인천 중구에 위치한 올림포스호텔(현 파라다이스호텔)에서 이승윤 부총리님을 만나 건의했다. "코 묻은 종이 한 장, 녹슨 고철 1킬로그램도 나지 않는 우리나라 현실에서 소중한 자원인 고철을 폐기물 취급하고, 산업분류코드도 없다는 게 말이 안 됩니다. 소중한 재활용 자원인 고철에도 산업분류코드가 생길 수 있게 도와주십시오."

이승윤 부총리께서는 내 호소를 끝까지 들으시고는 그 자리에서 맞는 말이라면서 크게 호응하셨다. 이승윤 부총리와 철스크랩업 종사자들의 노력으로 대한민국에도 철스크랩 산업분류코드가 생긴 것이다.

이 분야 종사자들에게 고철이 아닌 철스크랩업, 철강자원 재활용업이라는 이름을 만들어 주는 데 기여했다는 자부심에 항상 뿌듯한 마음을 갖고 있다.

또 다른 사업,
자동차 해체 재활용업 진출

대신철강(주)가 성장하면서 하나의 사업을 더 구상하게 되었다. 자동차 해체 재활용업인데, 사람들이 통상 알고 있는 폐차업이다. 자동차를 해체시키면 철스크랩뿐만 아니라 재사용이 가능한 다양한 부품(요즘은 오픈 마켓에서 리뉴얼 제품으로도 판매됨.), 폐오일 등 다양한 제품들이 배출된다. 이걸 자원화시킬 부분과 폐기 처리할 부분으로 선별 해체함으로써 환경을 보호하고 자원 재활용에도 기여하는 사업이다.

나는 자동차 산업이 발달하면 그만큼 재활용업이 필요함을 알았기에 이와 유사한 사업인 자동차 해체 재활용업을 시작하면 승산이 있다고 판단했다. 초기에는 서부공단 내에서 1,500평 규모로 시작했지만, 2012년 서구 금곡동 3,500평 부지에 최신 해체 시설을 구비한 인천 최대의 관허 폐차장으로 신장했다.

환경 규제가 심한 자동차 해체 재활용업 허가를 받기 위해서는 까다로운 선제 투자 조건이 있다. 나는 1988년에 대신철강(주)를 설립할 당시와 마찬가지로 최고의 폐차장을 만든다는 생각으로 엄청난 설비 투자를 감행했다. 그 결과 승용차는 물론 대형 트럭과 버스, 중장비까지 해체할 수 있는 대형 폐차장을 조성할 수 있었다.

내 자존감을 살려준 은인들을 기억하며

어느 정도 회사가 성장하자 지금껏 살아온 날들이 문득 되살아났다가 사라지기를 반복했다. 가난하고 어렵고 힘든 시절을 떠올려 내 자화상을 보는 것은 결코 아름답지만은 않은 일이다.

어린 나이에 조실부모하고 형수님 손에서 사랑을 받으며 자랐다. 그리고 가난과 배고픔에서 벗어나기 위해 단신 서울로 상경, 생업전선에 뛰어든 나는 그 고통과 처절함을 너무나도 잘 안다. 돈 없어서 머슴처럼 남의집살이하면서 돈 벌고 피눈물을 흘렸던 나로서는 누구보다도 그 서러움을 잘 안다. 그러나 지나온 세월의 흔적들을 곰곰이 기억해 보면, 어린 나이에 고생하는 내가 안타까워서 나를 도와주었다기보다는 그분들은 마지막 남은 내 자존감을 살려준 분들이시다. 그래서 더 고맙고 기억에 남는다.

솔방울을 따서 판 돈으로 목포 유달산으로 가는 수학여행을 보내주신 형수님, 어린 나를 첫눈에 알아보고 목욕탕에 데려가고 한집에 살면서 먹여 주고 재워 주신 경기쌀상회 원 사장님, 학업은 저만치 물 건너간 듯하던 내게 교과서를 빌려주며 공부를 가르쳐 준 원 사장님 따님들, 그 밖에 내가 희망을 잃고 '포기'라는 말을 떠올렸을 때 용기를 주셨던 많은 분이 계셨다. 처음엔 내가 불쌍해서 도와주었을 것이라고 생각하며 고마워했다. 하지만 나이 일흔이 다 되어 생각해 보니, 나와 인연을 맺었던 그분들은 내가 불쌍해서 도와준 것이 아니라 마지막 남은 내 자존감을 지켜 주고 살려 내신 분들이었다.

그분들이 살려준 자존감으로 오늘날의 내가 있을 수 있었다는 생각이 들었다. 내가 잘나서 성공해 이 자리에 설 수 있는 것이 아니라, 많은 분의 도움으로 성공의 길을 걷고 있다는 생각이 들었다. 그래서 이분들이 내 자존감을 지켜 주면서 도와준 것처럼 나도 어려운 이웃, 소외받는 분들께 자존감 살리는 봉사를 하기로 했다.

"곳간에서 인심 난다."는 말이 있다. 나는 성공한 기업인으로서 여기저기에 불우이웃 돕기에 신경을 썼다. 그러자 돈이 많아서 봉사한다는 오해도 받았다. 하지만 나는 이에 아랑곳하지 않고 지역주민들께 사랑의 쌀 나누기, 연탄 보내기, 성금 보내기, 장학사업, 돌봄 활동 등 내 위치와 선에서 할 수 있는 봉사를 꾸준히 이어 갔다. 작지만 정성으로 누군가가 자신들을 지켜봐 주고 돕고 있으므로 나 또한 삶을 포기하거나 주눅들지 않고 열심히 살아야 한다는 목표를 가질 수 있도록 노력하는 봉사를 택했다. 이러한 사실이 알려져 대통령 표창(봉사부문), 인천시장 표창(봉사부문), 경인봉사대상 등 수많은 봉사 관련

주민들과 김장을 담그며 나눔 봉사하는 필자

표창을 수상했다.

소외된 이웃에게 작은 도움을 주는 차원에서 봉사한 것이라면 아마 나는 상을 받고는 그만두었을 것이다. 그러나 나는 오히려 그때보다 더 많은 봉사활동을 한다. 바로 내 자존감을 살린 분들처럼, 작지만 그분들의 자존감을 지켜 주고자 하는 깊은 뜻이 늘 마음속에 있기 때문이다.

시의원으로 첫 정치 일선에 나서다

지역사회에서 기업활동과 봉사활동으로 이름이 알려지자 국민의

힘 전신인 한나라당 조진형 국회의원께서 한나라당 인천시당의 청년 일꾼으로 추천하셨다. 조진형 국회의원은 인천 부평에서 제14·15·18대 국회의원을 지내면서 지역구민을 위해 헌신적인 노력을 해 주민들의 사랑을 많이 받았다. 조진형 국회의원은 충남 예산 출신으로서 공주 출신인 나와 같은 충청인이라는 공통점이 있었고, 오랫동안 부평에서 거주하며 봉사활동을 펼치던 젊은 사업가 강창규를 적극적으로 천거하셨다.

나는 평소 존경해 오던 어르신께서 의사를 타진해 오셨기에 일주일여의 고민 끝에 한나라당 입당을 결심했다. 그렇게 시작한 정치인의 첫걸음은 한나라당 인천광역시당 청년위원이었다. 무엇이든 한번 시작하면 끝을 보는 내 성격은 정당활동에서도 마찬가지였다. 1인 청년위원으로 정치 무대에 첫발을 내딛은 나는 2000년에 한나라당 인천광역시당의 청년위원장으로 발탁됐다. 여러 청년위원과 함께 지역사회에 봉사활동을 펼치며 한나라당에 대한 인천시민들의 호감도를 끌어올리기 위해 노력했다. 나의 추진력과 리더십을 검증받는 기회였다. 한 마디로, 요즘 회자되는 청년정치인들과는 격이 달랐다고 감히 평가한다.

2002년 6월 13일, 제3회 전국 동시 지방 선거 때 비례대표 1번을 받아 당선되어 제4대 인천광역시의회에 입성했다. 의원 선서문을 하면서 250만 인천광역시민을 대신하는 의원으로서 해야 할 일들을 마음속으로 굳게 다짐했다.

의원선서를 가슴에 새기고 4년간의 의정활동에 돌입했다. 처음 시작한 정치 무대여서 많은 긴장감으로 시작된 의정활동이었지만 자신감도 컸다. 내 특유의 도전 정신과 인천에서 사업하면서 구축한 다양한 인맥이 큰 자산이 됐다. 특히 정당과 출신 지역을 구분하지 않고 다가서는 친화력이 큰 장점으로 작용했다.

처음 배정된 상임위는 건설교통위원회였다. 대구광역시를 제치고 서울, 부산에 이어 대한민국 3위의 광역자치단체로 부상하고 있는 인천광역시의 각종 신규 개발사업과 구도심 활성화사업 등 산적한 과제가 건설교통위원회에 주어졌다. 나는 제대로 일을 할 수 있어서 신이 났다. 그만큼 할 일이 많았다.

나는 보좌관을 두고서 열심히 의정활동을 펼쳤다. 부평에 있는 한국GM(당시에는 'GM대우'라고 불렀음.) 정문 맞은편에 50평 규모의 의원 사무실을 개설했다. 아마도 당시 지방의원으로서는 최초가 아닐까 싶다. 요즘은 기초의원들도 사무실을 열고 간판을 내거는 추세지만 2002년 당시에는 드문 일이었다.

의원 사무실을 '주민사랑방', '민원해결소'로 명명하고 지역주민들과 공무원, 한국GM 근로자들이 드나드는 소통의 공간으로 십분 활용했고, 다양한 성과도 얻었다.

4년 동안 지역을 떠나 민원이 있는 곳이라면 밤낮 가리지 않고 찾아갔고, 작은 민원 하나라도 소홀히 대하지 않았다. 공무원들의 방만한 행정과 예산 낭비에 대해서는 신랄하게 지적하고 대안을 제시했다.

나는 제4대 의회 전후반기 모두 건설교통위원회에서 상임위 활동을 하면서 뼈저리게 느낀 게 많았다. 인천의 주요 현안 사업들이 즐비하고 인천시의원으로서 내 역할이 필요하다 믿었다. 특히 2003년 7월 1일 시행된 '경제자유구역의 지정 및 운영에 관한 법률'에 따라 8월 5일 인천시가 대한민국 최초의 경제자유구역으로 지정되는 천지개벽할 일이 벌어졌기 때문이다. 송도 1,611만 평, 영종 4,184만 평, 청라 542만 평, 총면적 6,300만 평의 인천 땅이 동북아의 허브 도시로 발전하는 시발점에서 더 많은 결정과 견제 역할이 필요했다. 20년 전 송도 갯벌과 지금의 송도국제도시를 비교하면 그야말로 상전벽해 그 자체다.

경제자유구역의 성패는 외국의 자본 유치에 달려 있었다. 각 분야 전문가들의 숨은 노력이 있었고, 나 또한 경제자유구역에 대한 외국 자본 투자 유치를 위해 다양한 활동을 벌였다. 2008년에는 미국 LA에서 열린 제35회 LA 한인축제에 명예 그랜드 마샬 자격으로 참석했다. 안토니오 비아래이고시 LA 시장을 만나 LA 지역 기업의 인천경제자유구역에 대한 투자를 홍보했다.

4년이라는 짧은 의정활동 기간은 유종의 미를 거두기에는 부족했다. 그래서 2006년 5월 31일 열린 제4회 전국 동시 지방 선거에 비례대표가 아닌 부평 3선거구 지역구의원에 도전장을 냈다. 민주당 후보를 큰 표차로 제치고 제5대 인천광역시의원에 당선됐다. 재선의원이 된 것이다. 2002년에 이어 이번에도 인천광역시는 안상수 시장이 이끌게 되었다. 경제자유구역의 개발과 2014 인천 아시안 게임 유치 등 대형 사업의 연속성과 능력 등을 봤을 때 안상수 시장의 당선도 당연지사였다.

비례대표 때와 달라진 것은 내 지역구가 생겼다는 것이다. 비례대표는 지역구를 구분하지 않고 다양한 지역의 민원인들을 대했지만, 지역구를 갖게 되다 보니 아무래도 지역 현안에 집중할 수밖에 없었다.

4대 의회 1·2기와 마찬가지로 5대 의회 1기에는 건설교통위원회에서 상임위 활동을 이어 갔다. 하지만 5대 의회 2기에는 산업위원회 위원으로 상임위 활동을 했다. 3기 연속으로 건설교통위원으로 활동하다 보니 다른 상임위에서 활동할 필요성을 느꼈고, 건설교통위원으로서의 경험과 기업 경영의 경험 등을 바탕으로 산업위원회에서 활발한 활동을 하였다.

나는 인천광역시의회가 출범한 지 14년 만인 2005년에 윤리특별위원회를 만들었다. 시의원들의 부적절한 언행이 도마 위에 올라 시민들로부터 지탄을 받는 일이 종종 있었다. 같은 의원으로서 의원 스스로 품위를 지키고 의회의 자정 기능을 갖출 목적으로 윤리특위 설치 및 운영에 관한 조례안을 대표 발의하고 의원들을 설득한 끝에 드디어 윤리특위가 구성됐고, 초대 윤리특위 위원장으로 추대됐다. 윤리특위 구성 전과 후의 인천시의회는 180도 달라졌다. 적어도 내가 의정활동을 한 2010년까지는 아무런 불상사도 없었고, 의원들 스스로 품위를 지키려 자중자애하는 모습을 보여 줬다.

국립인천대학교 탄생에 기여하다

인천 송도국제도시에는 2013년 1월에 국립대로 전환된 국립인천대학교가 있다. 인천시립대학교에서 전환돼 국립인천대학교로 출범하게 되는 과정에서 산파 역할을 한 사람으로서 느끼는 감회가 남다르다.

나는 2001년부터 2005년까지 5년 8개월간 시립인천대학교 기성(후원)회장직을 맡았기 때문에 인천대학교에 대한 관심과 애정이 컸다. 인천대학교 김학준·홍철·박호군 총장이 인천대 총장으로 재직할 당시 기성회장으로 활동하면서 인천대학교가 더 융성해 나갈 방법이 없을까 고민했고, 대학 관계자들과도 많은 대화를 나눴다. 그런데 시의원으로 활동하고 있는 내가 의정활동을 통해 할 수 있는 방법이 생겼다. 그것은 1999년에 시도됐다가 무산된 적이 있는 '인천대학교와 인천전문대학의 통합'이었다.

2003년 대구 유니버시아드대회 관람차 대구를 방문했다가 돌아와서 자료를 보고 깜짝 놀랐다. 2000년을 기점으로 인천이 대구의 인구수를 앞질렀는데, 인천보다 인구수가 적은 대구에는 경북대학교를 포함해 종합대학교가 여섯 곳이나 되고 학생 수는 12만 명이 넘었다. 반면에 인천에는 종합대학교가 달랑 두 곳, 학생 수는 2만 5,000명(인천대 7,000명, 인하대 1만 8,000명)밖에 되지 않았다. 상황이 이렇다 보니 인천의 인재들이 타지역으로 빠져나가는 아이러니가 발생했다. 그때부터 인천 소재 대학교의 규모를 키울 방법이 없을까 고민하기 시작했고, 2007년부터 본격적으로 실천에 옮겼다.

시립인천대학교와 인천전문대학을 통합시키면 예산이나 시설을 집중 투자해서 시너지 효과를 얻을 수 있다고 생각했다. 그 전에 경원대와 경원전문대의 통합 등 총 12개의 대학 통합 사례가 있었다. 나는 그런 사례를 들어 2년간 시정 질문과 언론 기고를 통해 대학 통합의 필요성과 시너지 효과를 주장했다. 하지만 인천시 집행부는 통합에 부정적이었다. 왜냐하면 정부가 수도권 인구 억제를 위해 추진했던 '수도권 정비계획법'이 발목을 잡았기 때문이다. 지성이면 감천인지, 운이 좋게도 해당법은 2010년 12월 31일까지 한시적으로 완화되는 상황이 찾아왔다.

기회는 좋은데 걸림돌이 또 하나 생겼다. 그것은 두 대학의 교수들이 각자의 자리가 침범될 것을 우려해 반대한다는 것이다. 그냥 있을 내가 아니었다. 2009년 인천시의회에서 두 대학의 통합 결의안을 대표 발의했다. 인천대학교 기성회장으로서, 시의원으로서 활동하면서 알게 된 양 대학교수들과 학교 관계자들을 찾아다니며 설득하는 작업을 벌였다. 지역 방송에도 출연해 대학 통합의 필요성을 설파했다.

나의 노력이 통했는지 각 대학의 교수들이 찬반 여부를 묻는 투표를 했다. 인천대 교수들의 70퍼센트가 찬성, 인천전문대 교수 152명 중 100명이 찬성표를 던졌다. 이런 과정을 거쳐서 인천대학교와 인천전문대는 2010년 3월 1일부로 통합 출범했다. 통합으로 학생 수가 1만 2,000명으로 늘어났고, 예산 규모는 1,200억 원으로 자산 규모는 1조 6,000억 원으로 증가했다. 이로써 국립인천대학교의 법인화 조건 달성이 수월해지게 되었다. 그리고 2013년 1월 8일, 국립대학법인 인천대학교로 출범할 수 있었다.

열성적이고 치밀한 의정활동의 성과는 상으로 보상받을 수 있었다. 8년간의 의정활동 과정에서 많은 수상을 했지만, 다음에 언급하는 이 상이야말로 가장 소중한 상이다.

한국매니페스토실천본부가 주는 공약이행평가 대상 수상

강지원 변호사가 설립한 한국매니페스토실천본부가 실시한 2009년 공약이행평가에서 대상을 받았다. 전국 729명의 광역의원을 대상으로 평가한 공약이행평가에서 전국 1등을 한 것이다. 매년 전국의 수많은 광역의원 중 단 한 명만이 받을 수 있는 뜻깊은 상이어서 광역시의원으로 활동했던 고생이 순간 보람으로 보상받는 것 같아 기쁨은 이루 말할 수 없었다.

나는 인천시의원으로 활동하는 시기에도 다양한 봉사활동을 계속했다. 정치를 하기 전에는 아무런 제약이 없었지만, 정치를 시작한 이후의 봉사활동에는 많은 제약이 따랐다. 특히 기부 행위를 금지하는 공직선거법 때문이었다. 하지만 득표를 목적으로 지역주민들에게 살포하는 신심성 기부 행위는 당연히 문제가 되지만, 사회복지공동모금회 등을 통한 지정 기탁은 전혀 문제가 되지 않았다. 따라서 흔들림 없이 불우한 이웃들에 대한 나눔을 이어 갔다. 모 언론은 이런 나를 두고 '천사표 시의원'이라는 타이틀을 붙여 주기도 했다.

2002년부터 2010년까지 8년간의 의정활동 중 윤리특위 위원장을 맡아 활동하다가 제5대 의회 후반기에는 제5대 인천광역시의회 제2기 의장이란 막중한 임무를 맡게 되었다.

나는 의정활동 외에도 회사 운영, 한국자유총연맹 인천광역시지부 회장(제7·8·9대), 제15기 민주평통 인천지역회의 부의장(차관급), 인천서부산업단지공단 이사장(제6·7대)직을 거의 동시에 수행했다. 하지만 그 어느 하나도 소홀히 하지 않았다. 형식적인 타이틀인 껍데기 대표직이 아니라 지역사회와 조직에 기여한다는 일념으로 최선을 다했다. 정부와 글로벌 단체에서도 나의 노력을 인정해 주어서 한국자유총연맹 조직 활성화 유공으로 '국민훈장 동백장'을 받았고, 세계자유민주연맹으로부터는 '자유장'을 수훈했다.

소는 비록 걸음이 느리지만
능히 천리를 간다

재선의 인천광역시의원을 하면서 더 넓은 정치활동을 펼치기 위해 국회의원에 도전장을 냈다. 그간의 의정활동 경험을 살려 좁게는 부평, 더 나아가 인천광역시와 대한민국 발전에 기여하는 사람이 되고자 출사표를 냈다. 그러나 나는 제20대, 제21대 국회의원 선거에서 모두 고배를 마셨다. 하지만 두 번의 패배를 겪으면서 얻은 게 있다. 나를 믿고 응원해 주신 분들의 변함없는 지지와 성원, 지역 발전에 대한 사명감이다.

국회의원 당선의 꿈을 현실화시키기 위해 '포기'라는 단어는 일찌감치 잊었다. 2012년부터 시작된 국회의원 당선 도전장은 계속 한 지역에 던지고 있다.

부평은 1979년 내가 인천에 첫발을 내딛은 곳이고, 2남 1녀의 자식을 낳아 키웠으며, 8년간의 의정활동을 펼친 곳이다. 지금까지 45년을 지켜 온 나의 제2의 고향이 부평이다.

부평구(을)은 인천지역 중 지역 성향이 가장 강한 곳이다. 흔히들 얘기하는 보수 성향의 국민의힘 후보가 당선되기 쉽지 않은 지역이다. 여러 가지 정황상 불리한 지역이지만 이곳에서 정치를 시작했고, 단 한 번도 이 지역구를 떠난다는 생각을 해 보지 않았다. 누구보다도 이 지역을 잘 알고 있기에 이곳에 뼈를 묻는 심정으로 매사 임하고 있다.

철새 정치인들처럼 자신에게 유리한 지역구를 공천받으려고 기웃거리지 않고 뚝심 있게 한 지역에 계속 도전하는 내 모습에 믿음이 갔는지, 요즘은 많은 지역주민이 불러 주시고 응원해 주신다. 이것이 정치하는 참맛 아니겠는가!

국민의힘 부평구(을) 지역위원장으로서 가장 최근의 정치적 성과를 꼽자면 윤석열 대통령 정부 출범에 기여했다는 것이다. 저마다 공치사를 할 수 있겠지만, 나는 국민의힘 취약 지역으로 평가됐던 인천에서 윤석열 대통령 후보의 당선을 위해 최일선에서 뛰었다. 윤석열 국민캠프 인천공동선대위원장으로 활동하면서 윤석열 후보의 대통령 당선을 위해 부평은 물론 인천 전 지역을 활보했다. 그 결과 대한민국 제20대 대통령에 윤석열 후보가 당선되었고, 나는 일조했다고 자부한다.

정치란 '생물'이라고들 말한다. 하지만 나는 정치 상황에 개의치 않고 지금도, 앞으로도 흔들림 없이 오직 국민만 보고 뚜벅뚜벅 걸어나갈 것이다. 비록 완벽하지는 않지만 세파에 흔들리지 않고 오직 정도(正道)를 걸어갈 것이다.

"소는 비록 걸음이 느리지만 능히 천리를 간다."고 한다. 우리 검정고시 동문들을 두고 쓴 문구가 아닐지 생각한다. 우리의 끈기와 도전이 어두운 세상에 희망의 등불이 되기를 간절히 기원한다.

답설야중거(踏雪野中去)

불수호란행(不須胡亂行)

금일아행적(今日我行跡)

수작후인정(遂作後人程)

눈 내린 벌판을 걸어갈 때에

발걸음을 함부로 하여 어지러이 걷지 말라.

오늘 내가 걸어간 발자국은

반드시 뒤에 오는 사람의 이정표가 될 것이다.

나를 비롯한 검정고시 동문들의 올곧게 살아온 삶의 여정은 우리 후배들에게 훌륭한 이정표가 되리라 확신한다.

배움

수업은 밤 10시 40분에 끝났는데, 막차 시간이 11시여서 끝나자마자 달려가야 간신히 막차를 탈 수 있었다. 가끔은 지쳐서 졸다가 종점인 인천역까지 갈 때도 있었는데, 그럴 때면 짜증과 함께 철저하지 못한 나 자신을 탓하며 통금을 피해 골목길로 돌아오다 보면 새벽 1시가 다 되기도 했다. 그렇게 집에 도착하면 연탄불이 꺼진 자취방은 냉기가 가득했고, 허기져 배고픔이 엄습했다. 덜덜 떨리는 몸으로 책상에 앉아 밤 12시가 넘어서야 차갑고 딱딱한 빵을 한입 베어 물면 슬픔이 아닌 진한 행복감이 밀려오곤 했다. '배운다는 것이 바로 이런 것이었구나……!'

나를 필요한 사람이 되게 하는 것은 오로지 나 자신의 몫이다

어린 산업노동자, 한국전력그룹사 본부장이 되다

김홍렬

숭실대학교 법학과 학사 졸업
고려대학교대학원(인사·조직) 석사 졸업
서울특별시 북부기술교육원 직업상담학과 교수
(사)검정고시지원협회 이사장
전국검정고시총동문회 사무총장
서울시 송파구 구립송파데이케어센터 운영위원장
서울시 송파구 구립노인복지관 운영위원장
공공기관 채용 서류심사 및 면접위원
한국전력 및 전력그룹사 본부장(1급·처장)
서울시 여성가족재단(서울시 공기업) 실장(1급)
한국여성경영자총협회 사무총장
Kim and Kim 커리어 연구소 소장
한국전력공사 사장상(2회), 충청북도 도지사상,
한전산업개발 사장상(2회), 서울특별시 시장상(2회) 등 수상

빛바랜 기억 속 어린 시절

"아침은 굶고, 점심은 건너뛰고, 저녁은 그냥 잔다." 유머인 것 같지만 유머가 아니다. 내가 겪은 배고픔에 대한 실제 경험들이다. "그땐 모두가 어렵게 살았지!" 하고 위안을 해 봐도 한쪽 가슴이 시려오는 것은 어쩌면 어린 시절에 겪은 지독한 가난과 굶주림의 아련한 회상 때문일 것이다.

나는 1955년생으로, 한국전쟁의 상처를 복구하는 시련의 세월 속에 태어났다. 그로 인해 내 어린 시절의 삶은 굶주림과 헐벗음으로 점철된 고난의 여정이 아니었던가 하는 생각이 든다. 이 글을 쓰는 내내 나의 기억 속을 차지하는 대부분은 '생존'과 '극복' 그 자체였다. 그래서 젊은 날의 내 초상들은 조각난 유리 파편처럼 간혹 나를 아프게 찌르기도 했고, 스스로의 감정에 젖어 울컥함이 밀려왔다 밀려가곤 했다.

일흔을 목전에 둔 나이에 과거의 기억을 들춰내 세상에 드러내 보인다는 것이 많이 망설여지기도 했다. 그동안 삶을 되돌아보니 세상은 나만을 위해 존재하지도 응원하지도 않았지만, 가난은 결코 부끄럽거나 죄가 아니며 스스로 극복할 수 있는 존재라는 사실이다. 과거의 힘든 역경은 오늘의 내가 성장하고 존재하는 토양이 되었음을 부정할 수가 없다. "역경은 열매가 된다."는 변하지 않는 진리를 떠올리며 보잘것없는 글을 쓴다.

누구나 사람은 자기방어적이어서 나쁘고 슬픈 기억보다는 자랑스럽고 좋은 것만 기억하고, 말하고 싶어 한다. 하지만 내 어린 시절의 기억을 돌아보면 부모님의 따스한 애정이나 사랑보다는 늘 굶주림에 대한 기억이 먼저 떠오른다.

배고픔에 대한 회상은 아마도 최초 기억이자 가장 오래된 추억들이 아닌가 생각된다. 꽁보리밥이라도 배부르게 먹어보는 것이 소원이었던 그 시절, 어머니가 방앗간에서 쌀겨를 구해 와 죽을 끓이면 한 순갈이라도 더 먹으려고 형제들은 앞다투어 그 뜨거운 것을 허겁지겁 퍼넣었던 것이 우선 생각난다. 더 자라서는 논두렁의 삐삐이 뿌리를 캐어 흙이 묻어 있는 채로 우적우적 씹어 먹으며 허기를 채우려 했던 기억, 동네에 잔치나 상갓집이 있으면 부침개 한 조각이라도 얻어먹을 수 있을까 하고 쭈뼛거리다가 어머니한테 들켜서 매를 맞았던 기억, 친구 집에서 놀다가 밥 먹을 때가 되면 집으로 가야 하는데 집에 가봤자 먹을 것이 없으니 일부러 눈치를 보며 기다리다가 얻어먹기도 했던 것들이 내 어릴 때의 아픈 기억들이다.

개인주의 심리학 창시자 알프레드 아들러(Alfred Adler)는 "성장기의 초기 경험과 환경이 인간의 정서와 성격 형성에 지대한 영향을 주게 되며, 특히 중요한 초기 기억은 오랜 시간이 경과해도 마치 최근에 겪었던 경험처럼 생생하게 기술할 수 있다."고 했다. 나에게도 딱 해당되는 것 같다는 생각이다. 이 시절의 먹는 것에의 갈증은 식탐으로 형성되어 배가 부르도록 먹어야만 포만감을 느끼는 과식 습관이 지금까지 이어져 온 것이 아닌가 생각된다.

당시 가난한 집 아이들은 예닐곱 살밖에 안 되었을지라도 집안일과 농사일을 거들어야만 했다. 특히 농사철이 되면 학교에 가 있는 시간을 제외하고는 오롯이 온갖 일을 해야만 했다. 그래서 모내기 줄잡기부터 시작해서 풀베기, 벼 베기, 땔감 구하기, 지게질은 물론 나중에는 농사일 중에 가장 상일꾼이 한다는 쟁기질까지도 너끈히 해낼 수 있는 농사꾼으로 성장했다.

그때의 우리 집은 소작 농지에 의지해 간신히 굶어 죽지 않을 정도만의 먹고사는 문제를 해결해야 했다. 일하기 싫어도 싫다고 거부할 수 없었고, 아무리 배가 고파도 배고프다고 말할 수 있는 환경이 아니었다. 또한 부모님 말씀을 거역하거나 대꾸하는 것도 상상 못 했으며, 그런 불효자가 되어서는 절대 안 된다는 생각만이 머릿속을 지배했던 착하고 순한 아이였다.

초등(국민)학교도
나에겐 과분했던 어린 시절

내가 일곱 살이 되었을 때, 또래 친구들은 학교에 가기 위해 입학원서를 쓴다며 작은 소동이 일던 때였다. 우리 집은 나를 학교에 보내 줄 기미가 없었다. 그때는 학교에 가려면 돈(1원)을 주고 입학원서를 사야만 했는데, 먹을 것조차 없는 상황에 원서값이 있을 리 만무였다. 학교에 가고 싶은 마음이 너무나 간절했지만 그럴 수 없는 현실에 몹시 풀이 죽어 지내던 때였다.

그런데 "간절하면 이루어진다."고 했던가! 나에게 작은 기적이 일어났다. 심부름을 갔다 오던 길에 길 위에 떨어져 있는 10(1원)환짜리 동전을 주운 것이다. 다른 것을 생각할 겨를도 없이 바로 이장 집으로 달려가 입학원서를 샀다. 그리곤 어머니 앞에 원서를 내밀고 학교 보내 달라고 당당하게 떼를 썼다. 그렇게 길에서 주운 행운의 1원으로 또래 아이들처럼 국민(초등)학교에 다닐 수 있었다. 이렇게 내 인생은 1원의 동전이 자본금이 되었다.

돈이 없어 책은 사지 못하고 공책과 연필만 사서 짝꿍의 책을 같이 보며 학교에 다녔다. 그래도 학교에서 공부하는 그 시간만큼은 일로부터 자유로웠고, 아마도 내 삶에서 가장 어린이다운 시절을 보냈던 때가 아닌가 생각된다.

당시에는 숙제가 매일 있었는데, 책이 없었기에 친구네 집에 가서 그 애가 시키는 것을 모두 해 주면서 책을 빌려 보며 숙제를 해야 했다. 더욱이 방학 때면 '방학공부' 숙제장을 사지 못해 친구의 방학공부 책을 베껴 숙제를 해야만 했다.

하지만 이런 어려움은 내가 노력해서 해결할 수 있었기에 큰 문제가 되지 않았다. 문제는 매달 부과되는 기성회비(월사금)였다. 참 많이도 담임 선생님과 교감 선생님한테 불려가 기성회비를 못 냈다고 야단맞고 벌을 서야만 했다. 그 당시, 교감 선생님으로부터 가장 지겹게 들었던 말은 "고름이 살 되는 것이 아니니 빨리 내라."는 독촉이었다. 그래도 돈을 못 내면 교단 앞으로 불려 나가 친구들 앞에서 벌을 섰다. 어린 마음에 너무 창피하고 상처가 되어 고개를 푹 숙이고 벌을 서고 있으면 나도 모르게 눈물이 주루룩 흘러 내렸다. 그렇게 떨어진 눈물이 나무로 된 교실 바닥에 얼룩이 질 때쯤이면 그 참혹한 벌이 끝났다. 자리에 돌아와 앉으면 설움이 몰려와 책상에 엎드려 숨죽이며 흐느끼곤 했었다. '우리 집은 왜 이렇게 가난할까……!'

4학년부터는 오후에도 수업이 있어서 도시락을 싸가야만 했다. 그러나 나는 학교에 다니는 것만도 황송했기에 언감생심, 도시락을 싸달라고 얘기할 수가 없었다. 혹시라도 도시락 때문에 학교를 그만 다니라고 할까 봐 오히려 말을 꺼내지 않았다.

점심시간이면 슬며시 교실을 나와 오전 수업만 하는 저학년 교실에 가서 하릴없이 시간을 보내다가 점심이 끝날 때쯤이면 교실로 들어가곤 했다. 그래도 다행이었던 것은 집이 가까운 애들은 집에서 점심을 먹고 오기도 해 점심시간의 내 빈자리가 별로 표나지 않았다. 나중에 이 사실을 알게 된 짝꿍 친구가 자기 엄마에게 부탁해 도시락을 두 개씩 가져와 같이 먹자고 했다. 그 친구 집도 매우 어려운 처지였는데 내 도시락을 챙겨 준 친구와 그의 어머님에게 항상 감사한 마음으로 살아간다. 내 삶이 존재하는 한 잊을 수 없는 소중하고 아름다운 기억이다.

그렇게 열악한 환경에서도 성적은 좋았다. 2학년 때를 제외하고는 1등을 놓친 적이 없었던 것으로 기억한다. 그때는 중학교에 진학할 애들은 진학반에 편성되어 별도로 추가(과외) 공부를 시켰다. 그러나 나는 학교가 끝나면 곧장 집으로 달려가 집안일을 도와야만 했다. 숙제할 시간만 제외하고는 일을 해야 했었다. 그런데 시험을 보면 항상 높은 점수를 받았다. 비록 작은 학교였지만 졸업식 때도 전교 1등으로 졸업하여 교육감상을 받았다.

6학년이 되었을 때, 학교 측과 주변 사람들이 중학교에 보내려고 무던히도 애를 써주셨다. 그러나 초등학교도 간신히 다니고 있는 형편에 감히 중학교는 엄두도 못 낼 상황이었다. 담임 선생님은 중학교 진학과 관련하여 어머니를 설득하려고 많은 시도를 했으나 그때마다 어머니는 안 된다며 거절하셨다. 선생님이 가정방문을 오시면 밭으로 피하시고, 밭으로 찾아오시면 다른 곳으로 숨곤 하셨다. 나중에는 교장 선생님까지 오셔서 3년간의 학비를 마련해 줄 테니 학비 걱정하지 말고 중학교 진학을 허락해 달라고 사정하셨다. 그러나 어머니의 생각은 단호하게 '안 된다'는 것이었다. 굶주림에서 벗어나려면 공부보다는 일해서 살림에 보탬이 되게 하는 것이 무엇보다도 중요한 일이었기 때문이었다.

그땐 내 생각도 그랬다. 우리 가족들이 하루라도 빨리 굶주림에서 벗어나려면 농사를 짓거나 다른 일을 해서 돈을 벌어야 했기에 감히 중학교에 가고 싶다고 말할 수가 없었다. 어머니가 냉혹하신 것이 아니라 집안 상황이 그랬기 때문에 어쩔 수 없다는 생각이었다. 중학교에 진학하지 못한 것에 대해 어머니를 원망하지도 않았다. 중학교에 진학하는 꿈은 포기할 수밖에 없었고, 가난해서 공부도 할 수 없는 현실을 그냥 숙명으로 받아들였다.

그렇게 중학교 입학원서 마감이 끝나던 추운 겨울밤, 식구들 몰래 밖에 나가 눈물 한줌 쏟아 내고 중학교 진학을 체념했다. 더이상 공부할 수 없다는 슬픔에 눈물을 뿌렸던 차갑고 서러운 밤이 시나브로 지나갔다.

미국의 심리학자인 매슬로우(Abraham Harold Maslow)는 인간의 욕구가 5단계의 위계적 체계로 구성되어 있다는 그 유명한 '욕구 위계 이론'을 제시하였고, 그중 가장 기초적이고 강렬한 욕구는 1단계인 '생존의 욕구'라고 했다. 따라서 우리 집은 가장 본능적이고 원초적인 배고픔(식욕)의 생존 욕구가 해소되지 않았으니 어쩔 수 없지 않겠는가!

착하기만 하셨기에 당신의 삶이 더 고단하셨던 아버지

아버지에 대한 즐겁고 행복한 기억이나 추억은 거의 없는 것 같다. 몸이 편찮으셔서 수건으로 머리를 동여매고 누워계시거나 밤새 기침하시던 모습이 먼저 떠오른다. 그렇게도 건강이 안 좋으셨음에도 병원 한 번 못 가보시고 간신히 약방에서 약만 지어 드시다가 무슨 병인지도 모른 체 이 세상을 뜨셨다. 내가 초등학교를 졸업하던 해였고, 아버지 연세는 60세였다.

아버지는 몸이 허약하신 데다 마음도 여리셨으며, 너무 착하기만 하셔서 손해만 보고 사셨다. 아버지가 돌아가셨을 때, 동네 분들이 이구동성으로 했던 말은 "법 없이도 사실 분이었는데 고생만 하다가 돌아가셔서 안타깝다."는 말이었다. 3대 독자로 귀하게 태어나셨지만, 기울어져 가는 가세의 고된 운명을 피할 수 없으셨다. 사람이 지켜야 할 덕목을 중시하셨고, 매사에 공과 사가 분명하셨다. 손해를 볼지언정 다른 사람에게 피해를 주어서는 안 된다는 것과 정직을 최고의 덕목이라 말씀하셨던 것 같다.

일제강점기하에서 징용에 끌려가셨다가 간신히 살아 돌아오신 아버지는 가뜩이나 여린 마음에 심신이 더욱 쇠약해지셨다고 한다. 징용 가서 받은 가혹 행위와 죽음에 대한 불안과 공포로 담배를 피우게 되었으며, 겁이 많고 소심한 성격에 뺏기고 당하기만 하면서 느꼈던 억울함과 분노의 감정을 결국 담배에 의지해 위로 삼았던 것이었다.

아버지가 돌아가시기 며칠 전 새벽이었다. 하루 종일 볏짐 나르느라 지쳐서 잠든 한밤중에 건넌방에서 다급하게 나를 부르는 어머니의 목소리가 들렸다. 아버지가 돌아가시려나 보다 하고 놀라 달려갔더니, 정작 어머니는 아무 말이 없으시고 아버지께서 들릴 듯 말 듯한 목소리로 겨우 입을 떼셨다.

"가서 공책하고 연필을 가져오너라."

피곤에 곯아떨어진 아이를 깨워 고작 하시는 말씀이 이건가 싶어 잔뜩 짜증이 나 속으로 투덜거리며 공책과 연필을 가져갔다.

"받아 적어라."

탈진이 다 되신 희미한 목소리라 잘 들리지 않아 귀를 바짝 세우고 아버지가 말씀하시는 대로 받아 적어 내려갔다.

"누구네 집에 벼 한 가마니, 누구네 집에 쌀 한 말, 누구네 집에 보리쌀 두 말, 누구네 집에 돈 얼마……!"

이렇게 한 줄씩 받아 적은 것들이 공책 한 장 반을 넘길 즈음에 불러주기를 멈추시고는 잘 적었는지 확인하신 후 다시 말씀하셨다.

"우리가 빌려 쓴 빚이다. 잘 갚아야 한다!"

그러고는 아버지는 시선을 돌리시더니 더이상 말을 잇지 못하셨다. 생과 사의 갈림길에서도 열세 살의 어린 나에게 빚진 것을 일러 주며 잘 갚으라고 당부하셨던 것이다. 지금도 그때를 떠올리면 목이 멘다.

재산도 땅도 없이 홀로 남게 되실 어머니, 먹는 입을 던다며 남의 집에 보낸 큰누나, 군대에 가 있는 형님, 작은누나와 아홉 살짜리 여동생, 그리고 장애를 갖고 태어난 여섯 살 된 막내 여동생을 남겨 두고 생을 마감하셔야만 했던 아버지의 그 처절하셨을 심정을 내 어찌 짐작할 수가 있겠는가! 내 나이 칠십을 목전에 두고 있는 지금도 그때의 아버지 심정을 생각하면 눈시울이 젖는다. 그래도 동네 사람들의 도움으로 아버지는 마지막 길을 꽃상여 타고 가셨다. 장례를 치르던 초겨울 날, 하늘도 슬펐는지 하염없이 장대비가 쏟아졌고, 흐르는 빗물과 함께 내 눈물도 함께 흘려보냈다.

모진 고생에도
꿋꿋한 삶을 사셨던 어머니

열여덟 살에 시집오신 어머니는 쇠퇴해 가는 집안을 다시 일으키려고 무진 애를 쓰셨지만, 겹치는 불운과 가난을 어찌할 수가 없으셨다. 극한 노력에도 살기는 점점 힘들어져 갔고, 아버지의 지속적인 병환과 지적 장애를 갖고 태어난 막내는 어머니의 또 다른 슬픔이고 고통이었다.

6남매의 굶주림에 허덕이는 모습을 지켜보면서 어머니는 이 세상의 그 어떤 고통보다도 참담한 심정으로 삶을 사셨다. 아무리 일을 해도 소작농의 한계와 쌓인 빚의 수렁에서 벗어나기란 역부족이었다.

"사흘 굶어 남의 집 담장 넘지 않는 사람 없다."고 했는데, 어머니는 그 처절한 상황에서도 남의 물건을 함부로 탐해서는 안 되며, 겸손해야 하고, 신세를 졌으면 반드시 갚을 줄 아는 사람이 되어야 한다고 우리에게 늘 주입시키셨다.

초등학교 1학년을 마치고 우등상을 탔을 때, 집에 와서 상 받았다고 자랑을 했다가 잘했다는 칭찬은 듣지 못하고 오히려 호되게 야단을 맞았다. "잘 익은 벼일수록 고개를 숙인다."고 하시며 겸손하지 못한 내 행동을 탓하셨다. 그 이후에는 아무리 상을 받아도 책 속에 가만히 끼어 놓기만 하고 말을 할 수가 없었다.

우리 집은 겨울이라고 해도 쉴 틈이 없었다. 농한기인 겨울방학에는 가마니를 짜서 5일장에 내다 팔고, 그 돈으로 양식을 사다가 끼니를 연명해야만 했다. 초등학교 5학년 때 어느 장날, 밤잠을 줄이며 짠 가마니를 팔기 위해 어머니는 머리에 이고, 나는 지게에 짊어지고 장으로 갔다. 점심때가 훌쩍 지났지만 가마니는 팔릴 기미 없이 시간만 하염없이 가고 있었다. 가마니가 팔려야 조금이라도 허기를 채울 텐데……!

어머니는 팔리지 않는 가마니에 지쳐 가고, 나는 배고픔에 지쳐 갔다. 차마 배고프단 말은 못 한 채 건너편에 있는 풀빵 장사만 물끄러미 바라보고 앉아 있었다. 그때 어머니가 일어나시더니 나에게 따라오라고 하셨다. 그러고는 10환(1원)에 열 개 하는 풀빵(국화빵)을 시켜서 내게 먹으라고 하고는 자리로 돌아가셨다. 그때 나는 그 풀빵을 어떻게 먹었는지, …지금 생각해도 죄스럽기만 하다. 따끈따끈한 풀빵을 순식간에 허겁지겁 다 먹어 삼킨 순간, "아차!" 하고 그때서야 어머니 생각이 번쩍 드는 것이었다. 어머니는 나보다 훨씬 더 배가 고팠을 텐데……! 어머니 한 개 드셔보란 말도 않고 짐승처럼 삼켰던 행동을 생각하면 할수록 죄스럽고 지금도 얼굴이 화끈거린다.

그렇게도 모진 고생을 하셨던 어머니는 94세에 돌아가셨다. 다행히 젊었을 때의 고생을 노년에 어느 정도 보상받으셨다. 우리 남매들은 최선을 다해 모셨기에 어머니의 노년 삶은 평안하셨고, 우리는 자식된 도리를 조금이나마 할 수 있었다. 자식들에게 한을 남겨 주지 않으신 어머니께 너무나 감사드린다.

삶의 희망을 들어올린 배고픔과 빚의 청산

초등학교를 졸업한 이후는 온전히 피와 땀으로 점철된 노동의 시절이었다. 배고픔을 해결하고 빚을 갚기 위해서는 농사일 말고는 다른 뾰족한 방법이 없었다. 빚은 남겨진 가족이 당연히 짊어져야 할 임무라고 생각했지 누구를 탓하거나 원망하지도 않았고 할 수도 없었다. 그냥 우리 집은 가난하였고, 가난한 사람들은 이렇게 사는 것인가 보다 하는 숙명에 충실했다.

초등학교를 졸업하자마자 전적으로 어머니의 지시에 따라 농사에 매달렸다. 매일같이 이어지는 농사일이 지겹고 힘들었지만, 이 가난을 극복하지 못하고 빚을 갚지 못하면 우리 가족은 뿔뿔이 흩어져야만 한다는 절박한 현실과 '빚을 잘 갚으라'는 아버지의 마지막 말씀을 져버릴 수가 없었다. 더욱이 자식들의 굶주림을 감내해야만 하는 비참하고 참담한 삶 속에서도 가족을 지키려고 고생하시는 어머니의 말씀을 거역해서는 안 된다는 것 외에는 다른 것을 생각할 겨를이 없었다.

한편, 아버지가 돌아가시자 소작농으로 근근이 이어 온 생활에 또 다른 시련이 다가왔다. 아버지를 봐서 소작을 주던 사람들이 더이상 소작을 주려고 하지 않았다. 소작을 얻어 계속 농사를 지으려면 그 염려를 불식시켜야만 했다. 어머니와 나, 그리고 작은누나는 그야말로 몸이 부서져라 일을 해냈다. 고생이라는 생각보다는 배고프지 않게 먹고살아야 하는 것이 우선이었다. 나이는 어렸지만 상일꾼들만이 한다는 쟁기질까지 해내도록 일을 잘하니, 품앗이를 할 때도 어른들과 대등하게 간주해 품을 쳐주었다.

그러나 아무리 농사에 매달려 노력해도 가난에서 벗어나고 빚을 갚기란 험난한 일이었다. 1년 농사를 지어 가을에 타작할 때면, 소작을 준 주인과 채권자들이 기다리고 있다가 자신들의 몫과 빚을 먼저 챙겨 갔다. 그러고 나면 타작한 마당에는 볏짚과 쭉정이만 덩그러니 남았다. 서로를 외면한 채 고개를 숙이고 텅 빈 마당을 정리하는 어머니와 작은누나, 내 눈에는 이슬이 맺혀 오곤 했다. '남은 곡식이 거의 없는데 또 1년간 먹을 식량을 어찌 빚을 내야 하나' 하는 걱정에 한숨과 두려움이 몰려 왔다.

극한 상황 속에서도 시간이 흐르면서 점차 희망이 보이기 시작했다. 우선 우리 가족이 똘똘 뭉쳐서 살아가려고 악착같이 노력하는 것에 감동하고, 또 농사를 잘 지어서 수확을 많이 내니 소작을 더 주겠다고 하는 사람들이 생겨났다. 게다가 아버지의 약값이 더이상 들어가지 않으니 지출이 줄었다. 형님도 3년간의 군복무를 마치고 제대하여 농사일에 뛰어들자 한결 집안 사정이 좋아졌다. 차츰차츰 배고픔도 면하게 되고, 빚도 모두 갚아 나갈 수 있게 된 것이다.

마지막 빚을 갚던 날의 흥분과 감격은 잊을 수가 없다. 지게에 진 벼 가마니를 채권자 집 마당에 내던지듯 부리는 순간, 등이 휠 것 같이 짓누르던 빚의 무게와 가슴을 짓누르던 삶의 무게를 한꺼번에 벗어 내는 듯한 그 홀가분함이란, 영원히 잊지 못한다.

어린 시절을 떠올리면 무수한 일들이 스쳐지나간다. 그중 가장 하기 싫었던 것 중 하나가 지게질이었다. 힘들기도 하지만, 심리적 위축감과 창피함이 극대화되었기 때문이다. 지게질을 하고 있을 때, 교복 입은 친구들을 만나면 짊어진 등짐의 무게보다도 창피함이 더 무겁게 나를 짓눌렀다. 특히 여학생들과 만날 때면 어디론가 영원히 사라지고 싶을 정도였다. 어깻죽지에 못이 박인 지게질로 인해 내 등은 약간 굽어 있다. 아내는 자꾸만 잔소리한다. '왜 똑바로 걷지 않고 등을 구부리고 걷느냐'고……. 나는 그냥 웃고 만다.

새로운 삶의 시도와 방황의 시간들

빚은 갚았지만 시골 생활은 여전히 궁핍했다. 빈곤 문제가 어느 정도 해소되자 도시로 나가서 돈을 벌기로 했다. 농사는 굶지 않을 수 있을 정도의 수입은 되었지만, 고생과 노력에 비해 비전이 보이지 않았다.

물론 도시라고 해서 쉽게 돈을 벌 수 있는 곳이 아니었다. 거리에서 신문을 팔고, 중국집 보이, 액자 가게 보조, 옷 공장의 시다, 신발 공장 등에 다녔다. 여전히 돈을 모아서 집안에 보태야만 하는 상황이어서 이곳저곳 전전하며 온갖 일을 닥치는 대로 했다. 열여덟 살이 넘어서 체격이 커지자 일용직(노가다)으로 일하기도 하였으나, 지속적으로 일이 있는 경우가 아니다 보니 생활이 안정되지 못했다. 또다시 힘든 생활을 해야만 하는 상황에 많은 방황을 했다.

지금은 오히려 내가 직업 상담·심리에 대한 강의를 하면서 다른 사람의 직업 생활에 상담과 도움을 주고 있는데, 사실 인생을 살면서 중요한 결정을 내려야 할 때 지도 및 조언해 줄 사람(멘토)이 있다는 것은 매우 중요한 일이다. 당시 내 진로를 상담해 주는 사람이 있었다면 보다 방황이 일찍 끝났을 것이다.

스무 살이 되어 징병검사를 받게 되었고, 국졸이라는 이유로 현역 대상에서도 제외되어 방위로 병역의무를 마쳤다. 직업에 대한 생각도 달라지게 되어 앞으로는 어떤 일을 하든지 안정적인 곳(공장)에 취직을 해야겠다고 생각했다.

그러나 이 과정은 또 하나의 새로운 고난의 출발점이 되었다. 당시 기능직 채용 모집 공고는 대체로 공장 게시판에 공지했다. 직원을 모집하는 회사를 찾기 위해 이른 아침이면 버스를 타고 공단 입구에 내려서 공단 내 모든 공장을 일일이 둘러보는 것이 일과가 되었다.

우선 집에서 가까웠던 부평공단을 시작으로 인천 시내 공장들, 안산(반월)공단, 구로공단, 영등포공단 등을 돌아다니면서 일할 곳을 찾아 헤매고 또 헤맸다. 그러나 국민학교 졸업자를 채용하겠다는 회사는 없었고, 최저한의 학력 요건이 중학교 졸업 이상이었다.

점심도 굶어가며 하루 종일 발품을 팔아 온 단지를 돌아다녔지만 이력서조차 낼 수 없는 세상이 야속했고, 초등학교밖에 나오지 못한 내 신세가 처량하고 서글펐다. 냉엄한 사회 현실에 대한 인식과 좌절감을 겪으며 해질녘이 되어 버스를 타고 집으로 돌아갈 때면 앞날에 대한 걱정과 불안이 밀려왔다. 스물한 살 청춘의 미래에 대한 불확실성과 두려움이 어둠과 같이 밀려와 밤잠을 이루지 못했던 방황의 시절이었다.

그렇게 일자리를 찾아 공단을 떠돌던 어느 날, 또 허탕을 치고 집에 가려고 동인천역 앞 정류장에서 버스를 기다리고 있을 때였다. 정류장 뒤편 커다란 게시판의 모집 공고문이 눈에 확 들어왔다. 순간적으로 학력 조건을 보니 "고등학교 졸업 수준"이라고만 되어 있었다. (당시에 나는 모집 공고를 보면 학력 조건을 먼저 확인하는 습관이 생겨 있었다.) 다음, 모집 회사를 보니까 "대우중공업"이라고 쓰여 있었다. 가슴이 뛰기 시작했다. '고졸 수준'이면 나는 국졸이기에 해당이 안 될 것이라는 생각과 기능직 공원(공돌이)을 뽑는 것이므로 괜찮을지도 모른다는 생각이 교차했다. '일만 시켜 주면 나도 고졸자 못지않게 일할 수 있을 텐데…….'

서류를 낼까 말까 수없이 망설이다가 모험을 하기로 결정하고 구비 서류를 준비하여 제출했다. 서류 합격자 발표 날에 확인했더니 놀랍게도 합격이었다. 기쁨과 흥분의 순간이었지만, 그 시간은 찰나에 불과했다. 그 아래 면접 일시가 공지되어 있었고, 면접일에 고등학교 졸업증명서를 지참하라는 것이었다. 또다시 내 인생 최대의 갈등과 아픔의 시간이 시작되었다. 초등학교밖에 못 나온 내 처지가 서럽고 한스러웠다. 면접을 볼 것인지 말 것인지의 갈등 속에 배우지 못한 비참함을 처절히 맛보는 미칠 것 같은 시간이었다. 이때만큼 배우지 못한 설움을 뼈저리게 느끼며 내 처지를 한탄해 본 적이 없었을 것이다.

면접 전날 거의 밤을 새우고, '그래, 밑져 봐야 본전이다. 한번 부딪쳐나 보자.'고 마음을 정한 후 면접을 보러 갔다. 인사 담당자가 참석자를 확인한 후 졸업장 제시를 요구했다. 나는 깜박 잊고 놓고 왔다고 얼버무리며 면접이 끝나면 바로 제출하겠다고 했다. 담당자는 난감해 했지만 다행히 면접을 거절하지는 않았다.

차례가 되어 면접장에 들어갔더니 세 사람의 면접관이 앉아 있었다. 두근거리는 심장 소리가 다른 사람에게 들릴 것 같았다. 면접관 중한 분이 서류를 검토하더니 졸업장 제출이 안 됐음을 지적하고는 왜 안 가져왔느냐며 첫 질문을 했다. 드디어 올 것이 온 것이다. 그러나 이미 마음의 준비를 하고 왔기에 사실대로 이실직고했다.

"죄송합니다. 저는 초등학교밖에 나오지 못했습니다. 일이 하고 싶고, 일을 해서 살아야 하는데 국졸이라는 것 때문에 서류조차 내지 못하고 있었습니다. 합격을 시켜 주면 고등학교 졸업자들보다도 더 잘하고 더 열심히 하겠으니 제게 일할 기회를 한 번만 주십시오!"

그리고 일을 잘못하면 즉시 해고해도 절대 이의를 달지 않겠다고 절실하게 말씀드렸다. 그러자 면접관들은 너무도 황당하다는 듯이 자기들끼리 한참 동안 서로 쳐다보다가 더이상 질문을 하지 않고 그만 나가보라고 했다. 나는 다시 한 번 죄송하다는 말을 뒤로한 채 면접장을 나올 수밖에 없었다.

"무식하면 용감하다."고, 만용을 부려 봤으니 이것으로 만족하자고 다짐하며 잊기로 했다. 그러나 집으로 가는 버스 속에서 칼로 저미듯이 아려오는 마음 한구석을 주체할 수가 없어 뿌옇게 흐려진 눈으로 창밖만을 응시했다.

최종 합격자 발표일이 되자 어리석은 짓이라고 생각하면서도 확인을 하고 싶은 마음을 억제할 길이 없었다. 기어이 회사 게시판으로 가서 주변의 눈치를 살피며 합격자 명단을 확인했다. 순간 나도 모르게 "헉!" 하고 숨이 멎는 것 같았다. 세상에나! 최종 합격자 명단에 내 이름이 있는 것이 아닌가. 다시 보고 또 봐도 내 이름과 응시 번호가 맞

왔다. '아~, 감사합니다. 감사하고 또 감사합니다. 뼈가 으스러지도록 열심히 하겠습니다.'

아마도 내 인생에 있어서 가장 기뻤고, 최고로 행복했던 순간이었을 것이다. 이후 검정고시(고검, 대검) 합격이나 대학 및 한국전력공사 입사 시험에 합격했을 때보다도 더 큰 감격으로 회상된다.

그렇게 해서 나는 기능직이지만 대우중공업의 공식 직원이 되었다. 당시 대우그룹은 우리나라 3대(현대, 대우, 삼성) 기업에 속하는 대단한 곳이었다. 대우의 심벌마크인 배지를 달고 다니면 사람들이 부러운 듯이 쳐다보는 그런 회사의 정규 직원이 된 것이다.

검정고시의 도전과 대학 합격, 그리고 한국전력공사 입사

내 인생의 최대 전환점은 대우중공업 취직에서부터 비롯되었다고 해도 과언이 아니다. 나에게 주어진 업무는 공장 안에서도 가장 힘들고 위험하며, 분진 및 기름때와 씨름하는 열악한 현장이었다. 모두가 기피하며, 만약 그곳으로 배정되면 배치된 순간부터 다른 곳으로 갈 생각만 하는 3D 중의 3D 환경이었다. 그러나 나는 감지덕지하며 최선을 다하여 일했고, 아무 불평 없이 열심히 일했다. 그렇게 일한 지 1년이 지나자 선임들은 모두 다른 부서로 옮겨 갔고, 그 현장에서는 내가 가장 오래된 직원이 되었다. 비록 그 일이 힘들고 위험한 작업이라서 기피 업무였다지만, 그 분야에 대한 지식과 경험자는 꼭 있어야 했기에 어쨌든 나는 그곳에서 꼭 필요한 사람이 된 것이다.

일은 항상 밀려서 매일 밤늦게까지 잔업을 했으며, 토·일요일은 특근과 철야 근무를 해야 했다. 힘들고 고됐지만 그만큼 잔업수당을 많이 받기에 피곤한 줄 모르고 일을 했다. 어떤 달은 시간 외 근무만 250시간이 넘는 경우가 있어 본봉보다 수당이 훨씬 많기도 했다. 그래도 돈을 버니 재밌고 즐겁기만 했다.

그런데 이상하게 그 바쁜 속에서도 뭔가 채워지지 않는 허전함이 밀려왔다. 개구리 올챙이 적 생각 못 한다고, '생존의 욕구'가 충족되니 미래의 인생을 생각하게 되고, 그 생각이 깊어질수록 허탈감이 더해졌다. 그리고 그것이 배움에 대한 갈망이란 것을 알게 되었다.

나는 기름때가 잔뜩 묻은 작업복, 노란 안전모, 안전화, 보안경과 기름투성이가 된 얼굴로 작업을 할 때면 사무직 직원들은 하얀 안전모, 하얀 와이셔츠에 넥타이, 손에는 사원 수첩을 들고 다니며 일을 했다. 당시 대우중공업은 차량 엔진을 만드는 첨단산업으로서 이공계 대학생들이 하루에도 몇 차례씩 견학 및 실습을 왔다. 언제부턴가 내 또래의 대학생들과 나 자신을 비교하게 되었고, 배움에 대한 숨어 있는 내 욕망을 자꾸만 자극하고 있었던 것이다. 먹고사는 것이 안정되니까 공부에 대한 욕망이 꿈틀거렸고, 그것이 삶의 허탈감을 느끼게 한 것이었다.

'내 나이 스물네 살인데 이제서 중학교 공부를 할 수 있을까?' 하고 갈등하다가 공부를 하기로 했다. '그래, 지금이라도 공부해 보자! 배우지 못한 것 때문에 남은 50여 년의 인생을 후회로 살 수 없지 않은가!'

중학교 검정고시에 도전하기로 결심을 굳힌 후, 작업반장님께 학원에 다니고 싶다고 얘기했다. 차마 중학교 공부를 한다고는 할 수 없어 기능사 자격증을 따서 현재 하고 있는 일을 더 잘 해내겠다고 핑계를 댔다. 하지만 예상대로 반장님의 대답은 단번에 "안 돼!"였다. 당연한 것이 그때는 잔업을 거부하면 회사를 그만둬야 할 정도로 일이 많이 밀리는 시절이었다. 두 번, 세 번 간청했지만 돌아오는 대답은 역시 똑같았다. 하지만 나도 물러설 수가 없어 허용을 안 해 주면 회사를 그만두겠다며 사직서를 제출했다. 그러자 결국 내 의견이 받아들여졌고, 대신 반드시 토요일 철야 근무와 일요일 특근을 해서 밀린 일을 처리한다는 조건하에 승인이 떨어졌다. 그 작업장에서는 내가 꼭 필요한 사람이 되어 있었기에 가능한 일이었다.

1978년 당시에는 인천에 검정고시 학원이 없어서 영등포에 있는 대신학원에 등록했다. 그때 나는 자유공원 아래 허름한 한옥 단칸방에서 자취생활을 하고 있었다. 오후 6시가 되면 기름때가 잔뜩 묻은 채로 작업복만 갈아입고는 동인천역까지 뛰어갔다. 잰걸음으로 걸어도 25분이 넘게 걸리는 거리였다. 전철을 타고 영등포 학원에 도착하면 7시 40분, 항상 한 시간 이상 지각이었다. (그때는 시간도 많이 걸리고 배차 간격도 길었으며, 막차도 빨리 끊겼다.)

수업은 밤 10시 40분에 끝났는데, 막차 시간이 11시여서 끝나자마자 달려가야 간신히 막차를 탈 수 있었다. 가끔은 지쳐서 졸다가 종점인 인천역까지 갈 때도 있었는데, 그럴 때면 짜증과 함께 철저하지 못한 나 자신을 탓하며 통금을 피해 골목길로 돌아오다 보면 새벽 1시가 다 되기도 했다.

그렇게 집에 도착하면 연탄불이 꺼진 자취방은 냉기가 가득했고, 허기져 배고픔이 엄습했다. 덜덜 떨리는 몸으로 책상에 앉아 밤 12시가 넘어서야 차갑고 딱딱한 빵을 한입 베어 물면 슬픔이 아닌 진한 행복감이 밀려오곤 했다. '배운다는 것이 바로 이런 것이었구나……!'

학교에 다니며 6년간 해야 할 공부를 1년 만에 했으니, 영어와 수학이 많이 힘들었다. 공부를 시작한 그해(1978년) 4월에 고검에 합격한 후, 다음 해(1979년)에 대검에 합격하고 나니 대학에 가고 싶은 욕망이 강하게 생겨났다. 검정고시는 합격했지만 대학에 진학하자니 공부가 너무 부족함을 절실히 느낄 수 있었다. 아무리 생각해도 직장에 다니면서 예비고사, 본고사를 통과할 수가 없겠다는 생각이 들었다. 그때까지 모은 돈을 계산해 보니 입시학원비와 대학 4년간의 학비는 충당될 수 있을 정도가 되었다.

대학에 가기로 결정하고 고마운 '대우중공업'을 퇴직하기로 했다. 한편으로는 반장님과 주위 분들이 만류했지만 결국에는 열심히 하라는 격려의 말로 용기를 주었다. 참으로 감사한 분들이고, 감사한 직장이었다.

법대 재학 시절 형사 모의재판 준비 중인 필자

그해에 예비고사, 본고사를 거쳐 또래들이 졸업할 나이인 스물여섯 살(1980년)에 숭실대 법대에 입학했다. 졸업할 때, 군무원 5급(사무관) 시험과 한국전력공사 대졸 공채시험에 합격하여 어디로 갈까 고민하다가 한전을 택했다. 못 배웠던 한을 극복하고 본격적인 직장생활을 하게 되었다.

한전에서는 법무 파트에서 일했으며, 과장으로 승진 후에는 충북지사 보은지점 서무과장, 본사의 경영기획처에서 근무했다. 이후 한전의 자회사가 설립되면서 자회사(한전산업개발)의 부장으로 옮겼다. 또한 대학원에 입학하여 석사 학위도 받았다.

직장에서의 승진도 다른 직원들보다 월등히 빨랐다. 부처장(2급)을 거쳐 48세에 1급 본부장(처장)으로 승진했다. 50세 이전에 1급 승진한 경우는 최초였고, 지금까지도 그 기록은 유지되고 있다고 한다. 근무 부서로는 노무부장, 경영기획부장, 영업·노무처장을 했다. 노사안정을 잘 이끌어 회사 발전의 원동력이 되었고, 노사 분규가 단 한 건도 발생하지 않은 산업평화를 도출할 수 있었다.

한편, 너무 빨리 승진한 것이 독이 되었는지 민영화가 추진되면서 전력 그룹사를 퇴직해야 했고, 이어서 서울시 공기업인 서울여성가족재단의 경영지원실장(1급)으로 전직했다. 이곳에서 우리나라 최초 '여성기업 박람회'를 세 번이나 개최하면서 여성들의 일자리 창출에 상당한 기여를 했다. 또한, 서울시의 경영평가 및 청렴도 평가에서 최우수 성과를 거두어 서울특별시 시장상을 두 번이나 수상하기도 했다.

아울러 직장에 다니면서 퇴직 이후의 삶을 준비하는 데도 게을리하

서울시 북부기술교육원 직업상담학과에서 강의하는 필자

지 않았다. 경영지도사와 직업상담사 자격을 취득하여 정년 1년 전에 자진 퇴직을 했다. 퇴직한 후 2013년부터 서울시 산하 교육기관인 서울시 북부기술교육원 직업상담학과 교수로 재직하게 되었고, 현재까지 강의하고 있다. 그리고 대학의 직업 관련 특강이나 각 지방자치단체에서 시행하는 직업교육에 대한 강의도 겸하고 있다.

수업을 진행하다 보니 다른 사람이 쓴 책이 아닌 내가 쓴 교재가 필요함을 느껴 그간의 지식과 경험을 활용하여 직업상담 분야의 책을 출간했다. 현재 세 번째 책을 출간하여 서점에서도 판매가 되고 있고, 직접 강의 교재로 사용하고 있다. 한편, 책의 우수성과 내용의 충실성을 인정받아 대학교의 정식 교재로도 채택되어 활용되고 있음에 긍지와 자부심을 느낀다.

'자아를 실현한 사람'으로 성장하기를 추구하며

내가 현재 하고 있는 강의를 언제까지 할 수 있을지는 나도 모른다. 일흔을 목전에 둔 나이로 이미 정년이 지난 지도 오래되었기 때문이다. 다만, 교육원에서는 앞으로도 상당 기간 나를 필요로 한다고 한다. 매 학기마다 실시하는 학생들의 강의 만족도 평가에서 최고를 차지하는 인기 있는 선생님이기 때문이다.

내가 가진 지식과 경험을 학생들에게 전수하고, 이를 토대로 공부하여 자신들에게 맞는 진로 및 직업을 찾아 새로운 길을 걸어가는 수강생들을 보면, 보람과 큰 성취감을 느끼곤 한다. 자격증을 취득하거나 취업에 성공한 후 감사 문자나 밥을 사겠다는 학생들을 접하면서 인생 2막으로 시작한 선생님이란 직업이 나에게 큰 즐거움과 행복을 가져다주고 있음을 실감한다. 매슬로우는 가장 고차원의 욕구를 '자아실현의 욕구'라고 하였는데, 나도 삶이 다하는 날까지 인생을 보다 가치 있도록 실천하며 자아를 실현할 것이다.

마지막으로 검정고시를 생각하거나 이미 합격한 후배들에게 하고 싶은 말이 있다. 검정고시 시험을 생각한다면 망설이지 말고 도전하고, 합격했다면 당당해지라는 것이다. 지금은 다양성의 시대다. 다른 사람들이 하지 않았거나 하지 못했던 과정을 선택한 검정고시 출신이야말로 진정한 자신의 가치를 실현하고 있는 사람이라고 생각한다.

신이 우리를 외면할지라도 스스로가 자신을 포기하지 않는다면 반드시 가치 있는 삶을 살 수가 있다. 세상은 나만을 위해 존재하지도 응원하지도 않는다. 다만 열악한 환경을 극복할 수 있는 자유의지를 주었다. 어떤 것을 선택할 것인가는 자신의 몫이다. 삶을 개척하고 더 나은 미래를 향해 나아가는 길목에 검정고시란 인연을 만나 오늘의 내가 존재한다는 사실에 무한히 감사한다.

배움

연필을 쥐고 끙끙대며 이런 생각을 했다. '이 연필로 공부했다면 지금 하는 일들이 조금은 편했을까? 또래들은 그때도, 지금도 공부하고 있겠지?'
6남매의 다섯째. 여덟 식구가 먹고살기에도 벅찼던 시절, 공부는 꿈도 꿀 수 없었다. 시골에서는 흔한 일이었다. 초등학교에 60명이 입학을 해도 졸업은 절반도 못 했다. 어린 시절부터 공부에 대한 마음이 컸던 나는 반에서 1등을 놓치지 않았고, 줄곧 반장을 해 왔다. 광주로 유학하러 가서 도시 학생들과 겨뤄 보고도 싶었지만, 집안 사정상 말을 꺼내기 어려웠다.

눈이 녹으면
남은 발자국 자리마다
꽃이 피리니

눈이 싫은 어린 자전거 배달꾼, 경영학 박사가 되다

박해성

경영학 박사
원바이오 경영컨설팅 대표
《전라일보》 광주·전남 취재본부장
국제문화창작연구회 대표
호남문화관광연구소 원장

눈아, 내리지 마

눈이 내리지 않기를 간절히 바라던 아이, 나였다. 또래 아이들과 뛰어다니며 부모님께 어리광을 부릴 나이 열네 살. 눈이 내리는 것만으로도 설레는 나이 열네 살. 하지만 나의 열네 살은 그렇지 못했다. 매일 자전거에 무거운 짐을 싣고 배달 일을 하며 "눈아, 내리지 마." 이 말을 입에 달고 살았다.

1972년 당시에는 삶의 터전을 찾아 농촌에서 도회지로 상경하는 경우가 많았다. 나 또한 친척 친구의 소개로 보성에서 광주로 삶의 터전을 옮겼다.

"밥만 먹게 해 주시면 무슨 일이든 하겠습니다!"

친척 친구가 소개해 준 도매 상사의 문을 열고 용기 내 인사를 했다.

"너무 어리네."

사장님은 나를 등지고 하던 일을 계속하셨다. 다시 고향으로 돌아갈 수는 없었기에 매장 구석에 놓여 있던 빗자루를 들고 바닥을 쓸기 시작했다. 진열된 물건들의 먼지를 털고 신문지를 구겨 매장 앞 유리창을 닦았다. 손님이 들어오면 한걸음에 달려가 손님을 맞이했고, 나가는 손님을 배웅했다. 시간이 얼마나 흘렀을까.

"자전거 탈 줄 아니?"

사장님이 물었다. 타 본 적은 없었지만 탈 줄 안다고 대답했다. 사장님은 약도를 주며 물건을 배달하고 오라고 했다. 커피 봉지와 홍차 등의 다방 재료를 상자에 담아 자전거에 실었다. 열네 살 아이에게는 아주 크고 무거운 자전거였지만 무작정 올라탔다. 그 짧은 시간에 얼마나 넘어졌는지 무릎과 팔꿈치에 멍이 들고 피가 흘렀다. 배달을 마치고 돌아올 때까지 자전거는 좀처럼 익숙해지지 않았다. 무사히 배달을 마쳤다는 말에 사장님은 미소를 지으며 다음 배달 일을 주셨다.

"무거울 텐데 괜찮겠어?"

통조림과 유리병에 든 간장을 나무 상자에 가득 실으면 무게가 상당했다.

"할 수 있습니다!"

자전거에 몸을 실었다. 그때 눈보라가 매섭게 휘날리기 시작했다. '눈아, 내리지 마.' 바람과는 달리 눈은 앞이 보이지 않을 정도로 내리기 시작했다.

얼마나 긴장했던지 자전거는 출발과 동시에 중심을 잃었고, 간장병이 바닥에 떨어져 모두 깨져버렸다.

"죄송합니다. 죄송합니다."

손이 베인 줄도 모르고 병 조각을 줍는 날 보며 사장님은 아무 말 없이 새 간장병을 주시고는 괜찮으니 조심해서 다녀오라고 하셨다.

사장님께 미안해서인지 고마워서인지, 아무튼 무엇이 서러웠는지 걸어서 자전거를 끌고 가며 한참을 울었다. 내리는 눈이 미웠고, 새하얀 눈이 싫었다. 새하얀 눈 위에 검게 뿌려진 간장이 창피했고, 바보 같았다. 이후 자전거는 배달 갈 땐 걸어가고, 돌아올 때만 탔다. 며칠 만에 자전거는 나의 발이 되어 주었지만 눈을 좋아하기까지는 아주 오랜 시간이 걸렸다.

"눈아, 내리지 마."

지금도 눈이 내리면 눈보라 사이로 무거운 자전거 페달을 밟고 배달하는 열네 살 소년이 보인다. 어린 나이에도 눈을 밟고 스스로 일어나려고 하는 열네 살의 소년이 아스라이.

헛되게 흘린 땀은 없어

새벽 6시부터 자정까지, 하루 열여덟 시간. 정해져 있는 쉬는 날이나 휴가 같은 건 없었다. 매장은 밤 10시 30분에 문을 닫았지만, 11시부터 하역 작업을 했다. 지방에서 상품을 싣고 온 4.5톤과 2.5톤 두 대의 트럭에서 물건을 내리고, 일반 가정집을 개조해 만든 세 군데의 상품 창고에 상품을 분산 정리했다.

하역 작업을 마치고 숙소에 들어와서는 그날 벌어들인 돈을 정리했다. 100원·50원·10원짜리 지폐와 10원·5원·1원짜리 동전을 분리하고, 지폐는 앞뒤를 맞춰 100매씩 맨 위와 아래에 가장 깔끔한 돈으로 마무리해 띠지로 묶고, 100장이 되지 않는 돈은 다르게 묶어 금액을 띠지에 적었다. 동전은 100개씩 종이에 말아 정리하고, 100개가 안 된 동전은 따로 묶어 금액을 적었다. 그렇게 장부에 적힌 금액과 실제 금액을 맞추고 나서 잠자리에 들었다.

숙소는 화장실이 있는 2층 옥상에 합판으로 지은 옥탑방이었다. 합판에 전선을 둘둘 감아 바닥에 깐 것이 난방 전부였지만, 피곤함에 추운 것도 모르고 늘 정신없이 잠이 들었다. 전날 밤에 왔던 트럭이 다시 지방으로 가기 전, 새벽 6시에 일어나 지방에 보낼 상품들을 정리해 두 대의 트럭에 짐을 싣고 나면 아침 8시. 상사의 매장 문을 열고 아침밥을 먹었다.

그리고 사장님이 수금한 돈을 가방에 담아 주면 두 명이 동행해 은행에 가서 입금했다. 현금이라 돈 가방이 무겁기도 했지만, 강도가 많았던 시절이라 늘 두 명이 함께 은행에 다녔다. 은행에 다녀와 사장님께 확인받고 나면 자전거 배달 일을 시작했다. 나는 다방 배달 업무를 맡았는데, 그 무렵 광주 시내에 있던 다방의 80퍼센트 상품을 모두 내가 배달했다. 자전거 배달이 없을 때는 걸어서 갈 수 있는 시내 배달과 창고 정리를 했다.

지방으로 움직이는 트럭은 샘표간장·삼강쇼트닝·통조림 등을 싣고 매일 두세 대가 들어왔고, 정기화물로 다방 재료 제품들은 그레이하운드 고속버스로 동서식품의 커피 등이 들어왔다. 하루가 어떻게 가는지도 모르게 움직여서 잠을 안 잔 것처럼 늘 고되고 피곤했다. 그런데도 밥을 먹고 잠을 잘 수 있다는 것만으로도 행복했다.

그렇게 한 달이 흐른 어느 날, 매장 문을 닫으려는데 사장님이 부르셨다.

"월급이다."

생각지도 못한 월급에 깜짝 놀랐다.

"먹여 주시고 재워 주시는 것만으로도 충분합니다."

사장님은 웃으시며 노란 봉투를 다시 건네셨다.

"땀 흘린 만큼 받는 거야, 고생했다."

감사하다는 인사를 드리고 봉투를 주머니에 담았다.

가슴이 두근거렸다. 아무도 없는 곳에 가서 조심히 봉투를 열어보니 지폐 700원이 들어 있었다. 눈시울이 붉어졌다. 처음 간장병을 깨뜨린 날과는 다른 눈물이었다. 사장님이 생각보다 많은 금액을 챙겨줘서도, 돈이 좋아서도, 서러워서도 아니었다. 인정받는다는 것, 내가 흘린 땀을 인정받는다는 것! 내 생애 첫 월급은 나에게 이 말을 알려주었다. "헛되게 흘린 땀은 없어. 진실로 흘린 땀은 언젠가는 분명히 인정받게 되어 있어."

자전거야, 그동안 고마웠어

같이 근무하는 형님이 운전면허를 따기 위해 운전학원에 등록한다는 말을 들었다. 나는 나이 때문에 1년 후에나 학원 등록이 가능했지만, 궁금한 마음에 형님을 따라나섰다. 그 무렵에는 광주와 전남을 통틀어 자동차 운전학원은 두 곳밖에 없었다.

광주에서 담양 방면으로 가는 외곽 지역에 말바우(말바위)시장을 지나 돌아서니 '신진 자동차 운전학원'이라고 적혀 있는 간판이 보였다. 운전이라니! 학원에 다니는 것도 아닌데 가슴이 뛰었다. 1년 후에 학원에 다니겠다며 대기 명단에 이름을 올리고, 형님이 연습하는 모습을 바라보았다. 1년 뒤에는 나도 운전을 할 수 있겠지? 벌써 어른이 된 것만 같았다.

1년의 기다림은 지루하지 않았다. 그런데 막상 1년이 지나니 매장 일이 바빠 학원에 다닐 시간이 없었다. 당시의 자동차 학원은 개인이 수강 시간을 선택하거나 조절할 수 없었고, 수업 시간이 정해져 있었다. 혹여나 수강생이 결석이나 지각하게 되면 선생님들은 욕을 하거나 매를 들기도 했다.

'일이냐, 학원이냐'를 선택해야 했지만 두 가지 다 놓치고 싶지 않았다. 그러던 어느 날, 예정에 없던 휴일이 생겨 용기를 내 운전학원에 갔다. 막상 도착하니 접수할 용기가 생기지 않아 한참을 가만히 서 있는데, 선생님처럼 보이는 어떤 분이 말을 걸었다. 우물쭈물하며 내 사정을 말씀드리니, 선생님은 내게 자신의 젊은 시절이 보인다며 시간이 될 때 학원에 들르면 개인적으로 수업을 해 주시겠다고 했다.

나는 매장이 한가할 때마다 학원에 들러 틈틈이 운전을 배웠고, 1976년 18세가 되던 해에 운전면허를 취득했다. 전라남도 경찰청에서 시행하는 시험은 1년에 단 두 번뿐이었다. 떨어지면 또다시 긴 시간과 돈을 써야만 했기에 필사적으로 시험을 봤고, 단번에 합격할 수 있었다. 하지만 운전학원에 다닌다는 사실을 사장님께 말한 적이 없어 면허를 딴 건 나만 아는 사실이었다. 자전거가 아닌 자동차로 배달을 하고 싶기도 했지만, 그저 지갑 속에 면허증이 있다는 사실만으로도 매우 행복했다.

그러던 어느 날, 여느 때와 같이 다방 재료를 배달하고 매장으로 돌아왔는데 사장님이 내게 자동차 열쇠를 건넸다.

"시내 한 번 돌자."

사장님은 0.5톤 삼륜 자동차에 올라타시고 내게 운전을 맡겼다. 면허시험을 볼 때보다 더 떨렸던 것 같다. 여름이 오려면 아직 멀었는데도 등줄기에 땀이 흘렀다. 어떻게 운전했는지 사실 잘 기억나지 않는다. 시내를 돌고 매장으로 돌아와 자동차를 천천히 세웠다.

"내일부터 이걸로 배달해."

"네? 자전거도 괜찮은데……."

"4년을 탔으면 그만 보내줘야지."

다음 날, 사장님은 차 열쇠를 주시며 시내 배달과 영업을 함께해 보라고 하셨다. 나는 우렁차게 대답하고는 물건을 들고 습관처럼 자전거에 실었다.

"차 열쇠 들고 뭘 해?"

사장님은 한바탕 웃으시더니 매장 안으로 들어가셨다.

자전거에 실었던 물건을 자동차에 옮겨 싣고, 자전거를 가만히 바라보았다. '벌써 4년이 지났구나. 자전거에 올라 몸도 가누지 못했던 소년이 자동차를 운전하다니.' 신기한 기분이었다. 만약 자전거가 없었다면 자동차는 생각도 못 했을 것이다. 맨발에서 자전거로, 자전거에서 자동차로 한 걸음 더 나아갈 수 있게 도와준 자전거에 작별 인사를 했다.

"자전거야, 그동안 고마웠어."

스무 살이 되면

스무 살이 되기를 간절히 바라던 때가 있었다. 자동차로 배달을 하며 판매를 시작할 즈음이었다. 사장님께서 시내 배달과 영업을 함께해 보라고는 하셨지만, 영업이 무엇인지 잘 몰랐던 나는 우선 거래처 사장님들과 친해지기로 했다. 웃는 얼굴로 상품을 배달하면서 늘 근황을 묻고 안부 인사를 나눴고, 배달하는 물건의 장단점을 듣고 기록했다. 시간이 지나면서 거래처 사장님들은 날 신뢰하기 시작했고, 매장에서 근무했던 영업사원보다 날 먼저 찾곤 했다. 하루는 거래처 사장님이 우리 매장에 들러 사장님과 이야기를 나누었는데, 나의 영업 실력이 아주 괜찮다는 칭찬을 들었다. '노력한 만큼 알아주시는구나!'

기쁜 마음도 잠시, 매장 영업사원이 날 못살게 굴기 시작했다. 매장 청소를 할 때, 밥을 먹을 때, 물건을 정리할 때 영업사원은 나만 보면 비꼬는 말들과 못된 행동들을 했고, 배달하러 다녀오거나 판매할 때면 자기 일을 가로챈다며 화를 내곤 했다. 그러고는 꼭 "아직 스무 살도 안 된 어린 녀석"이라는 말로 끝을 냈다. 나는 날 괴롭히던 영업사원보다 스무 살도 안 된 내 나이가 더 미웠다. '스무 살이 되면, …스무 살만 되면, 성인이 되면!' 간절했다. 나도 성인이 되어 어엿한 직원으로 인정받고 싶었다. 일을 시작한 지 몇 년이 지났어도 난 늘 막내였고, 어린 소년이었다. 서러움을 참아내며 묵묵하게 2년을 버텼다. 영업사원은 제풀에 지쳐 일을 그만두며 마지막까지 날 어린애 취급했다.

기다리던 스무 살이 되던 해, 매장은 직원 25명에 경리사원이 5명이나 되는 큰 유통회사로 성장했다. 이대로라면 나는 곧 정식 직원으로 인정받아 좋은 직급까지 올라갈 것이 분명했다. 하지만 머무르고 싶지 않았다. 사장님께 상의할 것이 있다며 처음으로 사장님과의 자리를 마련했다.

"더 큰 세상에 나가보고 싶습니다."

사장님은 한동안 말씀이 없으셨다.

"널 붙잡는 건 욕심이겠지?"

고마움과 미안함이 밀려들었지만 결심을 바꾸고 싶지 않았다. 늘 어른 눈치만 살피던 소년의 세상에서 당당한 어른의 세상으로 한걸음 나아가고 싶었다.

'스무 살이 되면, …스무 살만 되면, 성인이 되면!' 내 안의 결심은 이미 단단해져 있었다. 그렇게 나는 6년 동안 버텨왔던 소년의 세상에서 걸어 나와 새로운 세상에 발을 디디기로 했다. 긴 시간 날 지켜봐 준 사장님과 찐한 악수를 마지막으로.

버티자, 지금은 준비하는 시간이야

크라운제과 광주영업소에서 CS-MAN, 카 판매원을 뽑는다는 소식을 들었다. 그간의 경력과 젊은 패기로 순조롭게 취직했다. 그 무렵에는 DS-MAN, 손수레 판매원이 대부분이었기에 차를 타고 다니며 판매한다는 것은 아주 신선하고 획기적인 일이었다.

취업하자마자 나는 높은 매출 성과를 올렸다. 광주 시내 상인들과 친분이 두터웠고, 긴 업무 시간에 익숙했으며, 물건을 옮길 체력도 좋았다. 목표 금액은 한 달에 1,500만 원이었는데, 소매 가격 50원짜리 비스킷을 팔아 금액을 맞추려면 하루에 픽업 트럭 두 대 분량을 판매해야 했다.

판매는 자신 있었지만, 세무 문제가 나의 발목을 잡았다. 당시의 영업사원들은 영업뿐 아니라 판매와 배달, 상품의 재고와 수금 등의 세무 문제까지 책임져야 했는데, 너무 어려운 일이었다. 배운 적도 없었고, 무턱대고 할 수 있는 일도 아니었다. 픽업 트럭 두 대 분량을 모두 판매하고도 판촉 비용 등의 판공비와 부족한 금액을 채워 넣으면 남는 게 별로 없었다. 어디서부터 잘못된 건지 매일 연필을 손에 쥐고 끙끙대야 했다. 당시 급여는 낮은 기본급에 업무 성과에 따른 성과보수로 지급되었고, 나는 높은 판매율에도 늘 제대로 된 급여를 받지 못했다. 연필을 쥐고 끙끙대며 이런 생각을 했다. '이 연필로 공부했다면 지금 하는 일들이 조금은 편했을까? 또래들은 그때도, 지금도 공부하고 있겠지?'

6남매의 다섯째. 여덟 식구가 먹고살기에도 벅찼던 시절, 공부는 꿈도 꿀 수 없었다. 시골에서는 흔한 일이었다. 초등학교에 60명이 입학을 해도 졸업은 절반도 못 했다. 어린 시절부터 공부에 대한 마음이 컸던 나는 반에서 1등을 놓치지 않았고, 줄곧 반장을 해 왔다. 광주로 유학하러 가서 도시 학생들과 겨뤄 보고도 싶었지만, 집안 사정상 말을 꺼내기 어려웠다.

초등학교를 졸업할 즈음, 인근의 영생중학교에 전액 장학생으로 진학할 기회가 생겼다. 중학교에 갈 수 있다는 기쁨도 잠시, 중학교 교장 선생님이 집으로 찾아오셨다. 선생님은 아버지께 학교 운영비가 부족해 장학생은 힘들겠다며 대출을 받아 주면 장학금을 주고 이후 돈을 갚겠다고 했다. 아버지는 이를 거절하셨고, 나는 결국 중학교에 진학할 수 없게 되었다.

돈이 없으니 스스로 돈을 벌어 학교에 가야겠다는 생각에 아이 머슴살이를 시작했다. 어린아이라서 보는 것이 안쓰러웠는지 광주에 계시던 매형이 날 찾아왔고, 매형의 친척 친구분이 도매 상사를 소개해 주었다. 그렇게 나는 공부하기 위해, 먹고살기 위해 열네 살에 광주로 왔다. 하지만 공부는 시작하지도 못했고, 먹고살기에도 빠듯했다. '그래, …버티자.'

근무 시간이 일정한 일을 하면 저녁 시간에 공부할 수 있을 거라는 생각이 들었다. 당장은 힘들어도 이 시간만 버티면 공부할 수 있다는 희망으로 버텼다. 픽업 트럭 두 대가 아니라 세 대 분량을 판매했고, 뛰어다니며 선배들에게 세무 업무를 배웠다. 휴일도 없이 잠도 자지 않고 금액을 맞추고, 계산하고 정리했다. 그렇게 부족했던 금액은 조금씩 맞춰졌고, 수익이 나기 시작했다.

목표 금액 한 달 1,500만 원을 늘 달성하니 그만큼 급여도 높아졌다. 공무원들의 급여가 4만 5,000원이었던 당시에 나는 20만 원의 급여를 받았다. 그렇지만 생활방식은 바꾸지 않았다. 여전히 쉬지 않고, 잠자지 않으며 금액을 맞추고 계산하고 정리했다. '지금은 이 연필로 일을 하지만, 곧 공부하게 되는 시간이 올 거야.' 매일 밤 연필을 바라보며 다짐했다. '버티자. 지금은 준비하는 시간이야. 해 봐서 알잖아. 헛되게 흘린 땀은 없어.'

더는 머무르지 마세요

4년이 지났다. '근무 시간이 일정한 일을 찾아야지.' 4년을 버틴 이유다. 제과회사의 판매하는 일과 작별하고, 광주에 있는 종합건설회사인 삼양건설에 입사했다. 학교 졸업장 없이 입사하기 어려운 자리였지만, 스물네 살의 나이에 벌써 경력 10년임을 인정받아 입사할 수 있었다.

총무과 소속으로 은행 업무와 노무 업무·지방 입찰 업무를 맡았고, 대부분 은행에 입금하고 공사대금을 받는 일을 했다. 아침 8시 30분에 출근해서 오후 6시에 퇴근했는데, 이전 회사들에 익숙해져서 그런지 업무가 한가하고 편하게 느껴졌다. 퇴근 후 저녁 시간에 공부해야겠다는 생각으로 선택한 일이었지만, 어떻게 공부를 시작해야 할지 방법을 찾을 수가 없었다. 아니, 어떻게 보면 한가하고 편안한 일상을 즐기고 싶어졌는지도 모른다. 시간이 조금씩 미뤄질수록 '괜한 욕심은 아닐까?' 하는 생각과 편안한 일상에 익숙해졌다.

그러던 어느 날이었다. 회사를 마치고 광주에 있는 대인시장을 지나던 길에 '동양학원'이라는 한 검정고시 학원에 적힌 글귀를 보게 되었다. "지금이 시작할 때입니다. 더는 머무르지 마세요."

가슴을 주먹으로 한 대 맞은 기분이었다. 공부를 위해 근무 시간이 일정한 일을 찾고 싶었고, 긴 노력 끝에 그런 일을 찾았음에도 나는 제자리에 머물러 있었고, 그 사실을 뒤늦게 깨달았다. '그래, 공부를 시작하자. 꿈을 이루자! 편하게 자고 편하게 일하는 건 나와 먼 얘기야.' 홀린 듯이 학원에 들어가 중학교 졸업반에 등록했다.

수업을 마치고 집에 오면 밤 11시, 늦은 저녁밥을 먹고 밤 11시 30분부터 새벽 2시까지 복습했고, 수업받지 못한 과목까지 공부했다. 새벽 2시는 기본이었고, 밤을 새운 적도 많았다. 구부정한 자세로 엉덩이 한 번 떼지 않고 공부하다 보면 뜨거운 아침 햇살이 비치곤 했다. 그 뜨거움에 피곤함을 잊고 출근길에 올랐고, 6개월 만인 1982년 8월에 중학교 졸업장을 품에 안았다. 마음속으로 소리를 질렀다. 웃음이 자꾸 새어 나와 감출 수가 없었다. '멀지 않았어. 고등학교 졸업장 받기까지!'

설레는 마음으로 고등학교 졸업반을 등록한 지 얼마나 지났을까. 회사의 경비 절감으로 업무 차량과 함께 퇴사해야만 했다. 생활이 위태로워지면 공부에 전념할 수 없었기에 급히 다른 일자리를 찾아야 했다.

안정적인 일자리보다 고졸 검정고시 합격증이 더 간절했기에 다음 날 바로 두유 배달을 시작했다. 대리점에서 두유를 떼어 오토바이에 싣고 상회에 납품하는 일이었다. 새벽에 일찍 문을 여는 상회에 두유를 공급하고, 아침밥을 먹고 나머지 상회에 납품을 끝낸 후 공부를 시작했다. 학원 수강료를 내고 나면 생활비가 빠듯했기에 식당에서 밥을 사서 먹는 건 생각도 할 수 없었다. 그때 학원 골목에 있던 백반집, 학원생들을 대상으로 아침 한 끼를 150원에 제공해 준다는 소식에 아침 한 끼만으로 하루를 버텼다. 꼬박 1년이 걸렸다. 1983년 8월, 나는 고졸 검정고시에 합격했고 스물다섯 살에 첫 번째 꿈을 이뤘다.

편안한 일상에 머무르고 싶은 적도 있었다. 하지만 그때 그곳에 그냥 머물렀다면 지금의 나는 없었을 것이다. 누가 시켜서가 아니라 내가 바라던, 원하던 일을 스스로 해낸다는 건 생각보다 더 뿌듯하고 행복한 일이었다. 내 삶이 어디에 있든 지금보다 더 나아질 것이라는 확신이 들었다. 고등학교 졸업장을 바라보며 처음으로 자신을 스스로 칭찬했다. '잘했어. 머무르지 않기를 잘했어.'

서울? 서울!

두유 배달을 하던 중 우연히 신문에 실린 '제일제당 영업사원 모집' 광고를 보게 되었다.

"고등학교 졸업 이상 지원 가능"

그랬다. 내게는 고등학교 졸업장이 있었고, 당당하게 입사 시험에 응시했다. 전국에서 공채로 15명을 모집했는데, 추천을 받아 응시한 사람이 대부분이어서 경쟁률이 상당히 높았다. 그런데도 서류전형에 합격할 수 있었던 건 11년이라는 영업 경력 덕분이었다.

서울에서 2차 시험을 보라는 전화를 받았다. '서울? 서울이라니. 전라도 보성에서 광주로 가는 것도 유학이라고 부르던 시절에 서울이라니?' 입사 시험도 시험이지만 그때는 서울이란 곳에 가본다는 것만으로 들떴던 것 같다.

시험장에 도착해 인성검사 시험과 운전 시험을 보았다. 지방에서만 지내왔었기에 제일제당이 삼성그룹 계열의 대기업인 줄 몰랐던 나는 무슨 회사가 시험을 이렇게 많이 보나 했다.

일주일 뒤 면접시험을 보라는 통지가 왔고, 다시 서울로 향했다. 면접시험은 삼성 본관 건물에서 한 조에 다섯 명씩 6조로 나누어서 보았는데, 그때까지도 나는 그저 삼성 건물을 빌려 면접시험을 진행하는 줄만 알았다. 공채 합격 통지서를 받고 나서 제일제당이 대기업인 걸 알게 되었고, 기쁨은 몇 배가 되었다. 생각해 보면 아무런 정보가 없었기에 면접에서 더 자신감 있고 당당하게 행동했던 것 같다.

서울로 가는 버스에 몸을 실었다. 2차 시험과 면접시험을 볼 때보다 더 가슴이 뛰었다. 시골 촌놈이 보성에서 광주로, 광주에서 서울로 가게 되다니! 서울에 올라와 교육연수를 받고, 생산 공장 등 현장 견학을 마친 후 제일제당 당분 광주 판매과에 수습 직원으로 배치되었다.

수습 직원은 3개월간 특별교육을 받아야 했는데, 교육을 이수해야만 정식 직원이 될 수 있었다. 매달 3박 4일간 진행되었던 특별교육은 조금은 살벌한 분위기였다. 장발 단속을 했고, 머리가 귀를 덮으면 입소할 수 없었다. 입소 후에는 회색 교육복을 착용해야 했는데, 주머니가 없어 추운 겨울인데도 군대식으로 걸어 다녀야 했다. 기상은 새벽 5시 50분. 6시에 점호를 마치고 체조와 달리기 운동 후 아침 후 8시부터 밤 10시까지 교육을 받았다. 교육 태도는 평가 점수에 크게 반영되었고, 평가 점수가 기대치 이하면 교육을 추가로 받아야 했다. 몸은 힘들었지만 버틸 만했다. 그동안의 내 삶이 더 고되고 힘들었기에 항상 웃는 얼굴로 다녔고, 많은 선배가 나를 아껴 주었다. 그리고 나는 1984년 3월 1일부로 대기업 영업사원이 되었다. 자전거 배달을 하던 소년이 여기까지 오다니, 믿기지 않았다.

서울? 서울! 마치 고등학교 졸업장이 나를 이곳으로 데려온 것 같았다. 한 걸음 내디딜 때마다 힘들었고 서러웠지만, 한 걸음 한 걸음이 쌓여 여기까지 온 것이다. 정식 직원이 되던 날 나는 결심했다. '일이 안정되면 대학을 향해 다음 걸음을 내디뎌야지. 꼭!'

삶은 너무 가혹하지만
너무 달콤하다

제일제당 광주 본사에 입사해 첫 담당 업무는 전라남도에 소재한 농협연쇄점(현재의 농협 하나로 마트)에 제일제당 설탕을 판촉하고 납품하는 일이었다. 주어진 것은 판촉 차량 2.5톤 트럭 한 대와 다이어리 노트 한 권뿐, 관련 서류나 인수인계는 없었다. 한마디로 황무지 신규 개척이었다. 앞이 캄캄하고 막막했지만, 맨땅에 헤딩은 나름 내 전공이었기에 마음을 가다듬고 시장 조사를 시작했다.

우편 번호부 뒷면을 보고 전라남도의 각 군과 면을 분리하여 하루에 한 개의 군별로 시장 조사를 하고 판촉을 병행했다. 회사에서 출발 시간과 차량 계기판의 킬로미터를 메모하고, 목적지에 도착해 소요 시간과 거리 등을 기록했다. 매장에 방문하여 연쇄점 명과 조합장·상무·점장·판매원의 전화번호와 월 판매량 진열 비율, 문제점, 불만 사항, 애로사항 등을 빠짐없이 노트에 기록했다. 하지만 결과는 참담했다. 시장 점유율은 30퍼센트를 밑돌았고, 나는 담당자에게 "그 정도 매출로는 차 기름값도 안 된다."며 창피를 당했다. 다시금 마음을 굳게 잡았다. '땀을 흘리자. 맨땅에 물이 나올 때까지 헤딩하자. 물이 나오지 않는다면 내가 흘린 땀이 물이 될 때까지 헤딩하자.'

농협연쇄점은 광주시 외 지방과 섬에 245개나 넓게 분포되어 있었는데, 그 시절에는 대부분 비포장도로였다. 하루에 비포장도로를 300킬로미터 이상 운전해 화물차에서 30킬로그램이 넘는 설탕을 꺼내 연쇄점에 옮기고 진열하는 일을 반복하다 보니 가만히 있어도 다리가 후들거렸다. 하얀 와이셔츠와 넥타이, 정장 재킷은 늘 땀에 젖어 두세 벌씩 챙겨 다녔다. 이동이 많았던 탓에 제때 밥을 먹지 못해 위장약을 달고 살았다.

전남 여수나 고흥, 녹동, 완도, 진도 등의 먼 거리는 해 질 무렵에 도착해 일을 마치면 밤 10시가 넘었다. 차로 네 시간 이상을 달려야 다시 광주에 도착하는 거리다. 광주로 돌아오는 길에 차를 세우고 쪼그려 자다 보면 새벽 3시가 넘어 부랴부랴 집으로 가 씻고 옷을 챙겨 다시

오전 7시에 출근했다. 사무실을 빗자루로 쓸고 바닥 걸레로 청소를 끝내고 나면 어제 활동한 일보를 작성했다.

오전 8시 30분 아침 조회가 끝나면 9시부터 물건 출고증을 적어 창고에서 설탕을 2.5톤 트럭에 6톤 이상 적재, 반출하여 다시 비포장도로를 달려 판촉 활동을 했다. 매일 6톤이 넘는 중량을 적재하고 움직이다 보니 자동차 엔진이 버티지 못해 수리를 자주 해야 했고, 담당자에게 늘 소리를 들으며 1년 6개월을 일했다. 1년이 지나도 오를 것 같지 않던 시장 점유율은 1년 6개월이 지나자 30퍼센트에서 80퍼센트로 올랐고, 혼자서는 감당이 안 되게 물동량이 늘게 되었다.

시장을 지키기 위해 농협을 전담하는 위탁점을 개설해 3개월간 판촉을 병행해 주었다. 그리고 일반 시판을 하는 지역 대리점을 육성했다. 그렇게 3년간 흘린 땀은 내게 '승진'이라는 선물을 주었다. 맨땅의 헤딩은 언제나 힘들지만, 이 시기의 헤딩이 가장 힘들었던 것 같다. 3년을 걷고 걸은 후에야 빛이 보이다니. 정식 직원이 되던 날 결심했던 '대학을 향한 다음 걸음'은 너무 멀었고, 절대 닿지 않을 것만 같았다.

삶은 너무 가혹하지만 너무 달콤하다. 비로소 나는 1985년 동강대학교 세무회계학과에 입학했다.

"대학에 다닌다고?"

"네? …아 네."

"대학 다닐 거야? 회사 다닐 거야?"

"……."

어느 날 판매영업부 부장님이 날 호출하셨다. 부장님은 '까시'라는 별명처럼 무섭고 날카로운 분이셨다. 당시 회사는 전국의 경쟁사들과 점유율을 두고 치열한 경쟁을 해 모든 사원이 회사에만 집중하는 분위기였다. 나의 실적이 다른 동료들보다 높았음에도 부장님은 나로 인해 다른 동료들의 사기가 꺾일까 염려했다. 설득 끝에 한 학기만 마치고 휴학하기로 했지만, 사실 그러고 싶지 않았다.

스물일곱 살의 젊은 나이였고, 판매 실적도 상승 기류를 타고 있었다. 두 마리 토끼를 다 잡고 싶었다. 그래서 남들 몰래 학교에 다녔다. 남들이 쉴 시간에 쉬지 않고 남들이 잘 시간에 공부했다. 코피는 셀 수 없이 쏟았고, 먹어도 살이 빠졌지만 지치지 않았다.

2년이 지난 끝에 나는 한 번의 휴학 없이 학교를 졸업했다. 하루 24시간, 단 1분도 헛되게 보내지 않은 선물 '졸업장'이었다. 바람 한 점에 날아가 버릴 얇은 종이 한 장이었지만, 나에게는 그 무엇보다 무거운 종이 한 장이었다. 종이 한 장은 고졸 사원의 열등감에서 나를 꺼내 주었고, 스스로 더 당당해질 수 있게 도움이 되었다.

그리고 나는 긴 시간을 회사에만 집중했다. 전문대학교 졸업장만으로도 매우 행복했고, 당시의 내겐 안정적인 회사 생활이 더 중요했다. 그렇게 나는 사원에서 팀장으로, 팀장에서 지역 본부장으로 한 걸음씩 나가서 꿈에 그리던 결혼과 안정적인 가정을 이뤘다. '까시' 부장님의 이야기처럼 회사나 대학 중 하나만 택했더라면 무엇도 이룰 수 없었을 것이다. 두 마리 토끼를 잡는 건 힘든 일이었지만 끈기와 인내의 성실함으로 해냈고, 잡았던 토끼 두 마리는 하나둘 늘어 몇 마리가 되었다. 하지만 하나가 부족했다.

우린 혼자가 아닙니다

내겐 중고등학교 동창이 없었다. 동창들과 삶을 나누고 의지하는 친구들을 보며 가끔 혼자라는 생각에 외롭고 서글펐다. 그때 상아탑 학원을 운영하던 강원구 선배님을 알게 되었다. 선배님도 검정고시 출신인 것을 알게 된 나는 조심스레 여쭈어보았다.

"우리도 검정고시동문회를 한번 만들어 보면 어떨까요?"

"동문회? 좋지!"

"저희 두 사람뿐인데 괜찮을까요?"

"둘이면 어떤가, 시작해 보지!"

선배님 말씀에 용기 내어 광주의 여기저기 동문을 찾아다녔다. 하지만 당시에는 검정고시를 하고도 숨기는 경우가 많아 동문 찾는 건 쉽지 않았다. 생활지에 기고도 하고, 지인들을 통해 연락하여 열여섯 명의 동문을 모았다. 혼자가 둘이 되고, 둘이 열여섯이 된 것이다. 신안동에 있는 코리아나호텔에서 광주·전남 검정고시동문회는 그렇게 시작되었다.

동문회는 나에게 소속감뿐 아니라 믿고 의지할 선배들과 후배의 친구를 만들어 주었다. 세상을 살아가는 데 있어 삶의 구심체가 있다는 것은 매우 행복한 일이다. 나의 멘토이신 강원구 선배님은 광주·전남 검정고시동문회 초대 회장과 관광협회장을 역임하시고, 박사 학위를 취득하여 박사님이 되셨다. 호남대학교 호텔경영학과에 편입하여 졸업하였다.

강원구 선배님의 공부를 더 하라는 권유로 나는 일반대학원 관광학과에서 2년의 석사 과정과 3년의 박사 과정을 이수하고 박사 학위를 취득했다. 동기들과 나이는 달랐지만, 꿈과 열정은 그들과 사뭇 다르지 않았다. 「도시관광 선택 속성의 시장 세분화에 따른 도시 이미지 및 만족도 연구」 논문으로 나는 학위 수여식장에서 경영학 박사 학위를 대학원생 대표로 받았다. 그때 내 나이 61세였다.

한 걸음, 한 걸음. 늘 고되고 힘들었지만 한 걸음, 한 걸음이 인생을

대학원생 대표로 경영학 박사 학위를 받는 필자

바꾼다는 것을 깨달았다. 눈보라를 가르며 자전거로 배달하던 소년이 대학교에서 강의를 하게 될 줄이야. 지역개발과 지역사업 컨설팅 업무와 유통사업체의 유통 관련 강의를 하면서 가끔 놀라곤 한다. '걸어오길 잘했구나. 앞으로 나아가길 잘했구나.'

함께 만들어 갈 새로운 한 걸음

내 고향은 3경(강과 산 그리고 바다) 4보향(예향, 다향, 의향, 심향)의 전라남도 보성으로, 문덕면의 봉황이 갑옷을 입은 봉갑리, 보성강 물이 마을 앞을 반달처럼 둥글게 흘러 수월부락이다. 말 그대로 금수강산이 따로 없이 신선이 노닐던 아름다운 곳이다. 주암호 건설로 1988년에 수몰되어 지금은 아련한 추억만 남았다.

여름이 되면 보성강 물에는 은어가 수백 마리씩 떼를 지어 올라오곤 했다. 은어는 맛이 뛰어나고 수박 향이 나서 임금님 수라상에 오르던 물고기로, 아름답지만 성질이 급해 사람에게 잡히면 금방 죽어버린다. 치어(稚魚)일 때 바다에서 살다가 강을 거슬러 올라와 성어(成魚) 기간을 강에서 보내고 산란 후 죽는 은어는, 강을 거슬러 올라와 산란한다는 점이 연어와 비슷하다. 그러나 은어는 연어와 달리 생의 대부분을 강에서 산다.

강에서 태어났지만 바다로 내려가 추운 겨울을 보내고, 어른이 되

마을 앞에 보성강 물이 흐르는 필자의 아름다운 고향 수월부락은 현재 주암호 건설로 수몰되었다.

기 위해 강물을 거슬러 오르는 은어와 같이 나도 추운 겨울에 고향을 떠나 넓은 바다를 떠다니며 어른이 되기 위해 강물을 거슬러 걸어왔다. 포기하지 않고 물살을 거슬러 오르다 보니 어느새 뜨거운 햇살이 날 비추었고, 수백 마리는 아니지만 사랑하는 이들과 함께 강에 머무르게 되었다. 그들이 아니었다면 나는 물살을 거슬러 오르지 못했을 것이다.

그들을 떠올리며 깨달았다. 나 걸어온 발자국 자리마다 피어난 꽃,

그 꽃은 내가 아니라 나와 함께해 준, 내가 사랑하는 사람들이었다. 자전거로 배달하던 소년에게 헛되게 흘린 땀은 없다는 것을 알려 준 사장님, 몰래 운전 연수를 해 주던 선생님, 회사의 선후배들, 검정고시 동문, 손에 물 마를 날 없었던 내 아내와 한 번도 따뜻하게 안아 준 적 없던 두 아들……. "미안하고 미안해요."

지금은 받은 대로 돌려 드려야 할 때

나는 요즈음 인생에 있어서 매우 행복한 시간을 보내고 있다. 유년기 시절 그 어려운 환경을 이겨 내고 지금까지 잘 걸어오게 한 우리 대한민국 사회에 무한한 감사를 드린다. 나 스스로 열심히 살아온 부분도 적지는 않지만, 지금의 행복을 느끼게 하는 원동력은 과연 무엇일까? 그건 뭐니 뭐니 해도 검정고시 제도일 것이다. 검정고시 제도가 아니었다면 과연 내가 지금의 위치에서 행복을 느끼고 있을까? 다음으로 사회의 선배님들이 도와주지 않았더라면 과연 혼자 걸어올 수 있었을까? 국가와 사회 선배님 그리고 동료분들께 무한한 감사를 드린다. 그럼 내가 해야 할 역할은 무엇일까? 그것은 '내가 가지고 있는 여력과 재능을 사회에 환원해 주는 역할을 해야 하지 않을까?' 곰곰이 생각하면서 내가 할 수 있는 일부터 실천하고 있다.

먼저 광주·전남 검정고시동문회를 조직화·활성화시켜야겠다는 생각으로 동문회 조직을 1996년 10월 4일에 창설, 조직의 기반 조성에 심혈을 기울여 왔다. 그러던 중 동문회 조직이 답보 상태에서 벗어나지 못하고 있는 와중에 2019년 3월 29일 제12대 회장으로 취임하여 동문회 강령 제정, 회칙 개정, 동문 전산화 교육, 상하반기 동문 단합대회 개최 등을 추진하여 동문 저변 확대와 2,500만 원의 자금을 축적, 재정의 안정화를 이뤘다.

다음으로 사회에 봉사하는 마음으로 자연보호 단체에 가입하여 자연보호 광주시협의회 수석부회장 겸 광주 북구협의회 회장을 겸임하면서 적극적인 봉사활동으로 보람찬 일들을 하고 있다. 광주시 북구청에서 운영하는 인구정책민간사업단장으로 역임하면서 북구 지역 주민에게 봉사하는 마음속에 하얀 설화가 피어난 감동을 이어 가고 있다.

마지막으로 언론사 기자 활동을 하고 있다. 내가 전공한 관광학을 바탕으로 지역축제와 생활상, 정책 등을 독자들에게 전달해 주는 것도 매우 의미가 있는 일이다. 아울러 지역의 좋은 일만 전달하는 것은 언론의 역할이 아니니 잘못된 부분을 지적해 주고 새로운 정책 제안도 하나의 봉사 활동으로 여기고 활동하고 있다.

요즈음은 감사하며 하루하루를 보람있게 잘 지내고 있다. 이 세상에 진 빚을 조금씩 조금씩 갚아가고 있다고 생각하니 더욱 기쁘고 행복한 것이 아니겠는가.

나만을 위해 사는 것은 나의 할 일이 아니다

…다시 천천히 눈이 내린다. 새하얀 눈은 세상의 모든 아픔을 덮어 주듯 차분히 내려앉는다. 소복한 눈 위쪽으로 한 걸음, 한 걸음 조심스레 발을 내디딘다. 그리고 고개를 돌려 발자국 자리마다 피어난 꽃을 가만히 바라본다. 내 삶을 함께해 준 꽃들에서 감사의 인사를 전하고, 나는 다시 힘차게 한 걸음을 내디뎌 본다.

"혼자가 아닌, 수많은 꽃과 함께 만들어 갈 새로운 한 걸음을 걸어 갈려고 합니다."

함께 살고 싶다

함께 살고 싶다
산과 함께 같이 살고 싶다
강물하고 함께 같이 살고 싶다
푸른 하늘과도 함께 같이 살고 싶다

친구와 함께 살고 싶다
들풀하고도 함께 같이 살고 싶다.
저 멀리 펼쳐진 초원과도 함께 같이 살고 싶다
저 멀리 아른거리는 친구하고 함께 같이 살고 싶다

사람과 함께 살고 싶다.

먼 곳의 사람들과 함께 같이 살고 싶다

우리들의 세상 모두 다 함께 같이 살고 싶다

손에 손잡고 어깨동무하고 함께 같이 살고 싶다

자연과 함께 살고 싶다

시원한 바람과도 함께 같이 살고 싶다

저 푸른 나무와도 함께 같이 살고 싶다

바람처럼 구름처럼 두둥실 함께 같이 살고 싶다

– 박해성

배움

우리 집 맏이인 열아홉 살이던 영철 형님과 나는 비슷한 나이에 서로를 의지하며 꽤 오랫동안 같은 거리에서 노점상을 했다. 나는 형님 옆에서 공구를 팔고 형님은 내 옆에서 테이프를 팔았다. 계절이 바뀌면 가끔 오징어나 냉차, 인형을 팔기도 했다. 계절이 변하듯 형님은 거리를 떠났지만, 나는 형님을 만났던 처음 그날처럼 늘 활짝 웃으며 공구를 팔았다. “드라이버 한 세트 천원입니다!”

열일곱 살, 또래처럼 학교에 다니지는 못했지만 거리에서 수많은 선생님을 만났고, 살아 숨쉬는 수많은 책을 읽었다. 그렇게 현장에서 답을 찾는 ‘동대문구의회 행정기획위원장’은 학교가 아니라 동대문 청량리 거리에서 시작되었다.

발로 뛰는 사람이 세상을 바꾼다

당당한 노점상 출신, 서울시 동대문구의회 의원이 되다

이영남

현대해상화재보험 행복플러스 대리점 대표
한국방송통신대학교 중어중문학과·행정학과 졸업
한국외국어대학교 정치행정언론대학원 행정학과 졸업
서울시 동대문구 내 철도 및 도시철도 건설사업지원 추진위원회 위원
더불어민주당 동대문(갑) 민생위원장·운영위원
서울특별시 동부아동복지센터 경비원
참여연대 회원, 초록우산 후원회원
한국방송통신대학교 중어중문학과 총동문회 감사
전국검정고시총동문회 부회장, 서울시 강북지역 회장
동대문 동행산악회 명예회장, 서울약령시호남향우회 회원
재경 영암군 신북면 향우회 감사
서울시 동대문구자원봉사센터 우수자원봉사자
동대문구 청량리동 자율방범대 대원
동대문구 소기업 소상공인회 1기 회원·(전)특별위원
제기동 상록수산악회 회원, 제기동 호남향우회 회원
서울시 동대문구의회 7·8대 의원
서울시 동대문구의회 7대 복지선설위원장, 8대 행정기획위원장
대통령 직속 민주평화통일자문회의 위원
제기동 청량리동 주민자치위원회 고문
안규백 국회의원 민원부장, 진보신당 동대문(갑) 민생본부장
민주노동당 동대문(갑) 위원장
전국노점상연합 의장, 전국빈민연합 공동 의장

동대문 청량리 거리의 노점상 이영남

"드라이버 한 세트 천원입니다!"

동대문 청량리 거리에서 '쾅! 쾅!' 망치로 드라이버를 내리치며 "보세요! 아주 튼튼합니다!" 하고 책가방 대신 공구를 들고 활짝 웃던 열일곱 살의 소년, 나였다. 나는 40년 전부터 지금까지 동대문 거리를 뛰어다녔다. 2020년 6월 30일, 동대문구의회 행정기획위원장에 당선되었을 때 나는 '현장에서 발로 뛰겠다.'는 다짐을 했다. 오랜 시간 현장에서 치열하게 살아왔던 나는 '현장에 답이 있다.'는 말을 믿는다.

전라남도 영암군 신북면 산골 마을에서 7남매의 3남 4녀 중 둘째로 태어난 나는 어린 시절부터 소먹이, 풀 뜯는 일을 하며 담배를 따 엮고, 인초와 왕골을 베어 물을 담아 뻘밭에서 코팅하여 말리는 일을 했다. 모산리 산꼭대기 비행기장 옆 산길을 넘고 들판 논두렁길을 걸어 20리 거리의 초등학교에 다녔지만, 힘든 줄도 모르고 친구들과 꿩이나 토끼·노루를 잡겠다며 웃으며 들판을 뛰어다녔다. 학교에 가다 말고 산딸기나 밤을 따 먹고, 칡을 캐고, 소나무를 꺾어 껍질을 벗기고 갈아먹곤 했다.

학교에 다니면서 집안일을 해야 했지만, 그땐 당연히 해야 하는 일이라고 생각했다. 내가 처음 서운함을 느낀 건 중학교 수학여행이었다. 친구들은 모두 수학여행을 갔지만 나는 갈 수 없었다. 우리 집은 나의 수학여행보다 농번기의 모내기가 중요했다. 친구들이 수학여행 이야기로 즐거워할 때 나는 모를 심으며 줄을 잡아야 했고, 친구들이 여행을 다녀온 추억을 나눌 때 나는 어른들의 막걸리를 받으러 주막에 심부름을 가야 했다. 서운했지만 없는 형편에 학교 다닐 수 있다는 것만으로도 행복했다.

신북초등학교를 졸업하고 신북중학교를 졸업한 나는 신북고등학교 입학을 앞두고 있었지만 입학할 수 없었다.

"학교는요?"

"………."

부모님은 아무 말 없이 서울로 이사 준비를 했고, 나는 가족을 따라 1980년 서울에 상경했다. 강북 산동네에 위치한 작은 집엔 방이 하나뿐이었다. 아홉 식구가 살기에 좁은 것도 좁은 것이지만, 소독 냄새가 나는 수돗물과 연탄가스 냄새는 시간이 지나도 적응되지 않았다. 연탄가스에 하루 종일 멍해 있거나 먹은 것을 토해 내는 동생들을 보며 나는 학교가 아닌 거리에 나가기로 결심했다.

옆집 살던 총각 아저씨가 세운상가에서 장사하는데, 돈을 많이 벌 수 있다며 공구 파는 것을 소개해 준다고 했다. 아저씨의 도움으로 세운상가에서 공구를 구입해 청량리역으로 나갔다. '돈이라는 거, 나도 한번 벌어보자!' 마음을 굳게 먹고 망치와 드라이버 세트, 집게 등의 생활 공구를 실은 손수레 앞에 섰다.

"드라이버 한 세트……."

고개를 숙였다. 또래들이 책가방을 들고 학교에 가는 모습을 본 나는 창피함에 고개를 들 수가 없었다. 그렇게 한참을 손수레와 공구만 쳐다보고 있는데, 옆에서 노래 테이프를 팔던 형님이 갑자기 노래를 크게 틀더니 따라 부르기 시작했다.

"~나는 행복합니다. 나는 행복합니다. 정말정말 행복합니다."

윤항기의 〈나는 행복합니다〉를 큰 소리로 부르던 형님은 나를 보며 "다 함께!"를 외쳤다. 웃음이 터져 나왔다. 나는 형님을 따라 노래를 흥얼거렸다.

"~강에도 산에도 넓은 바다에도 우리들의 꿈 있어요. 그곳으로 가요 노래를 부르며 우리 모두 다 함께! 나는 행복합니다. 나는 행복합니다. 정말정말 행복합니다."

그날 이후 나는 고개를 숙이지 않았다. 내겐 동생들을 지키겠다는 꿈이 있었고, 언젠가는 학업을 이어 나가겠다는 희망이 있었다. 공구를 파는 것이 부끄러운 게 아니라 그것을 부끄러워하는 것이 오히려 부끄러운 것임을 깨닫게 된 것이다.

우리 집 맏이인 열아홉 살이던 영철 형님과 나는 비슷한 나이에 서로를 의지하며 꽤 오랫동안 같은 거리에서 노점상을 했다. 나는 형님 옆에서 공구를 팔고 형님은 내 옆에서 테이프를 팔았다. 계절이 바뀌면 가끔 오징어나 냉차, 인형을 팔기도 했다. 계절이 변하듯 형님은 거리를 떠났지만, 나는 형님을 만났던 처음 그 날처럼 늘 활짝 웃으며 공구를 팔았다.

"드라이버 한 세트 천원입니다!"

열일곱 살, 또래처럼 학교에 다니지는 못했지만 거리에서 수많은 선생님을 만났고, 살아 숨쉬는 수많은 책을 읽었다. 그렇게 현장에서 답을 찾는 '동대문구의회 행정기획위원장'은 학교가 아니라 동대문 청량리 거리에서 시작되었다.

살아남기 위하여

1983년 전두환 정권은 유독 국제적인 행사를 많이 개최했다. 1983년 제70차 IPU 총회, 1985년 IMF 및 IBRD 총회, 1986년 서울 아시안 게임과 1988년 서울 올림픽까지. 대규모 국제행사를 앞두고 도시 정비의 필요성이 대두되자, 정권은 서울 전역의 빈민층 밀집 지역인 산동네 판자촌에 대한 재개발과 노점상 단속을 시작했다.

노점상의 생계를 위협하는 강제 단속은 1983년 10월 2일 열린 국제의원연맹(IPU) 총회가 시작되기 며칠 전 시작되었다. 환경미화와 거리 질서 확립이라는 미명 아래 노점상은 존중받아야 할 인권도 없이 범법자로 인식되어 폭력적 강제 단속 대상이 되었다. 이로 인해 종로에서 1,500여 명의 노점상이 시청 앞에 모였다.

"살인 단속 중단하라! 생존권을 보장하라!"

구호와 농성이 이어지는 가운데 경찰들은 시위자들을 강제로 연행하여 버스에 태웠다. 그때 한 남성이 이를 저지하기 위해 버스 밑으로 기어 들어갔다. 버스 출발을 막기 위해 목숨을 걸고 버스 밑으로 기어 들어간 남성은 임정순 형님이었다. 형님은 이 사건으로 남대문 경찰서에 연행되었고, 버스에 연행된 노점상들은 훈방 조치를 받았다.

이후 우리는 형님의 모습과 같이 서울시청 앞 차로 바닥에 누워 시위와 농성을 했다. 나 또한 경찰에 연행되어 경찰서 유치장에 잡혀 있다가 다음 날 법원으로 즉결재판을 받으러 가서 벌금을 내고 나오거나 며칠 동안 유치장에 살다가 나오곤 했다. 노래 테이프를 팔다가 음반법 위반으로 형사 입건되어 벌금을 냈고, 인도에서 노점상을 한다는 이유로 도로법 위반, 집회와 시위에 관한 법률 위반, 공무 집행 방해, 특수 공무 집행 방해 등 전과는 늘어만 갔다. 이후 노점상들은 군사작전을 방불케 하는 무자비한 단속 앞에 힘을 잃었다. 구체적인 조직 없이 이루어졌던 투쟁이었기에 즉자적인 저항이라는 한계에 부딪힌 것이다.

하지만 1985년 IMF(국제통화기금)/IBRD(세계은행) 총회를 앞두고 자행된 단속을 계기로 '노점상생존대책위'라는 조직이 만들어졌고, 1986년 양연수 의장님을 중심으로 '도시노점상복지연합회'가 결성되었다. 나는 '청량리 로터리 동일지부'를 결성하여 총회를 거쳐 지부장으로 활동을 시작했다. '도시노점상복지연합회'는 노점상 간의 친목과 상호부조 및 복지 증진을 목적으로 출발하였지만, 1987년 '저항의 시대'를 시작으로, '도시노점상연합회'로 명칭을 바꾼 후 '노점상 및 영세상인 보호법' 제정을 촉구하며 발전에 발전을 거듭했다.

이후 '88 서울 올림픽 개최를 앞둔 정부는 노점상 싹쓸이 단속을 지시하였고, 노점상들은 매일 구청·시청·단속반·경찰·방범대원·경비 등에게 시달려야 했다. 허나 이 시기 노점상들은 더는 예전의 노점상이 아니었다. '도시노점상연합회'로 결집한 노점상들은 1988년 6월 13일, 성균관대학교 금잔디광장에서 '노점상 생존권 수호 결의대회'를 개최하였고, 3,000여 명으로 시작한 집회는 5,000여 명으로 늘어났다. 노점상들은 성균관대학교 교문을 박차고 시청으로 달려갔고, 3일 동안의 강력한 투쟁으로 '강경한 노점 단속 방침의 유보와 손수레 보관소 폐쇄 계획 보류'를 이끌어 냈다. 6·13 투쟁은 노점상의 대항쟁이었고, 노점상이 사회운동 세력으로 우뚝 설 수 있는 계기를 마련한 투쟁이었다. 그렇게 1988년 10월, 체계적인 조직의 위상을 갖춘 '전국노점상연합'이 결성되었다.

한시름 놓았다고 생각한 것도 잠시, 1989년 정부는 사회 기강 확립이라는 명분으로 또다시 노점상 전면 단속을 실시했다. 이에 거제도에서 장사를 하던 노점상 이재식 열사가 분신하는 사건이 발생했다. 소식을 들은 전국의 노점상들은 거제도로 달려갔다. 열사의 미망인 황규남 씨는 당시의 상황을 전해 주었다.

노점상을 시작한 것이 7월이었어요. 거리는 몹시 뜨거웠어요. 며칠 일하고 저는 실신해서 쓰러지고 말았습니다. 한두 달은 쉬었습니다. 그리고 9월 22일경부터 일숫돈을 빌려 리어카를 고치고 다시 일을 시작했습니다. 애들 아빠는 저한테 "단속이 와도 걱정하지 말고 일을 계속하라."고 하곤 했어요. 일을 계속한 지 한 달도 못 되었는데 제가 있던 곳에 단속반이 나타났습니다. 10월 13일부터 14일까지 아수라장이었어요. 도청에서 나온 단속반은 닥치는 대로 좌판과 손수레를 뒤집어엎고, 아주머니들은 울부짖고…, 그런데 16일, 애들 아빠는 괜찮다고 하면서 반죽을 하라고 했습니다. 그리고 오토바이에 반죽을 실어 나갔습니다. 조금 후에 제가 나갔는데 단속반 15명이 둘러서 있었습니다. 반죽은 쓰레기 위에 버려져 있었고, 애들 아빠는 안 보이고……. 그런데 그놈들이 쓰레기 더미에 제 몸을 눕혀 버렸어요. 그러더니 그놈들은 "그 폼 좋다. 사진 잘 나오겠다." 하며 실실 웃는 거예요. 그때 직원들이 점심시간이 되니깐 슬슬 빠져나가고 있었어요. 애들 아빠는 아무 말 않고 밖에 나갔다가 약 20분 후 웬 사이다 큰 병을 사 들고 들어왔어요. 저는 사이다인 줄 알았어요. 사람들이 없었다면 목이 마르던 참이라 한 잔 달라고 하려던 참이었어요. 아빠는 의자 밑에 그 사이다 병을 놓아두었어요. 그때 과장이라는 놈이 나타났어요. 아빠가 일어나며 "대체 법이란 것이 무엇이냐. 물같이 바람같이 흘러가는 것이 아니다. 이렇게 할 수 있는 거냐!"라고 다그치자 과장은 "장사를 하고 못 하고는 당신들의 사정이니 마음대로 해라."고 했어요. 남편은 무슨 쪽지를 그놈에게 던져 주고는 밖으로 뛰어나갔어요. 그런데 밖에서 "여봐, 어어!" 하는 아우성 소리가 났어요. 깜짝 놀라 뛰어나가 보니 남편의 몸이 휘발유로 흠뻑 젖어 있었어요. 몇 사람이 남편 쪽으로 달려들었는데 남편이 라이터를 켜며 자기 몸에 불을 댕겼어요. 순간 "펑" 하고 불길이 치솟았고, 순식간에 몸은 불기둥이 되고, 저는 실신하고 말았습니다. 남편이 과장에게 준 쪽지는 유서였어요.

"이 한 몸 바쳐 노점상을 탄압하는 노태우 정권에 경고한다."라는 유서를 남기고 분신한 열사는 57일간의 투병 끝에 사망했다. 12월 11일 이재식 열사를 경기도 마석 모란공원 민족민주열사 묘역에 모시고 거리로 나갔다. 수많은 노점상이 눈물을 흘리며 노점상과 빈민, 노동자의 생존권 보장을 촉구했다.

"살인 단속 중단하라! 생존권을 보장하라!"

1983년에도 외쳤던 말이었다. 먹고살기 위해 차가운 길 위에 선 노동자에게 세상은 너무나 가혹했고 잔인했다. 눈물을 삼키며 이를 깨물었다. 모든 노동자는 인간으로서 인간다운 대우를 받을 권리가 있다. 나는 그들과 함께 살아남기로 결심했다.

5년간의 수배 생활

1995년 인천 아암도 차가운 바다에서 가슴에 멍든 채 시신으로 발견된 이덕인 열사와 전농동 재개발 반대 고공 망루 투쟁으로 사망한 박순덕 열사, 대전역 지하도 입구에서 액세서리를 팔다가 강제 철거 항의 분신한 장애인 윤창용 열사. 시간은 흘렀지만 노점상들의 외침은 변하지 않았다.

"살인 단속 중단하라! 생존권을 보장하라!"

1995년 나는 '전국노점상연합' 수석부의장으로 매주 노동자와 노점상, 철거민, 장애인 빈민들을 대변하여 관공서 항의 방문과 집회 면담을 진행했다. 성남시청, 군포시청, 부산시청, 울산시청, 진주시청, 광주시청, 서구청, 대전시청, 안산시청, 인천시청, 전주시청, 원주시청, 서울시 종로구청, 중구청, 동대문구청, 동작구청, 강남구청, 서초구청, 강남경찰서까지.

그러던 어느 날, 서초구청에서 용역 깡패를 동원하여 강남역 노점상을 강제 철거하려는 과정에서 노점상을 지키려는 노동자들과 단속 공무원들의 다툼이 벌어졌다. 이에 경찰들이 출동하여 공포탄을 발사하는 등 과잉 대응을 하였고, 나는 이를 항의하기 위해 강남역 주변 파출소를 찾았다. 뜻밖에도 서초경찰서장이 면담하러 파출소에 왔고, 우리는 대화로 문제를 풀어나가기로 했지만, 언론이 이를 집중 취재하기 시작했다. 이에 20여 명의 노점상은 강제로 서초경찰서에 연행되어야 했다. 구속자 석방을 위해 변호사 선임과 구속자 면회 등을 지원하고 생존권 사수 투쟁을 진행하면서 나의 수배 생활이 시작되었다.

현장 시위와 농성·집회로 집회와 시위에 관한 법률 위반, 도로법 위반, 청계천 노점상 철거 반대 투쟁에 공무 집행 방해 및 집시법·도로법 위반, 노점상 철거 반대 투쟁·장애인 이동권과 장애인 노점상 생존권 사수 투쟁·신정동·청량리동·전농동·동소문동·안양 유진상가 투쟁과 경희의료원 노동조합 파업 투쟁 지원·광진구 정립회관 투쟁 지원·노동자 탄압 저지 투쟁 을지로 시위 주도로 집시법과 도로법 위반, 빈민운동으로 특수 공무 집행 방해 및 치상 등 나의 전과는 10여 개나 되었고, 결국 선거 때가 되어도 투표를 하지 못하는 도망자 생활을 5년이나 해야 했다.

노동자와 빈민들의 생존권을 위해 활동하던 아지트, 바로 아래 셋째 이일심 여동생의 집이 있어 얼마간 숨어 살다가, 고(故) 이덕인 장애인 노점상 투쟁이 진행되던 6개월은 인천시청 부근 길병원장례식장에서, 1996년 총선 송파(을) 민중 후보 김홍현 후보 선거 사무장으로 활동할 때는 선거 사무실에서, 경기도 노점상 열사 투쟁을 하던 수개월은 평택 논 가운데 있던 평택장례식장에서, 그 외에도 종로구 관철동 농성장, 동대문구 제기동, 영등포구 농성장, 전국의 투쟁 현장과 농성장, 여관, 지인들의 자택 등을 오가며 5년을 버텼다.

이후 알게 된 사실이지만 경찰들은 우리 집뿐 아니라 전주에 사시는 이모님과 완도에 사시는 당숙 어르신 집안을 뒤지고 송아지 우리까지 확인하고 갔다고 했다.

'전국노점상연합' 사무실이 조계사 부근 인사동 입구 골목에 있었는데, 전투경찰과 검찰 수사관들이 사무실 입구를 포위하고 급습한 적도 있었다. 당시 사무실은 빌딩 5층이었는데, 사무실 상근자들의 도움으로 집회 행사 용품인 현수막을 이용하여 옆 건물 1층 지붕으로 도망갔다. 그때를 생각하면 지금도 아찔하다. 설날이라 찾아간 어머님 댁에 경찰이 들이닥쳐 뒷문 유리창을 열고 뒷집 지붕을 타고 도망간 적도 있다.

경기도 남양주시 마석에 '전국노점상연합 간부수련회' 강사로 가던 중 검문소에서 붙잡혀 초소로 연행되던 중 화장실에 간다는 핑계로 봉고차를 버리고 빠져나와 망우리 공동묘지 고개를 넘어 마석으로 가는 버스를 타고 간부수련회에 참석해 강의하고, 부산자갈치 시장 앞 검문에 걸렸을 때도 발 빠르게 도망쳐 나와 행사와 일정을 무사히 마쳤다.

이루 말할 수 없는 힘든 활동이었지만, 내겐 민주변호사회의 많은 변호사분이 계셨고, 그분들은 내게 큰 힘이 되어 주었다. 노무현 변호사님, 이상수 변호사님, 박원순 변호사님, 백승헌 변호사님, 김칠준 변호사님…, 많은 변호사분이 무료 상담과 탄원서 제출 변론을 도와주었다. 명절에 체포되어 서초동 검찰청으로 연행되는 과정에서 백승헌 변호사님과 정연순 변호사님은 한걸음에 검찰청으로 달려와 나를 변호해 주셨다.

이영남 죄명 특수 공무 집행 방해 치상 등 징역 1년 6월, 집행유예 2년

위 사람에 대하여 사면법 제5조, 제7조의 규정에 의거 형 선고의 효력을 상실케 하는 동시에 복권하는 대통령의 명령이 있으므로 이에 사면 복권장을 발부함.

2000년 08월 15일 법무부장관

5년 만에 나는 사면 복권으로 사면 복권장을 받았다. 누구에게도 쫓기지 않고 가족을 만나고 사회생활을 할 수 있다는 건 무엇보다 기쁜 일이었다. 자유! 자유! 이 '자유'라는 말을 얼마나 외쳤는지 모른다. 나는 힘들게 되찾은 자유와 나의 참정권을 행사하기로 했다, 나와 같은 노동자들을 위해.

발로 뛰는 사람이 세상을 바꾼다

내가 처음으로 '정당'이라는 곳을 통해 목소리를 낸 건 1999년이었다. 당시의 나는 '전국노점상연합' 의장과 '전국빈민연합' 공동 의장 활동을 하고 있었는데, 양연수 전국빈민연합 상임의장님과 명동성당에서 15일간의 단식투쟁을 통해 노동자와 서민들의 생존권 확보를 위한 정치 세력화의 필요성을 깨닫고 진보정당을 만들었다. 이후 나는 대학 공부와 노점상을 하며 민주노동당 동대문 중랑지부장과 동대문(갑) 지구당 위원장을 역임했다. 그러던 중 2002년 경희의료원 노동자들의 파업으로 민들레광장 농성 참가와 집회 주최자로 투쟁을 지원하며 여전히 노동자들의 인권이 사각지대에 있다는 걸 느꼈다.

목소리를 내는 것을 넘어 세상을 바꾸고 싶어졌다. '2002년 6·13 지방 선거에 출마하자!' 나는 동대문구 청량리 1·2동, 제기동 1·2동, 용두 1·2동, 신설동 지역 서울시 동대문구 1지역 서울시의원으로 출마하였지만 낙선했다. 그러나 서울시의원 비례대표 심재옥 서울시 의원을 당선시켰고, 노동자와 서민·빈민들의 정치 세력화에 힘을 보탤 수 있었다.

2003년 대학을 졸업한 나는 졸업과 동시에 다시 책을 펼쳐 행정학과 공부를 시작했다. 그러던 중 2009년 1월 20일, 서울특별시 용산구 한강로 2가 남일당 건물에서 화재가 발생했다. 단순한 화재사건이라면 사회적으로 큰 문제가 되지 않았겠지만, 철거민과 전국철거민연합 회원들이 재개발 보상 문제와 관련하여 해당 건물에서 농성 중이었고, 경찰의 진압에 철거민들이 화염병과 새총형 투석기 등 각종 무기로 저항하는 과정에서 화재가 발생해 6명(철거민 2명, 전철연 회원 3명, 경찰 1명)이 사망하고, 24명이 부상하는 대참사가 벌어졌다. 이후 병원에서 치료받던 중상자 1명이 사망하면서 사망자는 7명으로 늘었다.

참사의 시작은 2006년, 용산 4구역에서 총 30조 원에 달하는 뉴타운이라는 재개발사업 추진으로 발생한 주거 세입자와 임차 상인에 대한 보상 문제였다. 2008년 용산 제4구역 도심 재개발사업과 관련하여 보상 내용에 반발하는 상가 세입자 26세대, 철거민과 노점상, 장애인, 청년 학생, 노동자, 시민사회단체들은 '강제 철거 중단 생존권 보장'을 촉구했다. 서울시는 '동절기 철거 금지' 원칙을 밝혔지만 법원과 경찰은 응하지 않았고, 2009년 2월 착공을 목표로 강제 철거가 시작됐다. 전국철거민연합 회원들과 남경남 의장, 철거민들은 남일당 건물 옥상에 농성장을 설치하여 철거민들의 권리를 돌려달라며 울부짖었다. 하지만 갑옷으로 무장한 경찰특공대는 농성자들에게 몽둥이와 방패를 휘둘렀고 결국 화재가 발생했다. 자신의 생존권을 위해 건물을 점령하고 화염병을 만들 수밖에 없었던 철거민과 윗선의 지시로 철거민을 끌어내리기 위해 투입된 경찰특공대……. 용산 참사는 잘못된 권력과 시대가 만든 것이었다. 나는 다시 출마하기로 결심했다.

2010년 진보신당 후보로 청량리·제기동 지역구 구의원으로 출마하였으나 다시 낙선했다. 그럼에도 포기하지 않았다. 2012년 박원순 서울시장 후보 동대문(갑) 유세단장을 맡아 13일 동안 유세를 하며 박원순 후보의 서울시 진보정책을 알렸고, 박원순 후보가 서울시장에 당선되는 기쁨을 함께 누렸다. 이어 동대문(갑) 안규백 국회의원 후보의 자원봉사활동을 하였고, 새정치민주연합에 입당하여 당선된 서울 동대문(갑)지역위원회 안규백 국회의원님과 상의하여 민원부장을 맡아 발로 뛰어다니며 주민들의 민원을 해결했다. 답은 역시 현장에 있었고, 발로 뛰는 사람이 세상을 바꾼다는 확신이 들었다.

2013년 '동대문구소상공인회'가 결성되어 김봉식 회장님의 추천으로 동대문구 소기업 소상공인회 아카데미교육에 참여하여 교육을 수료, 이진의 1기 5대 회장님과 단상에 올라 모범교육상을 받고, 나는 2014년 6월 13일 동대문구의회 의원으로 당선되었다. 그해 7월 1일부터 동대문구의원으로 활동을 시작하게 되었고, 이어 2018년 동대문구의회 의원에 재선되었다.

나와 함께한 18명의 의원들은 의안 연구와 자료 분석에 있어 뛰어난 분들이었고, 이를 토대로 집행부 사업과 예산을 원활하게 점검할 수 있었다. 초선과 다선의 비율도 적절하게 섞여 있어 열정과 노련함을 동시에 보여 줄 수 있는 의회였다. 또한 의원분들 개개인이 지역 활동을 열심히 하여 구민분들과의 접촉이 그 어느 때보다 많아 지역과 현장을 중심으로 움직이는 의회를 만들 수 있었다.

우리는 구민들의 생존과 인권을 보호하고자 복지에 힘을 싣기로 했

2018년 동대문구의회 의원 재선 당선, 행정기획위원장으로 활동한 필자

다. 먼저 구민 안전을 위해 집행부에 안전 담당관을 신설하고, 동대문구 소기업 소상공인 지원 조례, 동대문구 관할 지역 내 철도 및 도시철도 건설사업 지원 추진위원 조례, 동대문구 관광 활성화 지원 조례, 횡단보도 투광기 및 무단횡단 방지 시설 설치 조례, 지역 서점 활성 활성화에 관한 조례, 고령 운전자 교통사고 예방에 관한 조례, 석면 안전관리 및 지원에 관한 조례, 인플루엔자 무료 예방접종 및 위탁에 관한 조례, 재향경우회 지원에 관한 조례, 감염병 예방 및 관리에 관한 조례, 청소년 상담 복지센터 설치 및 운영에 관한 조례, 입학 준비금 지원 조례 등을 제정하였고 도시재생사업을 적극 추진하였다.

청량리 종합시장의 환경 개선을 위해 200억의 예산을 확보, 제기동 감초마을(67번지 일대) 도시재생사업으로 5층 건물을 신축하여 도서관 설치·경로당·마을 카페를 준비하고, 고려대 앞 마을 제기동 골목길 재생사업·홍릉 일대에 도시재생사업을 추진했다. 중소기업과 소상공인 지원정책과 동대문문화재단 설치하는 데 많은 노력을 기울여 지역경제 활성화와 구민 문화생활의 토대를 마련했고, 청량리 미주아파트 안전진단 용역 진행과 제기 1구역 재정비, 4·6구역 재개발, 청량리 6·7·8구역 재개발사업을 추진하였다. 미주아파트 재정비사업은 현재까지 진행 중이다. 주민 안전을 위해 뒷골목 도로 개선과 하수관을 교체하고, 보안등 및 CCTV를 곳곳에 설치하였다. 선농단 역사문화관을 개관하였고, 서울한방진흥센터와 주차장 설치, 청량리 전통시장부터 경동시장까지 햇빛 가리개 설치, 도시가스 연결, 공중화장실·고객센터를 설치하였다. 전통시장 주변 교통사고 예방을 위해 방호 울타리를 설치하고 도로 개선과 투광기 설치를 추진했다. 혼자의 힘으로는 할 수 없었던 일이었다. 기존 청량리역을 경춘선 출발역으로 위상을 강화하고, 분당선 청량리역 연장과 KTX 강릉선 개통까지, 동대문구 철도망 구축을 이뤄 냈고, 천장산에 하늘길·숲길을 만들어 보안등과 CCTV, 공중화장실을 설치해 시민들로부터 사랑받는 천장산둘레길을 만들었다. 안규백 국회의원과 시의원, 서울시와 동대문구청 담당 공무원들과 주민분들 모두가 협력하여 오랜 숙원사업이던 1227번 버스와 3216번 버스 노선을 연장 설치, 운행까지 할 수 있었다.

역시 답은 현장에 있었다. 나는 늘 현장을 발로 뛰어다녔고, 앞으로도 현장을 뛰어다닐 것이라 결심했다. '더 똑똑한 일꾼이 되기 위해 끊임없이 책을 펼치고 주민들 가까이에서 눈과 귀를 열자. 그리고 행동하자.'

내 삶의 빛이 되어 준 검정고시

1985년, 중학교 졸업이라는 학벌 때문에 현역에 입대하지 못하고 육군사관학교 본부중대에서 방위병으로 근무할 때였다. 서무계에서 근무하던 당시 후임 병사들이 검정고시를 통해 고등학교 과정을 마치고 대학에 진학했다는 이야기를 듣게 되었다. 그때의 나는 낮에는 방위병으로, 밤에는 노점상으로 생활하고 있었기에 전역 날짜만 기다렸다.

전역 후 1986년 1월, 신설동 로터리에 위치한 수도학원으로 달려갔다. 세상에, 공부가 이토록 즐거울 줄이야! 노점을 하면서 카바이드등의 작은 불빛에 의지해 공부했는데, 하루하루가 행복했다. 작은 전구 아래에서 책을 보다 보니 눈이 나빠졌고, 그때부터 안경을 쓰게 되었다. 그리고 나는 2년 만인 스물다섯 살에 대입 검정고시에 합격했다. 고등학교에 입학하지 못했던 서러움과 또래를 바라보며 공구를 팔던 서글픔이 한순간에 사라지는 기분이었다. 대학에 입학하여 학업을 이

노점상 시절의 필자

어 나가려 했지만 노점상연합회와 전국빈민연합이 결성되었고, 나는 연합 활동에 집중하기로 했다. 검정고시라는 빛을 갑자기 발견한 것처럼 언젠가 다시 새로운 빛을 발견할 순간이 올 거라 믿었다.

그 빛은 10년이 지나 어두운 수배 생활에 지친 나를 비춰 주었다. 개인적인 시간이 많아진 나는 시간을 헛되이 보내기 싫어 다시 책을 펼쳤다. 내 나이 35세, 적지 않은 나이였지만 나는 한국방송통신대학교 중어중문학과에 입학했다. 꿈에 그리던 대학생이 된 것이다. 낮에는 노점상을 하며 협회 회의와 집회 활동을, 저녁에는 중어중문학과 종로중구학회 스터디를, 학생회 활동과 스터디 학회 회장과 김계성 회장 때는 부회장 활동까지, 몸이 두 개라도 모자랄 지경이었지만 한 순간도 힘들다고 생각해 본 적이 없다. 바쁜 와중에 한국방송대학보

사 주관 동아리 스터디 대상을 수상하여 300만 원이라는 상금을 받기도 했다.

5년 만에 대학 졸업장을 받고 생각했다. 이 졸업장의 시작은 어디일까? 노점을 하며 카바이드등 불빛에 의지해 책을 읽던 내 모습이 떠올랐다. 검정고시가 없었다면 지금의 내 모습은 없었을 것이다. 나는 그렇게 전국검정고시총동문회의 문을 두드렸다.

총동문회 모임에 개별적으로 참여하던 나는 김은상 회장님의 동대문지역 결성을 계기로 많은 선후배들을 만났고, 63회·64회 모임 최성진 회장, 김영우 총무 운영에 참여하여 동갑내기 친구들도 만날 수 있었다. 동창 모임과 친구 모임이 많지 않았던 나는 검정고시 모임을 사랑하게 되었고, 64회 총무를 자진해서 맡아 활동하다가 회장으로 선출되어 김영우 총무님과 활발한 활동을 이어 나갔다.

거리에서 공구를 팔 때만 해도 나를 제외한 또래들은 모두 학교에 다닌다고 생각했다. 어린 마음에 나만 가난한 세상에 사는 것처럼 외로웠다. 하지만 검정고시 동문들과의 만남은 외로웠던 나의 어린 시절을 보듬어 주었다. 우리는 서로의 상처를 안아 주며 평생 누구에게도 말하지 못했던 인생 이야기를 나누며 함께 웃다가 울다가를 반복하며 밤을 지새우곤 했다.

전국검정고시총동문회 육사회(64회)는 단체 카톡을 이용하고 있다. 새벽이면 경기 수원의 전택현 친구의 "2023년 11월 8일 수요일 육사라 64 친구님들, 방 활짝 열어 둡니다."를 시작으로 이어서 친구들이 입장하여 인사하며 지역 날씨, 하루 일정 등을 올리며 소통하고 있다. 이 카톡방에는 경남 김해 강재홍, 대구 고강럽, 서울 성북 곽화숙, 대구 권혜자, 대구 김대환, 인천 김미숙, 서울 강동 김승주, 경남 김해 김승진, 경기 성남 김영우, 서울 금천 김진목, 서울 종로 김혜숙, 서울 동대문 민병우, 서울 영등포 민혁재, 경남 창원 박복동, 경기 부천 박창길, 대구 박태숙, 경기 남양주 변수분, 대구 신은애, 서울 강남 신형삼, 부산 오현주, 경남 거제도 유광호, 경기 양주 유정빈, 충북 진천 육화수, 대구 윤은미, 대구 이명희, 충남 천안 이미선, 경북 왜관 이서윤, 인천 이연, 인천 이영옥, 서울 강동 이우룡, 경기 양주 이천호, 부산 이현우, 경기 수원 전후진, 서울 구로 정경화, 경기 양주 정금진, 전남 광주 진순현, 경기 고양 최성진, 전남 광주 최유경, 인천 송도 홍재형, 카톡에는 없지만 전주 강은옥, 서울 강남 양경일, 부천 김안나, 구미 정복자, 인천 유태림 등의 친구들이 진솔하고 솔직한 이야기를 나누고 있다.

우린 늘 새로운 인연을 맞이하면서 살잖아. 64라는 새로운 인연을 위해 여기 나와 준 친구들 진심으로 반갑고 고맙다. 친구들 덕분에 그동안 힘든 마음 다 털어버릴 수 있었어. 우리가 진짜 인연이다. 앞으로 서로가 서로의 힘을 실어주며 함께 살아보자. –부천, 박창길

나 자존심이 쎄서 처음에는 검정고시 모임이 싫었는데, 지금은 상

처가 극복된 건지 이 모임이 제일 좋아. 여기 오면 내가 나 같아. 꾸미지 않은 정경화. 16살 때 엄마가 돌아가셨어. 학교고 뭐고 집안이 확 뒤집혔지. 졸업도 못 하고 이모한테 기술을 배우려는데 아빠가 돌아가신 거야. 6남매 중에 내가 다섯째인데 아빠가 돌아가시면서 "경화야, 너는 사막에 내놓아도 살 수 있으니 꼭 동생 결혼시키고 결혼해라. 너만 믿는다." 아빠가 나를 믿어 주니 너무 고맙더라고. 동생 결혼시키고 미용 가르쳐 준 이모에게 선물 주려고 서울에 왔다가 고려학원을 보고 공부하기로 마음먹었지. 학원 접수하고 시골 내려와서 미용실을 정리하는데 큰언니가 뜯어말리는 소리도 안 들려. 서울 와서 공부하다가 32살에 결혼했어. 지금 아들이 25살, 24살이야. 엄마 이야기만 하면 눈물이 났는데 여기 친구들 만나니깐 엄마 이야기에도 눈물이 안 나오네. 고맙다, 친구들아. –구로 금천, 정경화

나는 88년부터 대구에서 섬유공장을 크게 했는데 공장이 아주 잘됐어. 차가 아주 귀할 때였는데 포니, 엑셀, 지엘, 소나타 자주색 차를 끌고 똥폼 잡고 살다가 망했어. IMF가 온 거야. 사람은 자만하면 안 돼. 누구든 가다 보면 한 번은 엎어지게 돼 있어. 형이 화물차 하나 주면서 다시 열심히 해라. 그때부터 열심히 했지. 공부를 늦게 시작했어. 대구에서 건설사업을 하는데 내년에 졸업해. 건축토목과. 이제 자만 같은 건 안 해. 건설사업도 최선을 다하고 대구지역 검정고시동문회도 최선을 다해. –대구, 김대환

나는 시골 살아서 학교도 못 나왔는데, 우리 동네는 학군이 좋아서 엄마들이 대학원 나오고 남편은 의사에 박사, 교수 이런 엄마들이 많아. 엄마들이랑 모임 할 때마다 어찌나 눈치가 보이던지. 자신감이 없어서 검정고시를 시작했지. 못 배운 거 누구한테 말도 못 하고 모임할 때면 "나 할 일이 있어서 먼저 갈게." 하고 몰래 공부했어. 대학 사회복지학 전공했어. 포기하지 않았다는 자부심으로 살아. 나 박태숙이 끈기 하나로 산다! –대구, 박태숙

아버지가 사장이고 잘 나갔는데 사업이 망해서 서울로 야반도주해 청계천에서 살았어. 콩나물만 먹고 살아서 지금도 콩나물은 안 먹어. 초등학교 졸업할 때 전교 1등 해서 선생님이 중학교 돈을 대준다 했는데 아버지랑 야반도주해서 중학교를 못 갔어. 형님이랑 인쇄소 일을 했는데, 명함 들고 홍보하는 길에 동대문에서 검정고시 학원을 보고 공부 시작해서 세종대 경영학과 졸업하고 시립대 경영대학원 석사까지 졸업했어. 잘했지. 공부 시작하길 참 잘했지. –서울 성동구, 김영우

초등학교만 졸업하고 가족들의 생계를 위해 서울로 상경해 동대문 근처 의류 봉제 공장에서 일하다가 신랑을 만나 결혼하고 신랑이랑 카센터를 운영했는데, 아이 키우면서 밤마다 학교 담벼락에서 자는 꿈을 꾸는 거야. 공부를 하고 싶었는데 방법을 알아야지. 검정고시로 학교에 갈 수 있다는 걸 나이 오십 초반에 알게 됐어. 검정고시

를 하기 전에는 사람들을 대할 때 자신감도 없고 항상 기죽어 살았는데 대입 검정고시까지 합격하니깐 스스로 어깨가 펴지는 거야. 2017 학번으로 대학에 들어갔어. 지금도 꿈만 같아 눈물이 나. 평생을 동창도 친구도 없이 살았는데… 나한테 너희들은 큰 선물이야. 이렇게 한꺼번에 훌륭하고 좋은 친구들 주시려고 그 긴 세월 외롭게 살았나 봐. 부족하고 모자란 나를 친구로 아껴 주고 감싸 줘서 정말 고마워. 너희들은 내 생에 너무나 큰 선물이야. –경북 왜관, 이서윤

우리는 억압된 시간과 어려운 시간을 겪은 사람들이잖아. 사회에 나가면 다 자기 자랑만 하는데 우리는 이렇게 모여서 어려운 시절을 나누니깐 얼마나 좋은지 몰라. 어떤 이야기든 들어주고 받아 주는 여기가 나는 너무 감동스럽고 가슴이 찡해. 보호받지 못한 어린 시절, 그 힘든 세월을 살아온 우리 검정고시인들 대단하고 자랑스럽다. 여기 있는 친구들 우리 끝까지 함께하자, 죽을 때까지. –경기 남양주시, 변수분

나는 이 카톡방을 통해 이토록 서로를 소중히 생각하고 진심으로 응원하는 모임이 세상에 얼마나 있을까. 자신의 지위나 명예를 지키려는 사람들이 아닌 타인의 아픔을 공감하고 위로하는 사람들을 만나 참 다행이라고 생각했다. 나 자신의 처음을 잊지 않고 치열하게 살아온 과거를 되새길 수 있는 사람들을 만난 건 아주 큰 행운이다. 검정고시는 학교에 다니지 못했던 내게 살아갈 빛이 되어 주었고, 앞으로 함

께 걸어갈 친구라는 빛을 선물해 주었다.

내가 지켜야 할 사람

전국노점상연합 사무처장으로 일할 때였다. 전국노점상연합 간사를 맡아 활동하던 김숙자 간사를 알게 되었다. 김숙자 간사는 신평화시장 앞에서 넥타이를 파시던 김기철님의 큰따님이었다. '세상에 저렇게 아름다운 사람도 있구나.'

당시 전국노점상연합회와 전국빈민연합 젊은 활동가들은 10여 명이 조금 넘었고, 김숙자 간사는 유일한 여성 활동가였다. 나는 당시 일정을 소화하고 여유가 생기면 전국 산행을 다녔는데, 젊은 활동가들과 함께 산행하며 조금씩 김숙자 간사와 친해지게 되었다. 어린 시절 산과 들을 뛰어다녔던 나는 거친 산도 어렵지 않게 오를 수 있었고, 산행할 때면 늘 다른 이를 도와주는 편이었다. 강원도 원주 치악산 겨울 산행을 할 때였다. 겨울 산은 차갑고 상큼한 공기 바람과 설경이 아름답지만 저체온증이나 미끄러짐 등 위험이 있어 만반의 준비가 필요했다. 차가운 기온으로 몸이 쉽게 굳기 때문에 등반 전엔 반드시 스트레칭으로 몸을 풀고 산행해야 한다. 나는 김숙자 간사에게 겨울 산행에 대해 알려 주며 그녀의 산행을 도왔다. 손을 잡고 당기고, 등을 밀어주면서 그녀와 나는 서로에 대한 호감을 느꼈고 많은 대화를 나눴다. 그날 이후 우리는 둘만의 산행을 하기 시작했고, 서로에 대한 믿음을 키워 나갔다.

그렇게 나는 1992년 3월, 10여 명의 남성 활동가를 물리치고 그녀와 결혼했다. 경동시장 사거리 결혼회관에서 전국농민회 의장을 지내신 민주주의 민족통일 전국연합 권종대 의장님의 주례로 가족과 친구, 전국의 노점상과 이웃들의 축하를 받으며 누구보다 행복한 결혼식을 올렸다. 그녀와 나는 아이를 낳았고, 아이와 함께 집회와 행사에 다니곤 했다. 둘째를 낳고 네 식구가 되어서도, 셋째를 낳고 다섯 식구가 되어서도 우리는 함께 집회와 행사에 다녔다.

나의 그녀 김숙자 여사는 1999년부터 홍릉초등학교 운영위원회를 시작으로 녹색어머니회, 방과 후 하굣길 선도 활동 봉사와 청량리동 새마을부녀회, 자원봉사캠프장 등 20여 년이 지난 지금까지도 봉사활동을 하고 있다. 누구보다 밝고 긍정적인 그녀에게 나는 늘 힘을 얻곤 한다. 그런 그녀에게 나는 가난의 아픔과 긴 수배 생활, 빈민운동의 고됨만 준 것 같아 늘 미안한 마음뿐이다. 2003년 위암 진단을 받고 암을 이겨 낸 그녀를 볼 때면 미안함에 눈물이 고이고, 감사함에 웃음이 나온다.

큰딸 은지가 어린 시절, 장사하는 데 데리고 나왔다가 잃어버린 적이 있다. 금방 찾긴 했지만, 세상이 무너지는 기분이었다. 한번은 물건을 정리하고 은지를 봉고차에 태우다가 바닥에 떨어뜨려 얼굴이 찢어진 적이 있다. 은지를 안고 근처 병원에 달려갔는데, 그냥 꿰매면

흉터가 생긴다며 대학병원에 가라고 했다. 경희의료원 응급실로 달려갔다. 성형외과 교수님은 늦은 밤인데도 응급실에 나와 얼굴의 상처를 3중으로 꿰매 주었다. 은지의 얼굴에 흉터는 남지 않았지만 나는 지금도 은지를 보면 가슴이 아리곤 한다.

부족한 아버지이지만 나의 세 아이는 몸과 마음이 건강한 어른으로 자라 주었다. 큰딸 은지는 언론 홍보 일을 하며 안정적인 직장생활을 하는데, 2022년 12월 3일 결혼했다. 현역 구의원 때 하지 늦게 일정을 잡았냐고 하시는 분들도 있지만, 은지는 친지와 지인·친구들을 초청해 결혼식을 하고 싶다고 하여 존중하기로 했다. 결혼식 장소는 5호선 전철 노선과 가까운 곳에서 하기로 했다. 예비 사위가 5호선 양천구에서 살고 있어서 5호선으로 합의하고는 여의도 전경련회관, 마포역 주변, 광화문 주변과 왕십리역 주변을 논의하다 왕십리역 6층 디노체컨벤션에서 결혼식을 했다. 그날은 첫눈까지 내려 축복해 주었다. 하객 예약은 350명을 했는데 예상보다 많은 분이 참석해 주셔서 줄을 서서 인사를 드렸고, 축의금 내느라 20분을 기다렸다는 친구 등 650여 명의 많은 분이 오셔서 축하해 주셨다.

"감사의 인사를 올립니다. 아이들은 강서구에 신혼살림을 차리고 잘살고 있습니다."

지난 10월 11일 강서구청장 선거에 진교훈 후보를 지지해 달라고 선거운동을 했고, 사전 투표했다는 답장에 가족이 많으니 큰 역할을 하는구나 자부심을 느꼈다.

작은딸 수미는 초록우산 어린이재단 회사에 다니고 있다. 서울의 한 대학에서 사회복지학과를 졸업하고 곧바로 사회복지사 1급을 취득, 또한 운전면허증을 취득하며 어린이안전재단에 취업하여 강원도 아동보호기관에 발령받아 춘천에서 3년 동안 자취하며 현장 활동을 하고, 서울 본사 홍보팀에서 활동하면서 5년 차 11월 대리 승진하였고, 해외 아프리카 출장 준비하는 것을 지켜보며 홍보팀원으로 최선을 다하는 모습이 아름답다.

막내아들 강훈이는 2020년 10월 하순 영장이 나와 충남 논산훈련소에 입소하여 훈련을 받고 군 복무를 잘 마치고, 현재는 백화점에 취업하여 성실하게 생활하고 있어 보기 좋다.

모든 사람이 그렇듯 나 또한 가족을 생각하면 미안함과 걱정이 앞선다. 자가 주택 없이 전세살이로, 혹 나로 인해 가족들이 상처받진 않을까, 내가 지켜야 할 사람들을 오히려 내가 더 아프게 만드는 건 아닐까. 가족들과 지역주민 지인들을 생각해 본다.

2014년 6월, 동대문구의원에 당선되어 주민들과 함께 열심히 일하며 4년을 보냈다. 그리고 2018년 동대문구의회 의원 재선에 당선되어 활동하는데 일부 당원과 주민이 나의 배우자 김숙자를 공금횡령으로 고발하였고, 이영남 의원이 주민과 당원을 괴롭히고 모욕했다며 더불어민주당 동대문(갑)지구당과 서울시당에 제명하라고 제소하고, 모욕죄로 검찰에 고소했다. 이영남 구의원 주민소환운동을 전개하고, 행사장과 구의회 본회의장까지 난입하여 명예훼손과 소란을 피우더니,

새마을부녀회가 통장으로 거래한 것을 현금으로 부정하게 돈을 관리했다며 지역신문에 허위 제보하여 내보냈다. 말로 하기 힘든 고통의 시간이었다. 우리 가족 모두가 상처받고 아픔을 견뎌야 했던 시간이었다.

결국 이영남 의원이 모욕했다고 북부지검에 고발한 사건은 검찰에서 각하 결정이 내려졌고 이의 신청에도 각하 결정이 내려졌다. 더불어민주당 서울시당 윤리심판위원회에서도 사실 확인을 하여 제소 사항이 사실이 아님으로 기각 결정을 내렸다. 이영남 의원 주민소환운동도 주민들이 서명에 동참하지 않자 주민소환운동 주최자가 동대문구 선거관리위원회에 이영남 구의원 주민소환 철회서를 접수하여 중단되었다. 나와 나의 가족의 명예를 훼손하고 괴롭힌 사람들에 대한 법적 대응으로 명예훼손으로 처벌하였고, 일부 사람은 지금도 정보통신망 이용 촉진 및 정보보호 등에 관한 법률 위반 등으로 고소하여 강력하게 대응하고 있다.

긴 시간 소외받은 노동자들의 권리와 복지를 위해 싸워 왔던 나였기에 이러한 법적 다툼은 가슴을 후벼 파는 고통이다. 하지만 아파하고 있을 시간이 없다. 소외받는 사람 없는 동대문구를 만들기 위해 하루 한 시간도 헛되이 보낼 수 없었고, 나를 믿고 아낌없는 지지와 성원을 보내 준 동대문 주민들과의 약속을 지켜야 했다.

나는 늘 누군가를, 무언가를 지키며 살아왔다. 노점상을 하며, 노동자와 철거민·장애인의 인권을 외치며, 검정고시를 준비하며, 수배 생활하며, 대학 생활하며, 정권에 항거해 뛰어들며. 내가 강해질 수 있었던 건 지켜야 할 사람들이 있고, 지켜야 할 약속이 있기 때문이다. 내 삶은 언제나 위태롭고 힘든 겨울 산행 같았지만 나는 늘 만반의 준비와 끈기로 산에 올랐다. 지금도 마찬가지다. 동대문구의회 의원이라는 산은 어렵고 높은 산이었지만, 최선을 다하여 현장을 발로 뛰며 활동하였다.

현재는 일반 시민으로 돌아와 민생위원장으로서 내가 지켜야 할 수많은 사람을 위해 지치지 않고 한 걸음 한 걸음 산에 오르는 것처럼 쉼 없이 걸으며, 주민들과 함께 목적지에 오르며 나는 함께 살아갈 것이다.

나는 오늘도 행동한다

2019년 3월, 문주현 전국검정고시총동문회 총회장님과 조용환 전 사무총장님, 동문들의 추천과 지원으로 나는 강북지역 회장에 선출되어 활동하게 되었다. 나 자신의 처음을 잊지 않게 도와주고, 앞으로 살아갈 빛이 되어 주는 분들을 만난 건 크나큰 행운이다. 동대문구의회 의원으로, 행정기획위원장으로 일하며 나는 늘 검정고시를 준비하던 나 자신의 치열했던 과거와 끈기, 그리고 열정을 되새긴다.

지난해 낙선 이후, 노점을 하며 카바이드 불빛에 의지해 검정고시를 준비하고 한국방송통신대학교 중어중문학과 행정학과 학생 그때의 나처럼, 지금의 나는 지역의 더 똑똑한 일꾼이 되기 위해 아동복지센터 경비원으로 일하며, 한국외국어대학교 정치행정언론대학원 행정학과 공공감사 정책, 행정학 석사를 2023년 2월 17일 졸업했다. 고 소례 어머니. 강영희 장모님, 은지·수미 두 딸과 아들 강훈이, 동생 미경이까지 함께 졸업식장에 와서 축하해 주며 사진도 찍고, 행복한 시간을 함께했다.

대학원 졸업하기 전에 사회복지사 공부를 하기 위하여 주변 경험자의 자문을 받아 한국사이버대학교 평생교육원 입학을 준비하며 한국방송통신대학교 중어중문학과·법학과·행정학과와 한국외국어대학교 대학원에서 공부한 이수 과목들을 체크, 노인복지·아동복지 등 과목 이수를 하여 여덟 과목만 하면 사회복지사 자격을 취득할 수 있는 조건을 확인했다. 고민 끝에 무리하더라도 여덟 과목을 접수·입학하여 인터넷 강의를 듣고, 모든 과정을 잘 마치고 동대문 가족 센터 기관에서 지난 9월과 10월, 16일 동안 구법 120시간 사회복지사 실습을 잘 마쳐 보고서를 작성했다.

사회복지사를 공부하면서 다양한 가족의 문제를 해결하고, 문제 발생을 예방하는 사업과 교육, 상담 등 다양한 실습을 했다. 동대문구민의 날 다문화가족들과 함께 현장 활동·동대문 복지대회·예비신혼부부 아카데미교육 등 새로운 사회복지를 배웠고, 특히 동대문구 1인 가구가 2022년 기준 50.4퍼센트가 되었다는 통계와 동대문 1인 가족 센터 운영을 알게 되었다. 1인 가족, 다양한 가족 사례 발굴, 사례 회의에 참여하며 비밀을 보장해야 하고 클라이언트가 필요로 하는 것을 맞춤형으로 실천하는 것을 배우며 긍지를 느꼈다. 배우게 해 준 동대문 가족 센터 한미영 센터장, 이진선 과장, 김주연 팀장, 가족 센터 사회복지사님과 직원 여러분, 동대문 다사랑 센터에서 활동하시는 이양심·신정선·최중석 회장님과 황주연 동대문장애인복지관장, 직원들의 많은 배려와 도움으로 무사히 사회복지사 실습을 마칠 수 있었다.

노점상은 변해가는 거리와 상가, 주택과 함께 많은 변화를 이뤄 냈다. 명칭 또한 노점상에서 '거리 가게'로 바뀌었고, 가판대 사용료와 도로 점용료를 납부하면서 합법화되어가고 있다. 그럼에도 불법 노점상과 합법 노점상의 크고 작은 갈등 문제나 불안정한 노동층과 실업자를 위한 대책과 사회 안전망 마련 등 아직 가야 할 길이 멀다. 이에 나는 소외되는 분 없이 주민들의 삶의 질을 향상시키고, 더 안전하고 행복한 동대문구를 만들기 위해 최선을 다하려 한다.

공구를 팔며 동대문 청량리 거리를 뛰어다니던 그때의 마음으로 현장을 뛰어다니려 한다. 그렇다. 답은 늘 현장에 있다. 책상 위에서 머무르는 정책은 빈껍데기와 같고, 공허한 외침과도 같다. 정책의 완성은 실천함에 있고, 그 정책의 검증 또한 실천에 있다.

한국외국어대학교 정치행정언론대학원 행정학 석사 졸업을 준비하며 동대문구 전통시장 활성화 정책 방향 학위 보고서를 썼다. 우리 전통시장은 130년 전부터 시작되고, 1960년 경동시장이 탄생하면서 동대문구 전통시장이 활성화되어 청량리전통시장, 청량리청과물시장, 동서시장, 서울약령시장, 청량리종합시장, 청량리농수산물시장, 청량리 종합도매시장, 경동광성상가, 신경동시장 골목 등 동대문구 내 30여 개 전통시장과 골목 상점가 인가로 현대화하면서 활성화되어가고 있다. 동대문구 청량리 일대가 초고층 건물 아파트와 상가 사무실 원룸 신축으로 천지개벽하고 있다. 청량리역을 중심으로 사통팔달의 교통망 구축을 위해 노력하고 있다.

동대문구민들의 안전과 삶의 질 향상을 위해 발로 뛰며 실천하고 있다. 나는 현재 동대문구자원봉사센터 우수자원봉사자로 활동하고 있다. 봉사는 마을 골목길과 공원에서 쓰레기를 줍는 정화 활동과 자율방범대원으로 순찰 활동, 정다운봉사단 집수리 봉사, 국립공원 자원정화 활동과 안전 산행 안내 등 일정을 쪼개어 자원봉사를 지속하고 있다.

그리고 지역주민들과 '홍인산악회 청량제기'를 결성 운영한 지 10년을 넘겼다. 지난해 '동행산악회'로 명칭을 변경하여 이영남 명예회장, 이창희 회장, 차영덕 총무 체계로 11월 6일 경기도 포천 명성산과 산정호수 둘레길을 걷고, 맛있는 이동갈비를 먹으며 버스로 산행을 시작했다. 그러나 개인 사정으로 이창희 회장이 사임하고 이학범 회장 선출로 2023년 11월까지 동행산악회 운영, 노고에 감사를 드린다. 이 지면을 통해 지난 10여 년 동안 도와주신 전임 회장단 김영배, 김양균, 강충구 고문, 김옥자, 박남홍, 고규성, 정찬옥, 조영환 고문, 오인천, 노은이, 박영순, 진철, 황규년, 김옥희, 김효녀, 한연순, 김봉례, 조성미, 김종오, 오삼석, 김영재, 박경희, 손인석, 고성원, 이점동 부회장, 이순순, 유혜경, 박중언, 정덕자, 고순희, 최종진, 박배순, 홍순임, 박재덕, 신현남, 김영희, 서원백, 이재임, 정기조, 신옥순, 김정기, 김춘옥, 정사례, 황창규, 백정심, 양영신, 민중규, 박해숙, 김화자, 공혜진, 이영규, 김용상, 양점덕, 공양숙, 원순희, 이용금, 문길자, 권춘옥, 박영희, 김주영, 김영심, 천우희, 이용심 등 여러분의 에너지로 동대문 주민들의 행복을 위해 함께 활동해 주신 노고에 감사드린다.

지난 40여 년 동안 나는 지치고 힘들 때면 여행하거나 산행하며 재충전하고 일을 긍정적으로 생각하며 포기하지 않고 생활해 왔다. 나는 북한산에 매달 다니고 있다. 북한산의 오름과 내림은 나의 삶, 우리의 삶의 길과 같기 때문이다. 도봉산·수락산·불암산·관악산·인왕산·안산·아차산·청계산·남산·서울 한양 도성길 등 서울의 산과 경기도 예봉산·운길산·검단산·남한산성·소리산, 강원도 계방산·팔봉산·공작산, 충청 속리산, 경상도 주왕산, 전라도 광주 무등산·영암 월출산·해남 두륜산과 전국의 5대 산 강원도 평창 계방산, 전북 무주 덕유산 향적봉, 강원도 속초 인제 양양 설악산 대청봉, 경상 전라의 지리산 천왕봉, 제주도 한라산 백록담은 내 삶의 스승이다.

동대문구 청량리역을 중심으로 철도망 구축을 위해 김용상 철도전문가, 민중규 주민대표와 수많은 주민과 활동했던 경험으로 동북선 도시철도 제기동 전통시장 방향 출입구 설치와 동북선 도시철도 건설을 위하여 최선을 다하여 활동하려 한다.

2006년 9월 현대해상화재보험에서 교육을 이수하고 행복플러스 대리점을 17년째 운영 중이다. 그동안 많은 분의 도움으로 전국을 누비며 영업, 항공기 추락·차량 추돌 특약을 만들게 하였으며, 고객들의 행복을 위해 소통하며 활동하고 있다.

특히 2022년 6월 지방 선거 동대문구의회 구의원 3선에 도전하였다. 후보 선출 과정에서 서울시당의 비민주적이고 부당한 선출 과정에도 포기하지 않고 도전하여 '기호 나'번을 받았다. 많은 주민 유권자의 사랑을 받으며 다섯 가족이 최선을 다해 선거운동을 하였으나 낙선하였다.

정권도, 서울시장도, 동대문구청장도 빼앗기고 나니 함께 일해 보자는 곳은 없었다. 그러나 포기하지 않고 동대문구청 일자리창출과에서 경비원 교육을 진행하여 1주일간 인생 이모작 경비원·엘리베이터 교육을 이수하고 수많은 곳에 이력서를 접수, 면접을 보았는데 불합격 통보만 받았다. 그 과정에 1983년에 버스 면허 취득한 것을 이용하여 버스 운전기사 취업을 위해 마포 성산동 적성검사장에서 적성검사를 받고 영업용 운송종사자 자격증을 확보하였다. 마을버스 운전계획을 하는 과정에 동대문구청 일자리창출과에서 아동복지 센터 신규 경비원을 채용하니 이력서를 내보라고 문자가 왔다. 인터넷으로 이력서 등을 접수하고, 며칠이 지나 면접에 참여하라는 전화를 받고 면접을 보았다. 네 명이 면접을 보았는데 젊고, 아파트 관리 경력자, 은행지점장 등 쟁쟁한 후보들이라 포기했는데 합격했다는 통보에 놀랐다. 나중에 알고 보니 체력, 봉사 경력과 정년이 가까운 사람이 나였다.

나는 취업하여 특수 건강검진을 받고, 성범죄 등 복지기관에 근무할 수 없는 전과기록이 있는지 확인하는 등 어려운 과정을 통과하였다. 그리고 한 달 이상 선배님들께 교육을 받으며 3개월 수습 기간을 마치고 정식 직원이 되었다. 태어나서 4대 보험이 되는 정식 직원으로 생활해 본 적이 없었다.

당시 나의 위기가 기회가 되었다. 한국외국어대학교 대학원에서 공부하다 의원도 낙선하여 중도 포기할까 생각도 했었는데, 5학기 등록하고 수업을 듣고, 과제물을 하여 제출하고, 졸업 논문을 제출하기 위해 야간 근무 때 열심히 공부하여 대학원 졸업 마치고 현재 사회복지사 공부와 실습을 마치고 수업을 열심히 들으며 공부하고 있다.

지난 11월 17일 아침, 미국의 곽선주 교수님께서 온 전화를 받으며 안부 인사를 하였다.

"잘 계시죠? 미국이세요?"

교수님은 미국이라고 하셨다. 한국외국어대학교 대학원 졸업 보고서 논문을 한국국정연구소 겨울호에 참가하자는 제안이셨다. 원고료도 지급한다고 한다. 동대문구 전통시장 활성화 정책 방향, 기분 좋은 일이 또 생겨났다.

아동과 청소년들에게 많은 것을 보고 배우고 있다. 사회복지사 선생님, 주방 선생님, 시설 관리 선생님, 풀과 꽃들, 화단 관리와 시설 관리 보조하고 생활하면서 많은 것을 배우고 있다.

함께 활동했던 의원 일부 동료나 일부 정치인이 이영남 전 의원 경비원 한다고 창피하다고 한다. 나는 경비원을 하면서 대학원 졸업도 잘 준비했고, 다양한 인생 공부한다고 주민들께 말씀드리며 민생위원장으로, 가정의 가장으로, 단체의 장으로, 회원으로, 주민으로 체력이 되니 건강하게 전통시장·상가·공원·경로당·골목길 민원인과 밝은 미소로 생활하며 살아가는 게 행복하다.

우리 서민들은 일상생활을 하면서도 봉사와 문화예술, 체육활동을 하고 있다. 그러나 국민 서민들의 봉사와 안전 활동은 많은 발전에도 정부의 안일한 준비와 경찰의 업무를 국민의 생명을 지키며 민생에 두어야 하는데 윤석열 정부 탄생 이후 청와대를 용산으로 이전하고, 수많은 경호 인력을 재배치하고, 서울 시내, 특히 용산 주변 집회에 경찰력을 집중 배치하면서 국민 안전이 뒤로 밀리게 되었다. 이로 인하여 2022년 10월 29일 이태원 참사로 159명의 젊은이가 목숨을 잃었고, 많은 부상자가 발생하였다. 충북 청주 오송읍 오송 궁평 2 지하차도 참사, 구명조끼도 없이 구조 활동에 참여한 해병대 채수근 상병 사건과 정부 전산망 먹통에 책임자가 없고 사과도 없다. 국민은 분노한다.

세월호참사 이후 수많은 집회, 1일 단식투쟁을 하면서 안전 사회를 만들었는데, 하루하루 경제가 어려워지면서 노동자 서민들의 삶이 더 어려워지고 있다. 안전한 대한민국, 국민의 삶과 동대문구민들의 삶, 나의 삶이 나아지도록 주민들의 의견·민원을 받아 안규백 국회의원, 동대문구의원, 서울시의원, 동대문구청 공무원, 구청장과 함께 동대문구민들의 민생을 위해 나는 오늘도 내일도 산에 오르며 자연정화 활동하면서 건강을 유지하며, 활발하게 연구하며 힘차게 행동할 것이다. 세상을 바꾸는 건 발로 뛰는 사람들이 하기 때문이다.

배움

학원 수업 첫날은 꿈에 그리던 영어 시간이었다. 나는 알파벳을 전혀 몰랐다. 그래서 어떻게 해야 할지 몰라 칠판을 보고 아이가 그림 그리듯 알파벳을 그려 나갔다. 주위 학생들은 나이가 많은 나를 안타까워하며 그림을 그리지 말고 알파벳을 쓰라고 일러주었다. 쑥스럽기도 했지만 개의치 않고 칠판만 보며 노트에 그림을 그렸다. 하지만 기초가 하나도 없었던 나는 좀처럼 실력이 나아지지 않았다. '졸업을 미루더라도 알파벳부터 외운다!' 마음을 굳게 먹었다. 그날 이후 나는 일을 하면서 시간이 날 때마다 시장 모퉁이에 앉아 알파벳을 소리 내어 읽고 눈으로 익혔다.

작은 거인, 실패를 딛고 우뚝 서다

열네 살 주물 공장 노동자, 대한민국 청소년지도대상을 수상하다

이우현

우리종합주방 대표
전국검정고시 대구동문회 회장(전)
수필문예대학 37기 회장
대구대학교 가정법률대학 수료
영진전문대학 외식프랜차이즈 수료
계명대학교 최고경영자과정 수료
대구시장 표창, 대한민국 청소년지도대상 등 수상

따뜻한 쌀밥이라는 희망

1960년 11월 7일, 나는 경북 고령군 촌마을에서 7남매의 장남으로 태어났다. 아버지는 성품이 인자하시고 다정한 분이셨지만, 술을 좋아해 농번기가 끝나면 매일 주막에서 친구들과 술을 마시곤 했다. 해질 무렵이 되면 할머니는 어머니에게 아버지를 데려오라고 하셨고, 나는 어머니의 손을 잡고 만취 상태의 아버지를 모시고 집으로 돌아오곤 했다.

그러던 어느 날, 여느 때와 같이 아버지를 데리러 주막으로 갔는데 아버지 모습이 조금 이상해 보였다. 아버지는 늘 술에 취해 웃으며 어머니와 나를 반겼는데, 그날은 술잔을 손에 든 채 말없이 허공만 바라보고 있었다. 친구분들의 부탁을 거절하지 못해 빚보증을 여러 군데 서 주었던 아버지는 그날 친구분들이 사라진 것을 알게 되었다고 했다.

아버지는 집과 전 재산을 빚쟁이에게 고스란히 넘겨주어야 했고, 우리는 고향을 떠나 성주군 용암으로 이사 가야 했다. 당시 할머니는 90세가 넘으셨는데, 할아버지와 함께 일구어 놓은 전 재산을 허공에 날려버리고 고향을 떠나게 된 것에 크게 상심하셨다. 할머니는 음독을 시도하셨지만, 다행히 이웃 주민에게 발견되어 큰 사고는 면할 수 있었다. 우리 가족 모두는 이에 큰 충격을 받았고, 초등학교 2학년이던 나는 술김에 빚보증을 선 아버지를 원망했다. 그렇게 가난은 우리 가족을 어둠 속으로 끌어내렸고, 우리는 눈물을 머금고 셋방살이를 시작했다.

당장 먹을거리가 없었기에 아버지는 1년 동안 머슴 생활을 하기로 하고 주인에게 돈을 선지급 받았다. 아버지는 그렇게 좋아하시던 술과 담배를 모두 끊으시고는 이웃 동네에 머슴을 살며 과일과 채소 등 닥치는 대로 행상을 했다. 어머니도 이 동네 저 동네를 다니면서 행상을 했다. 하지만 아홉 식구를 먹여 살리기에는 턱없이 부족했다.

학교에 점심 도시락을 싸갈 수도 없을 정도였다. 나는 처음에는 가정 형편이 괜찮은 아이들의 도시락을 나눠 먹었고, 친구들도 내 도시락까지 챙겨 주곤 했다. 어느 날, 급장이 점심시간에 자기 집으로 가서 함께 밥을 먹자고 했다. 급장의 부모님은 학교 인근에서 슈퍼와 문방구를 했는데, 친구 어머니는 우리에게 따뜻한 쌀밥과 멸치볶음, 계란말이를 내어 주셨다. 여름인데도 따뜻한 쌀밥과 반찬을 먹는 게 신기했다. "잘 먹겠습니다." 인사를 하고 숟가락을 들었는데 갑자기 집에 있는 가족들 얼굴이 떠올랐다. 굶고 있을 동생들과 부모님, 할머니를 생각하니 혼자 밥을 먹는다는 게 너무 죄스러웠다. 나는 숟가락을 내려놓고 "잘 먹었습니다!" 인사를 하고 밖으로 뛰쳐나왔다.

그날 이후 나는 점심시간이 되면 함께 도시락을 먹자는 친구들을 뿌리치고, 혼자 뒷산에 올라 소나무 껍질을 벗겨 질겅질겅 씹어 먹었다. 그러고 나면 속이 쓰려 수돗가에 가서 물을 한 바가지 마시며 배를 채웠다. 초등학교를 졸업할 때까지 나의 점심 도시락은 소나무 껍질과 수돗물이었다.

한창 성장할 나이에 굶기를 밥 먹듯 했으니 내 얼굴은 항상 누렇게 떠 있었고, 힘이 없어 늘 비실거렸다. 영양 실조에 걸려 쓰러지기도 했다. 어머니는 그런 아들을 바라볼 수밖에 없는 신세를 한탄하며 남몰래 눈물을 훔치곤 했다.

가끔 학교에서 옥수수빵과 분유 가루를 학생들에게 지급해 주었는데, 나는 한 번도 먹어본 적이 없다. 배에서 꼬르륵 소리가 나고 '먹고 싶다. 먹고 싶다.' 마음의 소리가 들려도 참아야 했다. 집에는 나보다 어린 동생들이 매일 배고픔에 울고 있었다. 나는 동생들을 생각하며 빵과 분유 가루를 내 뱃속이 아닌 가방에 집어넣었다. 수업이 끝나면 가방을 품에 안고 집까지 전속력으로 달려갔다. 내가 활짝 웃으며 방문을 열면 동생들은 이내 눈치를 채고 환호성을 지르곤 했다. 신나게 빵과 분유 가루를 먹는 동생들을 볼 때면 이상하게 배가 고프지 않았다. 어머니는 우리가 밥을 먹을 때면 당신은 늘 배가 고프지 않다며 식사를 거르곤 했는데, 아마도 같은 마음이었던 것 같다.

"이제부터 따뜻한 쌀밥 먹게 해 줄게."

동생들은 내 말이 무슨 뜻인지도 모른 채 신이 나 웃었다.

나는 중학교에 가지 않기로 결심했다. 당시의 나는 가난이라는 어둠 속에서 빠져나오기에는 너무 어린 나이였고, 가난을 어떻게 해결할지도 모를 나이였다. 하지만 동생들이 굶지 않기를 바랐고, 할머니와 어머니가 울지 않기를 바랐다. 그렇게 나는 동생들에게 옥수수빵이 아닌 따뜻한 쌀밥을 먹일 수 있다는 작은 희망 하나로 생업전선에 뛰어들었다.

내일은 오늘보다 나을 거라는 믿음

초등학교를 졸업한 1974년 2월 16일, 막상 집을 떠나려니 발이 떨어지지 않았다. 친구들이 중학교 교복을 사러 부모님과 시장에 간다는 이야기를 들었다. 돈을 벌어야겠다는 마음은 먹었지만, 어린 내가 왜 돈을 벌어야 하는지 갑자기 억울한 마음이 들었다. 결정은 되돌릴 수 없었고, 나는 무거운 마음을 누르고 시외버스를 탔다.

나의 첫 직장은 대구에서 주물 공장을 운영하는 종고모부 공장이었다. 열네 살 나이에 공장에서 일하는 건 쉬운 일이 아니었다. 나는 견습공으로서 공장에서 철판 옮기는 작업자의 보조 역할을 했는데, 보조 일에 사소한 잡일과 심부름까지 했다. 어깨너머로 일을 배우면서 늘 어른들의 기분과 눈치를 살피며 억울함과 서러움 속에서 일해야 했지만, 월급을 받을 때면 그 마음이 눈 녹듯 사라져 '조금만 더 견디자.' 하며 힘을 내곤 했다.

공장에 취직한 지 6개월이 지났을 때였다. 일하다가 내 부주의로 손가락이 절단되는 사고를 당했다. 너무 놀라 소리도 지르지 못하고 멍하니 손만 바라보았다. 믿어지지 않았다. 흐르는 피가 거짓말 같았다. 나는 손이 나을 때까지 집에서 쉬며 병원 치료를 받기로 했지만, 손이 나아도 공장에 돌아가고 싶지 않았다. 손의 상처보다 마음의 상처가 더 깊었던 것 같다.

그렇게 며칠을 방에만 처박혀 있는데, 주인집 아주머니가 방문을 두드렸다.

"주방 그릇이랑 연탄불 마개 사러 시장에 가려는데 같이 갈래?"

자취방 주인집 아주머니는 나를 자식처럼 아껴 주셨는데, 하루 종일 방 안에 누워 있는 내가 안쓰러웠던 것 같다. 나는 아주머니를 따라 서문시장 동산상가에 갔고, 오랜만의 외출은 내 우울함을 날려 주었다. 물건을 살 동안 시장을 구경하고 오라며 아주머니는 상점 안으로 들어갔다. 나는 평소 접해 보지 못한 그릇들과 물건들이 신기하고 생소해 시장을 뛰어다니며 구경했다. 그러다 번개처럼 눈앞에 스쳐 가는 글을 보게 되었다.

"종업원 구함."

종업원? 나는 구경을 멈추고 상점 안으로 들어갔다.

"안녕하십니까?"

사장님께 인사를 하고 종업원으로 일할 기회를 달라고 했다. 그런데 사장님은 내가 너무 어리고 키가 작아 일하기 힘들 것 같다고 했다.

"시켜만 주시면 성실히 일하겠습니다!"

나는 용기 내 다시 큰 소리로 말했다.

"여기는 배달 업무가 많아 자전거를 탈 수 있어야……."

사장님이 곤란해하시며 말씀하시자 나는 말씀이 끝나기도 전에 얼른 설명했다.

"비록 키도 작고 다리도 짧지만, 자전거 탈 때 다리 한 발은 올리고 한 발은 내리면서 잘 탈 수 있습니다!"

내 말에 사장님은 웃음이 터졌다.

그렇게 나는 물건을 배달하다 파손되면 100퍼센트 책임을 진다는 조건하에 그릇 가게에 취직하게 되었다. 주인아주머니는 위험한 주물 공장보다 나을 거라며, 어린 나이에 스스로 일을 찾아낸 나를 기특해하며 칭찬해 주셨다.

아주머니와 집으로 돌아온 나는 곧바로 공장에 가서 회사를 그만두겠다고 했다.

"너의 근면 성실함이면 어떤 일이든 잘할 것이라 믿는다."

종고모부님은 날 이렇게 응원해 주셨다. 그리고 그동안의 수고비를 챙겨 주시며, 손가락이 절단된 것에 크게 마음 아파하셨다.

그렇게 나는 1974년 9월 19일 서문시장 동산상가에 위치한 '미광상회'에 첫 출근을 했다. 첫 출근 날, 나는 결심했다. '내 가게를 내자!' 나는 가난이라는 절망과 싸우기로 했다. 가난을 꺾지 않으면 평생 가난에 짓눌려 살 것이 분명했다. 열네 살 나이에 나는 손가락을 잃었지만 그보다 더 단단한 의지를 얻었다.

훗날 내 가게를 경영하겠다는 목표는 가게 일을 하는 데 있어 커다란 동기 부여가 되었다. 나는 종업원이었지만 가게의 주인이라는 생각으로 일했고, 다른 동료들보다 일찍 출근하고 더 늦게 퇴근했다. 사장님의 뒤를 따라다니며 장사 노하우를 보고 듣고 배웠다. 어떤 손님이든 친절하고 예의 바르게 대했고, 그릇 하나하나를 내 것이라 생각하며 소중히 관리했다. 사장님은 그런 나를 신뢰하기 시작했고, 이후 거래처 리스크 관리와 금융권 자금 조달까지, 가게 경영에 필요한 많은 것들을 알려 주셨다. 그렇게 나는 치열하게 내 것을 축적하며 희망을 키워 나갔다. 내일은 오늘보다 나을 거라는 믿음으로.

두 기둥을 떠나보내며

할머니가 운명하셨다는 비보를 접했다. 나는 가게에서 일하던 중이라는 것도 잊고 목놓아 울기 시작했다. 사장님과 사모님은 영문도 모른 채 아침 일찍부터 대성통곡하는 나를 위로해 주었다. 한참을 울고

난 후 정신을 차려 사장님과 사모님께 할머니의 비보를 전했다. 두 분의 배려로 나는 고향집에 내려갈 수 있었다.

눈물은 버스를 타고 가면서도 멈추지 않았다. 할머니는 맏손자인 나를 아주 아꼈고, 나도 그런 할머니를 가장 의지하고 따랐다. 할머니에게 마지막 작별인사를 하지 못한 죄책감은 지금도 내 가슴 깊숙한 곳에 남아 있다. 할머니는 97세를 일기로 세상을 마감하셨는데, 노년에 깊은 정신적·육체적 고통을 겪으셨다. 아버지의 빚보증으로 전 재산을 모두 잃고 극단적 선택까지 하셨으니, 그 아픔이 얼마나 크셨을까. 지독한 가난 속에서도 할머니는 늘 손자 손녀들을 챙기셨고, 사랑으로 배불려 주셨다.

장례식 날, 할머니가 누워 계신 봉분 앞에서 산천이 떠나가도록 울었다. 아버지가 미웠다. 아버지의 실수로 우리 가족 모두가 엉망이 된 것 같았다. 할머니가 떠나간 것도, 내가 손을 다친 것도, 학교에 다니지 못한 것도 모두 아버지 때문인 것 같았다.

할머니의 장례를 치르고 가게로 돌아와 동료들과 사장님께 인사를 드리고 공백을 메우기 위해 동분서주 뛰어다녔다. 일하지 않으면 자꾸 슬픔이 올라와 쉴 수가 없었다. 하지 않아도 될 매장 정리를 하고, 다른 동료를 대신해서 배달을 갔다. 몸을 혹사시켜야 잠을 잘 수 있었기에 잠시도 쉬지 않고 일했다.

그렇게 할머니를 보내고 나는 한동안 아버지와 거리를 두었던 것 같다. 아버지를 이해하기에 나는 너무 어린 나이였고, 아버지에 대한

미움과 원망을 보이고 싶지 않았다. 그러던 어느 날, 어머니로부터 아버지가 위독하시다는 연락을 받았다. 시골 병원으로 달려가니 동생들이 아버지가 누워 계신 침대에 모여 울먹이고 있었다. 아버지는 많이 힘들어 보였다. 아내와 7남매를 남겨 두고 편히 눈을 감지 못하는 아버지의 손을 잡고 가슴에 얼굴을 묻었다.

아버지, 불효자를 용서해 주세요.
아버지를 미워한 마음 봄날에 눈 녹듯 녹여 주시고
그 못다 한 무거운 짐 편히 내려놓으세요.
어머님과 동생들은 이제 제 어깨에 맡겨 주세요.

아버지는 아무런 대답이 없으셨지만 그 마지막은 아주 조금 편안해 보였다. 향년 50세, 아버지는 젊은 나이에 한 많은 생을 마감했다.

아버지의 장례를 치르며 많은 생각을 했다. 아버지가 친구분들의 도박 빚보증을 서지 않았다면 이렇게 일찍 세상과 이별하지 않았을 텐데, 사랑하는 처자식을 두고 먼저 떠나지 않았을 텐데, 그 고된 머슴살이도 하지 않았을 텐데……. 아버지를 그렇게 미워하고 원망했었는데, 아버지가 떠나니 하늘이 무너지고 세상 모든 것을 잃은 것 같았다. 뒤돌아보니 나는 아버지가 아니라 아픈 현실과 지독한 가난이 미웠던 것 같았다. 아버지를 보내며 나는 최선을 다해 어머니를 모시고 동생들을 보살피겠다고 다짐했고, 고생 많던 우리 아버지 부디 근심 걱정

없는 곳에서 편히 영면하시길 간절히 기도했다.

어린 시절 아픔을 겪었던 나는 지금까지 도박을 해 본 적도, 도박하는 친구도 두지 않았다. 아픔을 겪었기에 올바르게 살 수 있었던 것 같다. 아버지의 실수로 집이 무너져 긴 시간 절망 속에 살았지만, 그러한 절망이 있었기에 희망을 가질 수 있었다. 손을 다쳤기에 그릇 가게를 발견할 수 있었고, 내 가게를 차리겠다는 꿈을 꾸게 되었다.

나는 이를 더 악물었다. '우리 집의 든든한 두 기둥을 떠나보냈으니 이제 내가 기둥이 되어야 한다.' 어깨가 무거웠지만 이를 견뎌 내면 분명 난 더욱 단단한 사람이 되어 있을 것이라 믿어 의심치 않았다. 내겐 지켜야 할 가족이 있었고, 꿈과 용기가 있었다. 그렇게 나는 이를 악물고 다시 한 걸음 앞으로 나아갔다.

가난 속의 행복

많지 않은 월급이었지만 월급을 어머니께 보내 드리며 이 돈은 꼭 동생들 학비에 써 달라고 부탁했다. 동생들만은 배우지 못한 서러움을 몰랐으면 했다. 직장생활을 하면서도 내 가슴 한편에는 늘 배우고 싶다는 열망이 자리해 있었다. 다른 것보다 영어를 꼭 배우고 싶었는데, 기회가 되면 해야지 하면서도 용기가 나지 않아 묻어두곤 했다.

어느 날 출근길에 버스를 기다리고 있는데, 우연히 상점에 자주 오시는 단골 고객을 만났다. 버스를 기다리며 고객은 내게 종교가 있냐고 물었고, 나는 없다고 했다. 그렇게 짧은 대화를 한 며칠 후 토요일, 그 단골손님이 가게에 와 내일 일요일에 교회에 함께 가자고 했다. 휴무일에 할 일도 없고 해서 함께 교회에 갔는데, 교회에서 야학을 운영한다는 이야기를 듣게 되었다. 담당 선생님께 문의를 하니 학력을 인정받는 수업이 아닌 생활 야학이라고 했다. 그렇지만 나는 그럼에도 공부할 수 있다는 것이 기뻐 매주 일요일마다 교회에 가서 공부했다.

생활 야학을 수료하고 나니 조금이지만 용기가 생겼고, 나는 대구 검정고시 학원을 찾아갔다. 막상 학원 앞에 서니 부끄럽다는 생각에 한참을 학원 건물만 쳐다보다가 집으로 돌아왔다. 그렇게 건물 앞에 서서 한숨만 쉬고 돌아가기를 여러 번 한 후에야 비로소 나는 학원 문을 열 수 있었다. 상담원과 간단히 얘기를 나누고 검정고시 담당 선생님을 만났다. 선생님은 내 실력을 테스트하기 위해 몇 가지 질문을 했는데, 나는 아는 것이 하나도 없었다. 기초가 없어도 차근차근 천천히 시작하면 된다는 선생님 말에 용기 내 학원에 등록했다.

학원 수업 첫날은 꿈에 그리던 영어 시간이었다. 나는 알파벳을 전혀 몰랐다. 그래서 어떻게 해야 할지 몰라 칠판을 보고 아이가 그림 그리듯 알파벳을 그려 나갔다. 주위 학생들은 나이가 많은 나를 안타까워하며 그림을 그리지 말고 알파벳을 쓰라고 일러주었다. 쑥스럽기도 했지만 개의치 않고 칠판만 보며 노트에 그림을 그렸다. 하지만 기초가 하나도 없었던 나는 좀처럼 실력이 나아지지 않았다.

'졸업을 미루더라도 알파벳부터 외운다!' 마음을 굳게 먹었다. 그날 이후 나는 일을 하면서 시간이 날 때마다 시장 모퉁이에 앉아 알파벳을 소리 내어 읽고 눈으로 익혔다. 꾸준함과 성실함은 거짓말을 하지 않았다. 나는 금세 알파벳을 떼고 영어 단어와 문법을 배울 수 있었다. 그리고 수학 공부를 시작했다. 근무하면서 수학 공식을 외우고 영어 단어를 외웠다. 실력이 좋아지는 게 눈에 보이니 공부만큼 재미있는 게 없었다.

일을 마치고 식사도 거르고 학원에 달려가 수업을 듣고, 집에 돌아와 잠도 자지 않고 복습하고 또 복습했다. 나는 작은 자취방 천장과 벽면에 수학 공식과 영어 단어로 도배를 하고, 잠자리에 들기 전 천장과 벽면에 인사하고 잠들었다. 자나 깨나 공부할 수 있는 수학책과 영어책이 되어 주어 고맙다고 말이다. 고입 검정고시 시험에 원서를 제출하고 나서는 한 번도 저녁 약속을 잡아본 적이 없다. 일하면서도, 일이 끝나고도 책과 씨름하며 공부에 매진하고 또 매진했다.

시험 발표가 나던 날, 출근해서도 일이 손에 잡히지 않았다. 나뿐 아니라 동료 직원들과 시장 사람들, 사장님까지 모두 떨리는 가슴으로 하루를 보냈다. 퇴근해서 학원에 갔다.

"이우현, 축하한다. 합격이다!"

선생님이 합격증을 건네주셨다. 첫 월급을 받았을 때보다 몇 배는 기쁘고 감격스러웠다. 다음 날 우리 상점과 시장은 내 합격 소식에 떠들썩해졌고, 나는 수많은 사람의 축하를 받으며 행복함을 느꼈다.

이어 나는 대입 검정고시에 합격했고, 학문에 눈을 떠 지식을 습득할 수 있게 해 준 검정고시에 감사하고 또 감사했다. 형편상 대학에 진학하지는 못했지만, 지금도 도전의 마음을 가지고 있다. 내가 검정고시를 하며 느꼈던 건 도전과 노력 없이는 그 무엇도 성취할 수 없다는 것이다. 꿈과 열정이 있는 자만이 목표를 달성할 수 있다는 평범한 진리를 깨닫고, 가난 속에서도 행복이 피어날 수 있다는 걸 느꼈다. 그리고 행복은 내게 또 다른 행복을 가져다주었다.

나는 휴일 오후면 대구 수성호수에 가곤 했다. 잔잔한 호수의 산책길을 걸으며 스트레스를 해소하곤 했다. 여느 때처럼 산책길을 걸을 때였다. 연인들이 행복하게 오리 배 타는 모습을 바라보다 발길을 돌렸는데, 그녀가 내 앞을 지나갔다. 오늘의 아내를 처음 만나게 된 것이다. 그날 이후 나는 호수에 갈 때마다 그녀를 기다렸고, 그녀는 나를 알아보았다. 우리는 조금씩 가까워졌으며, 그렇게 연인이 되었다. 휴일마다 그녀를 만나면서 나는 휴일이 아닌 매일을 그녀와 함께하고 싶었다. 그녀에게 청혼했지만, 그녀는 결혼할 수 있는 형편이 아니라고 했다. 부모님이 계시지만 능력이 없어 언니와 함께 가계를 책임지고 동생들을 학교에 보내야 한다고 했다. 나는 아래로 동생이 여섯 명이라며 그동안 살아온 이야기를 모두 털어놓았다.

"우리 함께 어려운 상황을 이겨 내자."

사랑 앞에 가난은 이유가 될 수 없었고, 그녀와 나는 비슷한 처지인 서로에게 힘이 되어 주기로 했다. 화려한 결혼식은 아니었지만 우리는 행복한 마음으로 1985년 1월에 결혼식을 올렸다. 신혼집은 남구 대명동, 거실에 방 하나 있는 셋방이었다. 양가 집안이 모두 빈곤했기에 우리는 저축을 할 수 있는 형편이 아니었다. 먹는 것부터 입는 것까지 모든 것을 아껴야 했지만 의지할 수 있는 사람이 있다는 것만으로도 행복했다. 그리고 아내가 첫아이를 임신했다.

"아랫목이라도 뜨끈하게 연탄 좀 더 때자."

임신한 아내가 걱정되어 연탄을 때자고 하면 아내는 괜찮다며 연탄 한 장이라도 아끼자고 했다. 나는 아내 몰래 새벽에 일어나 연탄을 때며 연탄구멍으로 솟아오르는 따뜻한 불길에 아내와 아이의 건강을 빌었다. 다음 날 연탄이 많이 들어갔다며 아내에게 야단을 들었지만 나는 아내에게 흐뭇한 미소를 지었다. 아내는 검소하고 알뜰한 사람이다. 아내를 생각하면 지금도 가슴 한편이 찡해 온다. 내가 돈을 벌어서 아내를 호강시켜 준다고 하면 아내는 그 돈을 모아서 날 호강시켜 준다고 했다. 우리는 가난했지만 서로를 다독이며 누구보다 행복했다.

대입 검정고시 합격 후 아내를 만나
단란한 가정을 이루어 행복했다는 필자

긴 시간 동안 나는 하루를 살아

내는 것만으로도 다행이라고 생각하고 살아왔다. 끼니를 거르지 않고, 추위에 떨지 않고 사는 것이 먼저였기에 어린 나이에 학교를 포기해야 했다. 그렇게 하루를 살아내는 데 급급했던 내가 미래를 꿈꾸며 대입 검정고시에 합격하고 사랑하는 아내를 만나 가정을 이루게 된 것은 커다란 행운이었다. 가난이 사라진 건 아니었지만, 배우지 못한 서러움과 혼자라는 외로움을 떨쳐 버린 것만으로도 삶의 풍요로움을 느낄 수 있었다. 한여름의 찌는 무더위와 엄동설한의 살을 에는 추위 속에서 느낀 행복은 내 삶을 지탱해 준 힘이었다. 나는 지금도 그 행복을 떠올리며 많은 시간을 위로받곤 한다.

나는 작은 거인

내 별명은 '작은 거인'이다. 성장기에 제대로 먹지 못하고 고된 일에 시달리다 보니 키도 크지 못했고, 몸집도 왜소한 편이다. 시장 상점 점주님들은 작은 몸집에도 무거운 짐을 당차게 들고, 자전거에 싣고 다니는 내게 '작은 거인'이라는 별명을 지어 주셨다.

몸을 써야 했던 일이었기에 퇴근 후 집에 가면 몸은 늘 천근만근이었고, 저녁 먹을 힘도 없었다. 결혼하기 전에는 추운 겨울날 퇴근해 집에 가면 꺼진 연탄불을 피울 힘도 없어 차가운 바닥에서 새우잠을 자고 일어나 냉수에 씻고 다시 출근했던 적도 많았다. 밀린 집안일에 세

탁물을 빨고 집안 정리를 하느라 휴일에도 제대로 쉬어 본 기억이 없다. 그럼에도 나는 19년 8개월을 쉬지 않고 한 직장에서 근무했다. 그 근면함과 성실함을 인정받아 1980년 12월 '재래시장 모범 종업원'으로 선정되어 대구시장 표창을 받기도 했다. 지금도 '서문시장의 작은 거인'이라면 오래된 상점 주인들은 나를 기억한다고 한다.

19년 8개월이란 세월을 뒤로하고 가게를 그만두던 날, 사장님과 사모님은 나를 부둥켜안고 눈물을 흘리셨다.

"정말 수고 많았다. 따뜻하게 잘 해 주지 못해 미안한 마음뿐이다. 앞으로 꼭 성공하길 바란다."

두 분은 약소하지만 사업에 보탬이 되길 바란다며 금일봉까지 챙겨 주셨다. 두 분과 작별인사를 나누고 상점을 나오니 이웃 점포 사장님과 사모님, 주변 상인분들 모두가 내게 인사를 하기 위해 나와 계셨다.

"이 군, 자주 놀러와!"

"여기서 일한 거 반만 해도 성공할 거야!"

"성공했다고 나 잊으면 안 돼."

"작은 거인, 파이팅!"

그날 흘린 눈물과 감회는 오늘날 나를 우뚝 서게 만든 힘이 되어 주었다. 주어진 일에 최선을 다하면 그 보상의 대가는 당장은 아니더라도 언젠가는 받게 된다는 사실을 새삼 깨달았다.

'경동상회', 1997년 4월 나는 평생 꿈꿔 왔던 나의 가게를 열었다. 그동안 쉬지 않고 일하며 동생들 공부시키고 내 집 마련하고, 드디어

내 가게까지 갖게 된 것이다. 가난의 아픔을 온몸으로 겪었기에 자식에게는 가난을 물려주고 싶지 않았고, 나는 무조건 성공하기로 결심했다.

그러기 위해서는 초대형 시설에 밀려 쇠퇴 일로에 처한 상가 재건이 급선무였다. 나는 가게에 경영을 접목시키기로 했다. 재래시장 상가의 획기적인 변신을 위해 신용카드 단말기 도입과 상품 정찰제 실시를 상가번영회 회장님과 이사님들께 꾸준히 건의했다. 이후 승낙을 받아 신용카드 결제를 실시했고, 이는 재래시장에 대한 신뢰 회복에 기대 이상의 효과를 발휘했다. IMF 경제 위기 때도 수입품 그릇과 분청 질그릇을 전략 상품으로 도입해 경영의 어려움을 거뜬히 극복했다.

이후 나는 상가번영회 회장과 이사님들께 계획을 수립하여 전달하며 시장의 환경 변화에 앞장섰다. 무질서하고 협소했던 상가 통로를 정리하고 확장하여 쇼핑의 불편함을 제거하고, 어둡고 침침하던 실내 조명을 밝은 조명으로 바꾸었다. 변화를 싫어했던 상인들의 반발도 있었지만, 고객들의 쇼핑 요구를 충족시키는 환경이 중요하다며 설득했다. 편의시설도 늘렸는데, 출입구의 작은 공간을 아늑한 쉼터로 만들어 고객들의 발길을 유인했다. 그 후 시장 상권은 하루가 다르게 성장했고, 상인들은 재래시장이 현대식 쇼핑 시설과 당당히 경쟁할 수 있다는 자신감을 갖게 되었다.

나는 동산상가를 재래시장의 이미지가 아닌 현대식 그릇 백화점으로 탈바꿈하고 싶었다. 이에 경영대학원 최고경영자 과정을 수료하고, 소매 유통 전문인 양성 과정을 이수하는 등 대구 경제 포럼에 가입해 경영 마인드와 마케팅 방법을 익혔다. 시장 재건을 위해 번영회 이사로 관계 기관을 방문하여 도움을 요청하고, 하루도 쉬지 않고 뛰어다녔다. 그 결과 서문시장에서 실시하는 친절 매장 1호 주인공이 되기도 했다. 친절한 웃음으로 고객을 맞이하는 건 종업원 시절부터 몸에 밴 습관이었다. 내 가게를 낸 이후에도 나는 친절 교육을 수시로 받았고, 직원들도 선진 판매기법 교육을 받을 수 있도록 많은 투자를 했다. 교육 덕분인지는 몰라도 매출은 날로 성장했고, 상인들은 점원 출신의 작은 거인이 성공 신화를 창조했다며 이구동성으로 날 칭찬했다.

나는 내 인생에 기회가 왔다고 생각했다. 은행 대출을 받아 인근 점포를 매입해 사업을 확장하고 종업원을 충원했다. 이후 무리한 대출과 사업 확장이 날 무너뜨릴 것을 생각지도 못한 채…….

나의 가족, 나의 생명

아들의 꿈은 연예인이었다. 배우지 못한 아픔을 자식에게 물려주고 싶지 않았던 나는 당시 예술대학에 다니던 아들의 길을 열어 주고 싶었다. 지인의 소개로 서울의 모 기획사를 방문해 아들의 면접을 성사시켰고, 기획사에서는 아들의 소질과 가능성을 확인했다며 계약을 하자고 했다. 나와 아들은 입가에 웃음을 머금고 서울행 열차에 몸을 실었다. 사무실에 도착해 계약하는데, 나는 여러 장의 계약서 내용을 충분히 숙지하지도 않은 채 기획사 측의 말만 믿고 계약서에 서명했다. 나의 삶은 그날 이후 흔들리기 시작했다.

나는 직원들에게 사업을 맡기고 아들 뒷바라지에 모든 걸 걸었다. 기획사 측 연락을 받고 서울에 올라가 각종 프로그램 교육을 이수하고, 유능한 매니저에게 개인 교습을 받으며 요구한 금액을 지급하고 또 지급했다. 기대에 부풀어 기획사를 의심할 생각도 하지 못했다. 하지만 곧 방송에 출연할 것이라며 거액을 요구하는 경우가 잦아지자 불길한 예감이 들기 시작했다. 잘못 디딘 발이 흙탕물에 빠져 시커먼 암색으로 변했다는 것을 느꼈지만, 믿고 싶지 않았다.

마지막이라는 기획사의 말에 수중에 돈이 없어 지인에게 차용까지 해 큰 금액을 건넸는데, 그 이틀 후 저녁 9시 뉴스에 기획사의 부도 소식이 보도되었다. 그때 받은 충격은 형언할 수가 없다. 심장이 내려앉고 온몸이 떨렸다. 내 눈과 귀를 의심했지만 뉴스는 사실이었다. 다음날 새벽 열차를 타고 기획사로 달려갔지만 사무실에는 아무도 없었다. 곧이어 나와 같은 사람들이 사무실에 달려왔다. 사무실은 전쟁터를 방불케 할 만큼 고성이 오갔다. 나는 모든 걸 포기하고 대구로 돌아왔다.

그 일이 있은 후 사업도 어려워졌다. 은행에서 거래처 물건 판대 대금으로 받은 유가증권(당좌, 어음)이 부도가 났다며 하루가 멀다고 연락 왔다. 거래처의 연쇄 부도로 자금 압박까지 받게 되었는데, 물건을 구입한 공장에서 결제를 요구하면 당장 돈이 없어 물건을 헐값에 팔아 대금을 지급해야 했다. 지인들과 일가친척들에게 사채를 빌려 결제를 하며 갖은 방법을 강구했지만 자금 융통의 어려움으로 나의 사업은 10년 만에 도산의 아픔을 겪어야 했다.

부도 후 우리 가족은 정들었던 보금자리와 점포, 기물들을 채권자에게 넘겨주어야 했다. 애지중지 아끼던 물건들을 버리고 돌아서는 가족들의 눈물은 지금도 내 가슴을 칼로 찌르는 아픔이다. 나와 아내는 하루아침에 신용불량자가 되었고, 우리 가족은 남산동 자동차 골목 2층에 셋방을 얻었다. 아직 변제해야 할 잔여 채권이 있었기에 아내는 심신이 망가진 상태로 통닭집 알바를 해야 했고, 아들과 딸도 산업 현장에 투입되어야 했다. 연예인의 꿈을 접고 방황의 터널에서 힘들어하는 아들과 하지 않아도 될 일을 하게 된 나의 자식들, 그리고 다시 가난의 고생을 시작하게 된 나의 아내……. 모든 게 내 탓이었고, 나는 가족을 볼 면목이 없었다.

너무 힘들고 괴로워 노숙자 생활을 하기로 결심하고 집을 나왔다. 낮에는 일용직 잡부로 일하고, 밤에는 문화예술관 야외무대에서 신문지 몇 장을 이불 삼아 잠을 잤다. 무대 구석에 신문지를 덮고 누울 때면 나는 어둡고 텅 빈 무대가 꼭 내 인생 같다는 생각이 들었다. 그러던 어느 날, 야외무대에서 무료로 하는 연극을 보게 되었다. 어두운 밤, 어두운 무대에 조명이 비추는 걸 본 나는 '내 인생이라는 무대에도 다시 빛이 비칠까?' 생각했다.

나는 일이 끝난 밤이면 늘 무대를 찾았고, 가끔 켜지는 따뜻한 조명에 큰 위로를 받았다. 후일 연극을 배워 지금도 가끔 연극인으로 무대에 오르곤 하는데, 생명을 잃은 것 같은 무대에 발을 딛고 조명을 받으면 내가 다시금 살아 있다는 느낌을 받는다.

연극 무대에 가끔 오르는 필자

노숙 생활은 긴 시간 이어졌지만 생활은 나아지지 않았다. 그러던 어느 날, 아내가 날 찾아왔다.

"함께 이겨 내자. 그 옛날 가난했지만 서로의 힘이 되어 주었을 때처럼……."

눈물이 쏟아졌다. 미안하다는 말밖에 할 수 없는 내가 밉고 또 미웠다. 하지만 내게도 위로가 필요했고 가족이 필요했다. 당시의 나는 물질적·정신적 피해를 입은 채권자들에 대한 미안함과 가족들에 대한 죄스러움으로 생을 마감하고 싶은 생각뿐이었다. 나를 붙잡아 준 가족들이 없었다면 나는 아마 세상을 살아갈 힘을 잃었을 것이다. 그렇게 나는 가족들의 힘으로 다시 집에 돌아올 수 있었고, 다시 일어날 수 있었다. 가족들은 나의 마지막 희망이었고, 나의 생명이었다.

검정고시인의 기적

바닥까지 무너진 나는 이제 무엇을 어떻게 해야 할지 앞이 보이지 않았다. 수중에는 돈도 없었고 신용불량자라 금융권 대출도 받을 수 없고, 사채도 빌릴 수 없었다. 그래도 먹고는 살아야 했기에 시장에서 일당을 받고 일하고 있었는데, 우연히 검정동문 친구를 만나게 되었다.

"자네 영업 실력이면 조그만 가게를 임대해 사업을 재개하는 게 좋을 것 같은데?"

친구는 내게 오뚝이처럼 다시 일어나는 모습을 보고 싶다고 했다. 그러나 나는 수중에 돈 10원도 없고, 지금도 채권자들에게 시달리고 있는 형편이라 사업은 꿈도 꿀 수 없다고 했다.

"사업하려면 돈이 얼마나 필요해?"

내 이야기를 들은 친구는 물었지만, 나는 사업은 생각도 하기 싫다며 친구를 돌려보냈다. 하지만 그날 친구의 말은 모든 것을 포기하고 내려놓았던 내게 작은 빛이 되어 주었다.

'작은 거인답게 다시 일어서자!' 며칠을 생각하고 고민했다. 이렇게 살다 생을 마감하느니 다시 도전해서 일어나는 게 낫겠다고 생각했다. 무너져 있을 시간에 일어나고 싶었다. 나는 친구에게 전화를 걸었고, 우리는 근처 커피 가게에서 다시 만났다. 굳게 마음을 먹었지만 친구를 마주하니 입이 떨어지지 않았다.

"다시 사업하는 거 생각해 봤어?"

친구가 내 의중을 읽었는지 먼저 입을 열었다. 친구는 얼마 전 승합 자동차 판 돈 1,500만 원을 은행에 예치했는데, 내가 필요하다면 남편과 상의해 보겠다며 뭐든 도와주겠다고 했다. 눈물이 흘렀다. 여전히 나를 믿어주는 누군가가 있다는 생각에 눈물이 멈추지 않았다. 나는 친구에게 고맙다는 인사를 하고, 다시 사업을 시작해 성공하면 반드시 이 은혜를 갚겠다며 눈물을 닦았다.

신용불량자였던 나는 사업자 명의나 은행 통장도 친구 명의로 개설해야 했고, 나는 친구에게 체계적인 영업 전략과 사업 실행의 청사진을 제시했다. 친구는 그런 나를 믿어 주었고, 우리는 사업 파트너가 되기로 했다.

8개월간의 떠돌이 생활과 일용직을 접고, 공실 점포를 임대하기 위해 칠성시장을 돌아다녔다. 하지만 공실 점포가 없었고, 정품 장사는 어렵겠다는 결론을 냈다. 나는 중고 물품을 판매하기로 사업 방향을 바꿔 중고 물품 취급할 수 있는 판매장을 임대했다. 친구가 차용해 준 1,500만 원으로 점포 임대 보증금과 판매 진열장, 간판을 주문했는데 그러고 나니 사업운영 자금이 부족했다. 여러 군데 돈을 빌리러 다녔지만 부도 후 빈털터리가 된 나에게 돈을 빌려주는 사람은 없었다. 그때, 오래전 내가 사업을 처음 시작할 때 도움을 주었던 김복중 검정동문인이 떠올랐다.

대구검정동문회 10대 회장을 역임한 김복중 검정동문은 내가 경동상회 문 열 당시 금융권에 근무하고 있었고, 나의 사업자금을 마련하는 데 큰 도움을 주었던 사람이다. 나는 김복중 동문을 찾아 자초지종을 이야기했다. 그는 얼마 정도의 비용이 필요하냐고 물었고, 나는 급한 대로 500만 원이면 사업을 시작할 수 있을 것 같다고 했다.

"이야기를 들어보니 500만 원 가지고는 부족할 것 같습니다. 지금 내 통장에 300만 원이 있는데 그 돈과 대출 500만 원을 받아 모레 오전까지 800만 원을 빌려 드리겠습니다."

김복중 동문은 이렇게 말했다. 그러고는 차용증은 아무 의미 없다며 사업에 매진해 후일 원금만 갚아달라고 했다.

"우리, 가시밭길도 맨발로 걸어갈 수 있는 의지의 검정고시인 아닙니까? 지난날의 아픔을 거울삼아 꼭 성공하길 바랍니다."

밥값을 지불하고 떠나는 그의 뒷모습을 바라보며 나는 이를 악물었다. 나는 나를 믿어 주는 사람들을 위해 반드시 성공하기로 했다. 기필코 사업에 재기해 도움받은 사람들에게 은혜를 갚고 봉사와 나눔을 하는 삶을 살리라!

나는 겸손과 배려로 일한다는 마음으로 상호를 '우리 주방'으로 정했다. 충분한 시장조사와 물건 구매에 판매까지 신중을 기하고 또 기했다. 식당을 돌아다니며 물건을 철거하고, 중고 기물을 판매장에 가져와 세척해 상품으로 만들어 진열했다. 퇴근 후에는 식당으로 명함을 뿌리며 쉬지 않고 영업했고, 이에 충분한 물량을 확보할 수 있었다. 40여 년 동안 해 왔던 그릇 판매와 영업 실력은 내가 다시 일어나는 데 큰 도움이 되었다.

'우리 주방'의 판매율은 점점 높아져 알바하던 아내의 손을 빌려야 할 정도가 되었다. 나는 성실과 책임·신용을 바탕으로 물건을 구매해 판매했고, 이를 신뢰한 고객들의 발길은 끊이지 않았다. 육체적 노동이 힘들긴 했지만 쉴 수 없었고, 쉬고 싶지도 않았다. 나는 1분, 1초도 쉬지 않았다. 물량이 많아 적재할 곳이 부족해 새로운 창고를 임대했지만, 자만하지 않고 주어진 일에 정도만을 걷기로 했다. 홈페이지를 만들고 주방용품의 모든 것을 취급하며 식당 신설, 주방 설비 설계, 제작, 시공, 창업 컨설팅까지 체계적으로 사업을 키워 나갔다.

사업 시스템이 정착되었을 즈음 사업의 종자돈을 마련해 준 800만 원을 변제하기로 마음먹은 나는 김복중 검정동문을 만났다. 원금과 이자를 넉넉히 준비하고 선물로 양주 한 병을 건넸다.

"나는 이 동문님이 꼭 성공하리라 확신했어요. 원금은 받겠습니다. 그리고 내가 좋아하는 술 선물도 받겠습니다. 하지만 이후 제가 동문님께 신세를 질지도 모르니 이자는 사양하겠습니다."

김복중 동문은 극구 이자를 사양하며 "우리 검정동문 아닙니까!" 하며 웃었다.

그 후 2년이 지나 나는 변제하지 못한 채권자들을 일일이 찾아다니며 돈을 갚고 용서를 빌었다. 나의 사업 파트너가 되어 준 친구는 독립하여 사업을 키워 나갔고, 나는 공장과 도매상회·은행권 채무를 모두 정리했다. 그렇게 나는 부도 후 11년 만에 신용불량자라는 굴레에서 해제되었다. 이제는 은행 통장과 신용카드를 발급받을 수 있게 되었다.

성실하고 근면하다는 이유 하나만으로, 의지의 검정고시인이라는 것만으로 나를 믿고 아무런 담보도 없이 큰돈을 빌려준 검정동문들은 내가 다시 일어나는 기적을 함께 만들어 준 소중한 분들이다.

나는 검정동문의 뜻에 보답하기 위해 독거노인분들과 재활원에 정기적으로 현금과 생필품을 보내고, 각종 사회 봉사단체에 가입해 봉사 대열에 참여하고 있다. 검정동문의 따뜻한 마음이 있었기에 지금의 내가 있을 수 있었고, 봉사하고 나누는 삶의 기쁨을 느낄 수 있었다. 나의 기적은 바로 검정고시인의 기적이었다.

내 인생의 선물

1988년 3월이었다. 봄가을에 중고등학교 주위를 지날 때마다 교문에 걸려 있는 '동문체육대회'나 '동창 모임'이 부러웠던 나는 검정고시 공부를 함께한 친구들 10여 명을 만나 동문회 발기에 대해 이야기를 나누었다. 우리는 여러 번의 회합 끝에 동문회를 발기하는 것으로 의견 일치를 보고, 회장에 60년 이해일 동문을 추대했다.

모임을 결성하던 날, 가슴 한구석에 자리 잡은 허전함이 채워지는 기분이었다. 우리 모두가 그랬는지 우리는 밤을 새워가며 이야기꽃을 피웠다. 그렇게 대구동문회가 발기된 후, 우리는 동문들을 찾기 위해 《벼룩신문》과 《교차로》에 '검정동문을 찾는다'는 광고를 냈고, 검정고시 전문학원과 실업학교, 야학 선생님을 찾아가 검정고시 합격자 명단을 수집하여 우편물을 발송했다. 시내 통행이 빈번한 곳에 구청의 협조를 얻어 검정고시 동문 참여를 유도했다. 기대만큼 성과는 좋지 않았지만 우리는 노력을 멈추지 않았다.

이듬해 서울에서 '전국검정고시총동문회'가 발족되었다는 소식에 가슴이 뭉클해진 우리는 서로를 부둥켜안고 흐느끼기도 했다. 비슷한 아픔을 가진 동문들은 어떤 동문회보다 더 정감이 넘쳤고, 만나기만 하면 헤어지기 아쉬워 늘 밤을 지새우곤 했다.

나와 동문들은 '허 병원'을 운영하고 계시는 허준영 원장님이 검정고시 출신이라는 것을 알게 되었고, 원장님께 초대 대구동문회 회장을 맡아 주실 것을 요청드렸다. 꾸준한 방문 끝에 원장님은 이를 승낙하셨고, 우리는 '대구동문회 창립 총회'를 열게 되었다.

초대 회장님으로 취임하신 허준영 원장님 덕분에 동문 회칙을 만들고, 동문회의 새로운 조직 기구도 만들 수 있게 되었다. 회장님은 사비를 내어 전폭적인 지원을 하셨고, 우리는 수시로 모임을 가지며 동문회 활성화에 많은 고민을 했다. 노력은 역시 헛되지 않았다. 새로운 동문들이 문을 두드리기 시작했다. 초대 회장님의 헌신적인 봉사와 회원들의 노력으로 오늘날 대구동문회는 400여 명의 동문이 활발한 활동을 하고 있다.

전국검정고시 대구동문회 10대 회장을 역임한 김복중 동문을 만나게 된 것도 검정고시의 힘이었다. 내가 경동상회를 운영할 때였다. 나는 매장에서 《월간조선》이라는 잡지를 보고 있었고, 김복중 동문은 손님으로 매장에 들렀다. 고교 검정고시 출신 강운태 농수산부장관이 전국검정고시총동문회장이 되었다는 기사를 읽고 있는데, 이를 본 김복중 동문이 내게 물었다.

"검정고시 동문이 있습니까?"

"있습니다. 저도 검정고시 출신입니다."

나는 얼른 대답했고, 우리는 긴 대화를 나누었다. 첫 만남이었지만 수십 년을 함께한 죽마고우처럼 느껴졌다. 김복중 동문은 그 자리에서 동문회 가입 의사를 밝혔고, 나는 회장과 총무에게 사실을 알리고 김복중 동문을 회원으로 가입시켰다.

김복중 동문이 가입한 후 동문회는 불타오르기 시작했다. 김복중 동문은 사비로 대구동문회 깃발을 만들고 동문들의 애경사에 앞장서 참석을 독려했다. 동문 배가 운동에 중추적 역할을 하며 대구검정동문회 부흥의 선봉장 역할을 감당했다.

이에 힘을 받은 우리는 '전국검정고시총동문회 팔공산 산행'을 개최했는데, 그 준비만 6개월이 걸렸다. 먼저 대구동문회 제12대 이영세 회장과 김복중 추진위원장, 나와 김대환 사무국장, 준비위원들은 행사 준비 자금으로 3,000만 원의 예산을 수립했다. 이영세 행사 집행위원장의 500만 원 협찬과 임원진들의 분담금, 동문들의 자발적 참여로 예산을 조기에 수립할 수 있었다. 2018년 5월 16일 우리는 전국검정고시 총동문회 초대 박영립 회장님과 현재 300만 검우인들의 수장이신 문주현 총회장님, 대구지역 400여 동문들의 우상이신 허준영 회장님과 시·도 동문회 회장님, 그리고 500여 명의 동문들을 한자리에 모셔 총동문회 산행 대회를 개최하였다.

문주현 동문회 총회장님은 인사 말씀에 '창립 이래 가장 성대하고 가장 많은 동문이 참석한 행사'라며, 이영세 회장을 비롯한 대구동문들의 뛰어난 기획력과 단합에 뜨거운 박수를 보내 주셨다. 500여 명이 넘는 동문들의 박수 소리가 지금도 귓전에 들리는 것 같다.

산행을 마치고 팔공산 유스호텔에서 전국 동문들이 한자리에 모여 점심 식사를 했는데, 뷔페 메뉴는 모두 훌륭했지만 특히 포항에서 공수해 온 문어가 아주 싱싱했다. 식사 후 시·도 동문들의 한마당 잔치가 열렸고, 우리는 여흥을 즐기며 지난날의 애환을 팔공산 자락에 날려 보냈다. 모두가 즐겁고 행복했던 시간이었기에 우리는 대구에서 또 한번 대회를 개최하고자 마음먹었다. 그러나 코로나19라는 복병을 만나 대회를 개최하지 못했다. 내가 회장이 된 후 가장 큰 아쉬움이다.

대구검정동문회 발기인으로 참여해 오늘에 이르기까지 32년간 참 많은 일이 있었다. 지금은 400여 명의 동문들이 동문회에서 활동하고 있고, 지역동문회로써 최고의 동문회가 되었지만, 그 처음은 10여 명의 작은 모임이었다. 지난 세월을 돌아보면 신기하기만 하다.

검정고시 출신은 누구나 사연이 있기 마련이다. 동시대에 비슷한 환경에서 살아온 사람들이기에 우리는 서로의 아픔에 깊은 공감대와 동질감을 갖는다. 오늘날 내가 있기까지 검정고시라는 인연이 없었다면 나는 어떻게 되었을까. 생각해 보면 그저 암담할 뿐이다. 검정고시는 내 인생의 가장 값진 선물이다.

얼음장 밑에서도 고기는 헤엄치고, 눈보라 속에서도 매화는 꽃망울을 튼다고 했다. 절망 속에서도 삶의 끈기는 희망을 찾고, 사막의 고통 속에서도 인간은 오아시스의 그늘을 찾는다고 했다. 눈 덮인 겨울의 밭고랑에서도 보리는 뿌리를 뻗고, 마늘은 빙점에서도 그 매운맛 향기를 지닌다고 했다. 절망은 희망의 어머니, 고통은 행복의 스승, 시련 없이 성취는 오지 않고 단련 없이 명검은 날이 서지 않는다. 꿈꾸는 자여, 어둠 속에서 멀리 반짝이는 별빛을 따라 긴 고행길 멈추지 마라.

인생 항로 파도는 높고 폭풍우 몰아쳐 배는 흔들려도, 한고비 지나면 구름 뒤 태양은 다시 뜨고, 고요한 뱃길 순항의 내일이 꼭 찾아온다. 이 글을 읽는 그대들 모두 한순간도 희망을 저버리지 않기를 바라며.

배움

나는 검정고시를 준비할 때 정규 고등학교를 졸업하지 못한 아픔을 누구보다 잘 알고 있었다. 군 복무 중인 병사 중에 중고등학교를 졸업하지 못한 상근 예비역이나 현역들이 일부 있었는데, 사단장 때는 봉화학교, 군단장 때는 충의학교를 운영하여 배움의 길을 가고자 하는 병사들에게 기회를 부여해 주었다.

우리에겐 무한한 용기가 있다

소년 농부, 대한민국 육군 3성 장군이 되다

이창효

서울시안보정책자문위원
전국검정고시총동문회 자문위원
3사관학교 발전기금재단 이사장
예비역 육군 중장
제8군단장
지상작전사령부 부사령관
수도군단장
제55보병사단장
수도군단 충의학교 운영

on learning and achieving their dreams

농사꾼의 아이

1959년 10월, 나는 경북 상주에서 농사를 짓는 부모님 슬하에 4남 3녀 중 여섯 번째로 태어났다. 위로는 두 분의 형님과 세 분의 누님을, 밑으로는 남동생 하나를 두었다. 우리 동네는 상주시 도심에서 5킬로미터 정도 떨어진 농촌 지역으로, 집 뒤에는 산이 병풍처럼 펼쳐져 있고 앞에는 뜰과 하천이 흐르는 열두 가구가 사는 한적한 시골 동네다. 우리 집은 당시 비포장도로라 차들이 지날 때마다 먼지가 자욱이 나는 길가에 있었다.

우리 집 앞에는 버스가 섰는데, 동네 어른들은 버스를 기다리며 우리 집 작은 마루에 걸터앉아 이런저런 얘기를 나누다가 버스를 타고 시내로 가시곤 했다. 시장 보러 가는 일 아니어도 우리 집 마루는 어른들이 모여 오순도순 이야기꽃을 피우는 곳이었다.

우리 집은 겨우 논 몇 마지기와 밭 몇백 평을 가지고 있어, 매년 봄이 되면 먹을 것이 부족해 같은 동네에 사는 외갓집에서 쌀을 빌려야 했다. 어머니는 빌린 것을 갚기 위해 농사철이 되면 윗동네 아랫동네 할 것 없이 새벽부터 모심기와 밭매기 등 많은 날을 품 팔러 다니셨다. 초등학교에 가기 전까지 나는 어머님의 일터를 자주 따라다녔는데, 어머니가 먼 곳으로 가실 때는 새벽 일찍 출발해야 해 나를 두고 가셔야 했다. 잠에서 깨어 어머니가 보이지 않으면 어머니를 찾고자 온 동네를 헤집고 다니는 나를 초등학교에 다니는 누님들이 보살펴 주었다.

나는 집에서 4킬로미터 정도 떨어진 내서면 소재지에 있는 초등학교에 친구들과 장난치면서 대부분 걸어 다녔다. 여름에는 돌아오는 길목에 있던 하천에서 친구들과 매일 물놀이를 했고, 소를 몰고 집 뒤에 있는 야산에 올라 풀을 먹인 후 주변 묘지나 풀밭에서 동네 친구 및 형들과 함께 씨름, 소싸움, 숨바꼭질 등을 하며 자연과 함께 지냈다.

내 어릴 적 기억에는 초등학교 5학년 때부터 아버지의 잎담배 농사일을 도왔던 게 가장 많이 남아 있다. 여름방학 때면 새벽 5시에 일어나 아버지와 걸어서 밭에 가 10시까지 누렇게 익은 담뱃잎을 딴 후, 12시까지 담뱃잎을 소달구지에 실어 집으로 운반하는 일을 했다. 처음에는 쉬워 보였지만 한 달 이상을 하다 보니 힘들어서 밭에 가기 싫은 적도 있었다. 우리 집은 잎담배 농사를 8년 정도 했는데, 중학교 때까지 일을 도왔던 나는 그때의 고생과 독한 잎담배 냄새 때문에 지금까지 담배를 멀리한다.

겨울방학 때는 부엌에 땔 나무를 하러 형들을 따라 뒷산에 올랐다. 마른 나무를 줍거나 낙엽을 긁어모아 지게에 싣는 것까지는 괜찮았는데, 늘 산에서 내려올 때 문제가 발생했다. 내 키보다 길었던 지게다리 때문에 산길 턱에 걸려 넘어지는 게 다반사였고, 형들은 가던 길을 멈추고 내 지게를 일으켜 주곤 했다. 지금 생각하면 형들도 내가 참 귀찮았을 텐데 내색 한 번 하지 않고 함께 가주어 고마웠다는 생각이 든다.

초등학교 5~6학년 때는 새마을운동이 시작되면서 마을길을 확장하는 공사와 민둥산에 나무 심기 등의 사방사업, 하천의 제방공사와 수로공사 등을 했다. 그때 나는 형이나 아버지, 어머니를 따라 일손을 도왔다. 초등학교 전교생이 뒷산에 올라가서 '송충이 잡기'와 집에서 쥐를 잡아 쥐꼬리를 학교에 제출하는 '쥐잡기 운동' 등 다양한 일에 동참하며 동네의 역동적인 변화를 몸으로 느꼈다.

어린 시절을 회상해 보면 개구쟁이로 친구들과 어울리기도 했고, 집안일을 돕겠다며 논밭과 산으로 다니며 열심히 일도 했다. 한국전쟁 후 가난에 허덕이던 그 시절, 전 국민이 동참했던 "우리도 한번 잘 살아보세." 새마을운동에 어린 손이지만 참여했다는 것에 기쁨과 감회가 새롭다.

소년의 결심

집안 형편이 어려운 가운데도 나만은 공부를 시켜야 한다고 형들과 누나들은 부모님을 설득했다. 공부에 대한 의지가 있었던 나는 시내에 있는 상주중학교에 입학했다. 난생처음 접하는 영어와 수학 등의 과목들은 생소했지만 나의 호기심을 자아냈고, 공부도 어렵지는 않아 수업을 따라가는 데는 큰 무리가 없었다. 새로운 친구들도 많이 생긴 나는 중학교 생활이 즐거웠고, 공부를 잘할 수 있다는 자신감까지 얻게 되었다.

중학교는 집에서 5킬로미터 정도 거리였는데, 집에서 타던 자전거로 통학했다. 우리 동네에서 1.5킬로미터 정도 떨어진 아랫동네 친구들과 함께 통학했는데, 내 자전거는 헌 자전거라 자주 말썽을 부렸다. 자전거의 줄이 자꾸 벗겨져 매번 손에 시커먼 기름을 묻혀 가며 줄을 다시 걸어야 했고, 비포장도로의 날카로운 돌이나 가시 때문에 종종 타이어에 펑크가 나곤 했다. 펑크 난 자전거는 걸어서 2~3킬로미터를 끌고 가 고쳤고, 가끔 돌에 앞바퀴가 부딪쳐 넘어지면 무릎과 팔꿈치가 깨져 피를 흘리기도 했다. 이렇듯 많은 애환이 담긴 내 헌 자전거, 그것이 없었다면 아마 중학교를 졸업하지 못했을 것이다.

중학교 시절 가장 기억에 남는 선생님은 담임 선생님이다. 선생님은 점심을 늘 짜장면 도시락을 가져와 학생들과 순번을 정해 바꿔 드셨는데, 생전 처음 먹어본 짜장면 맛은 지금의 그 어떤 짜장면과도 비교할 수 없게 맛있었다.

중학교 생활이 즐거웠던 건 친구의 역할이 가장 컸다. 내 가장 친한 친구는 시내 중심부에서 2킬로미터 정도 떨어진 곳에 살고 있었는데, 집안 형편이 좋았다. 나는 친구 집에서 공부도 하고 놀기도 하다가 저녁을 얻어먹곤 했다. 한번은 친구가 연못에 붕어를 잡으러 가자고 해 친구네 형과 함께 간 적이 있었다. 그물을 쳐 놓고 좌우 측에서 물장구를 크게 친 다음, 그물을 들어 올리면 큰 붕어와 다른 물고기들이 달려서 올라왔다. 그런 방식은 처음으로 접했는데 굉장히 흥미로웠다. 친구 어머님은 그 물고기로 매운탕을 해 주셨고, 남은 고기까지 챙겨 주셔서 가족들과 다시 한번 매운탕을 맛있게 먹을 수 있었다. 또한, 내게 영어와 수학을 공부하는 데도 많은 도움을 준 고마운 친구였다.

중학교에 다니면서 주말과 방학 때 집안 일손을 돕는 것은 변함이 없었다. 어느 정도 신체도 성장한 터라 모내기할 때 모판 나르기, 밭일할 때 지게 지고 수확한 농작물 나르는 일 등을 무리 없이 할 수 있었다. 누렇게 익은 담뱃잎을 따서 소달구지에 싣고 집으로 이동할 때는 소달구지를 몰기도 했다. 소가 먹을 풀을 베어서 지게로 나르고, 소가 먹을 죽을 끓이는 등 초등학교 다닐 때보다 많은 일손을 거들 수 있어 기쁜 마음으로 일했다. 가끔 친구들이 상주에 놀러오라고 했을 때 공부한다는 핑계로 일손을 도와드리지 못했었는데, 그럴 때는 양심이 찔리곤 했다.

중학교 시절은 서로 다른 환경에서 자란 다양한 친구들의 특성과 습관 등의 새로운 생활 방식을 배울 수 있었고, 영어와 수학 등 새로운 과목에 대한 이해와 그 깊이를 더 할 수 있었던 시간이었다. 농촌에서 생활하는 모습만 보다가 상주 시내를 구경하면서 당시 도심 생활의 풍습도 느낄 수 있었다. 그런 가운데 공부도 나름대로 열심히 해서 상주고등학교에 입학하게 되었으며, 부모님께도 기쁨을 안겨 줄 수 있었다.

고등학교에 다니면서 공부를 제대로 해 보자는 마음으로 작심하고 덤벼들었다. 공부하면서 수학과 영어가 부족한 걸 알게 되었고, 나는 친구의 도움을 받기로 했다. 같은 반에 공부를 잘하는 친구가 있었는데, 나는 거의 매일 학교 수업 후 친구 집에 가서 함께 복습과 예습을 했다. 고등학교 입학할 때 중상위였던 나의 성적은 어느덧 상위권에 들게 되었고, 성적표를 받아본 부모님은 아주 기뻐하셨다.

"성적이 잘 나왔다고 자만하지 말고 꾸준히 해야 한다."

"친구들 사귈 때도 정직하게 믿음을 주도록 해라."

아버지는 늘 성실함과 정직함의 중요성을 강조했고, 아버지 말씀은 나의 성격과 태도를 형성하는 데 큰 자양분이 되어 주었다. 고등학교에 다니면서 조금씩 철이 들어서인지 나는 농사일에 힘들어하는 연로하신 부모님을 도와드리고 싶어졌다.

'내가 앞으로 농사를 짓는다면 고등학교 졸업이 꼭 필요할까?' 집에 돈도 없는데 학비를 낭비한다는 생각이 들었다. 고등학교를 중퇴하기로 마음먹은 나는 부모님께 결심을 전했다. 처음에는 극구 반대하셨지만 나의 계속된 설득에 부모님은 며칠간 휴학계를 내고 일을 해 보라고 승낙하셨다. 일주일간 휴학계를 내고 집안일을 도왔는데, 힘든 것보다 부모님을 도울 수 있다는 기쁨과 보람이 더 컸다.

농사일에 어느 정도 자신감이 생긴 나는 일주일 후 '고등학교 졸업은 독학으로 하겠다.'는 약속과 함께 부모님의 승낙을 받을 수 있었다. 내 결정을 알게 된 담임 선생님은 지금 나의 성적으로 계속 공부한다면 서울의 좋은 대학에 들어갈 수 있다며 자퇴를 말리셨다. 그리고 내게 수학 공부와 도시 생활의 모습, 장차 미래의 꿈을 향한 도전 정신을 알려 준 친구도 우리 집에 찾아와 계속 공부해야 한다고 나를 설득했다. 하지만 나의 결심은 누구도 돌리지 못했다. 나는 1975년도 1학년 2학기 때 학교에 자퇴서를 제출했다.

가족들의 응원

자퇴 후 부모님을 모시면서 네 살 아래 남동생과 1년 정도 농사를 지어 보니 농사일이 만만치 않았다. 전답은 집에서 멀리 떨어져 있어 이동시간이 많이 걸렸고, 일부 밭은 집 뒤편 야산을 넘어야 해 소달구지가 갈 수 없어 오솔길을 걸어 모든 짐을 지게로 옮겨야 했다. 하천 옆에 있던 논은 제방이 낮고 부실해 여름 장마 때나 집중폭우로 인해 논농사가 엉망이 되었다. 뜨거운 여름을 견디면서 노력한 만큼의 수

확량은 만족스럽지 못했고, 농사꾼이 되겠다는 마음속 다짐도 조금씩 약해지고 있었다.

가을 농작물 수확을 끝낸 후 겨울 채비로 땔나무를 해놓고, 크게 바쁜 것이 없어 부모님께 승낙받아 영주에 있는 1급 자동차정비 공장 학원에 등록했다. 자동차 2급 정비기사 자격증 획득을 위해 4개월을 목표로 자취를 시작했다. 기차를 타고 1시간 30분이나 걸리는 거리였지만, 어머님은 2주에 한 번씩 김치와 멸치, 콩자반 등의 반찬을 들고 오셨다. 밥은 제대로 먹는지, 빨래는 제대로 하는지 어머님이 걱정하실 때마다 미안한 마음과 감사한 마음이 들었다.

나는 새로운 도전에 즐거움을 느꼈다. 자동차의 보닛과 엔진 등을 보고 만지며, 또 자동차 구조에 대한 기본 원리를 배우며 '자격증'이라는 목표를 향해 열심히 달려갔다.

3개월이 지났을 무렵, 서울에 있는 누나들(3명)이 상주 부모님 집에 내려왔다. 내가 자동차정비를 배우고 있다는 말을 들은 누나들은 "우리 집안에서 한 명이라도 공부를 시켜야 하는데 왜 그곳에 보냈냐."며 강하게 반대를 하였고, 나를 서울 둘째 형님 집 근처에 거주하게 하면서 검정고시로 고등학교 과정을 마치면 대학교에 보내기로 부모님과 결론을 내렸다. 필요한 경비는 누나들이 십시일반(十匙一飯) 모아서 도와주기로 했다.

자동차정비 학원에서 이야기를 전해 들은 나는 생각해 보겠다고 했지만, 어머님은 내가 서울에 올라가 공부를 계속하기를 원하셨다. 농사일에 대한 불확실함을 느끼고 있던 나는 며칠을 고민한 끝에 서울에 가기로 마음을 정했다.

결심한 이듬해 1977년, 봄을 보내며 모내기 등 집안일을 마지막으로 도와드리고 정든 고향을 떠나게 되었다. 나는 서울에 사는 형님 집 바로 옆에 단칸방을 얻어 공부를 시작했다. 당시 형님도 살림이 넉넉지 못해 단칸방 월세로 살고 계셨기에 미안해서 항상 마음이 무거웠다. 더욱 열심히 해야겠다는 각오를 다지고 나는 종로에 있는 검정고시 학원에 등록했다. 또래 친구보다 많은 나이였기에 단기 코스로 배우는 게 가장 빠른 길이라고 생각했다. 지금 생각하면 매우 잘 선택한 길이었다. 만약 아무 도움도 받지 않고 독학으로 공부했다면 이듬해 봄에 합격하기 힘들었을 것이다.

학원에 다니면서 몇 명의 친구를 사귀었는데, 나를 포함한 우리 3총사는 지금까지도 가장 친하게 지내고 있다. 당시 친구 부모님들은 서울 사당동, 예산 합덕, 나의 부모님은 경북 상주에 사셨는데 우리는 돌아가면서 함께 어른들을 찾아뵙고 즐거운 시간을 보내곤 했다. 지금도 가족들과 함께 만나 서로 우정을 다지는 관계다.

당시 우리는 누구보다 열심히 공부했고, 1978년 4월에 대입 검정고시에 합격해 고등학교 졸업 자격을 획득했다. 검정고시에 합격할 수 있었던 건 나를 믿어주는 부모님과 가족들의 응원 덕분이었다. 나는 부모님을 도와 농사일을 결심했을 때처럼 훗날 가족들을 위해 무엇이든지 해야겠다고 몇 번의 다짐을 했다.

두려움을 극복하며

검정고시에 합격한 후, 4월과 5월 모내기 철과 밭농사 철에는 시골로 내려와 부모님 일손을 도와드리며 대학교 진학을 위해 공부했다. 혼자 공부한다는 건 생각보다 힘든 일이었으며, 경북대학교에 도전했으나 떨어지고 말았다.

우선 군대부터 빨리 다녀와야겠다는 마음으로 대구 병무청에 가서 육군, 해군, 해병대, 공군 등을 알아보는 와중에 3사관학교 생도 모집

검정고시 합격 후 부모님 농사일을 도우며 대학 진학을 위해 공부하던 시절의 필자

요강을 보게 되었다. 집으로 돌아와 부모님께 3사관학교에 대해 말씀드렸다. 일반대학교에 가는 것도 좋지만 돈이 많이 드니, 집안 형편상 용돈도 나오고 장교로 임관되어 직업군인으로 근무할 수 있는 3사관학교에 들어가겠다고 했다. 부모님은 처음엔 군대 생활이 힘들 것이라며 만류하셨다. 나 또한 두려움이 없었던 건 아니었지만, 한번 도전해 보고 싶었다. 나의 계속된 설득에 부모님은 결국 승낙하셨고, 나는 영천의 육군 제3사관학교에 지원하여 1980년 8월 1일부로 입학하게 되었다.

생도 생활 2년은 길고도 짧았다. 하지만 장교의 기본 자질을 갖추는 데는 충분한 기간이었다. 신체적·정신적으로 강한 장교를 육성하기 위해 매주 금요일 전원 완전군장하에 국기강하식을 했고, 이어 완전군장 구보를 10킬로미터 실시했다. 대단한 극기력과 체력이 요구되었지만 나는 단 한 번도 포기하지 않았다. 매주 토요일은 대연병장에서 중대 단위 단독군장 분열을 했는데, 중대 인원 130명의 오와 열이 맞지 않으면 될 때까지 해야 하므로 두세 시간 동안 그 큰 연병장을 돌고 또 돌아야 했다. 전술 과목 훈련장은 2~4킬로미터 떨어져 있어 단독군장에 속보 또는 구보로 다녀야 했다. 나는 그렇게 야외에서의 피나는 훈련을 통한 전기전술과 체력을 강화시켰고, 교내에서 일반과목을 통한 문화와 교양을 쌓고 학교의 교훈인 조국·명예·충용을 되새기면서 장교로서 기본 자질을 갖추어 나갔다.

어느 날 교수님께서 "각자의 좌우명을 작성해 보라."고 하셨다. 나는 처음으로 '내가 어떤 좌우명으로 살아갈 것인가'에 대한 고민을 하게 되었다. "조국을 위해서는 목숨을, 친구를 위해서는 의리를, 사랑을 위해서는 정열을." 고민 끝에 정한 나의 좌우명은 군대 생활하는 동안뿐 아니라 지금까지도 떠올리며 마음과 정신을 가다듬고 있다.

생도 생활을 하면서 가장 아쉬웠던 건 발목 부상이었다. 생도 2학년 졸업반 과정에서 했던 82년 춘계 체육대회 때, 중대의 축구 선수로 선발된 나는 축구 연습을 하다가 우측 발목이 부러지는 부상을 당했다. 그래서 3개월간 완전 깁스를 하고 병원에 입실해야 했는데, 입실 한 달 후부터는 학과 출장시간이 부족하면 소위 임관이 안 되어 목발을 짚고

8군단의 삼팔선 돌파 기념식. 8군단장 재임 당시의 필자

야외 훈련장에 따라다니며 배워야 했다. 더군다나 소위 임관 전 소대장 지휘 실습은 전방부대로 가게 되는데, 나는 입실 환자로 갈 수가 없었다. 생도 생활 중 가장 마음이 아팠던 일이다. 생도 생활은 내 안의 두려움과 싸우는 과정이었다. 나는 그 두려움을 용기로 극복하며 더욱 단단해졌고, 어렵고 힘든 생도 기간을 무사히 마칠 수 있었다.

나는 강인한 체력과 군인 정신, 그리고 정직과 성실, 책임감을 겸비한 장교로 임관하여 1983년 1월 초 최초 야전 근무지인 28사단 소대장으로 보직된 후, 전후방 각지에서 맡은 바 소임을 다하면서 최종 육군 중장으로 진급, 마지막 8군단장으로 복무한 후 2020년 2월에 전역했다. 40년 차 직업군인의 외로운 길을 걸어왔지만, 전역하는 날에는 국가유공자로 선정되어 '보국훈장 국선장'을 받고 명예롭게 전역할 수 있어서 감사할 따름이다.

한 길만 걸어온 보람

나의 복무 지역은 야전부대 최말단인 소대부터 최상위 부대인 군사령부까지, 그리고 정책부서인 육군본부와 합참까지 전 제대에 근무했다. 각 제대에 근무 시 군사 대비 태세와 교육 훈련 등 부대 전투력 향상과 부하 관리에 가장 큰 비중을 두었다. 특별히 국가적 중요 행사에 경계 작전 지휘관으로 동참하기도 했는데, 모든 행사를 성공리에 마칠 때마다 큰 보람을 느꼈다.

국가적 중요 행사를 짧게 소개하자면, '88 서울 올림픽 때는 군산 앞바다를 지키는 해안 경계 중대장 직책으로 적 공작원들의 해안선 침투대비 경계작전을 수행했고, 2002 월드컵 때는 대대장 직책으로 서울 상암동 월드컵 주경기장 외곽 지대를 담당하는 경계작전을 하면서 대테러 대비 작전을 수행했다. 2007년 노무현 대통령께서 육로로 평양 방문 시에는 연대장 직책으로 통일로와 파주의 통일대교 관문을 지키는 경계작전 부대장을 수행했고, 2018년 평창 동계 올림픽 때는 군단장 직책으로 관할 지역인 인천공항 경계와 외국인 참가선수 이동로에 대한 대테러작전 임무를 수행했다.

평상시 국민으로부터 사랑과 신뢰를 받는 군은 유사시(국가가 위기에 처한다면) 국민으로부터 전폭적인 지지를 받게 된다. 이는 과거 한반도 지역이 세계적인 분쟁지역의 역사를 통해 알 수 있다. 따라서 국민들의 신뢰와 사랑은 우리 군에 매우 중요한 힘이 된다. 이에 평소 지역주민과 자주 만나 소통하고 군의 존재 이유를 알려야만 한다. 따라서 평상시 국민들의 사랑을 받는 지역군을 만들기 위해 전후반기 부대 개방 행사를 대대적으로 실시했다. 지역주민과 국가보훈단체, 그리고 장병들의 가족들을 초청해 병영체험을 포함한 행사를 주기적으로 실시했고, 각 지자체별 문화행사(마라톤, 걷기대회, 어린이날·예비군의 날 행사, 지역 고유의 문화축제, 먹거리 장터 등)에 장병들이 지역 시민으로 동참하여 주민들과 화합의 장이 되도록 했다. 특히 자연재해인 가뭄이나 홍수, 산불 등의 피해 발생 시 가용 장비와 병력을 집중 투입해 신속하게 복구함으로써 국민들과 아픔을 함께 나누었다. 그 외에도 사단장과 군단장일 때는 ㅇㅇ시와 업무 협약을 각각 체결하여 부대 연병장을 인조잔디로 조성, 지역 축구 동호회와 함께 사용토록 개방했다. 또한 지역 경제 살리기 운동에 동참하고자 월 1~2회 영내 간부들이 부대 인근 식당을 찾아 식사함으로써 지역주민과 소통하며 작은 도움이 되고자 했다.

나는 검정고시를 준비할 때 정규 고등학교를 졸업하지 못한 아픔을 누구보다 잘 알고 있었다. 군 복무 중인 병사 중에 중고등학교를 졸업하지 못한 상근 예비역이나 현역들이 일부 있었는데, 사단장 때는 봉화학교, 군단장 때는 충의학교를 운영하여 배움의 길을 가고자 하는 병사들에게 기회를 부여해 주었다. 즉, 6주간 소집 교육 후 전후반기 4월과 8월에 검정고시 시험에 응시토록 하였는데, 합격률이 80~90퍼센트나 되었으며, 더군다나 검정고시총동문회장과 지원협회 회장을 포함한 임원진들이 입학식이나 졸업식 때 찾아와 격려와 칭찬을 아끼지 않았다. 합격한 병사들은 부모와의 관계에서 가정이 회복되고, 사회나 대학 진학의 길이 열리게 되었음에 기뻐했던 모습이 지금도 감동으로 남아 있다. 또한, 부대 간부들에게도 배움의 길을 열어 주고 싶었다. 사단장일 때는 여주대학교와 루터대학교에, 군단장일 때는 부천대학교와 청운대학교 간의 업무 협약을 체결하여 자기 계발하는 간부들이 일부 학비를 감면받고 젊음의 시간을 허비하지 않고 배움의 길로 가도록 도움을 주었다.

위국헌신 군인본분(爲國獻身軍人本分)

오랜 기간 국가안보를 위해 소신과 책임감을 가지고 근무하면서 보람도 많았지만 때론 애환도 겪었다. 소·중위 시절, 간부의 독신 숙소에서 연탄가스 중독 사고가 가끔 발생하곤 했는데, 당시 독신 숙소는 두 평 남짓 되는 곳에 침대와 책상 하나의 단칸방이었다. 난방은 19공탄 연탄이었는데, 연탄가스가 문틈 사이로 샌다든지 방바닥의 갈라진 틈새로 들어와 간부들의 목숨을 위태롭게 했다. 어느 날 아침에 출근하지 않는 나를 전령이 깨우러 왔는데, 내가 의식불명 상태였다고 했다. 전령은 찬물을 끼얹고 나의 얼굴을 사정없이 때렸고, 나는 구토를 하며 겨우 깨어날 수 있었다. 나뿐만 아니라 인접 동료들의 연탄가스 중독 사고는 함께한 전우들의 마음을 아프게 했다.

대위 시절 해안중대장 때는 해안경계 길이가 20~25킬로미터 정도 되어 상당히 넓은 구간을 담당했다. 지금은 해안선을 첨단장비와 고성능 CCTV 등으로 감시하지만, 그때는 사람의 육안과 쌍안경 등으로 감시해야 했다. 따라서 감시에 취약했고, 경계병이 졸기라도 한다면 침투하는 적을 발견할 수 없어 늘 노심초사했다. 특히 민간인이나 나쁜 생각을 가진 불특정 세력들이 쉽게 접근하여 시비를 건다든가, 휴

대한 전투 장비와 탄약을 강탈해 갈 수 있기 때문에 가장 걱정되는 분야였다. 그러한 경계작전의 취약점을 감소시키기 위해서는 순찰이 가장 중요했고, 해안중대장 순찰용으로 오토바이 한 대가 지급되어 매일 낮과 밤에 해안선을 따라 순찰을 다녔다. 하지만 오토바이가 중고품이어서 한 달에 한두 번은 정비해야 했고, 겨울철엔 눈이 결빙 상태에 있는 터라 살살 가더라도 미끄러져 넘어지는 상황이 자주 발생했다. 다행히 팔다리와 무릎 등에 몇 번의 흠은 났지만 목숨은 부지했고, 중대한 인명 사고도 발생되지 않아 해안중대장 33개월을 무사히 마칠 수 있었다.

군 복무 10년 차에 소령 진급을 했는데, 육군은 소령 진급을 하면 육군대학교에서 보수 교육을 6개월~1년까지(당시 시행하는 제도에 따라 기간의 차이가 발생함.) 실시해야 했다. 교육 내용은 소령 계급 이상에서 근무하게 될 연대·사단·군단 등의 참모나 지휘관이 수행해야 할 임무 위주로 '참모학'과 '전술학' 과목이 대부분이었다. 나는 육군대학 교육 수료 후에 처음으로 동부전선의 양구축선 전방사단에 배치를 받아 수색대대와 연대 작전과장, 그리고 사단 작전참모부의 작전보좌관 등을 수행하면서 한 지역에서 7년을 근무했다. 험준한 산악지역에서 장병들과 생사고락을 함께했기에 모두 힘들었지만 정이 많이 들었던 기간이었다.

가장 위험했던 순간은 후방으로 이동 전 2개월 정도 남았을 때였다. 1999년 8월 초순경, 전방지역에 집중호우로 인해 큰 홍수가 발생했다. GOP(General Outpost, 일반전초) 철책 붕괴와 소초 막사들이 산사태로 휩쓸리고, 적 침투 방지를 위해 매설된 지뢰 등이 떠내려가는 엄청난 물난리를 겪었다. 며칠 후 물이 빠지기 시작하자 사단장님은 나를 파로호와 임진강 주변, 그리고 임진강 물줄기를 따라 화천–춘천–의암–청평댐까지 주변의 발목지뢰 등 폭발물 수색작전을 위한 인솔 대장으로 임명했다. 두 달 후 10월이 되면 후방에 위치한 ○○사령부에 가서 대대장 직책을 수행해야 하는데, 사고 위험성이 가장 높은 발목지뢰와 북한 목함지뢰 등을 수색해야 한다는 것은 나에겐 큰 부담이었다.

"군은 명에 의해 죽고 명에 의해 산다." 나는 나의 명을 믿고 두 개 분대 규모를 차출해서 지뢰 덧신, 지뢰 탐지기, 갈고리 등의 소요 장비 준비와 예행 연습을 마친 후 3주간의 수색작전에 돌입했다. 3주간의 작전은 폭발물 수거의 위험뿐만 아니라 평상시의 단독 복장에 방탄복, 지뢰 덧신 등의 장비 추가로 인한 폭염과의 싸움도 만만치 않았다. 더군다나 임진강 좌우 측과 파로호 주변에는 떠내려온 각종 유기물(스티로폼, 잔 나뭇가지와 풀들, 각종 생활 쓰레기 등) 때문에 폭발물 식별이 제한되어 일일이 갈고리로 유기물을 조심스레 헤치고 육안과 지뢰탐지기로 탐지해야 했다. 특히 플라스틱으로 된 아(我)측 발목지뢰와 북한의 목함지뢰는 금속 탐지용 탐지기로는 탐지가 안 되므로 한 발 한 발 내딛기 위해 두 눈을 부릅뜨고 밟을 땅을 철저히 확인한 다음 이상 없으면 한 발씩 이동해야 했다. 수색 속도는 더

됬고, 더운 날씨에 30분이면 온몸이 땀으로 범벅되었다. 그때 휴식 간 먹었던 간식이 초코파이와 콜라였는데, 평생 먹었던 간식 중 가장 맛있었던 것 같다. 작전 개시 후 하천 변에 떠내려온 각종 폭발물을 모두 수거할 때까지 단 한 건의 불미스러운 일 없이 작전을 성공리에 마쳤다. 지금 생각해도 나를 믿고 따라준 작전 병력들과 내가 믿는 하나님께 감사한다.

대대장 시절에는 서울특별시를 지키는 ○○사령부 예하 사단에서 근무했는데, 책임 지역은(지금은 도시개발로 많이 변했지만) 북쪽에서 서울로 들어오는 관문을 지키는 구파발과 그 주변에 이어지는 산 능선 일대였다. 능선은 등산로로 많은 인원이 매일 운동 삼아 다니는 길이었고, 거점 전투 준비가 노출될 수밖에 없었다. 이를 안타까워하던 중 문제가 발생했다. 전시에 대비한 대대 야전 취사장과 창고 등을 대대 후방 지휘소에 신축했는데, 이를 시기한 민간인이 '땅 주인의 로비를 받아 건물을 지었다.'고 매스컴에 고발해 뉴스에 방송 보도되었다. 사단과 사령부의 지휘부는 발칵 뒤집혔고, 나는 원인을 분석해서 연대와 사단에 보고한 후 대책위원회를 구성, 대응해 나갔다. 다행히 고발자의 오해가 풀리면서 한 달여 간의 시끄러움은 잘 해결되었다.

나는 늘 군인다운 모습으로 정도를 걷기 위해 안중근 의사의 '위국헌신 군인본분'과 '항재전장(抗在戰場) 의식'을 마음속에 간직하며 생활했다. 주어진 일에는 혼과 열정으로 최선을 다하되, 그 결과는 진인사대천명(盡人事待天命)의 자세를 견지하였다. 또한, 어떤 결과에 대해서 일희일비(一喜一悲)하지 않으려 했으며, 부여된 임무 달성을 위해 부하들에게 달성해야 할 목적과 배경을 설명하고, 추진 방안을 수립할 때는 소통하면서 뜻을 모아 한 방향으로 가도록 유도했다. 한 방향으로 결정되면 좌고우면(左顧右眄)하지 않고 강하게 추진하여 성과를 거두도록 하되, 반드시 중간평가를 통해 수정 보완해서 리스크를 최소화하고자 했다. 특별히 혼자 있는 시간이 많으므로 나의 종교인 하나님의 자녀로서 올바른 믿음 생활을 하고자 하였으며, '신독(愼獨)'이라는 단어를 생각하면서 몸과 마음을 다잡곤 했다.

선공후사(先公後私)

사단장 시절, 가장 마음이 아팠던 것은 한 전우의 생명을 잃게 된 것이다. 사단 직할대 수송부의 운전병 한 명이 수송관으로부터 운전이 미숙하다는 이유로 지속적인 지적을 당하다가 결국 스스로 운명을 달리했다. 당시 나는 계급이 높거나 군 복무를 오래 한 자(者)들에게 '갑질'을 하지 않도록 늘 강조해 왔는데, 운전은 생명과도 직결되기에 수송관의 꾸지람은 멈추지 않았던 것이었다. 건강하게 입대한 젊은 청년들을 무사히 집으로 귀환시키는 게 군의 또 다른 목표다. 아들을 잃은 부모님의 마음이 얼마나 아팠을까……. 말로 표현할 수가 없었다. ○○에 사시는 부모님이 사고 소식을 듣고 그날 밤늦게 부대에 도착하셨다.

"자식을 잘못 키워 부대에 누를 끼쳐 죄송합니다."

아버님의 첫마디가 나의 마음을 더 아프게 했다.

"정말 죄송합니다. 송구합니다."

나는 고개 숙여 사과하는 것 말고 할 수 있는 일이 없었다. 그리고 아버님과 한참 동안 눈물을 흘렸다. 병사의 부모와 친지들은 부대에 부담을 주지 않기 위해 장례를 부대장이 아닌 가족장으로 고향에서 치르겠다고 하셨다. 사고 원인만 철저히 밝혀 달라는 그분들의 배려에 가슴이 뭉클했다.

나는 사고 원인을 철저히 조사해 규정대로 관련자들을 징계하고, 사고자 순직 처리 등 최대한 예를 갖추어 사건을 마무리 지었다. 그렇지만 늘 마음 한구석에 자리하고 있는 전우의 죽음은 내가 살아 있는 한 잊히지 않을 것이다.

육군 중장으로 영예롭게 진급하고 ○군단장에 보직되어 큰 대과 없이 마치고, 지상작전사령부 부사령관으로 근무할 때였다. 느닷없이 육군 인참부장이 내가 ○군단장으로 재복무할 것 같다고 전화가 왔다. 이유는 ○○년 ○월 중순경 ○○으로 목선을 타고 귀순한 북한 어민들 때문에 상급 부대에서 해안 경계작전 실패로 판단, 그 책임으로 군단장 보직 해임을 시킨다는 것이다. 이에 따라 소장급으로 대리

근무를 시킬 수 있지만, 사안이 중요한 만큼 중장급으로 대통령의 재가를 받아 정식 명령을 내고 근무해야 한다는 것이었다. 당시 나는 9개월 후면 전역을 하게 되어 군 생활 마무리 단계에 있었기에 선뜻 답을 할 수 없었다. 며칠간 말미를 달라고 하고, 이틀간 깊은 고민을 했다. '선공후사(先公後私)'란 말처럼 내 개인적인 안위보다는 국가안보와 군의 사기가 더 중요했기에 나는 ○군단장 직책을 수행하기로 결정했다.

지휘관 취임식은 병력 없이 조촐하게 군단 대회의실에서 지휘관 신고와 지휘견장과 지휘봉을 수여 받고, 참모들과 차를 마시며 상견례로 대체했다. 많은 선후배님이 한국전쟁 이후로 야전 군단장 지휘관을 두 번 한 사람은 나밖에 없다며 이구동성으로 위안해 줘 큰 힘을 얻고 두 번째 군단장을 시작했다.

군단은 지휘관의 교체와 예하 부대장들의 징계 등 경계 실패에 대한 책임으로 많이 침체된 상태였다. 나는 사기를 높이는 데 최우선 목표를 두었고, 경계 실패에 대한 원인을 분석했다. 예산 투입이 요구되는 중장기적인 계획과 예산 없이 단기적으로 조치할 사항을 구분하여 마스터플랜을 수립해 하나씩 시정해 나갔다. 특히, 상급제대에서 적극적인 지원을 해 주어 추진 과제들이 순조롭게 잘 진행될 수 있었다. 아울러 군단 참모진들, 예하 사단장과 연대장들, 그리고 경계 소초의 장병들이 함께 동참하여 문제점들을 하나씩 해결해 나갈 수 있어서 감사할 따름이었다.

모든 분에게 감사하며

국가안보의 최일선에서 근무하면서 가장 마음 아팠던 것은 아빠와 남편 역할, 그리고 부모님께 자식 된 도리를 제대로 하지 못한 것이다. 아침 일찍 출근해서 저녁 늦게 퇴근했던 나는 바쁘다는 핑계로 가사와 육아를 모두 아내에게 맡겨야 했다.

지금도 떠오르는 가슴 아픈 아내의 모습이 있다. 연대 작전과장 근무 시 지프를 타고 가는데, 우연히 부대 앞길 옆 버스정류장에 서 있는 아내의 모습을 보았다. 아내는 갓난아이를 등에 업고 큰애의 손을 잡고, 다른 한 손에는 장바구니를 들고 서 있었는데, 육아와 가사에 지친 처량한 아내의 모습에 가슴이 저리듯 아파 왔다. 군 복무 지역이 본가, 처가와는 멀리 떨어져 있어서 나를 대신해 아내는 집안의 대소사와 추석과 설날 등 명절에 아이들과 함께 상주와 군산을 많이도 오갔다. 그런 가운데 차량 사고도 두 번이나 났지만 무탈하게 이겨 내어 얼마나 다행인지 모른다. 긴 시간 외로움을 참고 견디어 준 아내와 아이들에게 고마움과 깊은 사랑을 전한다.

나의 딸과 아들은 아빠의 직업 때문에 이사를 자주 다녀야 했다. 이사를 참 많이 했는데 가족과 함께 이사한 건 12번, 나 혼자 이사는 13번, 도합 25번 이사를 했다. 가족과 함께 이사 다닐 때는 신혼살림으로 장만한 장롱, 작은 소파, 식탁 등이 이사 두 번 만에 헌 것으로 바뀌었을 정도였다. 아이들이 초등학교에 다닐 때까지는 보직이 이동되는 대로 함께 이사 다녔다. 하지만 대령 진급이 되어 전방부대 연대장으로 올라오면서 나는 가족들과 별거해야 했다. 아이들을 계속 데리고 다니면 친구와 모교도 없을 것이고, 공부에 몰입할 수도 없기 때문이었다. 그렇게 아이들은 엄마와 함께 대전에 거주하면서 중고등학교에 다니는 것으로 결정하고, 나 혼자 떨어져 살기로 마음먹었다.

부대를 옮길 때마다 혼자 이사하며 객지에서 홀로 15년을 생활했다. 아내는 원거리임에도 토요일 또는 공휴일이면 차를 몰고 올라와 반찬과 청소 등을 해주고 일요일에 내려갔다. 아이들은 방학 기간에 잠깐 들르곤 했는데, 중요한 시기인 사춘기에 아빠의 역할을 제대로 못 해 줘서 지금도 미안한 마음을 간직한 채 살고 있다. 그럼에도 신체 건강하고 올바르게 성장해 준 나의 '사랑스런 딸'과 '믿음직한 아들'에게 감사할 따름이다.

돌아보니 한 직장의 40년 차 근무는 나 혼자만의 힘으로 된 것이 아니었다. 사랑하는 가족들의 믿음과 응원이 있어 가능한 것이었다. 또한, 내가 모신 지휘관님들과 선배 전우님들의 아낌없는 지도편달이 있었기에 가능했고, 함께한 3사 동기들과 전우들이 있어 가능했다. 특히 지휘관을 할 때 부하들이 한마음이 되어 믿고 따라 주었기에 가능했고, 검정고시동문들과 사회 지인들이 용기와 응원의 박수, 격려를 보내 주었기에 가능했다. 힘든 가운데도 가장(家長)을 믿고 내조해 준 아내와 아이들, 그리고 부모님과 장인·장모님을 포함한 친지들, 함께한 전우님들과 지인분들에게 진심으로 감사함을 전한다.

다시 꾸준히 걸어가기

2020년 2월 14일부로 국방부장관에게 전역신고를 하고 예비역 육군 중장으로 등록했다. 며칠간은 실감이 나질 않았다. 매일 이른 아침에 일어나 출근해서 상황 보고받고 참모회의를 통해 업무지침을 내리고, 예하 부대 현장 지도를 통해 애로점과 지원사항 등을 파악해서 조치하고, 16시 30분이면 전우들과 함께하는 체력단련 등을 했었는데 그런 일상이 갑자기 사라진 것이다. 뭔가 손에 쥐고 있던 것을 놓친 느낌도 들었고, 공허한 마음도 들었다. 전역하는 해에 가족과 함께 국내외 여행을 계획했는데, 코로나19가 확산되기 시작해 포기해야만 했다.

해외여행을 할 수 없어서 삶의 목표를 수정해 용인대학교 경영학 박사 과정 3·4학기를 다시 시작하기로 했다. 박사 과정을 하면서 박사 논문 제목을 '군지휘관의 서번트리더십이 군 장병의 조직 몰입 및 직무 만족, 사기에 미치는 영향에 관한 연구'로 정했다. 그것은 군부대 특성상 상명하복의 조직으로 카리스마적 리더십을 연상할 수 있겠지만, 헌신과 섬김의 서번트리더십을 통해 경청하고, 소통을 통한 공동체 형성과 비전 제시로 심리적 행복감을 충족시켜 나갈 때 부대 전투력은 더욱 높아짐을 알았기 때문이다. 논문 준비를 하면서 나 자신이 리더십에 관한 많은 공부를 하게 되었고, 박사 논문 최종 심사도 계획대로 잘 진행되어 2021년 8월에 영예롭게 박사 학위를 수여 받았다.

아울러 경영학 관련 과목을 이해하고 연구하다 보니 경영학이야말로 정치가나 군사전문가, 기업가, 자영업자들까지 모두가 배워야 할 학문임을 깨달았다. 박사 과정을 하면서 군에서만 종사했던 나는 사회의 흐름을 배우기 위해 2020년 3월부터 10월까지 '미래공유포럼 리더스 아카데미' 과정에 등록, 2022년 5월부터 11월까지는 서울공대 APLS 과정에 등록하여 주 1회 강의를 들었다. 4차 산업 관련 다양한 주제는 내게 새로운 지식을 제공해 주었으며, 군과 사회의 다양한 직업과 직책을 가진 원우 50여 명과의 만남은 우리나라 경제 흐름과 사회 분위기를 배울 수 있는 좋은 기회가 되었다.

제2의 인생을 어떻게 살 것인가?

나뿐만 아니라 모든 직장인은 전역(퇴직) 후의 삶에 대해 고민하게 된다. 인간의 평균 수명이 연장된 만큼 기회가 주어진다면 최소 65세까지는 경제활동인구로 동참하고 싶다는 생각이 들었다. 또한, 오랜 기간에 걸쳐 얻은 각 분야의 경험들을 후배들에게 잘 전수한다면 대한민국이 더 나은 미래를 향해 나아갈 수 있다는 생각도 들었다.

이런저런 고민 중에 육군정책연구위원회 모집 공고가 있어 지원하여 2020년 12월부터 육군정책연구위원장으로 2년 동안 각 분야의 전문가들인 예비역 장성들과 함께 육군의 현존 전력과 4차 산업 발전 추세에 맞춰 육군의 미래 건설을 위해 다 함께 고민하고 제언을 마다하지 않았다. 현역 시절, 제대로 하지 못했던 군사력 건설 분야를 심도 있게 토의하면서 정책 반영에 기여할 수 있었기에 큰 보람이 되었다. 지금도 육군의 미래혁신연구센터 자문위원으로 위촉되었으므로 해촉될 때까지 경험의 축척들을 될 수 있는 한 많이 제언하고자 한다.

그 외에도 2021년 6월부터 서울시안보정책자문위원으로 위촉되어 수도 서울의 안보가 대한민국 국가안보와 직결됨을 고려해 볼 때, 해촉될 때까지 올바른 안보 자문을 위해 노력할 것이다. 아울러 나의 삶에 밑거름이 되고 초석이 된 검정고시총동문회 자문위원으로, 그 역할도 충실히 해서 문주현 전국검정고시총동문회장님이 늘 얘기하신 '명품 동문'을 만들어 가는 데 미력하나마 함께하고자 한다.

특별히 주변의 많은 분 도움으로 일궈 낸 나의 인생을 아름답게 봐주셔서 2018년도에 전국검정고시총동문회 송년회 때 '자랑스런 검우인상'을 수상하게 되었다. 2020년도 8월에는 '대한민국을 빛낸 제6회 자랑스런 인물대상 국가안보공헌 부문'을 수상하였고, 2023년 2월에는 '제8회 KOREA AWARDS 사회공헌 부문'을 수상하였다. 이 또한 나의 생에 가장 큰 기쁨과 보람이었기에 이제 얼마 남지 않는 삶은 대한민국의 국민 한 사람으로써 국가와 국민을 늘 생각하며, 이웃의 좋은 친구가 되며, 이웃에 필요한 사람으로 살아가고자 다짐해 본다.

우리는 예상하지 못했던 상황을 마주할 때 더 많은 배움을 얻게 된다. 실패와 거절이 두려워 시작조차 하지 못한다면 시간이 흘러 깊은 후회를 하게 될 것이다. 현재의 나와 달라지고 싶다면 끊임없이 나를 되돌아보고, 어떠한 난관도 용기 있게 도전할 필요가 있다. 이 대목에서 남아공의 대통령 넬슨 만델라의 명언이 생각난다. "용기란 두려움이 없는 것이 아니라 두려움에 대한 승리라는 것을 배웠습니다. 용기 있는 사람이란 두려움을 느끼지 않는 사람이 아니라 그 두려움을 극복하는 사람입니다." 가슴에 와닿는 명언이다.

우리의 성장 동력은 바로 나 자신의 생각과 행동으로부터 시작된다. 인생의 출발보다 중요한 것은 어디를 향하느냐이며, 성취는 속도가 아니라 얼마나 꾸준히 걸어가느냐에 달렸다고 본다. 지치고 힘들 때는 잠시 쉬어가도 된다. 하지만 포기하지 말고 기꺼이 다시 나아가야만 한다. 우리가 믿어야 할 것은 세상의 속도가 아니라 나의 땀과 시간이다. 미래의 꿈을 향해 도전하는 인생의 후배들이 열정과 자신감을 얻고 먼 훗날 승리의 나팔소리를 울리는 데 작은 보탬이 되기를 기원하며!

배움

진주조개는 잘못 삼킨 이물질에 소화기관이 상처를 입으면 상처를 보호하고 이물질을 제거하기 위해 몸속에서 하얀 우유 빛깔 화학 물질을 분비한다고 한다. 그 화학 물질은 상처를 동그랗게 덮어 나가면서 점점 층을 겹겹이 쌓아 영롱한 진주가 된다고 한다. 이 세상 어느 누구도 힘든 고비를 겪지 않고 시련 없이 성공한 사람은 없다. 중요한 것은 실패와 시련의 아픔이 아니라 그 아픔에서 무엇을 배우는가다. 상처 입은 조개가 진주를 만들 듯이 오늘의 시련과 상처는 분명 내일의 진주가 될 것이다.

상처 입은 조개가 진주를 만든다

어린 전보 배달부, 법학 박사가 되다

이현수

법학 박사
법무법인 민주 법무국장
대한변호사 사무직원협회장(3선)
배화여자대학교 교양과 겸임교수
전국검정고시총동문회 조직분과위원회 위원장
전국검정고시총동문회 강남지역동문회장
전국검정고시둘레길동호회장

만 세 살 나이에 아버지를 떠나보내고

자기의 어려웠던 과거를 이야기하고 자신을 드러내는 일은 쉽지 않은 일이다. 원고 집필 의뢰를 받고 펜을 들기까지에는 많은 망설임과 내적인 갈등이 있었음을 솔직히 시인하고 싶다. 그럼에도 선천적인 인맥과 금맥도 없이 그야말로 맨땅에 헤딩하며 살아온 나의 삶이 절망에 처해 있는 누군가에게 한 줄기 빛이 되어 희망의 메시지를 전할 수 있다면, 이것 역시 작은 나눔이라는 생각이 들었다.

나는 전주에서 10킬로미터 떨어진 전북 완주군 조촌면 동산리 659번지(지금은 전주로 편입)에서 태어났다. 대부분 조상 대대로 물려받은 가난을 숙명으로 알고 소작을 일구며 살아가는 조용한 마을이었다. 아버지는 한국전쟁 당시 단신으로 월남하셔서 부계 쪽으로는 가까운 친척이라고는 아무도 없었다. 외가 쪽으로도 외할머니와 외삼촌, 이

모 둘이 전부였다.

내가 만 세 살 되던 여름, 당시 시골에서는 여름이면 우물을 퍼내고 술판을 벌이는 행사가 있었다. 이날 행사가 끝난 후 사소한 시비 끝에 아버지는 집단으로 폭행을 당하셨다. 아버지는 그 충격으로 전주 만경강 둑 리어카에 실신한 상태로 누워계셨고, 동네 사람들은 어쩔 줄 몰라 하며 안절부절못했다. 어린 나이였지만 너무 큰 충격이었기에 그 장면이 지금도 생생하게 떠오른다. 아버지는 당시 전주에서 제일 큰 예수병원으로 이송되었지만, 일주일 만에 어머니와 당시 100일이 채 안 된 여동생을 남겨 두고 다시는 돌아오지 못할 먼길을 떠나셨다.

아버지의 죽음, 아버지의 부재 그것은 내 인생에 있어 앞으로 고난의 생애를 예고하는 신호였다. 얼마 지나지 않아 어머니는 친정 식구들의 눈치에 못 이겨 여동생을 데리고 대전으로 떠나 재혼하셨다. 나는 졸지에 고아가 되어 외할머니와 함께 살게 되었다.

고아로 보낸 초등학교 시절

이후 추석이나 설 명절이 다가오면 나는 동산역에 나가 어머니가 오기만을 목 빠지게 기다렸다. 서산에 해가 지고 어두컴컴해질 때까지 기다리고 또 기다려도 어머니는 오지 않으셨다. 할머니는 어디 가서 무얼 하다가 이제 들어오냐며 화를 내셨지만 나는 차마 아무리 기다려도 오지 않는 엄마를 마중 나갔다는 얘기는 할 수가 없었다.

외갓집은 두부 공장을 운영하고 있었기에 그렇게 궁핍하지는 않았다. 외삼촌이 늑막염에 걸려 병마에 시달리며 10년 동안 장기 치료를 받았다. 하지만 할머니의 정성 어린 보살핌에도 불구하고 할머니는 하나밖에 없는 아들을 먼저 보내는 아픔을 겪어야 했다. 당시 외삼촌의 나이는 24세였다. 나는 일곱 살이었고, 그 이듬해 초등학교 1학년 때 큰이모가 결혼하게 되어 이후 한 살 많은 동학년의 이모와 할머니, 나 이렇게 셋이서 살게 되었다. 이때부터 저녁노을에 물들어가는 황혼처럼 가세는 점점 기울기 시작했다.

당시 남아 있는 재산이라고는 집 한 채와 논 세 마지기 외에 아버지의 죽음과 바꾼 논 두 마지기가 전부였다. 젊어서 고생을 많이 하셔서 할머니의 건강도 좋지 않으셨기에 농사를 시작하기 전 봄에 쌀 빚을 얻어 생활하고, 가을 추수철이 되면 고리의 이자와 함께 쌀 빚을 갚았다. 빚을 갚고 다시 빚으로 생활하는 빈곤의 악순환이었다.

초등학교 2학년 때부터 겨울방학이 되면 왕복 10킬로미터나 되는 산으로 땔감용 솔방울을 따러 다녔다. 가을 추수 후 빚을 갚고 나면 먹을 양식을 절약하기 위해 무밥과 고구마밥으로 연명했고, 점심은 굶기 일쑤였고, 저녁도 고구마 몇 개가 전부였다. 배가 고파 이불을 뒤집어쓰고 울었던 적이 한두 번이 아니었다. 그럼에도 할머니가 외출한 어느 봄날, 할머니 몰래 이모랑 부슬부슬 내리는 봄비 소리에 콩을

볶아 먹으며 만화책을 보던 기억은 지금까지 아름다운 추억으로 남아 있다. 어려운 가정 환경 때문에 결국 할머니는 집을 처분했고, 4학년 겨울방학 때 우리 세 식구는 단칸방으로 이사를 했다.

초등학교 6학년 때 정부의 중학교 무시험제도 도입으로 전북의 명문 전주북중학교 입학시험이 우리 학년에 의해 아쉬운 막을 내렸다. 당시 어려운 환경 속에서도 나는 상위권의 성적을 유지하고 있었는데, 할머니는 어차피 중학교 진학을 하지 못할 것이니 시험도 보지 말라고 하셨다. 나는 진학을 안 해도 좋으니 시험만이라도 보게 해 달라고 했지만, 당시 250원이었던 시험 응시료 때문에 할머니는 시험을 볼 기회조차 허용하지 않으셨다. 지금도 그 아픔은 내겐 큰 상처로 남아 있다.

1969년 2월 초등학교를 졸업하고 나니, 어머니가 여동생을 데리고 집으로 돌아오셨다. 어머니와 여동생과 함께 살게 된 나는 중학교 진학을 못 한 현실적인 슬픔이 어느 정도 감소되었다. 그럼에도 중학교 교복을 입고 모자를 쓰고 등교하는 친구들을 볼 때마다 내 자신이 그렇게 초라해 보일 수가 없었다.

그 시절에는 시골에 보릿고개가 있었다. 평소 몸은 건강했지만, 워낙 잘 먹지를 못해 얼굴에는 버짐이 피고 영양 실조에 걸려 귀에서는 앵앵 소리가 나서 말을 잘 알아듣지를 못했다. 그러던 중에 할머니가 잘 아는 농협 조합장 출신인 동네 어르신이 정읍 내장사에서 '금호산장'이란 호텔을 경영하고 있는데 나를 데리고 가서 일을 시키겠다고 하셨다. 할머니는 "현수야, 가서 배는 곯지 말아라." 하셨고, 어머니는 "자식을 남의 집에 보내 어떡하나……." 하며 대성통곡하셨다.

만 열두 살 나이에
호텔 보이로 생활전선에 뛰어들다

이제 그리운 어머니와 같이 살게 되었다고 기뻐했던 만 열두 살 소년은 다시 어머니와 헤어져야 했다. 짧은 만남의 행복을 가슴에 담고 정읍으로 가는 버스에 몸을 실었다. 어린 시절 어렴풋이나마 듣고 어느 교과서엔가 한 번쯤 읽었던 흑인 노예가 노예시장으로 팔려가는 그 기분이었다.

그렇게 나는 만 열두 살 호텔 보이로 첫 사회생활을 시작했다. 아침 6시에 일어나 청소를 하고, 손님들의 담배 심부름 등을 하며 밤 11시 이후에야 잠자리에 드는 고달픈 다람쥐 쳇바퀴 돌 듯한 생활이었다.

그런데 그곳에는 집에서 생전 보지도 못했던 반찬과 윤기가 흐르는 진짜 쌀밥이 있었다. 나는 손님이 먹고 난 밥상을 물릴 때, 아무도 보지 않는 곳에서 이것저것 체면 볼 것 없이 음식을 집어 먹었다. 집에서 계란을 구경할 수 있는 날은 봄과 가을 소풍 때 딱 두 번이 고작이었는데, 여기서는 예쁘게 모양을 낸 계란이 그대로 손도 안 대고 밥상에서 물려 나오는 것이었다. 코피를 흘리며 몸은 고달팠어도 음식을 잘 먹으니 얼굴색이 달라지고, 어느 순간 귀도 뻥 뚫리게 되었다.

하지만 '금호산장'에서의 생활은 어린 소년의 눈으로 보기에도 교육상 있을 곳이 아닌 것 같았다. 어느 날인가 나이든 남자와 젊은 여자가 투숙객으로 호텔에 들어왔는데, 다음 날 소란이 일어서 보니 남자의 부인이 찾아와 난리를 쳤다. 요즘 말하는 불륜의 현장이었다. 상황을 알게 된 할머니는 집으로 돌아오라고 했다.

3개월 만에 다시 집으로 돌아왔지만 놀 수는 없었기에 며칠 후 다시 생활전선에 뛰어들었다. 평소 내가 해 보고 싶었던 것은 상점의 점원이었다. 면소재지에 '조촌상회'라는 잡화상이 있었는데, 동네에서는 제일 큰 상점이었다(지금의 마트). 그 당시 우리 집 상황은 '돈은 안 벌어도 좋으니 먹는 것이라도 잘 먹어라.'였다. 그래야 성장 발육에 도움이 될 테니깐.

조촌상회는 지대가 높아 물이 잘 나오지를 않았다. 나는 300미터나 떨어진 곳에서 하루에 열 통 이상 물지게를 지고 물을 날라야 했다. 처음에는 이리 비틀 저리 비틀 넘어지고 쓰러지기를 반복했지만, 며칠 후 숙련되어 뛰어다닐 정도가 되었다. 초등학교 시절 암산을 잘했던 나는 계산이 아주 빨랐다. 사장님은 계산이 빠르고 일을 잘한다며 칭찬을 하면서도 월급은 한 푼도 없고, 고작 명절 때 옷 한 벌 해 주는 게 전부였다. 나는 이렇게 1년을 보냈다.

1970년대 초, 정부의 중화학공업 육성책과 더불어 시골에서도 기술을 배워야 한다는 움직임이 일었다. 당시 할머니의 남동생이, 먼 친척이 경영하는 전주의 양복점에서 기술을 배울 수 있도록 다리를 놓아주셨다. 2개월 정도 일했지만 시내 버스 교통비와 도시락도 해결하기 힘든 형편은 나를 다른 유혹의 길로 가게 만들었다. 면소재지에 있는 우체국 전보 배달원이었다.

추천해 주신 우체국 아저씨는 미국의 강철왕 카네기도 어린 시절 전보 배달을 하며 성공했다고 격려를 아끼지 않으셨다. 그 시절에는 지금처럼 통신 시설이 발달되어 있질 않아서 부고 등의 긴급한 일이 있으면 우체국 전보를 이용하는 것이 일상화되어 있었다.

어린 시절 나는 겁이 많고 밤을 무서워했는데, 어느 날 밤 9시경, 왕복 12킬로미터 떨어진 만성리에 부고 전보 한 통이 접수되었다. 가로등도 하나 없는 칠흑 같은 어두운 밤길이었다. 그날따라 비가 내려 질퍽질퍽한 시골 황톳길까지……. 전보를 배달하기 위해서는 넓은 공동묘지를 통과해야만 되었다. 공동묘지를 경유한다는 생각에 벌써부터 식은땀이 비 오듯 흘렀다. 전보를 무사히 배달하고 자정이 가까운 시간, 돌아오는 길에 공동묘지를 통과할 때였다. 가을비가 부슬부슬 내리며 을씨년스러운 날씨에 극도의 긴장 속에 공동묘지를 통과하는데, 자전거의 전방 라이트가 고장이 나서 나가버렸다. 전설 따라 삼천리에 나오는 흰 저고리를 입고 머리를 풀어헤치고 나타난 귀신이 눈에 어른거리며 무서운 생각이 났다. 그 순간 나무 위에 앉아 있던 새 떼가 인기척에 놀라 푸드득 날아갔는데, "으아아!" 나는 외마디 소리와 함께 날 살려라며 자전거 페달을 힘차게 밟았다. 그 순간 미끄러운 황톳길에 넘어져 나뒹굴었다. 그날 우체국에 돌아와 숙직실에서 잠을 자는데, 극도의 긴장과 피로감에 헛소리까지 하며 그만 요에 지도를 그리고 말았다.

그로부터 수개월 후, 완주군 농촌지도소 사환으로 있는 친구가 자기 집이 우체국하고 가까우니 직장을 바꾸자고 해서 나는 이것저것 생각한 후에 카네기의 꿈도 잊어버리고 '완주군 농촌지도소' 사환으로 자리를 옮겼다.

이곳에서는 문서 접수 및 발송 업무, 사무실 청소, 직원들 담배 심부름 등 그리고 이틀에 한 번씩 직원과 함께 숙직해야 했다. 당시 농촌지도소의 사환 월급 2,000원을 받아 집에 라디오를 사드리고, 전기다리미를 들여놓은 일이 보람으로 느껴졌다.

1년쯤 지난 연말이 되어 나는 총무과 직원에게 단도직입적으로 말했다.

"선생님, 제 월급 예산 섰어요?"

국가예산에 반영을 시켜달라는 뜻이었다.

기성세대인 그들에게 열다섯 살 소년의 호소는 귀여움이었고, 직원들은 재미있다는 듯 깔깔대며 한동안 사무실에서 화젯거리로 회자되었다. 그다음 해에는 3,000원으로 월급이 인상되었다.

학교에 다니면 중 3일 나이였다. 늘 마음 한구석에 중학교 진학을 못 한 아쉬움과 한이 맺혀 있던 중 우연히 신문에 실린 "독학으로도 성공할 수 있다."는 광고를 보고 서울강의록을 서점에서 구입해 향학에 대한 눈을 조금씩 뜨게 되었다.

그로부터 수개월 후, 나는 또 정든 가족과 헤어져야 하는 현실에 베갯잇을 적시며 밤을 지새웠다. 지금 사환으로 돈 몇 푼 받는 것보다는 장래를 위해 기술을 배워야 평생 먹고살 수 있었다. 할머니의 친한 언니 아들이 논산훈련소 영외 PX 금은시계부를 경영하고 있었는데, 나는 그곳에서 금은세공사 기술을 배우게 되었다.

1972년 3월부터 논산훈련소 연무대 훈련병의 군가와 함께 아침을 맞이하면서 나는 망치를 두드리고, 도가니 속의 액체가 된 금덩어리와 씨름을 했다. 금반지, 금목걸이, 금팔찌 등을 만드는 기술을 익히며 나도 언젠가는 금은방 사장이 될 거라는 희망을 가졌다. '이 집 상호는 금옥당이니, 나는 명광사라고 해야지. 밝을 명(明), 빛 광(光) 자 해서 명광사(明光社)!' 나는 미래의 상호까지 마음속에 지어 놓았지만, 선배 기사들의 심한 욕설과 폭행은 힘들고 너무 고달팠다.

주인은 약 4킬로미터 간격으로 점포를 두 개 운영하고 있었는데, 금기사와 시계기사 등은 주인집에서 식사했지만 내 밥은 도시락으로 싸 가지고 배달해 주었다. 주인은 착하고 정직한 나를 신뢰한다며 연무대 삼거리에 있는 '우리사'라는 점포의 관리자를 맡겼다. 무엇보다도 금기사, 시계기사 들의 소위 말하면 삥땅을 못 치도록 감시하는 역할이었다. 그들 입장에서는 나 때문에 삥땅을 못 치니 내가 예뻐 보일 리가 없었고, 미운 오리새끼나 다름 없었던 것이다.

연탄가스 중독으로 죽음 직전에서 살아나다

쉬는 날이라곤 한 달에 한 번이었다. 매월 1일이 쉬는 날이었는데, 그날 밤 금기사·시계기사 형들은 고객이 맡겨 놓고 찾아가지 않은 중고 손목시계를 가지고 유흥을 즐기려고 외박을 나가고 나 혼자 남게 되었다. 금반지 등을 만들기 위해서는 다다미를 깔고 그 위에서 망치로 두들겨야 했는데, 이러한 충격으로 시멘트 방이 깨져서 그 틈 사이로 연탄가스가 새어 나와 나는 연탄가스에 중독되었다. 이튿날 아침 9시 30분경 종업원들이 밥을 먹으러 오질 않으니 집주인이 전화를 했다. 어렴풋이 들리는 전화벨 소리에 깨어 가게로 나가 전화를 받았다.

"여보세요?"

한 마디 후, 나는 그 자리에 쓰러져 버렸다. 심상치 않음을 느낀 주인이 급히 택시를 타고 연무대에서 올라와 나를 데리고 응급실에 갔다.

"이 아이는 하늘이 살린 거예요. 20분만 늦었어도 연탄가스 중독으로 이 세상 사람이 아니었을 겁니다."

의사가 말했다.

나는 주인에게 감사했다. 하지만 주인은 내 임금을 착취했다. 수개월이 지난 후 금기사가 퇴사하고 내가 하던 일을 수행했다. 그런데 당시 금기사에게 주던 월급 1만 5,000원을 나에게는 한 푼도 주지 않고 인색하게 굴었다. 불만이 쌓여가던 중 평소 친하게 지내던 육군 중위 아저씨로부터 검정고시 이야기를 듣게 되었다. "아는 것이 힘이다. 배워야 산다."며 중위 아저씨는 중학교에 다니지 않고 중학교 졸업 자격을 취득할 수 있는 검정고시에 도전해 보라고 하셨다.

검정고시에 도전하여 합격의 영광을 누리다

논산훈련소에서의 2년간 생활을 청산하고 1만 원을 들고 집으로 귀향했다. 가난하기도 했지만 평소 교육열이 없으신 할머니를 설득하여 전주의 학원 단과반에서 영어, 수학 강의를 들으며 고등학교 입학 자격 검정고시를 준비하기 시작했다. 생각해 보면 이때처럼 무섭게, 저돌적으로, 간절함으로 공부한 적이 없었다. 손바닥에는 온통 영어단어로 가득 채워져 있었고, 잠은 전주의 사설 도서관에서 새우잠을 자며 공부했다. 이토록 간절했던 적이 있었던가. "간절히 원하면 이루어진다."는 말처럼 간절함으로 버텼다.

사설 독서실에서 새우잠을 자고 난 후 아침에는 집으로 밥을 먹으러 갔는데, 진짜 꽁보리밥이었다. 그 시절 나는 꽁보리밥이 창피했다. 검정고시를 준비하는 다른 애들은 집에서는 보리밥을 먹을지 몰라도 도시락은 쌀밥 아니면 보리가 혼합된 밥을 싸 왔다. 나는 애들이 밥을 먹는 사이 나와서 수돗물로 배를 채우고 밖에서 밥을 사 먹고 온 것처럼 행동했다. 하루 종일 물로 배를 채워 본 사람들은 안다. 배고픔이 사람을 얼마나 나약하게 만드는지. 주머니에 돈 한 푼 없이 살아본 사람은 안다. 물질 앞에서 얼마나 초라하게 추락하는지.

'헌혈을 하면 빵과 우유를 준다. 그거라도 먹고 힘을 내자.' 피를 뽑고 빵과 우유를 받아 먹었다. 처절한 삶이었다. 나는 밥을 먹는 날보다 굶는 날이 더 많았다. 한겨울 굶주린 배를 움켜쥐고 오들오들 떨며 냉방에서 지내는 날도 있었다. 배가 고프면 추위도 더 매서운 법, 뼛속까지 냉기가 파고들었다. 그렇게 버티고 버티다 결국 너무 배가 고파 찬합에 꽁보리밥을 싸달라고 했다. 아홉 명 정도가 독서실에 둘러앉아 식사를 했다.

"현수야, 이리 줘봐."

내가 싸 온 도시락을 본 친구가 잽싸게 말하며 자기가 싸 온 쌀밥의 도시락하고 내 꽁보리밥을 섞어서 같이 먹자고 했다. 눈시울이 붉어졌다. 먼 훗날 사회에 진출하여 친구들 의리를 지키고 오늘을 잊지 않겠다고 마음속으로 다짐했다. 나는 눈물에 젖은 빵을 먹으며 절망적인 상황에서도 결코 희망을 버리지 않았다. 반드시 나에게도 좋은 날이 올 것으로 굳게 믿었다.

1974년 8월 13일, 그날도 집에서는 여름 내내 먹었던 꽁보리밥에 미역국이 나왔다. 대개 시험 보는 날엔 미역국을 안 끓이는데, 우리 집은 그날이라고 예외는 없었다. "진인사대천명, 눈물 흘리며 씨 뿌리는 자는 기쁨으로 단을 거두리로다."라는 믿음으로 검정고시 고사장인 전주여자고등학교로 발걸음을 옮겼다. 매시간 기도하는 마음으로, 간절한 마음으로 답안을 작성해가며 시험을 무사히 치렀다. 꼭 합격할 거라는 자신감이 있었다.

발표 날까지 며칠을 초조하게 기다린 후 나와 함께 공부했던 K와 전라북도교육위원회에 공중전화 다이얼을 돌렸다. 전화 다이얼을 돌리는 순간 손이 파르르 떨렸다.

"수험번호 594번입니다."

지금도 기억하고 있는 수험번호를 말한 후 기다리는 시간은 천당과 지옥을 오가는 것처럼 느껴졌다.

"합격입니다. 축하합니다."

여직원의 대답을 듣고 기쁨의 함성을 질렀다. 이 순간을 얼마나 기다렸던가. 고등학교 입학 자격 검정고시는 270일간의 대단원의 막을 내리면서 나에게 행운의 미소를 던져 주었다.

고교 진학을 위해 관내 기관장에게 편지를 쓰다

미래의 거보를 위한 오늘 작은 일보를 내디뎠다는 자부심에 뜨거운 눈물이 두 뺨을 타고 흘러내렸다. 이후에도 많은 시험을 보고 합격했지만 이때처럼 감격적이었던 적은 없었다. 나에게는 사법고시 합격과도 바꿀 수 없는 아주 소중한 것이었다. 할머니, 어머니께서는 "우리 현수가 중학교도 안 다니고 중학교 졸업장을 땄다."며 기뻐하셨다.

기쁨도 잠시, 다시 1년을 목표로 대입 검정고시에 도전해야 되나? 그토록 입어보고 써보고 싶었던 학생 모자를 쓰기 위해 고등학교에 진학하는 두 개의 갈림길에서 고민과 갈등이 계속되었다. 할머니는 내가 중학교 졸업장을 땄으니 공장에 취직해 돈을 벌었으면 하는 눈치였다. 하지만 나는 포기할 수가 없었다.

친한 친구가 권유하기를 전주상고에 진학하여 은행에 들어가라고 했다. 은행에 취직이 안 될 경우 공무원 시험 응시에도 좋으니 상고에 진학하는 것이 좋겠다는 조언을 했다. 지역에서 명문고인 전주고로 가는 것은 생각조차 하지 않았다. 대학에 진학한다는 것은 꿈조차 꾸지 않았으니까. 전주공고로 갈까, 망설임 끝에 전주상고에 응시하여 상위권의 성적으로 합격했다.

합격은 했지만 도무지 등록금 3만 2,000원을 마련할 길이 없었다. 1월 31일이라는 등록금 마감일은 피를 말리며 하루하루 다가오고 있었다. 마침 전주상고 야간부가 그해 1회로 개설된다는 것을 알게 되었다. 지성이면 감천이고 하늘은 스스로 돕는 자를 돕는다는 말이 있듯, 스스로를 위로해 가며 (2부)야간부로 옮겨서 고학을 하며 공부하기로 마음먹었다.

그날 이후 만나는 사람마다 취직자리, 사환 자리를 부탁했다. 심지어는 지나가는 길에 전라북도청 수위 아저씨한테까지 부탁을 했다.

사환 자리 하나 있으면 채용해 달라고 했더니 "지금 도청에는 서류가 이만큼 쌓여 있다."고 했다.

"아저씨 여기도 빽이 있어야 돼요?"

"그럼, 다 아는 사람 통해서 들어오지."

그놈의 돈이 무엇이고 빽이 무엇이란 말인가. 나는 고개를 푹 숙이고 무거운 발걸음을 돌렸다.

며칠을 궁리 끝에 반짝 생각이 떠올랐다. '전라북도 전주시에 있는 각급 기관장들에게 내 사정을 얘기하며 사환 자리를 부탁하는 호소의 편지를 한번 써보자!' 나는 전라북도지사, 교육감, 경찰서장, 세무서장, 은행지점장 등 관내 기관장 15명에게 예의를 갖추어 답변을 기대하는 우표를 동봉하여 편지를 보냈다. 어려운 역경 속에서, 편모슬하에서 만학의 나이에 독학으로 검정고시에 합격 후 전주상고에 우수한 성적으로 합격하였고, 일자리(사환)를 구한다는 내용으로 진정성 있게 편지를 보냈다.

기관장들에게 편지를 보낸 후 괴로운 시간을 떨쳐 버리고자 전북 순창의 친구 집에 5일 동안 잠적했다. 그곳 순창에서 신세지는 미안한 마음을 친구와 산에 가서 땔감 나무를 해다 주는 것으로 대신했다.

5일 후에 집에 돌아와 보니 당시 전라북도교육감이었던 설인수 교육감님을 비롯한 전주경찰서장, 전주세무서장 등 관내 기관장으로부터 답장이 와 있었다. 내용은 한결같았다.

"지금 유류파동 등으로 경제가 너무 어려우니 조금만 참고 기다려

라. 자리가 나면 연락하겠다."

등록금 울던 소년,
전북신문사를 찾아가다

등록금 마감일이 10일밖에 남지 않았다. 좌절과 불안과 초조함……. 이 세상에 나를 도와줄 사람이 이렇게 하나도 없을 수 있을까? 포기해 버릴까 하다가도 고등학교에 다니는 친구들의 학생 모자를 빌려 쓰고 거울을 보며 씩 웃던 나의 모습이 떠올랐다. 그렇게 한 번 꼭 써 보고 싶었던 모자와 셋방살이하며 외손자를 친딸보다도 더 생각하시며 키워 주신 외할머니 생각에 다시 마음을 다잡았다. '주택은행에 합격해서 할머니께 반드시 집을 사드리리라!' 이런 각오와 소박한 꿈은 나를 포기할 수 없게 만들었다.

답답한 마음에 시내버스를 타고 무작정 전주 시내 중심가를 걷기 시작했다. 걸어가는 도중 전북지역의 메이저 지역신문인 전북신문사 홍보 게시판의 신문을 보게 되었다. 이제 등록금 마감일은 불과 6일밖에 남지 않았다. 순간 영감이 떠올랐다. '그래 바로 이거야, 《전북신문》에 기사를 내보는 거야.'

외삼촌 별세 후 외가 쪽 손이 끊어진 관계로 내가 벌초하게 된 외가 쪽 조상 묘를 찾아가 진하고, 절절하게, 간절함으로 기도를 드렸다.

눈이 쌓여 있는 겨울 잔디 위에 겸손한 자세로 무릎 꿇고 기도했다.

"하나님! 저의 형편과 딱한 처지를 아시오니 저의 앞길을 인도해 주시옵고, 전북신문사 편집국장님을 찾아가려고 하오니 이를 통해서 등록금이 마련될 수 있도록 도와주세요."

기도 후 산에서 내려왔지만 막상 신문사를 찾아가려고 하니 입고 갈 만한 반반한 옷 하나도 없었다. 옷을 빌려줄 것 같은 친구를 찾아가서 잠바를 빌려 입고 고동치는 심장을 진정시키고는 전북신문사로 발걸음을 옮겼다. 당시의 생각은 등록금이 마련되지 않더라도 '신문에 한 번 나는 게 어디야.' 하는 소영웅적인 마음(?)도 있었다.

전북신문사 입구 수위 아저씨한테 자초지종을 얘기하고 편집국장을 만나러 왔다고 하니, 3층에 편집국이 있다고 했다. 당시 내가 알던 상식으로는 신문사 편집국장이 신문사에서는 꽤 높았고, 편집국장이라면 내 부탁을 들어줄 것 같은 생각이 들었다.

오후 네 시쯤이었다. 계단을 걸어 3층으로 올라가니 사람들이 바삐 움직이며 분주해 보였다. 기사 마감 때문인가 보다 하며 입구에서 기가 꺾인 모습으로 편집국장님을 만나러 왔다고 하니, 저 안쪽에 맨 뒤에 계시는 분이라고 알려 주었다. 안경을 쓰고 있는 50대 중반의 아저씨를 향해 꾸뻑 절을 하고 내 사정을 말씀드렸다.

"김 기자, 여기 취재해."

편집국장님은 그 자리에서 바로 지시를 내렸다. 그 기자에게 나의 처지와 등록금 3만 2,000원이 필요하다는 설명을 드리니, 취재를 마친 기자가 벽에 기대라고 하더니 즉석에서 신문에 게재할 사진을 찍었다.

1975년 1월 28일자 《전북신문》에 나에 대한 기사가 나왔다. 기사가 나간 이틀 후 동아제약주식회사 전주지점 사원 일동(이우식 지점장)이 등록금 3만 2,000원을 마련해 주셨다. 그리고 본인이 희망한다면 동회사 직원으로 채용해 주겠다고 했다. 나는 그렇게 등록금과 직장이라는 두 마리 토끼를 동시에 잡게 되었다.

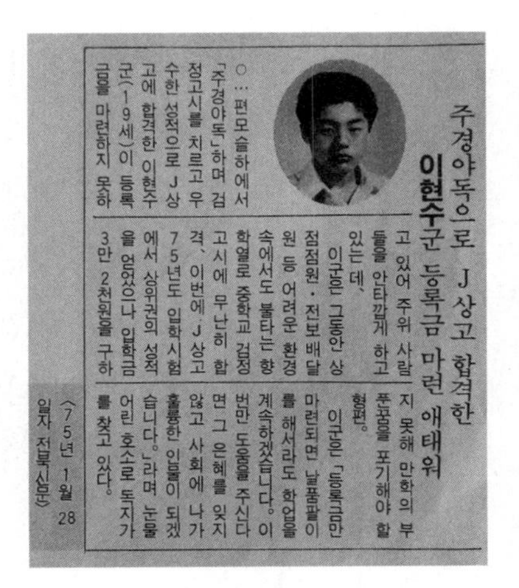
주경야독으로 J상고 합격한
이현수군 등록금 마련 애태워

○…편모슬하에서 「주경야독」하며 검정고시를 치르고 우수한 성적으로 J상고에 합격한 이현수군(19세)이 등록금을 마련하지 못하고 있어 주위 사람들을 안타깝게 하고 있는데,

이군은 그동안 상점점원·전보배달원 등 어려운 환경속에서도 불타는 향학열로 중학교 검정고시에 무난히 합격, 이번에 J상고 75년도 입학시험에서 상위권의 성적을 얻었으나 입학금 3만 2천원을 구하지 못해 만학의 부푼꿈을 포기해야 할 형편。

이군은 「등록금만 마련되면 날품팔이를 해서라도 학업을 계속하겠습니다。이번만 도움을 주신다면 그 은혜를 잊지 않고 사회에 나가 훌륭한 인물이 되겠습니다。」라며 눈물어린 호소로 독지가를 찾고 있다。

〈75년 1월 28일자 전북신문〉

《전북신문》을 통해 등록금 후원을 받은 당시 필자의 신문기사

이를 통해 지성이면 감천이요, 간절히 원하면 이루어진다는 소중한 경험을 하게 되었다. 이후 '등록금 울던 소년 동아제약 전주지점에서 등록금 후원' 기사와 취업이 되었다는 기사가 한 번 더 보도되었다.

동아제약주식회사
전주지점에서 3년간 고학

다음 날 회사에 출근하니 지점장님이 나를 부르셨다. 정식 직원 채용은 고등학교를 졸업해야 되니 고등학교 졸업 때까지 기다려야 된다고 하셨다. 대신 직원 30여 명의 구두를 닦아 주면 '500×30=15,000원'

을 월급으로 주겠다는 것이었다. 그 외에도 하는 일은 회사에서 생산되는 피로회복제의 대명사인 박카스, 베스타제, 멕소롱, 오란C 음료수 등을 전주 시내 약국에 짐 자전거로 배달하는 일과 본사 서울에서 제품이 들어올 때 상하차를 하는 일이었다. 구두를 닦으면 어떻고 고무신을 닦으면 어떠냐. 지난 시간 등록금 마련을 위해, 직장을 구하기 위해 이 거리 저 거리를 헤매고 다닌 것에 비하면 지금은 얼마나 행복한가.

이후 나는 줄곧 집에서 직장까지 자전거로 왕복 24킬로미터, 시내 약국 배달로 30킬로미터, 하루 평균 약 130리 길 이상을 자전거로 누비고 다녔다. 아침 6시에 기상하여 야간 수업을 마치고 집에 귀가해 잠자리에 들 때는 거의 자정에 가까웠다. 이런 생활은 3년 동안 이어졌고, 우리 집 가계의 엥겔계수는 85퍼센트에 가까울 정도의 참혹한 수치였다.

이 무렵 처절한 밑바닥 삶에 어떤 돌파구를 찾고자 나도 챔피언이 될 수 있다는 야무진 꿈을 가지고 복싱체육관인 전주체육관 문을 두드려 권투를 배우기 시작했다. 박카스 배달 도중 잠깐씩 시간을 내서 줄넘기를 수백 번씩 넘고, 샌드백을 수없이 두들기며 다시금 입술을 깨물곤 했다. 나는 당시의 힘든 현실과 스트레스를 복싱으로 풀며 자신을 위로했다.

고등학교 2학년 때는 교내 10킬로미터 단축 마라톤대회가 있었다. 마라톤은 인생의 축소판이다, 남보다 한 걸음 앞서 뛰는 것이 중요하다는 생각으로 전체 1,500명 중 1등으로 완주하여 담임 선생님과 주변 친구들로부터 박수를 받기도 했다. 회사에서 근무하다가 사전 준비 운동도 없이 강행한 탓으로 집에 돌아갈 때는 쥐가 나기 시작했다. 버스정류소에서 선배의 부축을 받으며 간신히 집으로 돌아와 그만 녹다운되었다. 그래도 헝그리 정신으로 1,500명을 이겼다는 자부심에 기분이 좋았다.

열정과 헝그리 정신으로 초지일관한 고학 시절 중 지금도 잊을 수 없는 것이 있다. 중간고사나 기말고사 시험 때면 전주 교동의 한옥마을 남의 집 대문 앞에 자전거를 세워 두고 보도블록 위에 앉아서 책을 펴들고 공부했는데, 개들이 짖어 대는 통에 주인이 뛰어나와 물끄러미 쳐다보면 몸둘 바를 몰랐다. 당시 동생은 전주여고 1학년에 재학 중이었는데, 나는 2학년 10월부터 사설 도서관을 끊어 지독하게 공부하기로 마음먹었다. 동생이 집에서 하루 세끼 밥만 해서 학교 근처 약국에 맡겨 놓으면, 나는 약을 배달하는 도중 찾아다가 끼니를 해결했다. 미리 가져다 놓은 김치와 맨밥으로 버티는 생활은 3학년 여름방학까지 계속되었다.

나는 마지막 진로 결정을 위해 지난 2년 반의 회사생활을 청산하기로 했다. 동아제약주식회사 전주지점 직원들에게 도와주신 은혜 잊지 않고 열심히 공부해서 국가가 꼭 필요로 하는 일꾼이 되겠다는 인사를 했다. 작별인사를 마친 후 집에 돌아와 손바닥을 살펴보니 손바닥에 공이가 박여 있었다. 오란C 병 주둥이에 세 개의 골이 있었는데, 상하차를 수없이 반복하다 보니 상처로 남은 것이었다. 지금도 그 상처는 훈장처럼 남아 있다.

전주상고 야간 1회 출신으로, 1학년 때부터 졸업할 때까지 한 번도 수석을 놓친 적이 없었고, 학생회 호국단 간부로 3학년 때는 연대장(학생회장)을 맡았다. 큰 구령 소리, 발성 연습을 위해 들판에 나가 "연대~차렷, 열중~ 쉬엇!"을 연습한 열정을 생각하면 지금도 입가에 미소가 지어진다.

학교 연대장을 맡으며 학비가 면제되는 육군사관학교에 입학하여 장군이 되자는 당찬 포부를 마음에 품었다. 그런데 나는 1956년 11월 26일생, 육군사관학교는 1957년 1월 1일 이후 출생자만 해당이 되었다. 아쉽게도 불과 34일 차이로 육사의 꿈은 접어야 했다.

야간부 연대장으로서 특별히 교장 선생님의 배려로 주간 진학반에서 공부할 수 있는 기회를 얻어서 한 달 정도 공부했지만, 동생의 학업과 가장 역할까지 감당해야 될 처지였던 나로서는 대학 진학의 꿈도 잠시 내려놓아야 했다.

그 이후 진로를 바꿔 입학 때부터 귀에 따갑도록 들어온 '은행, 은행', 그중에서도 집 없는 설움을 해소하고 할머니께 집을 마련해 드리고자 주택은행에 입행하는 것을 목표로 정했다. 목표를 정한 후 찬밥과 김치만으로 연명하며 버틴 사설 독서실을 나와 집으로 돌아왔지만, 하나밖에 없는 여동생은 나와 같은 전철을 밟게 하고 싶지 않았다. 나는 다시 짐을 꾸려 전주시립도서관에 나가 공부하기로 마음먹었다. '내가 조금 희생하더라도 여동생만큼은 눈물 젖은 빵을 먹게 할 수는 없다.'

시립도서관에서
하루 열세 시간씩 공부하며
한국주택은행 합격

여름방학이 시작되어 아침 여덟 시가 땡 시작되면 1번 타자로 돈 10원을 내고 시립도서관에 입장했다. 동아제약에서 퇴사하면서 받은 돈으로 집에 쌀 한 가마니를 사드렸다. 도시락은 쌀밥으로 싸 주기를 바라는 마음으로. 김치와 도시락으로 점심을 때우고 전주시립도서관에서 밤 아홉 시 문 닫을 때까지, 청소부 아주머니가 그만 나가라고 할 때까지 하루 열세 시간을 책과 씨름하며 버텼다.

그해 여름은 유난히도 무더웠다. 삼복더위에 동아제약에서 준 두꺼운 작업복 바지로 지낸 탓에 땀띠가 습진이 되어 지금도 여름만 되면 피부과에서 치료를 받는다. 피부병 약이 얼마나 독한지 복용하고 나면 닭 병에 걸린 것처럼 힘이 쫙 빠지고 졸음이 온다. 안 먹고 버티는 여름철이면 밤에는 가려워서 잠을 못 자고, 자고 일어나면 옷에 피가 묻어 있다.

그해 가을, 야간 출신은 실력이 안 된다고 학교 당국에서 응시원서조차 배부해 주지를 않았다. 어렵게 한국주택은행 행원 채용 시험 응시원서를 구해 2부 전체에서 딱 1명, 은행에 합격하는 행운을 잡았다. 학교에서는 주간에서도 합격하기 힘든 은행에 야간 학생이 합격했다는 것만으로 큰 이슈가 되었다. 당시 선생님은 '의지의 한국인'이라며 칭찬해 주셨고, 교장 선생님께서 친히 부르셔서 격려도 해 주셨다. 그 결과 졸업식 때 교육장상, 공로상, 모범상, 우등상, 3년 개근상 등 수많은 상을 수상할 수 있었다.

학업을 위해 길거리에 가방을 던지다

주택은행에 입행한 이후 첫 발령지는 강남구청이 인접한 영동지점이었다. 은행 입행 후에도 향학을 위한 집념은 저버릴 수가 없어 주경야독의 강인한 의지로 종로의 학원 단과반에 등록해 부족한 수학·과학 과목 등 대학 진학을 준비하기 시작했다. 은행에 입행한 이후에도 동생의 학비와 가족들의 생계비도 어느 정도 책임을 져야 했기에 경제적으로는 별로 나아진 게 없었다. 돈을 절약하기 위해 홍제동 달동네 꼭대기, 수돗물도 나오지 않는 곳에 방을 얻어 버스 한 번을 타고 돌고 돌아 강남까지 출퇴근했다.

당시 예비고사 준비를 위해 8월부터 종로의 사설 독서실에 다시 입주하여 본격적으로 공부한 결과 단국대학교 경제학과에 합격하여 대학생이 되었다. 온 누리에 환희와 희망을 주는 해가 서쪽 하늘에 노을로 질 때 피곤한 몸을 이끌고 한 자라도 더 배우고 익혀 사회에 필요한 인재가 되기 위해 몸부림치던 시절이었다.

내가 은행에 입행할 때 당시 은행은 참 좋은 직장이라고 생각했다. 네 시에 셔터를 내리면 바로 업무가 끝나는 줄 알았다. 그런데 입행해서 보니 그 시간부터 하루의 업무를 마감하는 마감 업무가 시작되었고, 입·지급이 맞아야 당일 지점 업무가 끝나는 것이었다.

대학교 3학년 때의 일이다. 까칠한 은행 차장이 말했다.

"금고문 닫히기 전에는 퇴근하지 마라."

그런데 학교 중간고사 시험은 봐야 했고, 나는 2층으로 올라가 은행 창문으로 길거리에 책가방을 내던졌다. 그리고 중간고사 시험을 보기 위해 은행 후문을 통해 빈손으로 나가며, 대기해 둔 오토바이를 타고 쏜살같이 내달렸다. 다음 날 냉혹한 현실은 나를 내버려 두지 않았다.

"학교든 직장이든 둘 중에 하나를 선택해!"

차장은 나를 사정없이 나무랐고, 전 직원 앞에서의 수모는 견디기 힘들었다. 그렇다고 직장을 그만둘 환경이 아니었으니 오기로 버티는 수밖에 없었다. 기동성을 위해 오토바이를 타고 다녔던 대학 시절은 젊음이 있었기에 할 수 있었고, 꿈과 희망과 내일이라는 단어가 있었기에 가능한 것이었다.

대학 졸업식 날, 학사모를 쓰고 졸업하는 자랑스러운 외손자의 모습을 할머니께 보여 주고 싶었지만 할머니의 건강이 좋지 않으셔서 참석할 수가 없었다. 할머니는 그 후 병고로 3년 동안 고생을 하시다 전남 구례에서 교사로 재직하는 여동생 집에 요양 차 내려가셨다. 그리고 평소 아들처럼 생각하고 키운 외손자가 마지막 임종을 지켜보는 가운데 8월 15일 광복절에 하늘로 소천하셨다. 장례식 날, 억수로 쏟아지는 빗속에 뜨거운 눈물과 함께 보내드려야만 했던 할머니를 지금도 잊을 수가 없다. 나에게는 정신적 지주셨고, 아버지·어머니의 빈자리를 채워 주신 우리 외할머니. 외할머니께서 딱 1년만이라도 환생하여 돌아오실 수 있다면 해외여행도 보내드리고, 못다 한 효도를 해 드리고 싶다.

입행 이후 8년 동안 성실한 은행원으로서 강남 영동, 전북 익산, 소공동지점, 본점 업무 개선실 등에서 근무했다. 어린 시절 학교 웅변대회에서 열변을 토해 내는 아이들을 보면서 부러워했는데, 영동지점 근무 당시 은행 건물 4층에 웅변학원이 있었다. 그곳에서 박기호 원장님을 알게 되어 본격적으로 웅변을 배웠고, 대통령상 쟁탈 전국 남녀 웅변대회에서 3부 요인상을 수차례 수상했다. 웅변을 통해 사회생활을 함에 있어 필요한 자신감과 배짱 등을 많이 얻게 되었다.

경제적 약자인 근로자를 대변하기 위해 노동운동을 하다

행 내 웅변대회에서 최우수상을 3년 동안 3연패하며 주택은행장상을 3회 수상했다. 나의 존재가 전국으로 부각되면서 주택은행노조위원장으로부터 조직부장 제의를 받았다. 나 역시 가난 때문에 고통을 받았고, 경제적 약자인 노동자를 대변하고 소외된 계층을 위해 보람 있는 일을 한다는 것이 자연스럽게 받아들여졌다. 조합원들의 권익을 위한 일이라면 물불을 가리지 않고 앞장서 열심히 일했다.

마침 경희대학교 경영대학원 노사인력관리학과에서 노조 간부들에게 50퍼센트 장학금 혜택을 주면서 경영학 석사 과정을 모집했다. 노동운동을 하고 있는 노조 간부로서 노사관계를 전공하여 2년 6개월 과정으로 경영학 석사 학위를 받았다. 이후 조직부장, 홍보부장, 수석총무부장 등을 맡은 후 주택은행노조위원장 선거에서 압도적인 지지로 수석부위원장과 전국금융노조 회계감사에 당선되는 기쁨을 누렸다. 당시 노동계에서 귀족노조라 비판받는 금융노조를 주택은행노조위원장 선거 직선제를 관철하여 민주노조로 탈바꿈시켰다.

나 또한 밑바닥 인생을 걸어온 사람으로서 소외된 계층을 대변하고자 최선의 노력을 경주했다. 은행의 서무원 직급(수위, 순무, 운전기사) 등에게 "아저씨, 아저씨" 하고 부르는 호칭을 개선해 일정 직급 주임, 계장 등의 호칭으로 사용하도록 했다. 그 결과 전국의 서무원들로부터 봉급 인상보다 더 반가운 소식이라며 고맙다는 전화를 수없이 받았다. 많은 보람을 느끼며 매슬로우의 '인간 욕구 5단계설'이 떠올랐다.

도전하는 자의 삶은 아름답다

주택은행노동조합 8년에 걸친 간부 생활을 마치고 다시 은행 현업에 복귀했다. 생활에 활력을 되찾기 위해 '도전하는 자의 삶은 아름답다'라는 카피 광고처럼 새로운 도전 목표를 찾기 시작했다. 그래서 시작한 것이 마라톤 풀코스(42.195킬로미터)에 도전하는 것이었다. 도전 목표를 정한 후 동아·조선일보 마라톤대회 풀코스를 12회 완주했다.

완주 후 인간 한계에 도전해 인간의 끝을 달리는 철인 3종 경기에 도전하기로 새로운 목표를 정했다. 내게는 야간상고 고학 시절 동아제약에서 매일 130리 길을 짐 자전거 타고 다니며 다져진 체력과 권투체육관에서 권투할 당시 로드웍으로 다져진 체력이 있었다. 하지만 철인 3종 경기에 도전하기 위해서는 수영이 문제였다. 이를 위해 새벽에 수영 강사로부터 개인 교습을 받았다.

대한민국 공식 철인 77호가 되다

–'97 철인 3종 경기 세계선수권대회에 한국대표로 출전

철인 3종 경기에 출전할 자격을 얻기 위해서는 수영 3.9킬로미터를 1시간 40분 내에 완주해야만 했다. 호흡이 터지고 나니 불과 3개월 만에 출전권을 얻었다. 마침내 1997년 8월, 제주도에서 개최된 한국 철인 3종 경기 킹코스 대회에 출전하게 되었다.

바다 수영 3.9㎞

싸이클 180.2㎞

마라톤 42.195㎞(총 226㎞)

나는 아침 7시부터 시작하여 밤 12시까지, 17시간 안에 완주해야 하는 철인 3종 경기 풀코스를 완주하여 '대한민국 공식 철인 77호'가 되었다. 금융계에서는 최초로 공식 철인이 되었고, 그해 10월에 하와이 코나 섬에서 열리는 "97 철인 3종 경기 세계선수권대회'에 한국대표 네 명 중 4등으로 출전할 수 있는 티켓을 거머쥐며 태극마크를 달고 출전할 수 있는 영광을 안았다. 눈물 젖은 빵을 먹으며 배고픔에 울던 소년은 어느새 대한민국 공식 철인이 되었고, 검정고시인의 헝그리 정신에 철인 정신이 더해져 매사에 더욱 자신감이 생겼다.

은행에는 각종 증강운동이 있었다. BC 카드, 개인연금, 춘추계저축 증강운동 등 이러한 이벤트에서 행 내 1등을 수차례 하여 은행장상 최다 수상자가 되기도 했다.

인천의 부개동출장소장(지점장)을 끝으로 22년이라는 은행원 생활을 마감하기로 결심했다. IMF 때 퇴직금을 많이 주며 동기 부여가 되었기에 스스로 명예퇴직을 신청했다. 보수적이고 안정된 직장, 온실

속 화초보다는 더 넓은 세상으로 나가 인생 제2막을 준비하기로 마음 먹었다.

그 후 솔로몬신용정보주식회사에 공채로 합격하여 수원지점장을 3년 동안 하면서 경희대학교 수원·화성지역 사무국장을 맡아 지역사회에서 열심히 봉사했다. 그 결과 2004년 4월 군소정당의 영입 인사로 공천받아 제17대 수원시 영통구 국회의원 후보로 출마하여 낙선의 고배를 마셨다. 이후 2014년 지방 선거에서 서초구청장으로 출마, 또 한 번 낙선의 쓴잔을 마셔야 했다. 두 번의 큰 선거에서 고배를 마신 후 깨달은 것은 사람이 무엇이 되느냐가 중요한 것이 아니라 어떻게 사느냐가 중요하다는 것이었다.

최단기간에 대한변호사 사무직원협회장에 당선되다

2005년부터 새로 신설되는 법무법인(로펌)에 지인의 소개로 로펌 업무를 총괄하는 총무부장으로 새롭게 출발했다. 인맥을 쌓고자 서울지방변호사 사무직원회(변호사 사무직에 종사하는 사람들의 모임)의 회식 등이 있으면 적극적으로 참석하여 명함을 돌렸다. 집에 와서는 각 사람들의 이름, 인상, 특징 등을 기억해 회원들의 애경사, 동호회 모임 등에 열정적으로 참석하여 이름을 알리고 조직을 다졌다. 그 결과 업

대한변호사 사무직원협회장(3선)으로 활동하던 필자

계에서 25~30년이 지나야 할 수 있는 서울지방변호사 사무직원회장을 5년 6개월이라는 최단기간에 제33대 회장으로 당선되었다.

그 이듬해 대한변호사 사무직원협회 전국사무직원협회장에 출마하여 압도적인 지지로 당선되어 6년 동안(3선) 5만 회원들의 권익 신장을 위해 최선의 노력을 경주했다. 역대 협회장들이 30년 이상이 되어야 할 수 있는 것을 불과 6년 반 만에 이룬 것이다.

서울지방변호사 사무직원회장 재임 시절에는 일일 호프집 행사를 개최하여 티켓 등 판매 수익금으로 상록보육원 등에 불우이웃 돕기를 한 것 등이 보람 있는 일이었다. 또한 대한변호사 사무직원협회장 재임 시 지역 간 유대 강화 및 소통을 위해 매년 전국수련대회를 개최하여 소통과 화합의 한마당 축제의 장을 마련하였다. 대한변호사 사무직원협회는 50년 역사 반세기가 되도록 설치 규정이 마련되어 있지 않았다. 이로 인해 회원들의 자존감과 정체성은 물론 실체 없는 협회로 명맥을 유지하여 온 것에 사기가 저하되어 있었다.

50년 숙원인 대한변호사 사무직원협회 설치 규정을 만들다

임기 동안 대한변호사협회에 수차례의 청원과 요구를 통해, 그리고 2019년 대한변호사 사무직원협회 제42회 정기총회에서 '응답하라 2019 사무직원협회 설치 규정!' 대형 현수막을 내걸고 우리의 강력한 의지를 전달했다. 일제강점기의 나라 잃은 설움보다 더 긴 세월이 흘러 이제 반세기가 되었다. 역대 대한변호사협회장들의 무사안일과 무책임한 자세에서 비롯된 이 설치 규정을 만들어달라고 눈물로 간곡히 호소했다. 진정성 있게 사자후를 토해 내는 연설에 정기총회에 축사를 하기 위해 참석한 대한변호사협회 이찬희 협회장님께서는 우리의 염원인 설치 규정을 만들어 주겠다는 약속을 했다. 나는 협회장 임기 중 50년 동안 다른 사람들이 하지 못한 이 설치 규정을 만들었다는 것에 큰 자부심을 느꼈다. 이러한 공로를 인정받아 작년 제56회 법의 날을 맞이하여 역대 사무직원으로서는 처음으로 대한변호사협회장 표창장을 수상했다.

법조 3륜의 한 축을 담당하고 있는 법무법인(로펌)에 법무국장으로 현재 근무하고 있는 나는 법률 상담 시 타인의 궁박한 처지를 이용하여 돈을 탐하지 않도록 노력하고 있다. 누구를 위한 법인가? 우리 사회는 지위가 높을수록 자신의 영달을 추구하고 사익을 추구한다. 명예가 높을수록 권리를 주장하며, 불리할 때 법을 꺼내 자신을 보호하려 한다. 법은 약자에게 권리가 되어야 하고, 법조인은 약자 앞에서 방파제가 되어야 한다. 법은 높은 지위와 명예를 가진 자를 위해 만든 것이 아니기 때문이다.

항상 열정을 가지고 살아온 검정고시인으로서 라이센스 없는 설움과 법조계에서 전문 인력으로 인정받기 위해 고민하는 시간을 가졌다. 그리하여 3년 플랜으로 법학 박사에 도전하기로 마음먹고 노력한 결과 2020년 신춘에 법학 박사 학위를 취득하였다. 법학 박사 학위를 취득하고 나니 배화여자대학교에서 교양 과목 '시민생활과 법' 강의를 해달라는 요청을 받고 흔쾌히 수락하여 겸임교수가 되었다.

지금도 미국인들로부터 존경받는 링컨 대통령, 그는 초등학교도 졸업하지 못했다. 링컨 대통령의 좌절과 성공, 그리고 지난 시간 검정고시를 디딤돌로 징검다리 삼아 변방에서, 비주류로, 아웃사이더로 여기까지 달려온 우리 검정고시인들은 진주조개의 진주 만들기의 한 전형이라고 할 수 있다.

상처 입은 조개가 진주를 만든다

이제는 우리 모두 일어나 빛을 발할 때다. 나는 부모와 형제의 사랑을 받지 못하고 자란 것이 마음의 큰 상처가 되었다. 그러나 과거의 상처도 자산이 된다. 단, 그것을 극복해야 한다. 자기 연민에 빠져 과거의 상처에 굴복당하면 인생이 추락한다. 삶의 위기를 만날 때마다 묵상하며 위로받는 성구가 있다. 고난의 날에 소망의 언덕을 바라보며 힘을 주는 소중한 성구다. 사람의 위로는 일시적이지만 성경 말씀은 영원한 위로가 된다. 『구약성경』의 이사야 41장 10절 말씀이다.

> 두려워하지 말라. 내가 너와 함께함이라.
> 놀라지 말라. 나는 네 하나님이 됨이라.
> 내가 너를 굳세게 하리라. 참으로 너를 도와주리라.
> 참으로 나의 의로운 오른손으로 너를 붙들리라.

글을 마치며 상처 입은 영혼들이 치유와 회복의 은혜가 임하기를 기도드린다. 중국 전국시대 유교사상가인 맹자의 말을 인용하여 후배들에게 역경에 무릎 꿇지 말고 꿈과 희망과 용기를 가지라는 메시지로 부족한 나의 수기를 마무리하고자 한다. 역경은 그대에게 있어서 빛나는 가치다.

천장강대임어시인야(天將降大任於是人也)

필선고기심지(必先苦其心志)하며

노기근골(勞其筋骨)하며

아기체부(餓其體膚)하며

공핍기신(空乏其身)하여

행불난기소위(行拂亂其所爲)하나니

소이동심인성(所以動心忍性)하여

증익기소불능(曾益其所不能)이니라.

하늘이 장차 이 사람에게 큰 임무를 내리려 할 때는

반드시 그의 마음과 뜻을 흔들어 고통스럽게 하고

뼈마디가 꺾어지는 고난을 당하게 하며

그 몸과 피부를 굶주리게 하고

생활을 궁핍하게 만들어

그 하는 바를 어긋나고 어렵게 하나니

그것은 타고난 작고 못난 성품을 인내로 담금질을 하여

할 수 없었던 능력을 길러 하늘의 사명을 능히 감당할 만한 역량을 키워 주기 위함이다.

배움

작사가와 작곡가, 방송 진행자로 바쁘게 일하던 내게 주홍글씨처럼 따라다니던 원죄가 있었다. 당시에는 각종 시상식에 제출하는 공적 조회서가 있었는데, 필수 기재 사항에 '학력'이 있었다. 나는 '중학교 졸업'을 기재할 때마다 배우지 못한 자괴감과 부끄러움에 몸부림을 쳐야 했다. 그러던 어느 날 그보다 더 부끄러운 행동을 했다. 나는 학력에 '대졸'이라고 허위로 기재했고, 그 한 번의 거짓말은 몇 년이나 스스로를 괴롭혔다. 중학교 졸업은 죄가 아니었지만 거짓말은 죄였고, 나는 무거운 짐을 벗어던지고 싶었다.

꿈꾸는 새는 날개를 접지 않는다

자유로운 영혼, 최고의 작사·작곡가 영예를 얻다

이호섭

작사가·작곡가·방송인
서강대학교대학원 국어국문학과 박사 졸업
건국대학교 예술디자인대학원 교수
KBS 전국노래자랑·MBC 신인가요제·MBC 강변가요제 심사위원
한국가창교육원 학과장, 한국가창학회 회장
한국가요작가협회 이사, 한국음악저작권협회 정회원
KBS2 라디오 〈이호섭·임수민의 희망가요〉 11년 진행
KBS-TV 〈불후의 명곡〉 외 다수 방송 출현
1989년·1990년 최고인기가요상, 1992년 작품대상,
제22회 한국방송대상 MC상, 제8회·제11회 대한민국 연예예술대상 작곡상,
제13회 대한민국 연예예술대상 국무총리상 외 다수 수상
〈원점〉, 〈짝사랑〉, 〈천방지축〉, 〈사랑의 불시착〉, 〈싫다 싫어〉,
〈다함께 차차차〉, 〈찬찬찬〉, 〈카스바의 여인〉, 〈내장산〉, 〈삼수갑산 비둘기〉,
〈마산항에 비가 내린다〉, 〈미드 나이트 순천〉 외 작사·작곡 약 970여 곡
『가요 가창법 강의 총서 1』, 『가요 가창학』,
『고려시가와 음악』, 「한국 개화기 시가와 악곡의 결합 양상 연구」,
「고려시가와 음악의 관계 연구」 외 다수의 저서와 논문

어둠 속 한줄기 빛

발가락 끝이 파르르 떨렸다. 열 개의 발가락이 으스러지는 아픔을 마지막으로 나는 다리 난간에서 뛰어내렸다. 연좌제의 올가미에 묶여 하늘이 나를 짓누르는 무거움을 견딜 수가 없었다. 뛰어내리는 순간 어머니의 절규가 귀에 들리는 것 같았다. 아름다웠던 서재골, 거름강나루가 파편처럼 흩어지며 내 스무 살의 서러운 이야기가 허공으로 날아올랐다. 이어 4월의 눈부신 꽃잎과 함께 나는 새빨간 황토물이 악마의 혀처럼 날름거리는 강물 속으로 빨려 들어갔다. 마지막 필름이 끊어지려는 순간 커다란 바윗덩어리가 내 머리를 내리쳤다. 이어 기다렸다는 듯이 바위와 철골과 기둥들이 내 온몸을 때리고 후려쳤다. 나는 태풍 어빙호의 사나운 강물 밑에 집채만 한 바윗덩어리가 구르고 있다는 사실을 몰랐고, 커다란 바위에 맞고 나서야 정신을 차릴 수 있었다. "죽어도 고이 죽어야 한다."고 하시던 어머니의 말씀이 떠올랐다.

"살려주세요! 살려주세요!"

나는 죽고 싶지 않았다. 하나님, 부처님, 조상님, 천지신명님, 제신제위, 보호령님, 친구 다니엘까지 불렀다. 조금 전엔 죽으려고 발버둥을 치고 이제는 살려고 발버둥을 치는 게 인생일 줄이야. 나는 그렇게 정신을 잃었다.

얼마가 지났을까. 누군가 두꺼운 바늘로 내 얼굴을 사정없이 찔러 댔다. 비참하게 죽어가는 내게 무슨 원한이 있어 바늘로 찔러 대는지 화가 나 눈을 떴다. 바늘로 찔러 대는 것은 사람이 아니라 장대같이 쏟아지던 빗물이었다. 내 왼발에는 강둑의 수양버들 가지가 감겨 있었고, 나는 기적같이 살아났다.

강둑에 누워 장대비를 맞으며 하늘을 올려다보았다. 회오리치는 먹구름 사이로 천둥이 굉음을 내며 번개가 하늘에 불꽃을 그었다 사라졌다. '하늘이란 참 아름답구나.' 먹구름이 뒤덮인 하늘이 아름다울 리 없었지만, 나는 그렇게 높고 아름다운 하늘은 본 적이 없었다. 어둠 속을 가르는 강렬한 한 줄기 빛, 번개는 어두운 하늘에 불꽃을 남기며 내 가슴에도 불꽃을 피워 주었다. '죽을 용기로 살자. 그 용기면 두려울 게 뭐가 있고, 해내지 못할 게 뭐가 있어?' 나는 그날 다시 태어났다. 빚더미와 연좌제의 올가미에 갇혀 청춘의 꿈을 잃은 '나'에서 죽음을 딛고 어둠 속에 한 줄기 빛을 발견한 '나'로.

집 없는 아이

나는 1959년 음력 9월 12일, 경남 마산시 남성동에 있던 '남성여관'에서 태어났다. 태풍 사라호(1959년 9월 15~18일)가 전국을 할퀴고 간 직후였다. 가난했던 나의 부모님은 남성여관의 작은 방을 빌려 쓰고 있었는데, 그곳에서 나는 집 없는 아이로 태어났다. 나의 운명은 미리 예정되어 있었다.

이병조·이일선 부부의 맏아들로 태어난 나는 젖을 떼자마자 큰집의 양자로 입적되어 큰어머니의 품에서 자랐다. 큰아버지는 해방 전후로 좌익 활동을 했었는데, 결혼하고 가장이 되었을 무렵 '국민보도연맹'에 가입해 사상 전향을 했지만, 이듬해 한국전쟁이 발발하자 경찰에 의해 경남 의령군 정곡면 막실재에서 사살되었다. 스물두 살이라는 꽃다운 나이에 청상이 된 큰어머니는 나를 입양해 당신이 배 아파 낳은 아들보다 더 애지중지 키웠다. 나는 큰어머니를 어머니라 부르며 자랐다.

"니는 커서 꼭 판사가 돼야 하능기라, 알긋제?"

어머니의 꿈은 내가 판사가 되는 것이라 했지만 나의 꿈은 가수였다.

"아! 아! 알리겠습니다. 지금부터 저 이호섭이와 함께 '즐거운 농촌! 즐거운 일손!'을 함께하시겠습니다!"

나는 매일 집 앞에 있는 감나무에 올라 이런 멘트를 시작으로 한 시간이 넘도록 아는 노래라는 노래는 죄다 부르고서야 감나무에서 내려왔다. 당시 이장님이 하시던 마을방송을 흉내 낸 것이었다.

"저놈아가 커서 카수가 될라카는갑다. 쪼매난기 우째 저래 잘도 노나."

동네 사람들은 칭찬을 늘어놨지만 어머니는 마음이 급하셨다. 아들을 빨리 판사로 만들고 싶은 마음에 어머니는 내가 여섯 살 때 취학통지서를 발급받아 국민학교에 입학시켰다. 이후 내가 5학년이 되었을 때, 담임 선생님이 어머니를 학교에 부르셨다.

"호섭이는 도시로 데려가서 공부 시키이소."

"도시로예?"

"머리가 있응께 잘 할낍니더."

선생님 말씀에 어머니는 뛸 듯이 기뻐 하마터면 하늘과 정면충돌을 일으킬 뻔했다고 했다.

어머니는 하나뿐인 소를 팔아 나를 데리고 마산으로 이사 갔다. 전 재산을 털어 마산에 집을 장만했지만 그 집은 철거 예정인 무허가 집이었다. 8개월 후 집에서 쫓겨날 때가 되어서야 어머니는 당신이 사기 당했다는 것을 알게 되었다.

당장 길거리에 나앉게 된 우리는 빚을 내어서라도 버텨야 했고, 가세는 점점 기울기 시작했다. 어머니는 쉬지 않고 일을 했지만 빚을 갚기에는 역부족이었다. 행상에 채소장사, 떡장사, 풀빵장사 등 어머니는 안 해 본 일이 없을 정도로 고생했지만 어머니를 버티게 했던 힘은 내가 판사가 되는 것, 오로지 그것뿐이었다.

나는 어머니의 속도 모르고 공부는 뒤로한 채 노래만 부르며 다녔다. 중학교 2학년 때 어머니가 시장에서 하모니카를 사다 주셨는데, 하모니카를 불던 나의 머릿속에 한줄기 오로라 같은 빛이 스쳐지나갔다. 신비로운 빛이 던진 기묘한 음률에 나는 감전된 사람처럼 더듬거리며 연필을 잡았다. 그리고 신들린 듯 콩나물을 그려 나갔다. 〈환상이 밀리는 밤〉, 내가 처음으로 작곡한 곡이다.

"내가 작곡을……?"

뛸 듯이 기뻤다. 그날부터 나는 필연이나 되는 듯 머릿속에 차오르는 악상을 그려 나갔고, 어머니가 힘들게 버신 돈으로 레코드를 샀다. 어머니는 법관인 '판사(Judge)'를 원하셨지만, 나는 '판사(Buy the Record)'는 일에만 열을 올렸다. 안 맞아도 기가 막히게 안 맞는 장단이었다.

쌓여가는 빚에 어머니는 힘들어하셨지만 나는 나쁜 친구들과 어울려 공납금을 갖고 튀는가 하면, 공부에 열의를 잃고 노래만 부르며 어머니 속을 까맣게 태웠다. 그러던 어느 날, 공납금을 까먹고 학교에 며칠이나 결석한 게 탄로 났다. 날 낳아주신 어머니와 아버지가 격노한 모습으로 찾아오셨다. 집안이 얼마나 어려운지 아느냐고 물으셔서 안다고 말씀드렸다. 아는 놈이 공납금을 갖고 무엇을 했냐고 물으셔서 죽을죄를 지었노라고 말씀드렸다. 아버지는 매로 때리기도 아깝다며 혁대로 나의 등짝이며 온몸을 닥치는 대로 후려치기 시작했다. 어깨의 살점이 떨어져 나갔고, 피가 흘러내리기 시작했다.

"개돼지만도 못한 놈!"

피가 흐르는데도 아프지 않았다. 어머니와 생부, 생모를 이토록 노하게 한 것이 괴로울 뿐이었다.

"더 때려 주이소, 아부지요. 지는 죽어야 합니더. 더 때려 주이소!"

아버지는 나를 때리면서 울고, 나는 맞으면서 울었다. 자식에게 넉넉하게 해 줄 수 없는 자신의 처지가 안타까워 아버지는 눈물을 흘렸고, 아들은 그런 부모를 괴롭힌 못난 자신이 한심해 눈물을 흘렸다. 그렇게 아파하는 아버지와 아들을 보며 나의 두 어머니도 눈물을 흘렸다. 부모님들의 눈물을 본 그날 이후 나는 방황을 멈추었다.

당시 나는 친어머니에게 '엄마'라고 부르지 않았다. 친어머니를 '엄마'라고 부르면 키워 주신 어머니의 마음이 아플 것 같아 부를 수가 없었다. 하지만 또 친어머니가 서운해하실 것 같아 큰어머니가 계시지 않을 때만 친어머니에게 '엄마'라고 불렀다. 집 없는 아이로 태어난 나는 남들과는 조금 다른 가정환경 속에서 자라야 했고, 어린아이가 감당하기에는 힘든 일도 많이 겪어야 했다. '엄마'라는 호칭 때문에 내가 눈치 본다는 걸 알게 된 큰어머니는 나를 안쓰러워하시며, 당신은 괜찮으니 어머니께 '엄마'라고 부르라고 하셨다. 불안정한 환경 속에서도 내가 건강한 어른이 될 수 있었던 건 나의 부모님들이 주신 사랑 덕분이다. 두 분께 받아도 벅찬 사랑을 나는 세 분께 받았다. 큰어머님의 말씀 이후 나는 두 분 모두에게 '엄마'라고 불렀다.

지금도 나는 엄마가 두 분이시다. 힘들고 괴로울 때 찾아가 기댈 수 있는 엄마가 있다는 건 하늘의 축복이고, 나는 두 배의 축복을 받았다. 집 없는 아이로 태어나 한때 방황도 했었지만 나는 '부모님'이라는, 집보다 따뜻한 쉴 곳이 있다는 걸 깨달았다. 그렇게 나는 부모님의 믿음에 상처 주지 않는 든든한 아들이 되기로 결심했다.

나, 다시 태어나다

고등학교 시험에 떨어졌다. 어떤 사람들은 부모 속썩이더니 "꼴좋다."고 했고, 어떤 사람들은 "호섭이가 떨어질 리가 없는데 이상하다."고 했다. 하지만 나는 엄마의 소원대로 판사가 되기로 결심했고, 2차로 들어간 방송통신고등학교에 다니면서 최선을 다했다.

집안 사정상 학비를 벌어야 했기에 수도공사장에 나가 막일을 하고, 옷가게 점원으로 일을 하며 공부했다. 방학이면 장롱 공장에 취업해 호마이카 장롱의 도료를 손이 닳아 피가 홍건히 괴도록 페이퍼로 닦으며 학비를 벌었다. 고등학교 2학년 때는 사설 영·수학원 '연성학원'을 개설해 조금은 편하게 학비를 모을 수 있었지만, 이마저도 1980년도에 발표된 '과외 금지 조치'로 문을 닫고 말았다.

집안 상황은 점점 더 나빠졌다. 매일 아침 빚쟁이들의 고함에 잠을 깨야 했고, 고개 숙여 죄송하다며 빌어야 했다. 발자국 소리가 들릴 때마다 하루에도 열두 번씩 심장이 내려앉았다.

보름달

보름달이 하 밝길래
행여 임인가 창문을 여니
임은 보이지 않고
빚쟁이만 서 있구나.

당시 내가 지었던 시다. 시라기보다는 처절한 탄식과 절망이라고 하는 것이 맞겠다. 빚더미에서 어머니를 구하기 위해서는 판사가 되어야 함을 절실히 깨달았다. 빚쟁이들의 시달림에서 벗어날 유일한 길은 고시 합격뿐이었다. 학비도 부족한 형편이었으니, 나는 과감히 고등학교를 그만두고 짐을 꾸려 절에 들어갔다. 함안 구곡사와 관음사를 전전하며 고시를 준비했다.

제20회 사법시험에 응시하고 서울에서 마산으로 내려오던 날, 나는 무엇엔가 홀린 듯 마산이 아닌 밀양역에서 하차했다. 남천강을 지나면 마산으로 가는 버스가 있다는 말에 다리를 지날 때였다. 탁발승 한 분이 지나가던 나를 불러 세웠다. 스님은 나를 훑어보더니 혀를 차며 말했다.

"쯧쯧쯧, 자네 얼굴엔 아직 관운(官運)이 없네."

"네? 그게 무슨 말씀이신지?"

"전생에 업보가 많아 그 업보를 다 풀기 전엔 아무리 발버둥을 쳐도 아무 일도 못 할 걸세. 덕을 베푸시게나. 얼마나 베푸느냐에 따라 자네 나이 스물일곱이면 업보가 풀릴 수도…, 나무관세음보살!"

막 시험을 보고 내려온 사람에게 관운이 없다니, 나는 멀어져 가는 탁발승 뒤에 대고 분풀이를 했다.

"뭐 저런 땡중이 다 있어!"

나중 일이지만 나는 스님의 예언대로 스물일곱 살이 돼서야 나의 세계를 열게 되었다.

"뭐라꼬? 사법고시 시험을 치고 왔다꼬?"

"네, 아재."

"니는 합격이 돼도 임용이 안 될낀데……."

"네? 그게 무슨 말씀이십니꺼?

"니 아부지 좌익 활동 때문에, 보도연맹에 가입한 적이 있어서 니는 안 될끼다."

숙부님은 나의 큰아버지(호적상의 아버지)의 과거를 말씀하시며 나의 호적에 빨간 줄이 그어져 있다고 했다. 당시에는 '연좌제'라는 게 있었는데, 한 사람의 죄에 대해 특정 관계에 있는 사람이 연대 책임을 지고 처벌되는 제도였다. 이에 나는 사법고시에 합격한다 해도 아무 소용이 없었던 것이다. 친아버지에게 달려가 확인을 했다. 모든 게 사실이라고 했다. 그제야 나는 모든 것을 알 수 있었다. 어머니가 왜 나를 판사 시키려고 했었는지……. 어머니는 빨갱이라는 누명을 쓰고 억울하게 사살당한 남편의 명예를 회복하기 위해 아들을 판사로 만들고자 했던 것이었다. 빚더미 속에서도 아들을 판사 시키는 것이 유일한 희망이었던 어머니의 꿈은 처음부터 이뤄질 수 없는 꿈이었다.

"죽는기라. …이제는 살 이유가 없는 기라……."

나는 마산 외곽의 감천 광려천으로 향했다. 1979년 8월 17일 태풍 어빙호(8월 15~18일)가 몰아치던 날, 나는 광려천 다리 난간에 기어올랐다. 연좌제의 올가미에 묶여 하늘이 나를 짓누르는 그 무거움을 견딜 수가 없었다. 발가락 끝이 파르르 떨렸다.

"엄마, 용서하이소. 이 못난 놈을 용서하이소."

열 개의 발가락이 으스러지는 아픔을 마지막으로 나는 다리 난간에서 뛰어내렸다. 물살에 구르며 바위와 철골, 나무 기둥에 맞아가며 나는 서서히 강물 속으로 빠져 들어갔다. 하지만 나는 눈을 떴고 기적같이 살아났다.

먹구름이 자욱한 하늘에 한 줄기 빛을 발견한 나는 눈물과 함께 허탈한 웃음을 지었다. 계룡산을 가지 않아도 도(道)를 통하는 순간이었다. 팔자에 없으면 죽는 것도 맘대로 안 된다는 것을 깨달았다. 생각해보니 내가 처음 태어났던 1959년 음력 9월 12일에는 태풍 사라호가 전국을 할퀴었고, 두 번째 태어났던 1979년 8월 17일에는 태풍 어빙호가 몰아쳤다. 웃음이 나왔다.

"태풍 속에 두 번이나 태어났으니 뭐라도 될 놈이네! 살아보자! 어차피 한번 죽었던 목숨, 살자! 살아보자!"

그날 나는 다시 태어났다. 그리고 다시 태어난 나는 결심했다. 부모님이 기대하는 '나'가 아닌, 나 자신이 원하는 '나'가 되기로.

밑바닥에서 꼭대기까지

다시 태어난 나는 언제나 얼굴에 웃음을 달고 다니는 사람이 되었다. 나는 마산을 떠나 서울에 가서 가수가 되기로 결심했다. 충격을 받으실까 어머니한테는 사실을 말하지 못하고 그저 성공해서 돌아오겠다고만 했다.

사나이 한번 나서 고향에만 살 수 있나
젊어서 한때라면 고생을 사자
부모님 슬하 떠난 이 못난 자식
눈보라 치는 길이 끝이 없어도
일곱 번 쓰러져도 일어설 테다
나그네길 인생길

나훈아의 〈인생길 나그네길〉 노랫말처럼 1980년 봄, 나는 경남 마산을 떠나 서울로 상경했다. 부푼 꿈을 안고 친아버지로부터 받은 20만 원으로 남산 밑 해방촌에 셋방을 얻었다. 하지만 얼마 지나지 않아 먹을 것이 떨어졌고, 가수로서의 생활도 큰 희망이 없어 보였다.

작곡가로 진출하는 것 역시 힘들다는 생각에 나는 작사를 해 보기로 했다. 다수의 습작 뭉치를 들고 음반회사는 물론 작곡가 사무실이란 사무실까지 발이 부르트도록 찾아다녔다. 돈이 없어 3일을 굶다가 5일을 굶다가, 문자 그대로 굶기를 밥 먹듯이 했다. 그러던 어느 날, 주간지의 한 연예부 기자가 나를 발탁하여 오아시스 레코드사로 데려갔고, 레코드사에서 나의 음반을 취입한다는 결정이 내려졌다. 끼니를 거르고 있던 내게는 기적 같은 행운이었고, 나는 성공의 길에 들어섰다고 생각했다.

취입하는 날, 나는 설레는 마음으로 녹음실에 들어갔다. 엔지니어는 음악을 틀어 줄 테니 노래를 하라고 했고, 나는 첫 곡을 불렀다. 그런데 이어 다음 곡 반주가 나왔고, 나는 정신없이 노래를 따라 불렀다. 그러고는 다음 곡, 또 다음 곡이 이어졌다.

"이제 나오시면 됩니다."

"네? 오늘은 연습만 하는 건가요? 취입은 안 하나요?"

"다 끝났습니다."

다 끝나다니? 연습이 아니었다고? 12곡을 한 시간 만에 녹음하고 끝이라니……. 그제야 깨달았다. 기자의 부탁으로 음반사는 할 수 없이 나에게 취입을 시켰던 것이었다. 그렇게 어이없이 나의 첫 음반이 나왔다.

혹시나 하는 기대와 불안 속에 이웃에 살던 친한 가수 한 분을 불렀다. 그는 당시 〈잃어버린 30년〉으로 유명세를 타고 있던 설운도 씨였다. 나의 음반을 들은 설운도 씨는 방바닥을 데굴데굴 굴렀다.

"이 선생, 이기 뭔교? 판 접으소. 안 되겠다."

예상은 했지만 음반은 내가 들어도 실망스러웠다. 12곡을 연습도 없이 한 시간 만에 녹음했으니 당연한 결과였다. 꿈 하나로 하루하루를 지탱하던 나였기에, 야멸차게 꿈을 짓밟아 버린 세상이 원망스러웠다. 이 일을 계기로 나는 꿈을 짓밟는 사람이 아니라 꿈을 키워 주는 사람이 되고 싶었다. 힘없는 신인 가수들을 감싸 주고 힘이 되어 주는 사람이 되고 싶었다. 그렇게 나는 가수를 접고 작곡가가 되기로 결심했다.

일은 없었지만 한순간도 쉬지 않았다. 언젠가는 빛을 볼 거라는 생각으로 곡을 쓰고 가사를 썼다. 그렇게 5년이 흘렀다. 1987년 어느 날, 안타 프로덕션에서 한 여고생 가수 지망생을 만나게 되었다. 작곡가 안치행 선생님이 그 여학생을 위해 가사를 써 보라고 말씀하셨다.

"그럼 가사 써서 몽요일날에 오겠습니다."

"몽요일이 뭐냐? 목요일이면 목요일지. 뭔놈의 사투리가 저런지……."

계단을 내려오며 "몽요일… 목요일… 사투리…"를 중얼거리던 나는 갑자기 아이디어가 떠올랐다.

"팔도 사투리로 노래를 만들자!"

그렇게 세상에 나온 문희옥의 〈사투리 디스코〉는 발매 한 달 만에 100만 장 이상의 판매를 올리는 대히트를 기록했고, 이로 인해 신인

두 사람이 가요계에 전면으로 부상하게 되었다. 바로 '이호섭'과 '문희옥'이다. 밀양에서 만났던 스님 말씀이 생각났다. "자네 나이 한 스물일곱이면 업보가 풀릴 수도……." 내 나이 스물일곱, 우연이라기에는 참으로 기가 막히게 딱 맞아떨어지는 예언이었다.

만일 내가 작곡만 계속 도전했다면 성공은 불가능했을 것이다. 당시 작곡 쪽에는 쟁쟁한 작곡가분들이 많았고, 작사 쪽에는 인기 작사가 몇 분만이 계셨기에 작사가로서의 도전이 가능했던 것 같다.

문희옥의 노래가 대히트치자 당시 트로트계의 신데렐라로 급부상하던 가수 주현미 측에서 가사 청탁이 들어왔다. 나는 〈짝사랑〉, 〈어제 같은 이별〉 등 다섯 곡을 한 번에 발표해 작사가 인생에 박차를 가했다.

뒤이어 나는 한국 브레이크 댄스의 효시 박남정의 〈사랑의 불시착〉과 〈안녕 그대여〉를 발표해 주가를 올렸는데, 하늘도 나를 도왔던 것 같다. 박남정의 〈사랑의 불시착〉은 곡이 먼저 나왔는데, 취입 하루 전까지 가사를 완성하지 못하고 끙끙대고 있었다. 머리를 식히기 위해 TV를 틀었다. 1983년 5월 5일에 발생했던 사건 사고 소식이 나왔다.

"뉴스를 전해 드리겠습니다. 중공 민항기가 6인조로 구성된 남녀 납치범들에 의해 춘천 모 공군기지에 불시착했습니다."

뉴스를 본 나는 중얼거렸다.

"비행기만 불시착인가? 사랑도 하다 그만두면 불시착이지 뭐. 불시착?"

나는 연필을 들고 가사를 써 내려갔다.

조각조각 부서진 작은 꿈들이
하늘 멀리 저 멀리 흩어져 가고
젖은 눈물 감추며 되돌아서는
사랑의 불시착

매일이 즐거웠고 신나는 날들이었다. 내가 써 내려간 글들은 마술처럼 히트했다. 설운도의 〈원점〉, 현철의 〈싫다 싫어〉, 주현미의 〈잠깐만〉, 〈추억으로 가는 당신〉 등을 연달아 히트시키면서 나는 1989년과 1990년 MBC와 KBS 최고인기 가요상을 수상했다. 서울에 온 지 10년 만에 나는 밑바닥에서 꼭대기까지 올라왔고, 성공을 쟁취했다. 하지만 서른이라는 어린 나이에 마주한 '성공'이라는 두 글자는 나 스스로를 조금씩 무너뜨리기 시작했다.

작사가에서 작곡가로

당시 〈가요 톱 10〉 프로그램에는 내 작품이 1위와 2위로 경합하는 경우가 허다했다. 이호섭이 없으면 가요계가 안 될 것처럼 여겨지던 때였다. 고생 끝에 이름이 나면 겸손해야 하거늘 이 무렵 나의 고개는 완전히 깁스가 되어 있었고, 눈에 뵈는 것이 없었다. 나는 '성공'이라는 두 글자에 취해 나 스스로를 완전히 잃어버렸다. 그날도 한 가수로부터 술을 진탕 얻어 마신 날이었다. 거들먹거리고 다니는 꼴을 차마 두고 볼 수 없었던 하늘이 내게 벌을 내렸다. 집에 돌아와 누웠는데 갑자기 위경련이 일어났다. 그 고통은 숨을 쉴 수조차 없을 정도였다. 내 주위에는 아무도 없었고, 나는 한참을 신음하다 정신을 잃었다.

어둠 속에 휘몰아치는 바람 소리가 들렸다.

파르르 떨리는 발가락 끝으로 거친 강물이 보였다.

몸을 움직일 수 없었다.

그날이었다. 내가 다리 아래로 뛰어내린 바로 그날

강물은 악마의 혀처럼 날름거리더니 순식간에 나를 삼켜 버렸다.

"살려주세요!"

소리를 지르며 눈을 떴다. 온몸이 땀범벅이었다. 정신을 잃었던 나는 나를 삼켰던 죽음의 강물을 보았다. 태풍 속에 다시 태어나 음악을 하겠다는 꿈 하나로 서울에 왔는데, 나는 꿈은 잊은 채 성공에 취해 있었다. 변해 버린 나 자신이 부끄럽고 두려웠다. 어디서부터 잘못된 걸까. 나는 도도하고 안하무인이었던 나 자신을 쓸어내리고 처음부터 다시 시작하고 싶었다.

기억을 떠올렸다. 오래전 나는 꿈을 짓밟는 사람이 아니라 꿈을 키워 주는 사람이 되고 싶었고, 이후 작곡가가 되기로 결심했었다. 나는 그때의 마음으로 작곡에 도전하기로 했다. 작사가로서도 스스로의 한계에 부딪혀 한편의 드라마 같은 가사를 쓸 자신이 없기도 했다. 주위에선 "작곡은 아무나 하나?" 비아냥거렸고, 누구 하나 내 곡을 불러 줄 사람도 없었지만 나는 그 옛날처럼 쉬지 않고 곡을 썼다. 그러던 1991년 어느 날 밤, 설운도 씨 내외가 우리 집을 찾았다.

"이 선생, 곡 있으면 얼른 하나만 꺼내 주소. 모레 음악이 들어가야 하는데 타이틀 할 만한 곡이 없소."

설운도 씨는 〈잃어버린 30년〉 이후 〈원점〉과 〈나침반〉을 히트시켰지만, 그후 히트곡이 없어 초조해하던 터였다. 아닌 밤중에 홍두깨라더니, 나는 자다 일어나 노트를 꺼내 몇 곡을 불러 주었다. 설운도 씨가 소리쳤다.

"이거다, 바로 이거야! 내일 바로 편곡 맡겨 주소."

그렇게 밤중에 급히 골라 다음 날 편곡해서 만든 노래가 바로 〈다함께 차차차〉다. 〈다함께 차차차〉는 작곡가로 변신한 나의 첫 번째 곡이었고, 다행히 반응도 좋았다. 30만 장 이상이 팔려 제작사에서 보너스까지 받았다.

설운도의 성공을 본 다른 가수들은 너나 할 것 없이 내게 곡을 받으러 왔다. 작곡가로서 가장 왕성한 활동을 했던 시기가 바로 이때다. 한 달 중 보름은 녹음실에서 잠을 잘 정도였다. 나는 곡을 만들 때 원칙이 하나 있었는데, 내가 작사를 할 땐 다른 작곡가에게 곡을 붙이고, 내가 작곡을 할 땐 다른 작사가에게 가사를 쓰게 하는 것이다. 혼자 작사와 작곡을 했을 때 발생할 수 있는 도그마(Dogma)의 위험과 작품적 편협성을 줄이기 위함이었다. 그리고 하나의 노래에 대한 새로운 시각과 해석을 나누고 함께 만드는 것에 대한 가치를 느끼기 위함이었다.

〈찰랑찰랑〉, 〈찬찬찬〉, 〈카스바의 여인〉, 〈텍사스 룸바〉, 〈뭐야 뭐야〉, 〈삼각관계〉, 〈내장산〉, 〈10분 내로〉 등 작곡가로 참여한 노래의 히트가 줄을 이었다. 하지만 나는 더이상 고개를 꼿꼿이 세우지 않았다. 나 혼자의 힘으로 해 낸 건 아무것도 없었기에 나는 겸손했고, 더 겸손하려 노력했다. 〈다함께 차차차〉는 설운도 씨가 없었다면 노트에 적힌 채로 지금까지 책장에 꽂혀 있었을 것이다. 하늘이 내게 위경련이라는 벌을 주지 않았다면 나는 작곡가로서 새로운 도전은 하지 못했을 것이고, 그날 악몽을 꾸지 않았다면 나의 꿈을 떠올리지 못했을 것이다. 나는 그렇게 성공이 아닌 꿈을 향해 다시 나아가기 시작했다.

새로운 꿈을 꾸다

1992년부터 불어닥친 댄스 열풍에 트로트 가요 분야는 거의 초토화되었다. 방송에서 트로트 가요를 들을 수 있는 기회는 점점 줄어들었

가수 이호섭으로서
낸 세 번째 음반

고, 트로트를 좋아하는 사람들은 메들리라는 형식을 통해 겨우 그 목마름을 달래고 있었다. 방송의 편향성이 드러나는 순간이었다. 어떤 장르의 음악이 뜬다 싶으면 모든 방송이 그쪽으로 쏠리는 현상은 다른 장르의 음악을 아예 없는 것으로 만들어 버린다. 음반사도 마찬가지였다. 기획사마다 댄스 가수 찾기에 급급할 뿐 트로트 가수는 쳐다봐 주지도 않았다.

트로트 가요의 위기를 느낀 나는 방송에 진출하기로 마음먹었다. 내가 나가는 방송만이라도 트로트가 나왔으면 하는 희망을 안고 나는 SBS 라디오에서 트로트 창법을 가르치는 코너를 맡았다. 당시의 작곡가는 늘 근엄한 모습으로 방송에 나왔었는데, 나의 방송은 개그에 육박했고 PD와 작가는 '반향이 대단하다'며 만족해했다. 하지만 가요계는 달랐다. "이호섭이가 작곡가의 위신을 다 떨어뜨린다."는 힐난이 소나기처럼 난비했다. 기가 죽었지만 트로트가 죽어가는 마당에 물러설 수 없었다. 선배님들께 욕을 먹더라도 나는 내가 할 수 있는 일을

제5회 이호섭 가요제

하기로 했다.

SBS 라디오를 들었던 KBS-FM의 작가로부터 〈정재환 SHOW〉에 출연해 달라는 요청을 받았다. 이후 나는 KBS-FM의 〈스튜디오 891〉을 거쳐 1997년 KBS2 라디오 〈이호섭·임수민의 희망가요〉 MC로 캐스팅되었다. 이후 2008년까지 11년간 진행을 맡으며 〈이호섭·임수민의 희망가요〉는 최고 인기 프로그램이 되었고, 그 공로로 '골든 마스크'까지 제작하게 되었다. 지금도 KBS 라디오 생방송 주조정실에는 내 얼굴을 동판으로 제작한 '골든 마스크'가 전시되어 있다.

1996년에는 창법을 학문적으로 체계화해 『가요 가창법 총서 1』을 출판했는데, 이 무렵부터 나는 신인가수를 양성하는 데 힘을 쏟기 시작했다. 좋은 작품은 가장 먼저 신인가수에게 주고, 몇 년간 작품 히트가 없어도 괜찮다는 각오를 단단히 했다. 김혜연, 서주경, 최석준, 이혜미, 조규철 등 신인들을 대거 쏟아 냈지만 그들을 성장시킨다는 건 쉬운 일이 아니었다.

5~6년간 신인가수 양성에 매달려 히트가 나오지 않자 주위에서 "이호섭은 갔다."고 말했다. 내가 너무 무너지면 신인들에게 힘을 실어 줄 수 없다는 생각에 중견가수와의 작업을 이어 나갔다. 가수 강진의 〈삼각관계〉와 〈못난 내가〉, 김용임의 〈내장산〉과 〈비익조〉, 김연자의 〈10분 내로〉가 히트를 하자 더이상 "이호섭은 갔다."는 말은 나오지 않았다.

신인가수를 양성하며 나는 참신한 작사가의 필요를 느꼈고 '이호섭 가요학당 작사가반'을 운영했다. 김용임의 〈비익조〉를 작사한 우정, 하춘화의 〈외길 춘화〉 등을 작사한 김시원, 김연자의 〈10분 내로〉를 작사한 이병오, 민수현의 〈홍랑〉을 작사한 최홍호 등 나는 수많은 신예 작사가들을 데뷔시켰다.

트로트에 위기를 느껴 책을 출판하고, 신인가수를 양성하고, 작사가들을 데뷔시키며 나는 새로운 꿈을 꾸기 시작했다. '한국가요대학교', 막연한 꿈이었지만 꿈 하나로 여기까지 온 나였기에 가슴이 두근거렸다. 하지만 대학을 설립하기 위해서는 박사 학위 정도는 있어야 했다. 나는 나의 새로운 꿈을 위해 다시 연필을 들었다. '한국가요대학교 설립'이라는 원대한 목표를 이루기 위해!

한국가요대학교 설립을 향해!

내가 검정고시를 시작한 건 한국가요대학교 설립이라는 목표가 구체적으로 세워지기 전이었다. 작사가와 작곡가, 방송 진행자로 바쁘게 일하던 내게 주홍글씨처럼 따라다니던 원죄가 있었다. 당시에는 각종 시상식에 제출하는 공적 조회서가 있었는데, 필수 기재 사항에 '학력'이 있었다. 나는 '중학교 졸업'을 기재할 때마다 배우지 못한 자괴감과 부끄러움에 몸부림을 쳐야 했다. 그러던 어느 날 그보다 더 부끄러운 행동을 했다. 나는 학력에 '대졸'이라고 허위로 기재했고, 그 한 번의 거짓말은 몇 년이나 스스로를 괴롭혔다. 중학교 졸업은 죄가 아니었지만 거짓말은 죄였고, 나는 무거운 짐을 벗어던지고 싶었다.

스스로에게 떳떳해지기 위해 나는 2005년 봄, 독학으로 고졸 검정고시 공부를 시작했다. 25년 동안 공부와 담을 쌓았던 나였기에 과학, 국사, 국어, 사회, 수학, 도덕, 한문, 영어 등의 책은 외계어를 보는 것처럼 낯설었다. 특히 수학과 영어는 머리를 짜내도 머리에 들어오지를 않았다. 하루에도 몇 번이나 포기할까 생각했지만 더이상 허위 학력 기재는 하고 싶지 않았다. 스스로의 원죄를 갚기 위해 나는 공부를 반복하고 또 반복했다.

매일 찾아오는 포기의 유혹을 딛고 나는 2007년 4월, 단 한 번의 시험으로 고등학교 졸업 학력 검정고시에 합격했다. 합격 통지를 받아

든 날, 나는 새로운 세상을 발견한 기분이었다. 필설(筆舌)로 형언할 수 없는 기쁨에 사로잡혔고, 천지시방(天地十方)에 감사의 절을 올렸다. '중졸'에서 '고졸'이 된 나 자신이 한없이 자랑스러웠다. 하지만 여기에 머물 수는 없었다.

'한국가요대학교', 나는 한국가요대학교 설립이라는 원대한 목표를 세우기 시작했고, 다시 연필을 들기로 결심했다. 머리를 가다듬고 독학사 시험공부를 시작하려는데, 갑자기 라디오 프로그램 MC에서 잘렸다는 소식을 듣게 되었다. 나는 이유도 모른 채 〈이호섭·임수민의 희망가요〉 MC 자리에서 물러나야 했고, 애청자들은 방송국 앞에서 '이호섭 복귀'를 외치며 시위했다. 나는 11년간 열과 성을 다해 진행했던 라디오 프로그램에서 교체된 아픔을 공부하라는 하늘의 뜻으로 받아들였다.

그날 이후 나는 외부와 단절하고 공부에 매진했다. 2008년에 국어국문학과 시험에 응시하여 비교적 쉬웠던 문학개론과 국민윤리·국어·국사부터 합격했고, 2009년에는 국문학개론·국어문법론·국어사·한국현대소설론·고전시가론·국어음운론·국어의미론·국어정서법·문학비평론 과목에 합격했다. 남은 과목은 세 과목이었다.

"독학사 시험 뭐 별것 아니네."

못된 자만심에 나는 2010년 나머지 세 과목에 응시하고, 의기양양하게 스스로 합격을 축하한다며 동네 호프집을 몇 바퀴나 돌았다. 결과는 한국현대시론 한 과목만 겨우 합격하고, 두 과목은 불합격이었다. 하늘은 역시 나의 교만을 용서하지 않았고, 나는 다시 정신을 차렸다. 국어학개론과 한국문학사, 학위종합시험에 최종 합격한 것은 2011년이었다. 2012년 2월 24일, 나는 꿈에 그리던 문학사 학위를 교육부장관으로부터 수여 받고, 학사모와 졸업가운을 입는 영광을 안았다. 기념사진 한 장 한 장에 서러웠던 지난날이 수채화처럼 번져 나갔다. 천금을 준다 해도 그 기쁨은 살 수 없을 것이다.

나는 2012년 서강대학교 대학원 국어국문학과에 입학했다. 세부 전공은 고전시가(古典詩歌)였다. 처음 학교에 가던 날, 여러 학생이 내게 인사를 했다. 나는 TV에 나온 나를 알아보고 인사를 하는 건 줄 알았는데, 착각이었다. 2:8 가르마 헤어에 정갈한 넥타이, 각 잡힌 양복까지. 학생들은 내가 교수님인 줄 알고 인사했던 것이다. 나는 그길로 헤어숍에 갔고 영국의 축구선수 베컴(Beckham) 머리와 청바지, 캐주얼로 변신했다. 작은 노력이었지만 자식뻘 되는 동학(同學)들과 친구처럼 지낼 수 있었던 계기가 되었던 것 같다.

작곡가와 방송인으로 활동하며 대학원에 다녀야 했기에 공부할 시간이 늘 부족했다. 수업 대부분은 원서 번역 발표였고, 영어에 능통하지 못했던 나는 이중의 고통을 이겨 내야 했다. '내가 수업 준비를 제대로 하지 못하는 건, 나 하나의 수치가 아니다. 이 학생들의 부모님을 욕되게 하는 것이다. 나는 혼자가 아니라 나의 세대를 대표한다. 이 학생들에게 엄마, 아빠 세대가 얼마나 열심히 살아왔는가를 보여 주자.'

나는 나의 세대를 대표한다는 의지로 공부했고, 석사와 박사 전 과정을 성적 장학생으로 졸업했다. 2014년 「한국 개화기 시가와 악곡의 결합 양상 연구」로 석사 학위를 취득했고, 2019년 「고려시가와 음악의 관계 연구」로 문학 박사 학위를 취득했다. 문학 박사 학위를 취득하던 날, 나는 복받치는 울음을 애써 참았다. '한국가요대학교가 세워지는 날, 그날 목이 터져라 하루종일 울자.'

내가 고전시가를 전공한 것은 노랫말과 악곡이 결합되어 하나의 노래가 됨에도 불구하고 문학계에서는 음악을 잘 모른다는 이유로 노랫말만 연구하고, 음악계에서는 문학을 잘 모른다는 이유로 음악 부문만 연구하는 편면적인 연구를 바로잡기 위해서였다. '정간보(井間譜)' 형태로 악보가 남아 있는 고려속요의 악보를 해독하여 노랫말과의 정서적·형태적 관계를 구명한 것 또한 그 이유였다.

나는 대중가요의 노래 부르는 창법을 학문으로 체계화하여 2020년 9월, 세계 최초로 『가요 가창학』이라는 학문을 창제하여 출판하였다. '가요 가창학'은 태권도와 마찬가지로 대한민국이 종주국이 되었다. 2024년 1월에는 『대중가요 작사론』을 출판할 예정이다. 이 모든 작업은 한국가요대학교 설립을 위한 과정이다. 대중가요가 국민 정서와 치유에 기여하는 가치는 환가할 수 없는 것임에도 학문으로 연구되지 못한다는 건 어불성설이다. K-pop 스타들이 대한민국의 국격을 세계적으로 올려놓음에도 하나의 현상으로만 치부하는 것 또한 마찬가지다. 이러한 현실적 문제 해결과 고령화 시대의 실버 세대 건강을 위한 음악적 연구를 위해 한국가요대학교 설립은 반드시 필요하다. 한국가요대학교가 문을 여는 날, 나는 그동안 참아왔던 눈물을 온종일 쏟을 것이다. 지금까지 살아온 여정은 한 방송사의 〈인생다큐 마이웨이(159회)〉로 방송되어 시청자들의 눈물샘을 자극했다.

그러나 나의 여정은 이제 겨우 시작이다. 우리의 삶은 목표를 향해 나아가는 과정이고, 나는 그 여정을 사랑한다. 내 삶을 풍요롭게 만드는 건 그 과정 안에서 최선을 다하는 것이다. 나는 아직 울 때가 아니다. 지금 이 순간, 나는 꿈을 향해 최선을 다해 날갯짓하는 한 마리의 새다. 꿈꾸는 새는 날개를 접지 않는다.

배움

친구들은 아직 고등학교 3학년이었다. 일하러 밭에 나가는 길에 등교하는 학생들과 자주 마주치게 되었다. 나는 밀짚모자를 깊게 눌러 쓰고 고개를 숙였다. 빳빳하고 하얀 교복 깃이 나의 명치끝을 아프게 했다. 여학생 전용 가방은 또 얼마나 부럽던지. 광목으로 만든 헝겊 책가방만 들고 다닐 때는 전혀 부러워하지 않던 것들이었는데, 학교에 다니지 않게 되자 모든 것이 부러워졌다. '그때 학교를 나오는 게 아니었는데…….' 처음으로 후회를 했다. 얼마 후 친구들은 고등학교를 졸업했고, 농협이나 우체국에 취직했다.

가지 않은 길

여고생을 부러워하던 시골 소녀, 교장 선생님이 되다

양영심

경희대학교 지리학과 졸업
연세대학교교육대학원 사회교육학과 석사 졸업
서울중등교장
서울신목중학교 퇴임
옥조근정훈장 수훈
서울 남부 교육장상, 서울시교육감상, 서울시장상,
환경부장관상, 교육부총리상, 대통령상 등 수상

학교에 가기보다는
산딸기가 좋은 아이

어머니가 46세 되시던 해에 내가 태어났다. 늦둥이였다. 당시에는 자연스럽고 흔한 일이라 우리 동네는 나 같은 늦둥이가 적지 않았다.

나는 일곱 남매의 막내로, 큰오빠는 내가 태어나기 전에 이미 육군사관학교 4학년 생도가 되어 있었다. 큰오빠는 우리 집의 자랑이자 희망이었다. 천정이 맞닿는 마루 벽에 '생도복 입은 큰오빠'의 사진이 걸려 있었고, 그 사진은 북한사람들의 김일성 못지않은 우리들의 우상이었다. 우리 형제자매들의 향학열이 높은 것도 그 사진의 영향이었을 것이라 생각한다.

나는 나이를 한 살 올려 입적했다. 셋째 언니가 6학년이 되었을 때 나를 데리고 학교에 갈 수 있게끔 한 아버지의 아이디어였다. 하지만 나는 1, 2학년 때 학교에 거의 가지 않았다. 담임 선생님의 얼굴과 이름이나 겨우 알고 있을 정도였다. 언니가 나를 학교 교문 안에 들여놓으면 나는 뒤돌아서 집으로 가버렸고, 언니는 그런 나를 다시 학교에 들여놓느라 늘 지각을 해야 했다.

교과서를 살 돈이 없었던 나는 교과서가 없다는 이유로 매일 선생님께 종아리나 손바닥을 맞아야 했다.

"너는 밭에 가면서 호미도 안 가져가니?"

선생님은 나를 복도로 쫓아내고 교문 밖에까지 등을 떠밀어 집으로 돌려보내기도 했다. 6학년 언니와 4학년 언니는 월사금을 내지 못해 아침 조회가 끝나면 운동장 구령대 앞에서 고개를 숙인 채 한참 동안 훈시를 들어야 했다. 학교는 내게 두려움이자 슬픔이었다.

하루는 학교에 가지 않을 구실을 찾다가 어머니께 도시락을 싸주면 학교에 가겠다고 거짓말을 했다. 학교에 간다고 집을 나섰지만 나는 학교 반대 방향으로 걸어갔다. 어디서 도시락을 먹을까 고민하던 중에 논물과 보리밭 사이 돌단에 무더기로 열린 산딸기를 발견했다. 정신없이 산딸기를 따 먹는데 누군가 논둑길로 걸어오는 것을 보았다. 실루엣만으로도 우리 어머니란 걸 알 수 있었다.

"어머니!"

나는 학교에 가지 않은 사실도 잊은 채 신이 나 웃으며 어머니에게 달려갔다. 어머니는 날 야단치는 대신 미소를 지으며 가만히 나의 입 주변을 닦아 주셨다. 그날 이후 내겐 '벤또 싸서 산딸기 따 먹으러 다닌 아이'라는 별명이 붙었고, 나는 꽤 오랫동안 그 별명으로 불렸다.

산딸기 따 먹으러 다니던 아이가 제대로 학교에 다니게 된 건 3학년이 되면서부터였다. 3학년 담임 선생님은 내가 교과서가 없다는 걸 모르는 것 같았다. 당연히 아셨겠지만 어린 나는 그렇게 믿었다. 1, 2학년 때 학교에 나가지 않았지만 이미 한글을 깨우쳤던 나는 공부를 함에 있어 큰 불편을 느끼지 못했다. 선생님은 그런 나를 기특해하며 칭찬했고, 두려움과 슬픔만 주던 학교는 조금씩 내게 즐거움을 주기 시작했다.

이후 나는 정근상을 받을 만큼 성실히 학교에 다녔고, 4학년이 되었을 때 처음으로 '내 책'이란 걸 갖게 되었다. 군 입대를 앞둔 작은오빠가 동네 사람들과 친척들이 준 노잣돈으로 책을 사준 것이다. 이 책이 내 것이라니! 나는 책이 너무 좋아 매일 책을 끼고 살았다. 누가 시키지 않아도 책을 읽고 또 읽었다.

5학년 때 진보상을, 6학년 때 우등상을 받고, 중학교 입학 때는 다섯 명의 장학생 안에 들었다. 입학금이 없어 언니들은 2년씩 재수 아닌 재수를 하며 늦게 중학교에 가야 했지만, 나는 장학금 덕분에 바로 중학교에 입학할 수 있었다.

학교에 가지 않고 산딸기를 따 먹던 내가 한글을 깨우칠 수 있었던 건 언니들과 함께했던 '놀이' 덕분이었다. 언제라고 해야 할까, 우리들 세 자매가 즐겨 했던 놀이는 대청마루에 누워서 하는 '글자 찾기'였다. "별은 내 가슴에 찾기!"라고 하면 가장 먼저 '별은 내 가슴에'라는 글자를 찾는 사람이 이기는 놀이였다. 주로 천장이나 어느 한쪽 벽에 붙은 신문이나 광고문에서 글자를 찾았지만, 나중에는 천장과 벽에 제한을 두지 않아 다음 날까지 놀이가 이어지곤 했다. 당시는 한자 혼용시대여서 자연스레 한자 공부도 하게 되었다. 한자인 경우에는 배점이 더 높았다. 가장 많이 찾았던 글자는 영화 제목과 광고 문구였다. '봉이 김선달, 다정도 병이런가, 홀쭉이와 뚱뚱이의 남방행장기, 유괴소년 두형이를 돌려다오, 산유화, 청실홍실, 해태껌, 미원, 럭키치약, 공병우 타자기, 원기소…….' 언니들과 누워서 글자 찾기를 한 건 학교에서 배울 수 없는 즐거움이었다. 나의 배움의 시작은 즐거움이었고, 신문과 잡지에 실린 광고문들은 훌륭한 교과서였다. 호미도 없이 밭에 나갔던 나였지만 나는 아주 튼실한 열매를 수확할 수 있었다.

나의 동창들은 내가 고등학교를 중단하게 된 후에도 우리 집이 가난하다는 사실을 몰랐다고 한다. 실제로 가난을 느꼈을까? 그때나 지금이나 크게 아픈 기억으로 남지 않았다.

아버지는 〈삼국지〉의 조자룡을 특별히 좋아하셨다. 마을 동제를 지낼 때면 드높은 굴건과 도포를 입은 제사장이 되셨던 아버지의 "국궁~~~ 배!!!" 하는 우렁찬 목소리는 지금도 잊혀지지 않는다. 어머니는 아무것도 없는 듯하면서 명절빔만큼은 꼭 지어 주셨다.

물질적으로 궁핍하기는 했지만 나는 웃음 속에서 밝게 자랐다. '별은 내 가슴에' 글자를 찾아낸 기쁨과 돌담에 지천으로 열린 산딸기를 보는 것만으로 풍요를 느꼈다. 그리고 저 멀리서 걸어오는 어머니께 달려가 안기는 행복……. 이 모든 것이 자양분이 되어 나를 키워 낸 것이다.

문화의 바다엔 가난이 없으니

풍금을 좋아했다. 어떤 악기보다 부드러운 풍금 소리를 좋아했다. 농번기가 아니거나 주번 활동을 할 때는 날이 저물도록 교실에서 풍금을 치곤 했는데, 그런 날은 조금 멀더라도 논길을 걸어왔다. 신작로에서 외다리까지 곧게 뻗은 논길은 사람이 없으면서도 무섭지 않아 소리 내어 노래 부르기에 안성맞춤이었다. 내 손에서 울려 나오는 풍금 소리와 논길에서 흥얼거리는 노래는 중학생이 된 나의 또 다른 행복이었다.

내가 노래를 좋아하게 된 건 J시에서 여중을 다닌 셋째 언니 덕분이다. 도시였던 J시에서 자취를 하던 언니는 방학이나 주말이면 집에 와 우리에게 늘 새롭고 재밌는 이야기를 들려주곤 했다. 미국 민요로 알려진 포스터 작곡 노래와 독일 가곡을 불러 주고, 시골에서 듣기 힘든 팝송을 알려 주었다. 그 영향으로 나는 학예회가 열릴 때면 늘 합창반에 속해 노래를 부르곤 했다.

언니는 타고난 이야기꾼이었는데, 언니와 보리밭이나 콩밭에 김을 매러 가서 언니가 읽은 소설이나 영화 이야기를 듣다 보면 하루해가 금방 저물곤 했다. 점심 먹는 것도 잊고 어둑어둑해진 것을 알아챈 적도 많았다. 거친 개떡이 별로 먹고 싶은 마음이 없었던 탓도 있었으리라. 셰익스피어의 4대 비극, 장발장, 괴도 루팡, 펄벅의 대지, 톨스토이, 이광수, 김동인, 염상섭 등 언니 덕분에 우리 자매는 좋은 작품을 일찍부터 만날 수 있었다. 일을 하고 집에 돌아오면 캄캄한 밤중이 되기 일쑤였지만 나는 언니가 집에 오는 날만 기다렸다. 언니는 극장에 가기 위해 사흘을 굶었다는 전설을 가지고 있는데, 언니가 이야기해준 허장강이 출연한 영화 〈돌아온 해병〉은 아직도 우리들을 웃음 짓게 하는 에피소드 중 하나다.

언니는 누구보다 재능이 많았지만 형편 때문에 고등학교에 진학하지 못했고, 바다 가까이에 있는 통조림 공장에 다니며 공장관사 관리 일을 했다. 우리 가족들은 직장에 다니는 언니가 자랑스러웠고, 실제로 도움이 많이 되었다. 무엇보다도 언니랑 함께 산다는 것이 좋았다. 딸 많은 것이 흉이 되던 시절 이야기다. 언니는 책과 영화뿐 아니라 노래며 무용까지 못 하는 게 없었다. 내게 언니는 만능 언니였다.

우리 동네에서는 매년 설날 밤에 '리민위안의 밤'이 열렸다. 동네 아이들의 춤과 노래, 콩쿠르가 포함된 축제였다. 축제 프로그램의 총감독은 명자 언니였다.

우리 동네에는 기와집이 두 채가 있었는데, 명자 언니 집과 우리 집이었다. 우리 집은 지붕만 기와를 얹고 신문과 잡지로 겨우 흙을 가린 미완의 집이었지만, 명자 언니네 집은 일본식을 가미한 가옥으로 이

국적인 풍경을 자아냈다. 댓돌을 다섯 개나 올라서야 덧유리문이 열리는 툇마루가 있었고, 댓돌 아래에서 올려다본 대청마루에는 늘 푸른 나무 그늘이 드리워져 있었다. 그 집에는 풍금이 있었다. 명자 언니 집이 부자라는 건 부럽지 않았지만 풍금이 있다는 것은 부러운 일이었다.

명자 언니는 J시에서 여자고등학교를 나온 엘리트였는데, 긴 머리를 손수건으로 느슨하게 묶은 것도 멋져 보였다. 명자 언니는 우리에게 고전무용과 현대무용을 가르쳤지만 얼마 지나지 않아 일본으로 떠나갔다. 그런 명자 언니를 대신해 무용과 공연 감독을 맡게 된 사람은 우리 셋째 언니였다.

언니는 낮에는 통조림 공장에 나가고, 밤에는 우리들의 공연 감독이 되어 무용을 가르쳤다. 〈아리랑〉, 〈도라지 타령〉, 〈한강수 타령〉, 〈노들강변〉 등 민요에 맞춰 춤을 가르쳐 주는 선생님이 되었다. 공연을 했던 아이들 중에는 자기 한복이 있는 아이들도 있었지만, 대부분 한복이 없어 어른들의 한복을 빌려 입고 공연을 해야 했다. 한복이 너무 커서 공연 중에 넘어지기도 했는데, 관객들의 폭소와 함께 응원의 박수를 오랫동안 받았다. 언니는 동남아시아 원주민들 춤에서 시작된 '남방춤'이라는 현대무용도 알려 주었다. 검정색 옷에 반짝이는 색종이를 붙여 입고 추는 춤이었다. 공연 소품을 만드는 과정은 또 얼마나 재미있고, 아름다운 추억거리가 되었는지!

"언덕을 넘어가세 휘파람 불며 불며……."

지금도 아이들이 손에 손을 잡고 무대에 등장하는 모습을 떠올리면 가슴이 뛰곤 한다. 늦은 밤, 연습이 끝나면 우리 세 자매는 마을 끝에 사는 아이들을 바래다주곤 했다. 아이들을 바래다주고 셋이서 팔짱을 끼고 집으로 걸어오는 길은 또 얼마나 행복했던지…….

우리 자매는 밭일을 하거나 언니의 이야기를 듣거나 무얼 하든, 늘 결론은 학업에 대한 의지를 새기는 것이었다. 그 시절의 나는 점심을 굶으며 학교에 다녀야 했고, 수학여행은 가 본 적이 없다. 가난했지만 언니가 있었기에 나는 가난을 느끼지 못했다. 언니의 이야기는 늘 나를 배부르게 했고, 문화와 예술 경험은 나의 삶을 풍요롭게 만들어 주었다.

지금도 부드러운 풍금 소리를 들으면 충만했던 나의 학창 시절이 떠오른다. 언니는 내가 공부하는 데 있어 부모처럼 물질적인 지원을 전적으로 맡아 주었고, 정신적 지주로서 스승의 역할까지 해주었다.

스스로 멈춘 시계

고등학교 입시철이 되었다. 학생 수가 몇 안 되는 시골의 여학교 입학이라 나는 중학교 졸업생이 누릴 수 있는 여유를 마음껏 누렸다. 솔방울을 따러 가거나 솔잎을 긁으러 다녔고, 친구들과 화투를 치기도 했다. 주로 건빵 내기를 했는데, 손때에 새까매진 건빵을 너도나도 웃으며 먹곤 했다. 달 밝은 밤에는 거리에서 '폭도와 순경'이라는 술래잡기도 했다. 폭도와 순경은 4·3사건이 남긴 아픈 잔재 중 하나였다.

중학생의 마지막 여유를 즐기며 나는 고등학교에 수석으로 합격했다. 모든 게 순조로울 것이라 생각했지만 장학생의 등록금 혜택은 1분기에 그치는 것이었다. 입학 때 '수석 합격'이라는 것에 도취했었는지, 우리 가족들은 나의 다음 등록금 걱정을 하지 않았다.

나는 공부는 학교에서만 하는 것이라 생각했다. 담임 선생님이 "집에 가서 공부하라."고 하면 나는 '학교에서 공부했는데 왜 또 집에 가서 공부하지?' 하고 생각할 정도였다. 도시의 아이들은 집이나 학원에서 밤잠을 줄여가며 공부하고 있을 나이였다. 그래도 시험 기간에는 공부했는데, 친구네 집에서 함께했다. 홀어머니와 사는 친구는 새벽 네 시에 집 앞 예배당 종소리가 울리면 벌떡 일어나 공부를 했다. 하지만 나는 새벽잠을 이기지 못해 번번이 시험공부를 하지 못했다. 결국 2학기 장학생 자리는 그 친구에게 넘겨 주어야 했다. 친구도 꼭 장학금을 받아야 하는 형편이라 나는 잘 되었다고 생각했다. 막연하게 오빠와 언니들을 믿었던 것 같았다.

2분기 등록금을 내지 못했던 나는 담임 선생님을 피해 다녔다. 집에는 말할 용기가 나지 않았다. 가족들은 내가 장학생으로 입학하였기에 이후 등록금 걱정은 없을 것이라 믿었고, 나 또한 그러했다. 나는 선생님과 마주치지 않으려 지각을 하며 조회시간에 빠졌고, 담당 수학 시간에는 책상에 엎드려 있었다. 이후 알게 된 사실이지만 담임 선생님은 내가 상처받을까 봐 불러서 상담하지 않았다고 했다.

여름방학이 끝나고 학교에 왔는데 아이들이 나를 보며 수군거렸다. 한 친구가 내게 다가와 걱정스럽게 말해 주었다.

"정학생 명단에…, 너도 있어……."

등록금 미납자가 되어 정학 처분이 내려졌다는 말에 학교 밖으로 뛰쳐나왔다. 눈물범벅이 되어 집으로 돌아온 나는 후회와 부끄러움에 학교도 가지 않고 며칠을 울기만 했다. 군 제대 후 전분 공장에서 일을 하던 작은오빠는 안타까운 마음에 가불을 해 나의 등록금을 내주었지만, 나는 학교에 가지 않고 동네 아주머니들과 남의 밭일을 다니며 일당을 벌었다.

한 달 후 나를 독려하기 위해 담임 선생님이 학급 반장과 가정방문을 다녀갔다고 했지만 나는 선생님을 피했다. 어느 날, 밭에서 돌아오니 다섯 번째 방문 오신 담임 선생님이 나를 기다리고 계셨다. 부모님은 나를 학교에 보내겠다고 선생님과 약속을 했고, 나는 죄송한 마음에 다음 날 학교에 나갔다. 아이들은 나를 반가워했지만 나는 2교시를 넘기지 못하고 집으로 돌아왔다. 교과서가 없어 집으로 돌아왔던 초등학생 때처럼 나는 학교에 등을 돌렸고, 나의 학창시절의 시계는 그렇게 멈춰 버렸다.

이듬해 2월, 직장을 위해 서울에 간다는 작은오빠를 따라나섰다. 당시 셋째 언니는 서울의 기숙사가 있는 공장에서 일을 하고 있었는데, 나는 언니와 함께 여고 세 군데를 방문해 편입을 시도했다. 1학년 입학도 어려운 유명 학교에 대뜸 찾아가 2학년으로 편입하겠다니, …돈도 없고 빽도 없는 처지에 말도 안 되는 일이었다.

당시 나는 '진명여고'라는 학교에 진학하고 싶었는데, 진명여고 2학년에 재학 중이던 학생이 쓴 〈살얼음을 딛은 소녀〉라는 순정 소설을 읽고 감동받아 작가가 다니는 학교에 다니고 싶어서였다. 순수해도 너무 순수했다. 소설은 한쪽 다리 장애를 지닌 여고생과 공군 장교의 러브스토리였는데, 소설 배경이 장충동이었다. 당시 둘째 언니가 금호동에 살아서 나는 매일 장충동을 지나다녔고, 소설의 남자 주인공 집을 찾느라 동네를 눈으로 더듬어 보는 것이 습관이 될 정도였다.

고등학교 편입을 포기하고 둘째 언니네 집에서 기거하며 조그만 출판사에서 경리를 보았다. 주산 2급 자격증이 있던 나는 생각보다 쉽게 취직을 할 수 있었다. 출판사에서 반년 정도 일을 하다가 명동에 있는 무역회사 사환으로 직장을 옮겼다. 일하면서 공부도 할 수 있다는 이야기에 직장을 옮긴 것이다.

회사는 곡물을 수출하는 회사였는데 월급이 4,000원이었다. 지금도 잊히지 않는 금액이다. 하지만 얼마 지나지 않아 사장님의 잘못된 경영으로 회사는 부도났고, 사장님은 수배 생활을 해야 했다. 사장님은 가족이나 다른 직원들을 만나기 위해 내게 다방 이름과 전화번호를 알려 주었고, 나는 번호를 외워 가족이나 상무에게 알려 주는 통신수단이 되었다.

이후 비닐을 취급하는 가게에 취직해 경리 일을 했는데, 시간이 갈수록 공부할 수 있는 여건과 멀어지는 것을 느꼈다. 버스에서 교복 입은 여학생을 보면 부러움보다는 부끄러움으로 얼굴이 달아올랐다. 게다가 향수병까지 걸려 결국 나는 고향으로 돌아왔다.

친구들은 아직 고등학교 3학년이었다. 일하러 밭에 나가는 길에 등교하는 학생들과 자주 마주치게 되었다. 나는 밀짚모자를 깊게 눌러쓰고 고개를 숙였다. 빳빳하고 하얀 교복 깃이 나의 명치끝을 아프게 했다. 여학생 전용 가방은 또 얼마나 부럽던지. 광목으로 만든 헝겊 책가방만 들고 다닐 때는 전혀 부러워하지 않던 것들이었는데, 학교에 다니지 않게 되자 모든 것이 부러워졌다. '그때 학교를 나오는 게 아니었는데…….' 처음으로 후회를 했다. 얼마 후 친구들은 고등학교를 졸업했고, 농협이나 우체국에 취직했다.

나는 동네 언니의 소개로 읍내에 있는 교회 부설 유치원 선생님 일을 하게 되었는데, 오전만 근무한다는 조건과 풍금이 있다는 사실이 마음에 들었다. 나는 아이들을 좋아했고, 노래와 율동을 가르치는 데 어려움이 없어 금세 적응하게 되었다. 그렇게 두 달이 지난 어느 날이었다. 원장 선생님이 내게 '군민 체육대회'에 원아들을 인솔하여 율동을 하라고 했다. 나는 군민들 모두가 모이는 축제에 가고 싶지 않았다. 학교를 졸업하지 못했다는 사실이 부끄러워 읍내 거리도 나가지 않던 때였다. 결국 나는 유치원을 그만두고 집으로 돌아왔다.

집에는 작은오빠가 사다 놓았던 큼직한 트랜지스터 라디오가 있었는데, 나는 그 라디오를 바구니에 짊어지고 밭일을 하러 나갔다. 얼굴이 보이지 않게 고개를 숙이고 걷다가 마을을 벗어나면 라디오를 켰다. 나는 꽤 오랫동안 사람들을 만나는 걸 기피했고, 라디오에서 나오는 뉴스와 노래와 연속극 속에 살았다. 그렇게 한 번 멈춰 버린 시계는 다시 가지 않을 것만 같았다.

청년이여, 야망을 가져라

셋째 언니는 내게 사흘이 멀다고 편지를 보내왔다. 학업을 포기하지 말라는 당부의 글이었다. 언니도 학업이 목표였지만, 언니는 자신보다 내 공부가 우선이라 했다. 학업을 이어 갈 방법을 찾지 못했던 나는 집에 처박혀 중앙의 일간지와 지방 신문, 주간지 독서신문과 소설책을 읽으며 시간을 보냈다. 그러던 어느 날, 신문에서 검정고시 합격자에 관한 기사를 읽게 되었다. 나보다 한두 살 위의 남성이었는데, 검정고시에 합격하고 사법고시에 도전할 것이라는 포부를 가진 사람이었다.

'검정고시?' 어떤 단서를 잡은 수사관처럼 희망을 발견한 나는 짐을 챙겨 서둘러 상경했다. 언니들은 나의 계획을 적극적으로 응원하고 격려해 주었다. 학원비부터 벌자! 언니는 구로동 기계자수 공장에서, 나는 건재상에서 경리를 보며 돈을 벌었다.

언니와 함께 지냈던 집 마루에는 주인 어르신의 풍금이 있었는데, 일요일에는 풍금을 치도록 허락해 주셨다. 풍금을 연주하며, 언니의 노랫소리를 들으며 나는 꿈으로 배 불리던 중학생 시절이 떠올랐다. 당시는 〈닥터 지바고〉가 상영되던 때였는데, 언니와 나는 시베리아를 달리는 기차와 구로동 벌판을 달리는 기차를 동일시하며 꿈에 부풀어 했다.

집은 문간방으로 들어가는 작은 툇마루 아래 연탄불이 있어 난방도 되고, 밥도 해 먹을 수 있는 구조였다. 밥과 김치찌개가 전부인 밥상이었지만, 늘 배가 불렀다. 학교를 그만두고 처음으로 찾아온 편안하고 희망찬 날들이었다.

그러던 중 갑자기 결혼을 전제로 한 언니의 귀향이 결정되었다. 언니는 고향으로 내려가야 했고, 나는 둘째 언니 집으로 들어갔다.

돈을 벌어서 공부하겠다고 했지만 그동안 내가 모은 돈으로는 3개월밖에 학원에 다니지 못했다. 언니들의 지원으로 나는 다시 정일학원에 등록했다. 그런데 학원에서 매일 2교시만 되면 코피가 터지는 것이었다. 이유는 알 수 없었지만 코피는 한 시간 이상 그치지 않았고, 결국 병원 치료를 받아야 했다. 심리적 이유인 것 같아 학원에서 공부하는 것을 포기하고 독학으로 검정고시를 준비했다. 그해 검정고시에 합격하지 못했다. 독서실에서 엉덩이 싸움으로만 되는 게 아니었다.

서울대 근처에 살던 고향 선배 언니를 만나러 갔다. 고향에서 초등학교 교사였던 선배 언니는 나와 문학작품 이야기를 많이 나누곤 했었다. 언니는 나에게 기죽을 것 없다며, 옆방에 사는 서울대 여학생은 문학작품을 읽은 게 없다고 하더라는 것이다. 나는 서울대생이 모파상이나 톨스토이, 펄벅의 작품을 모른다는 사실에 깜짝 놀랐다. 문학작품이 실력을 모두 대변하는 건 아니었지만 갑자기 왠지 모를 자신감이 생겼다.

나는 다음 해 검정고시에 응시하여 전 과목에 합격했다. 대학에는 입학하지 못했지만 더이상 조급해하지도, 자학하지도 않기로 했다. 사람은 저마다의 속도로 인생을 살아가고, 나름의 목적지를 향해 걸어간다. 삶을 살아감에 있어 빠르게 가든 느리게 가든 그것이 뭐가 그리 중요할까. 나는 서로를 견주거나 순위를 매기지 않는 자연처럼 나의 목적지를 향해 나의 속도로 묵묵히 나아가기로 했다.

배움의 기쁨

1976년, 나는 K대 지리학과에 입학했다. 사학과나 국문학과를 지원할까 했지만, 원서를 작성하는 순간 고등학교 지리 선생님이 떠올랐다. 세계지도를 2분 만에 그렸던 선생님은 칠판을 지우기 아까울 정도로 작은 반도나 섬까지 아주 정확하게 그렸고, 미국 평화봉사단이 왔을 때 통역을 할 정도로 영어 실력도 뛰어났다. 영어에 독일어까지 능통했던 선생님은 비록 4년제 정규대학을 나오지는 못했지만 검정고시로 교사가 되었다고 했다. 나는 그 선생님을 떠올리며 지리학과를 택했다.

배움에 대한 갈증이 컸던 나는 전공과목 이외에 국문학과·사학과·정외과·법학과 수업을 들었고, 도강하기도 했다. 썸머스쿨(Summer School)과 윈터스쿨(Winter School)을 이용해 학점도 많이 쌓았다. 배움의 기쁨과 앎의 기쁨을 알게 된 나는 쉬지 않고 공부를 했고, 언니들은 그런 나를 위해 학비와 지원을 아끼지 않았다.

배움의 시기를 놓친 나와 같은 사람들을 돕고 싶었다. 대학 2학년 때부터 영등포에서 하는 야학에 참여하게 되었다. 야학에 다니는 학생들은 나이대가 다양해 10대 후반에서 20대 중반의 학생도 있었다. 학생들 대부분은 낮에 일하고 저녁에 수업을 들었는데, 피곤이 쌓여 수업시간에 졸거나 결석하는 일이 많았다. 대학생 교사들이 학생 수보다 많은 날도 있었다. 배움의 기회를 놓쳤거나 정규 학교에 다닐 여건이 안 되는 학생들을 가르치며, 나는 학생들이 자립하고 성장하기 위해서는 '배우는 것'이 가장 중요하다는 것을 깨달았다. 그리고 내가 느꼈던 배움의 기쁨을 나누고 싶었다.

교사가 되자! 임용고시 시험을 치르기로 했다. 경기도 교육청과 서울시 교육청, 두 군데에 지원을 했다. 경기도 임용고시 시험장은 수원이었는데, 수원에 사는 동기가 원서를 접수해 주어서 나는 시험장 위치를 확인하지 못했다. 시험 날 아침, 전철을 놓쳤는데 일요일이라 전철 운행 간격이 30분이었고, 결국 경기도 임용고시는 시험도 치러보지 못하고 포기해야 했다.

남은 것은 12일 후에 있는 서울시교육청 선발 시험이었다. 11일 동안 잠을 자지 않았다. 아니, 잠이 오지 않았다. '한 번 본 것은 잊어버리지 않는다!' 자기최면을 걸었다.

언니 가족의 아침밥을 지어놓고 도시락을 두 개씩 싸 버스 첫차에 몸을 실었다. 도서관 문을 열자마자 도서관에 들어가 점심 먹을 때 한 번, 저녁 먹을 때 한 번, 하루에 단 두 번 자리에서 일어났다. 그렇게 열심히 공부한 건 태어나서 처음이었다. 이때의 경험으로 나는 이후 공부나 시험에 도전하는 것을 두려워하지 않게 되었다. 최고의 불안과 긴장 상태는 내게 최고의 효율성을 가져온다는 것을 깨달았기 때문이다.

그렇게 11일이 지나 나는 서울시교육청 임용고시를 치렀다. 내가 임용고시를 치른다고 했을 때 주변 사람들은 사범계 10명, 비사범계 5명을 선발하는 자리이니 가능성이 희박하다며 큰 기대를 하지 말라고 했다. 나는 비사범계였지만 100점을 맞았고, 결과는 합격이었다. 고등학교 졸업장도 없었던 내가 선생님이 되다니!

고등학교를 그만두고 밭에 나가던 내 모습이 떠올랐다. 등교하는 친구들이 날 알아볼까 밀짚모자를 눌러쓰고 고개를 숙이던 나는 어느새 밀짚모자를 벗고 당당히 고개를 들고 있었다.

나는 처음으로 스스로를 칭찬했다. 포기하고 싶었던 적도 있었지만 희망을 잃지 않은 내가 자랑스러웠다. 늦었다는 핑계에 숨지 않고 묵묵히 나아가 꿈을 이룬 내가 대견했다. 물론 언니들의 응원과 지원 없이는 불가능했을 것이다. 언니들에게 새삼 고마운 마음을 전하며, 먼 훗날 끝내 대학을 졸업하고야 만 셋째 언니에게도 힘찬 응원의 박수를 보낸다.

나와 도서관

구로구에 위치한 여자중학교로 발령이 났다. 학급당 학생 수는 대부분 70명이었고, 내가 담임을 맡은 반은 72명이었다. 당시 싱가포르의 세계교육포럼에서 단위학교 학생 수가 가장 많은 곳이 대한민국이었는데, 그때가 정점이었다. 이후로는 70명 선을 넘지 않았다.

나는 첫해 도서실 담당자가 되었는데, 도서실은 교실 두 개의 크기로 자율학습 학생 100명 정도 수용이 가능했다. 하지만 늘 100명이 넘는 학생들이 도서실로 몰려들었다. 당시에는 사설 독서실이 흔치 않았고, 가정 형편이 어려운 학생들이 대부분이어서 사설 독서실을 이용하는 건 힘든 일이었다. 도서실 좌석 확보는 도서실에서 가까운 교실이 유리했고, 자리를 놓친 학생들은 아쉬워하며 집으로 돌아가야 했다. 그런데 좌석을 먼저 차지한 학생이 마감 시간까지 공부하지 않으면 빈 좌석이 되고 말아 늘 안타까웠다.

나는 밤 9시까지 도서실을 개방하겠다고 했다. 교장 선생님과 부장 선생님 모두 반대했지만, 나의 끈질기고 간곡한 요청에 조건부로 허락을 받았다. 조건은 학생들이 모두 집으로 돌아갈 때까지 지도를 해야 한다는 것이었다. 나는 각 담임 교사들로부터 밤 9시까지 도서실을 이용할 희망 학생을 신청받았다. 대부분 여자상업고등학교, 특수 목적 고등학교 지망생들이었고, 도서실 운영은 대성공이었다.

나 혼자 월요일부터 토요일까지 야근을 하며 학생들을 지도하는 건 아무래도 무리라고 여긴 세 분의 교사가 나를 돕겠다고 나섰다. 그들 중 한 교사가 지금 나의 남편이 되었다.

다른 교사들은 도서실 운영을 하면 특수근무 수당이 당연히 나오는 것으로 알고 있었다. 나는 특수근무 수당이 무엇인지도 모르고 그저 도서실 이용이 필요한 학생들에게 도움이 되겠다는 마음뿐이었다. 그렇게 나의 학교생활은 날마다 새로운 보람으로 채워졌고, 그해 서울여상에 10명이 합격하는 쾌거를 이루었다. 당시 서울여상은 많은 여중생의 꿈이자 목표였다.

초임부터 도서실을 담당하다 보니 어딜 가도 도서실과 독서 지도에 관심을 가지게 되었다. 다른 학교는 대부분 국어과 교사가 도서실을 담당했지만, 내가 근무하는 학교는 사회 과목 담당인 내가 도서실을 담당했다.

교직 생활을 하며 도서실과 독서 교육에 많은 노력을 기울인 것은 큰 행운이었다. 퇴직 후에도 2년간 중고등학생 멘토 활동을 했고, 다문화 가정의 초등학생을 대상으로 독서 지도를 했다. 지금은 주 1회 주민센터 도서실에서 대출과 반납 등 책을 관리하는 일과 마포중앙도서관에서 훼손된 책을 보수하는 봉사활동을 한다. 독서와 관련된 봉사는 내 건강이 허락하는 날까지 할 생각이다.

퇴직하던 해, 용인 집에 있는 텃밭에 컨테이너 집을 꾸며 서가용 책장을 짰다. 오래전부터 수집해 온 책들을 진열해 동네 작은 도서관으로 이용할 생각이었다. 여러 이유로 아직 1만여 권의 책들은 6년째 잠들어 있지만, 작은 도서관을 만들기는 아직도 유효한 계획이다. 돈을 버는 일도 시작하기 힘들지만, 비영리 일을 시작하는 것도 참 힘든 일이란 걸 체득하고 있는 요즘이다.

클릭 몇 번만으로도 책을 읽을 수 있는 시대지만 나는 여전히 종이책과 도서관을 사랑한다. 한 장 한 장 넘길 때마다 사각거리는 종이 소리와 까슬한 종이의 질감, 오래된 책의 큼큼한 향기까지. 한 권 한 권 쌓여가는 책에 내 이야기는 쓰여 있지 않지만 책들은 내가 살아온 시간과 역사를 보여 준다. 나는 지금도 시간이 날 때면 책을 읽는다. 가난한 날 배부르게 했던 어린 시절을 떠올리며. 소박하지만 행복했던 그때의 감성을 새겨 보는 소중한 시간이다.

우리 집을 찾기까지

교직에 들어와서 첫해까지는 야학에 수업을 나갔다. 하지만 대학생 교사들 간에 내부 분열이 일어났다. 나는 학생들에게 검정고시를 위한 공부를 가르쳐 사회로 진출하는 틀을 마련해 주자는 쪽이었고, 다른 쪽은 검정고시는 간판이고 노동운동에 전념해야 한다는 것이었다. 시국도 어수선했고, 장소도 문제가 되어 결국 야학은 문을 닫았다.

교직 둘째 해에 K대학교 행정대학원 도시행정학과에 입학했다. 지리학과 관련이 있어 유학을 염두에 둔 입학이었다. 그즈음 친하게 지내던 선생님이 독일로 유학을 갔는데 자주 편지를 보내왔다. 독일의 교육과 정치, 경제, 사회에 관련해 많은 지식과 정보를 듣게 된 나는 독일로의 유학을 꿈꾸게 되었다. 독일문화원에서 치르는 시험에 통과했지만, 남편과 결혼을 하게 되면서 유학의 꿈은 접게 되었다. 아쉽기는 했지만 지금까지 나의 든든한 지원군이 되어 주는 남편을 만난 건 내게 큰 행운이다.

시댁은 서울 근교의 농촌이었다. 시숙은 철도청 공무원으로 연로하신 시부모님을 모시고 살았다. 형님네는 농사를 지으며 돼지를 길러 논과 밭을 늘렸고, 경제적인 안정을 누리고 있었다. 철산에서 살림을 시작한 우리는 주말이면 버스를 서너 번씩 갈아타면서 시댁에 갔다. 순박하신 부모님과 장부 스타일의 선선한 형님은 아주 좋은 분들이셨다.

우리는 결혼하고 이듬해 아들을 얻었고, 두 살 터울로 딸을 낳았다. 딸이 태어나던 해, 추석이 지나서 어머님이 돌아가셨다. 당시에는 명절에도 오전 근무를 하던 시절이었는데, 그해에도 추석에 근무해야 하니 저녁에나 도착할 거라고 단단히 말씀을 드렸다. 하지만 어머님은 아침을 잡수시고 온종일 동둑이 바라다보이는 고갯마루에서 우리들을 기다리셨다고 했다. 점심도 거르셨다고 했다. 지금도 어머님을 생각하면 애틋한 모정에 울컥하고 명치끝이 아파질 때가 있다.

모든 사람이 그렇겠지만 내 집을 마련하는 건 쉬운 일이 아니었다. 남편과 나는 철산의 600만 원짜리 전세로 시작했다. 이사할 때가 되어 집을 알아보기 위해 계약금 50만 원을 들고 아무 데나 가 보자고 하다가 원당으로 가는 버스에 올라탔다. 당시 원당역 근처는 4, 5층 정도의 빌라를 짓고 있었고, 일명 '떴다방'이라고 하는 임시 부동산이 천막을 치고 즐비해 있었다. 우연히 들어간 천막에서 남편과 나는 "250만 원만 있으면 집을 살 수 있고, 집값이 오를 것이다."라는 부동산 업자의 말을 들었고, 우리는 긍정의 시선을 주고받았다. 나는 상고 출신이었던 남편을 믿었고, 남편은 도시행정학을 공부했던 나를 믿은 것이다. 아무런 준비도 없이 덜컥 집을 사 전세를 놓았다. 계획에 없던 대출금과 이자는 점점 부담이 되어 생활비를 빌려야 하는 지경에 이르렀다. 결국 우리는 분양가보다 한참이나 싼 값에 집을 팔아야 했다.

이후 전근을 가게 되었는데, 근무하던 학교와 아이들을 돌봐주는 분의 교통편을 고려해 신월동으로 이사를 했다. 주인은 살지 않고 반지하가 있는 2층집이었다. 우리는 1층에 살았는데 어느 날 반지하에 있는 보일러실의 기름보일러에 불이 났다. 이사를 오고부터 줄곧 위험해 보이는 보일러를 고쳐달라고 주인에게 수차례 요청하던 차였다. 불길은 사흘 전에 기름을 가득 채운 커다란 기름통으로 향했다. 위험한 상황임을 인지한 나는 급한 마음에 지하실에 있는 연탄재로 보일러를 문질러 불을 껐다. 소방차가 달려온 건 모든 상황이 끝난 후였다.

이후 언니네랑 가까운 동네로 이사했다. 마당이 있고, 꽃과 나무가 있는 집이라는 것만 보고 이사했는데, 알고 보니 반지하였다. 아이들이 피부병을 얻어 1년 만에 다시 이사해야 했다. 이어 이사 간 집은 우리 아들과 동갑인 유치원생 아들이 있었는데, 아이가 폭력적이어서 1년 만에 또 이사했다.

그리고 대지 50여 평의 단독 주택으로 이사했다. 집은 지은 지가 오래되어 허름했지만 주인 없이 우리만 살게 되어 편하게 지낼 수 있었다. 그 집에서 9년을 살았다. 아이들의 유년기를 보낸 집이라 생각하니 그 집이 사고 싶어졌고, 반지하를 꾸며 동네 작은 도서실을 만들고 싶어졌다. 책을 모으기 시작한 건 그때부터였다. 옷값보다 많은 비용을 새 책 사는 데 들였다. 나중에는 헌책도 모았다. 그런데 집주인이 한사코 집을 팔지 않아 포기할 수밖에 없었다. 지금은 게스트하우스가 되었지만, 우리가 심었던 감나무와 상수리나무는 그대로 자라 여전히 그 자리에 있다. 가끔 남편과 그 집 앞 골목길을 걸으며 추억에 젖곤 한다.

그 사이에 아파트를 분양받기도 했지만, 아파트 생활이 낯설어 입주하지도 않고 팔았다. 1,000세대에서 1,000번째로 당첨이 되었는데, 그 아파트는 분양가 자율화를 시행하기 전 마지막 기회였다. 하지만 우리는 재테크가 무엇인지, 강남의 프리미엄이 무엇인지 전혀 모르고 있었다.

우리에겐 용인에 조그만 텃밭이 있었는데, 은퇴 후 작은 도서관을 만들어 동네에 봉사하고 싶었다. 컨테이너를 편백나무로 꾸몄고, 황토방도 지었다. 어쩌다 보니 세컨 하우스가 되고 말았다. 모내기철에 밤새 개구리 노래를 들을 때면 '이것만으로 충분하다.'는 생각이 든다. 아파트 생활의 안락함과 편의성을 누리면서 또 농촌의 분위기를 느낄 수 있는 건 얼마나 감사할 일인가.

가끔 어릴 적 살던 집이 떠오를 때가 있다. 논과 시냇물이 흐르고 그 너머로 명월성터가 보이던 어릴 적 집은 전형적인 제주도식 돌담 위에 덩굴장미가 가득했고, 여름철이면 키 큰 노랑 국화꽃과 접시꽃이 저 멀리서도 보일 정도였다. 자연과 함께 뛰어놀던 어린아이가 어느새 노인이 되어 그 시절을 떠올리고 있다니, 가끔은 믿어지지 않는다.

아픔을 견뎌 내고 상처를 기억하며 우리는 어른이 된다. 하지만 분명한 건 어린 시절의 내가 집을 사랑했던 것만큼, 우리 아이들도 우리의 집을 사랑한다는 것이다. 집의 위치나 크기보다 가족과 함께 살아가는 따뜻한 집을 사랑할 줄 아는 사람으로 성장해 준 건 더없이 고마운 일이다.

농사일기

남편과 나는 농촌 출신이라 농사일은 겁내지 않았다. 그럼에도 아직까지 흡족한 수확은 해 보지 못했다. 우리 땅이 된 지 30여 년간 농약이나 제초제 한 번 사용하지 않고 땅을 일궜지만, 힘들인 노동의 대가는 고사하고 씨앗 값도 제대로 거두지 못하는 게 다반사였다. 올 농사만 해도 그렇다. 고추 농사는 긴 장마가 망쳤고, 고구마는 고라니에게 통째로 빼앗겼다.

언제부터인가 고라니의 피해로 무엇을 심어야 할지 난감했다. 고라니는 콩이나 팥, 배추나 무, 고구마 등을 아주 좋아한다. 퇴직하던 해 울타리를 쳤지만, 고라니에게 키만한 울타리를 넘는 건 누워서 떡 먹기였다. 그 후 김장배추를 보호하기 위해 그물을 다섯 차례나 보강해 높였지만, 고라니는 지지 않았다. 마치 러시아 장대높이뛰기 선수 옐레나 이신바예바처럼 가볍게 울타리를 넘었다. 고라니가 파헤친 밭을 본 남편이 처음에는 "고라니랑 반반 나눠 먹지 뭐."라며 웃었다. 이듬해에도 웃으며 “우리 먹을 것도 좀 남겨 두라고 하자.” 해서 반농담으로 여유를 보였지만, 지난해부터는 “어떡하든 막아내자!”로 변했다.

지난해에는 장기 여행을 하는 바람에 생장 기간이 짧은 들깨만 심었는데, 가을 녘에 이웃 밭 아저씨의 전화를 받았다. 들깨가 다 떨어지고 있다는 전화였다. 마당같이 널찍한 비닐하우스가 있어 들깨를 털지 않고 널어두고 있었다. 음력 정월 어느 하루 느긋하게 들깨를 털기 위해 하우스로 갔다. 공기 통하라고 열어둔 비닐하우스의 창이 온통 하얗게 되어 있었다. 새똥이었다. 하우스는 겨우내 새들의 따스한 보금자리가 되어 주었다. 결과적으로 땅에 떨어진 들깨와 새가 먹은 들깨, 우리의 몫은 1:1:1이 되었다. 문제는 들깨를 씻는데 새똥 무게가 들깨랑 같아 걸러지지 않는 것이었다. 들깨랑 같이 가라앉은 새똥을 일일이 빼내느라 며칠이나 고생했다.

농사를 잘 알지 못하는 사람들은 우리가 소일거리 삼아 밭을 드나드는 낭만 농부인 줄 알지만, 소일거리라고 하기엔 힘이 많이 들고 그 비용도 만만치 않다. 많은 사람의 꿈이기도 한 귀촌인데, 현실로 겪다 보면 매일 만감이 교차한다.

고라니 방어에 지친 우리는 우선 올해에는 김장배추와 무는 심지 않기로 했다. 마늘도 심지 않았는데, 3년이나 했던 마늘농사에 항복했다고나 할까. 지난 여름에만 해도 다섯 번이나 김을 매 주었는데도 며칠 만에 가 보면 마늘은 풀 속에 숨어 녹아들기 일쑤였다.

밭일이 힘들수록, 수확물이 적을수록 먹거리에 대한 감사의 마음을 갖는다. 한 알의 콩도 소중하게 다루시던 우리 부모님의 말 없는 가르침이다. 농사는 우리에게 제2의 학교가 되기도 한다. 남편과 나는 처음부터 농사의 소득을 계산하지 않았기에 농사를 망쳤다고 실망하지는 않는다. 흙과 함께하는 것, 그것은 생활의 즐거움이자 수행의 시간이다. 대세를 따라가지 않는 마이너리그의 외고집일지도 모르긴 하지만.

가지 않은 길

나는 설레는 마음으로 교직에서 은퇴를 맞이했다. 은퇴가 내 삶을 청산하는 것이라든가 소외되는 일이라는 생각은 하지 않았다. 오히려 자유롭고 풍요로운 시간이 날 마중 나온 것 같았다. 그렇게 2015년 2월 나는 정년퇴직을 했다.

교직 생활에서 가장 아쉬웠던 건 주지 교과목의 비중이 높아 예체능 시간을 줄여야 했던 것이다. 합창대회는 물론이고 예술 축제도 하나둘 줄여야 했다. 합창대회는 음악 교사나 담임 교사, 학생들까지 많은 수고를 요하는 행사였고 당시는 학교마다 강당이나 음악실이 있는 실정이 아니었다. 방음 시설을 갖추고 있지 않더라도 학교 교정 안 어느 교실에선가 아련히 노랫소리가 울려 퍼지면 학생들에게 다양한 정

신목중학교 교장으로 재직 시 우리말 겨루기 대회에서 설명하는 필자

서가 스며들었을 텐데, 다시 생각해도 안타까운 일이다.

그럼에도 35년간의 교직 생활은 자랑스럽고 보람된 일이 많았다. 나는 나와 같이 가정환경이 어려운 학생들에게 더 관심을 기울였고, 검정고시와 함께 내가 가졌던 희망과 꿈에 관한 이야기를 들려주었다. 도서실 근로 장학생을 하며 힘들게 학교생활을 하던 제자들은 나를 보며 꿈을 잃지 않았다고 했다. 그런 제자들이 대학에 들어가 공부를 하고 안정된 직장에 다니는 걸 보면 뿌듯하기 그지없다. 교사가 된

35년의 교직생활 퇴임 인사말 하는 필자

제자들도 있는데, 내가 고등학교 지리 선생님을 떠올리며 선생님이 된 것처럼 제자들도 나를 떠올리며 교사가 되었다고 한다. 참 감사한 일이다.

이후 나는 교감으로 근무하면서 신월동에 위치한 복지기관에서 5년간 학교를 중단한 학생들을 대상으로 검정고시 준비를 위한 수업을 했고, 퇴직 후에도 2년 반 동안 수업 봉사를 했다. 내가 학업을 포기하고 집에만 있을 때 신문에서 '검정고시'라는 희망을 발견한 것처럼, 나를 통해 한 사람이라도 희망을 발견했으면 좋겠다는 바람에서였다.

퇴직의 여유로움은 내게 수많은 '배움의 기쁨'을 선물했다. 통기타를 치기 시작했고, 꽃 그림을 그렸다. 손바느질과 독서 모임, 합창반까지 수많은 프로그램이 나를 기다리고 있는 듯했다. 어린아이가 재능을 탐색하듯 나는 이것저것 여한 없이 경험하고 있다.

원래 등산을 좋아했기에 퇴직하던 해 봄부터 백두대간을 시작했다. 무릎을 다쳐 완주에는 실패했지만 도전했다는 것만으로 충분했다. 퇴직 후 자유여행은 옛 직장 동료들과 하바롭스크, 스페인 일주, 미국 서부, 그리스와 크레타 섬 등을 다녀왔다. 첫 해외여행은 1992년 중국이 개방된 이듬해에 백두산과 만주 일대를 다녀왔다. 한때 뜨거운 민족주의자임을 자처하던 시절이라 백두산은 여러 차례 다녀왔다.

2017년 2월에는 퇴직한 남편과 국토종단을 계획하고 마라도부터 걷기를 시작했다. 3월에 자전거 길을 따라 영산강 줄기를 걸었다. 신이 난 우리는 4월, 우리의 추억이 담겨 있는 섬진강 가를 다시 걷기로 했다. 하지만 남편의 갑작스런 심장 수술로 국토종단은 잠시 중단하기로 했다.

이후 남편은 충분한 치료와 휴식으로 건강을 되찾았고, 2019년 우리 부부는 미국으로 여행을 갔다. 미 서부까지는 딸 내외와 함께 했지만, 기차 횡단 여행을 위해 우리는 딸과 헤어져 덴버로 향했다. 미국 여행의 목적은 두 가지였다. 첫째는 평생의 관심사인 북미 원주민 관련 지역을 답사하는 것이었다. 우리는 '콜로라도 스프링스'와 '운디드니 언덕', '샌드크리크'와 원주민 학살 지역을 자동차로 답사했다. 현장을 목격하는 심정으로 선택한 길이었다. 구글 지도의 도움을 아낌없이 받았다. 두 번째 목적은 기차로 미 대륙을 횡단하는 것이었다. Am Track은 침대칸과 코치칸이 있었는데, 바깥 경치를 만끽하고 싶다는 생각에 코치를 택했다. 콜로라도 스프링스에서 인디언 담요를 사지 않았다면 추위에 고생할 뻔했다. 코치칸은 아주 추웠고, 기차는 13시간이나 연착했다. 덴버에서 뉴욕까지 기차로 횡단하는 여행은 결코 편한 여행은 아니었지만, 내가 꿈꿔 왔던 여행이었다. 중학교 시절 국어 교과서에 실렸던 수필 〈기차는 원의 중심을 달린다〉를 공부하며 나는 미국 기차 횡단 여행을 꿈꿨고, 그 꿈을 이루었다.

내년 봄에는 지리산을 종주하고, 중단한 백두대간도 완주하고 싶다. 코로나19로 막히지 않는다면 블라디보스톡에서 상트페테르부르크까지 기차로 횡단 여행을 할 계획이다. 무리한 도전이라고 말하는 사람도 있겠지만, "나이는 숫자에 불과하다."를 몸소 체험한 검정고시 인이기에 나는 도전이 두렵지 않다.

우리는 살아가면서 무엇에서건 '선택'이라는 것을 한다. 어떤 선택을 할지는 스스로에게 달려 있고, 그 책임 또한 스스로가 짊어져야 한다. 프로스트의 〈가지 않은 길〉이라는 시를 읊고 다니던 시절이 있었다. 꿈 많은 청소년 시절 두 갈래의 길 앞에 선 나는 '선택'이라는 걸 할 수 없었다. 환경에 의해 갈 수밖에 없는 길을 가야 했고, 검정고시를 거친 후에야 스스로 길을 선택할 수 있게 되었다.

우리의 삶은 일렁이는 풍랑과 같이 희망과 절망의 굴곡에서 늘 위태롭게 넘실거린다. 그럼에도 해피엔딩을 맞이할 수 있는 건 언제나 희망을 잃지 않고 꿋꿋하게 살아가기 때문이다.

나의 삶이 성공한 삶이었느냐 묻는다면 나는 감히 그렇다고 말하겠다. 많은 재산을 쌓았거나 사회적으로 대단한 업적이나 공을 세우지는 않았지만, 나는 선택하지 못하는 삶을 이겨 내고 스스로 삶의 길을 선택하는 사람이 되었다. 성공한 삶은 아픔 속에서도 작은 희망을 잃지 않고 나아가는 삶이라 믿는다.

진정한 기적은 아직 살지 않은 날들 가운데 잠복해 있다고 했다. 가장 넓은 바다는 아직 항해되지 않았고, 가장 빛나는 별은 아직 발견되지 않았다. 나의 인생도 아직 끝나지 않았다.

배움

중학교 때 아버지의 사업 부도로 가족들이 뿔뿔이 흩어졌다. 학교를 중퇴하고 시골에 내려갔다. 어릴 때부터 순탄하지 않은 시련은 나를 성장시키는 동력이 되었다. 이런 힘든 역경들이 없었다면 오늘의 나는 허약한 사람으로 이 세상에서 목표 없이 살고 있을 것이다. 육십이 넘어 깨달은 것이 하나 있다. 살면서 어려움에 봉착했을 때, 실망하거나 불평하지 않고 어려움을 극복하려는 노력이야말로 새로운 길과 세상을 개척하고 꿈을 펼칠 수 있는 자양분이라는 사실이다.

이 세상에
통증이 사라지는 그날을 위해

몸이 약했던 소년, 통증의학 명의가 되다

안 강

안강병원 원장, 의학 박사
차의과대학교 교수
강남차병원 만성통증연구소 및 통증센터 소장
대한신경근치료학회 회장
세계 중의 골과학회 부회장
세계 중의 침도학회 부회장
캐나다 만성통증연구소 수석고문의사
세계통증의학회(IASP) Korea 고문
근·골격계 비수술 통증 치료 'FIMS' 창시
EBS 〈명의〉 50인 중 통증 분야 명의 선정
Seychelles(세이셸) 의사 면허 취득
쿠웨이트 안강병원 통증 세미나(1, 2차)
한국인 제1호 쿠웨이트 의사면허 취득
쿠웨이트, 대한민국 최초 통증 치료 병원 개원
UAE '알바와디 엔터프라이즈' 그룹과 MOU 체결
카타르 군사령부 만성통증센터 개원
안강병원 건강검진센터 개원

내 삶의 자양분,
내가 존재하는 이유

나는 어릴 때부터 잦은 병치레와 역경을 겪었다. 하지만 그 어려움들은 나를 강하게 만들었고, 새로운 도전을 꿈꾸게 했다.

중학교 때 아버지의 사업 부도로 가족들이 뿔뿔이 흩어졌다. 학교를 중퇴하고 시골에 내려갔다. 어릴 때부터 순탄하지 않은 시련은 나를 성장시키는 동력이 되었다. 이런 힘든 역경들이 없었다면 오늘의 나는 허약한 사람으로 이 세상에서 목표 없이 살고 있을 것이다.

육십이 넘어 깨달은 것이 하나 있다. 살면서 어려움에 봉착했을 때, 실망하거나 불평하지 않고 어려움을 극복하려는 노력이야말로 새로운 길과 세상을 개척하고 꿈을 펼칠 수 있는 자양분이라는 사실이다.

나는 지금도 끊임없이 연구하고 노력하는 삶을 이어 가고 있다. 그 꿈이 비록 당장 눈앞에 보이지 않고 멀리 있다 하더라도 목표를 정해 놓고 앞만 보고 달려간다. 그것이 나의 운명이라고 생각하고 있다.

한편으로는 삶 자체가 언제든지 다시 어려움에 빠질 수 있다는 강박관념이 나를 괴롭히기도 한다. 골프를 친다거나 잠시 여행할 때도 할 일이 산적해 있는데 사치를 부리는 것 같아 마치 죄를 짓는 기분이 든다. 하지만 안정보다는 늘 새로운 모험을 좋아하는 내 성격을 나는 잘 알고 있다. 솔직히 욕망인지 의무감인지 모르지만 새로운 것에 흥미를 느끼고 해결해 가는 그 과정에서 성취감을 맛보는 어떤 힘이 나를 끝까지 떠밀고 있는 것 같다.

가끔 나 스스로 나약해질 즈음엔 문주현 MDM 회장의 어록을 살피며 마음의 위안을 삼는다. "아무리 어려운 시기라지만 원칙을 지키고 투명하게 한다면 길은 늘 있다.", "틀을 깨는 과감한 아이디어가 세상을 이끌어 낸다." 이 세상에 통증이 사라지는 그날을 위해서 나는 존재한다!

아주 작고 약한 아이의 성장 과정

1960년, 서울에서 태어났다. 아버지는 군 출신으로 제대 후 농림부에서 근무하다 사업을 시작했다. 집안은 비교적 유복했는데, 아버지 사업은 여러 차례 기복이 있었다.

나는 몸이 약하고 체구가 매우 작았으므로 밖에서 사람들과 어울리는 것을 싫어했다. 주로 집 안에만 있었다. 어렸을 때 나는 책 읽는 것을 좋아했다. 집에는 아버지가 모아둔 책이 많았는데, 그 책들을 읽으며 시간을 보냈다. 특히 역사와 소설에 관심이 많았다.

중학교 1학년 때, 아버지의 사업이 실패하면서 집안은 몰락하기 시작했다. 집에는 차압 딱지가 붙었고, 가족들은 뿔뿔이 흩어지게 되었다. 아버지와 나는 전남 장성군 진원면 산동리라는 산골로 들어가 살게 되었다. 지금은 발전하여 몰라보게 달라졌지만 당시만 해도 외진 농촌이었다.

산골에서 우리는 힘겹게 살아야 했다. 나는 학교를 그만두고, 아버지와 함께 흙집을 짓고 농사를 지으며 살았다. 아버지는 책 읽는 것을 좋아했다. 아버지는 일본 책을 읽고, 정해진 규칙에 따라 산에서 나무를 자르고 다듬어 흙집을 지었다. 나는 아버지와 함께 있는 시간이 즐거웠다. 아버지와 함께 집을 짓고, 책을 읽고, 산을 오르는 시간이 행복했다.

산골에서는 일하는 거 말고는 할 게 거의 없다. 마을에 내려가 신문이나 책이 있으면 몇 번을 읽곤 했다. 덕분에 나는 국어나 국사, 사회 같은 과목들은 조금만 공부해도 너무 수월했다. 나는 책 읽는 데 더욱 몰두했다. 책을 통해 세상을 배우고 꿈을 키웠다. 당시 아버지와 함께 한 산골 생활은 결코 잊지 못할 것이다. 그 시절은 나에게 삶의 의미와 희망을 일깨워 준 소중한 시간이었다.

산속의 흙집은 그린벨트 안에 지은 무허가 집이었기 때문에 강제 철거되었다. 마침 아버지서는 원래 사업하시기 전에 공무원이셨는데 잠시 복직하셨고, 나는 마을 모퉁이의 빈 시골집에 혼자 남았다. 이때 광주에 사는 외사촌 형으로부터 헌 교과서를 얻어 와서 그냥 달달 외웠다. 특별히 할 일도 없어 산속에서 교과서를 보는 게 유일한 일이었다.

몇 달 후 서울로 올라와 가족들과 함께 살게 되었다. 그리고 고입 검정고시에 합격하였고, 이듬해 고등학교에 입학했다. 하지만 학교에 다니는 것은 내 적성에 맞지 않았다. 나는 학교를 그만두고 다시 검정고시를 보았다.

그리고 직장생활을 시작했다. 사장님과 회장님은 나를 믿었다. 비싼 공구나 물품들 구매를 나에게 시켰고, 나는 공구상들이 주는 커미션까지 돌려드렸다. 자식처럼 돌봐주신 덕분에 틈틈이 공부하고 대입 시험을 보았다.

도둑 누명 피하려고 들어간 병원, 그곳에서 인연을 만나

비가 추적추적 내리는 저녁 무렵, 나는 정처 없이 연신내에서 구파발로 걸었다. 앞으로 무엇을 할지 몰라서 그저 걷고 또 걸었다. 갑자기

심하게 내리는 비를 피해 길가에 있던 병원으로 무작정 들어갔다. 마침 복도는 컴컴했는데, 불 켜진 방이 보이길래 나도 모르게 그 방 안에 들어갔다. 순간 그 방에 계신 분과 눈이 마주쳤다. 선생님은 무슨 일인가 싶어 잠시 나를 쳐다보았다. 나는 순간 머뭇거리다가는 도둑놈으로 오해받을 수도 있겠다는 생각이 들었다. 궁하면 통한다고, 평소에 안 하던 거짓말이 절로 튀어나왔다. 난 그렇게 임기응변에 뛰어난 사람도 아닌데 말이다.

"제가 진로 상담을 하려는데 가능하신지요?"

"여기 앉아서 이야기 좀 해 봐요."

나는 집안 사정과 성적을 말하고 앞으로 무엇을 해야 할지 모르겠다고 말했다. 내 가정 형편으로 의대를 졸업할 수 있는지도 물었다. 내 말을 다 듣고 난 의사 선생님은 나보고 의사의 길을 가라고 말씀해 주셨다. 의대는 장학금도 많고, 나 같은 사람들이 의사가 되어야 한다면서 격려하고 용기를 주셨다.

그날 이후, 나는 의사의 길을 가기로 결심했다. 의사 선생님의 말씀이 내 인생을 바꿔 놓았다. 때때로 그날을 생각하면, 운명이라는 것이 실존하는 게 아닐까 하는 생각이 든다. 만약 그날 병원에 들어가지 않았다면, 나는 지금쯤 어떤 일을 하고 있을까? 의사가 되었을까, 아니면 다른 일을 하고 있을까? 아무도 모른다. 하지만 분명한 것은 그날의 만남이 내 인생을 바꿔 놓았다는 사실이다. 그 의사 선생님께 깊은 감사를 전한다.

적응하지 못한 의대 생활,
세 번의 유급

나는 의대에 입학한 순간부터 모든 게 낯설었다. 의학을 공부할 정도로 학습과 지식이 충분하지 않다는 생각이 들었다. 대부분 과목들은 문과 성향의 내 적성과 맞지 않았다. 그러다 보니 의대에 다니는 처음 몇 년은 술 먹고, 친구들 만나고 재밌게 보냈다. 하지만 내게 돌아온 것은 두세 번의 유급. 유급을 하는 바람에 군의관이 아닌 일반병으로 군대를 가야 해 후회가 막심하고 비참하기 이를 데 없었다.

의대생 시절 국가에서 지급하는 공중보건 장학금을 받았다. 학비, 생활비, 책값 등 여러 지원이 많았다. 하지만 유급을 당하게 된 해에는 그 모든 혜택을 누리지 못해 지하철 공사장 노무자, 과외 선생, 음악다방 DJ를 하면서 생활비를 벌었다.

막상 일반병으로 군대에 가려고 하니 집안 경제가 어려운 것이 또 맘에 걸렸다. 당시 아버지는 일본 '타미야'라는 모형 완구 회사와 총판 관계를 맺고 수입하여 미군 부대와 국내에 물건을 팔았다. 그러나 자본이 없는 관계로 남에게 돈을 빌려서 수입하였고, 돈을 빌려준 사람이 이익을 대부분 가져갔기 때문에 돈벌이가 시원찮았다. 나는 아버지 대신 전국의 여러 도매상을 돌아다니면서 물건을 수입하기 전에 선금을 받았다. 대신 기존보다는 싸게 물건을 주는 조건이었다. 남의 돈을 빌리지 않으니 물건을 수입하고 주문 받은 대로 배분하고서도

40퍼센트나 순수익으로 남았다. 이후부터 아버지는 남의 돈을 빌리지 않고 사업을 하게 되었다.

나는 군의관이 아닌 일반병으로 군대에 갔다. 나이도 많고 의학도여서 처음부터 말단 대대나 중대에 배치되었다. 의무대 생활은 매우 편했다. 시간이 남아돌아가 매일 먹고 자고 먹고 자고 하는 것이 일과였다.

편하게 군대 생활을 마치고는 특별히 할 일이 없어서 복학했다. 하지만 역시 공부는 뒷전이고, 술 먹고 친구들 만나는 게 일상이었다. 군대에 다녀와서도 전혀 변함이 없자 어머니는 답답한 마음에 시장에 다녀오는 길에 길거리에 앉아 점 보는 사람에게 점을 보았다.

"도대체 이놈의 말썽쟁이가 어찌될 것인지 알려나 주시오."

"사주가 아주 좋아요. 운이 너무 좋아서 크게 성공할 것이니 걱정 마시오."

어머니는 복채를 건네면서도 매일 술만 먹고 공부는 내팽개친 놈이 무슨 성공이냐면서 그 사람을 잠시 사기꾼이라 생각했다고 한다. 하지만 사기꾼 말에도 위로가 되었는지 어머니는 그날부터 매일 한 시간씩 불경을 외면서 우리 아들을 의사로 만들어 달라고 기도드렸다.

"우리 아들을 의사로 만들어 주신다면 아들이 불쌍한 사람들을 많이 돕도록 하겠습니다."

어머니께서 기도 중에 부처님께 한 이 약속이 후일 내가 의료 봉사를 하게 된 계기가 되었다.

의대에 입학한 후 나는 부끄럽게도 의학 공부에 전념하지 못했다. 유급과 군대 생활로 인해 내 삶은 더욱 복잡해졌다. 하지만 어머니의 기도가 나를 다시 일으켜 세웠다. 나는 의사가 되어 불쌍한 사람들을 돕겠다는 어머니의 약속을 지키기로 결심했다.

의료 봉사활동을 통해 나는 진정한 의사의 의미를 배웠다. 환자의 아픔을 함께 나누고, 그들의 삶을 조금이라도 나아지도록 돕는 것이 의사의 역할임을 깨달았다. 나는 지금도 의료 봉사활동을 계속하고 있다. 어머니의 약속을 지키기 위해, 그리고 더 많은 사람을 돕기 위해 지금도 노력하고 있다.

어려서부터 이어진 통증, 그리고 통증 전문의의 길

나는 어렸을 때부터 몸이 아팠다. 매서운 바람을 맞으면 오른쪽 뺨과 눈 위 머리가 시리고 아팠고, 오른쪽 목은 항상 긴장되어 있었다. 오른쪽 팔과 다리도 예민해서 옷깃이 스치기만 해도 아팠다. 원인은 알 수 없었지만, 나는 이것이 소뇌의 손상과 관련이 있을지도 모른다고 생각했다.

한번은 아랍에미리트 공주를 진료한 적이 있었는데, 이분도 여섯 살 때 말을 타다가 떨어진 이후로 나와 같이 몸의 한쪽이 예민하고 아프다는 것이었다. 나의 유아기 때도 몸이 약해 돌이 지나서까지 목을 잘 가누지 못하였다고 한다. 아마도 그런 영향이 있지 않았을까 하고 추론해 보았다. 어려서부터 몸 반쪽이 이상했지만 누구에게 묻지도, 말하지도 않았다. 누구나 그런 줄 알았기 때문이다. 하지만 의대생이 되어서야 그것이 비정상인 것임을 알게 되었다.

의과 대학생 시절 나는 놀라운 사실을 알게 되었다. 의학에서는 의외로 사람들의 통증과 불편함을 그다지 중요한 문제로 다루지 않는다는 것이다. 의대생일 때 좋아했던 형이 있었는데 그 형은 어린 나이임에도 의학의 문제점을 정확하게 파악하고 있었다. 한참의 시간이 지난 후 그 형이 자살한 것을 알게 되었다. 유급을 당하고 군대에 가기 전, 그 형을 마음 상하게 했던 것이 지금도 생각나고 후회스럽다.

복학 후 의과대학 본과 2학년 때 결혼하고, 본과 3학년 즈음에 아버지가 폐암에 걸린 사실을 알게 되었다. 집안은 안정되었고, 아버지는 오랜 고생을 이기고 사업에 성공했는데 죽음을 앞두게 되었으니, 당시 나는 마음이 복잡했다. 공부는 손에 잘 잡히지 않았고, 여러 어려움이 눈앞에 닥쳤다.

전라남도 장성군 산동리에서 처음 검정고시 공부를 했을 때 저절로 쉽게 영어 교과서를 다 외웠는데, 왜 지금은 눈앞에 있는 얼마 안 되는 내용마저 외울 수가 없는 것일까? 왜 책만 보면 잠이 오는 것일까? 이런 의문을 가지고 여름방학 때 무작정 일산 근처 벽제 산속에 있는 절로 들어갔다. 스님은 외사채에 계시므로 저녁에는 산속 절에 나 혼자만 있었다. 원래는 공부하려고 책을 한 보따리 싸가지고 갔지만, 책만 보면 잠이 와서 그냥 한 달 동안 잠만 자고 내려왔다.

절에서 내려와 같은 동급생이지만 한참 나이가 어린 후배를 찾아갔다. 그 후배는 의학에 대해 제대로 이해하고 공부를 잘하는 학생이었다. 당장 성적에 연연하지 않아도 늘상 이삼 등 안에 꼭 드는 후배였다.

"나는 의학 공부 실력이 부족해 유급까지 여러 번 당했다. 아마도 이해 부족에서 오는 것 같다. 앞으로 이해되지 않는 부분은 너한테 물어볼 테니 알려 주면 좋겠다. 매일 수업이 끝나면 같이 공부하자!"

후배는 흔쾌히 승낙했다. 그리고 나는 그의 도움을 받아 의학 공부에 매진했다. 이해가 가지 않는 부분은 후배에게 물어보고, 이해한 것은 핵심을 정리하여 계속 머릿속에 연상하는 습관을 길렀다. 결국 나는 의과대학을 졸업하고 통증의학 전문가가 되었다. 그리고 지금은 다양한 통증으로 고통받는 사람들을 돕고 있다.

나는 어려서부터 겪었던 통증이 내 인생을 바꾸었다고 생각한다. 통증으로 고통받는 사람들을 돕고 싶다는 마음이 그때부터 시작되었기 때문이다. 나는 앞으로도 통증으로 고통받는 사람들을 위해 최선을 다할 것이다. 그리고 의학 분야가 통증을 더 잘 이해하고 치료할 수 있도록 연구하고 노력할 것이다.

장인이 되려면
지식을 본능처럼 만들어야

본과 3학년부터는 제대로 공부했다. 공부하면서 이제 자신감도 생겼고, 이때부터 나는 통증을 치료하는 의사가 되기로 결심했다. 당시에는 통증을 치료하는 학과가 없었고, 의학에서도 통증은 별로 중요하게 다루지 않았다. 하지만 나는 통증이 환자의 삶을 얼마나 힘들게 하는지 잘 알았다. 그래서 통증을 이해하고 치료하는 방법을 찾기 위해 노력했다.

의과대학 졸업 후, 당시에는 통증을 전공하거나 연관된 과가 없었기에 가정의학과에 입학했다. 가정의학과는 다양한 질환을 치료하는 과이기 때문에 통증 환자를 접할 기회가 많았다. 나는 가정의학과에서 일하면서 다양한 통증 환자를 치료했고, 통증 치료에 대한 지식을 쌓아 갔다.

남들은 응급실 진료를 한 번이라도 쉬려고 할 때, 나는 내 순번이 아님에도 일부러 응급실을 지키며 아픈 사람들을 치료한 적이 많았다. 사람을 치료하는 것이 재미있었기 때문이었다.

특히 나는 안마나 침술과 같은 동양의학이 아니라 국소마취 주사나 신경 차단술과 같은 다양한 방법을 통한 통증 치료에 관심이 많았다. 당시에는 이러한 치료법들이 널리 알려져 있지 않았지만, 나는 이러한 치료법이 통증을 완화하는 데 효과적이라는 것을 알았다.

나는 가정의학과 전문의가 된 후, 공중보건 장학금을 받은 관계로 국가에서 지정하는 병원에서 일을 하게 되었다. 제주도 한국병원에서 만성통증센터를 개원했다. 처음에는 환자가 많지 않았지만 이내 환자가 많이 늘었다. 나는 꾸준히 환자를 만나며 치료에 대한 지식을 쌓아 갔다. 환자의 증상을 정확하게 파악하고 그에 맞는 치료법을 찾는 데 최선을 다했다. 때로는 당시 의학적으로는 생소한 치료법을 시도하기도 하는 등 환자의 고통을 덜어 주기 위해 노력했다.

나의 노력은 환자들에게 좋은 결과를 가져왔다. 환자들은 통증이 완화되고 삶의 질이 향상되었다고 말했다. 이러한 환자들의 반응에 보람을 느꼈고, 통증 치료에 대한 나의 열정을 더욱 키워 나갔다. 나는 통증 치료에 대한 지식을 쌓기 위해 끊임없이 노력했다. 새로운 치료법을 시도하며 실패를 거듭했지만 포기하지 않고 도전했다.

차병원에서 통증 연구, EBS 방송 〈명의〉에 출연

나는 어렸을 때부터 통증에 관심이 많았다. 왜 사람이 아플까, 아플 때 어떻게 하면 낫게 할 수 있을까에 대한 궁금증이 많았다.

의대 졸업 후에는 국내에서 만성통증에 대한 공부를 계속했다. 하지만 국내에서는 만성통증에 대한 연구가 거의 이루어지지 않아 캐나

다와 미국으로 유학을 떠나 만성통증에 대한 연구를 시작했다. 유학 시절, 공부와 연구는 매우 힘들었지만 그 과정에서 많은 것을 배웠다. 당시는 IMF 시기였다. 지금처럼 유학이 낭만처럼 느껴질 수 없는 시기였다.

유학하고 돌아온 후, 나는 만성통증에 대한 강의를 시작했다. 당시에는 통증에 대한 치료 방법이 전무했던 시절이었다. 나는 의사들에게 만성통증의 새로운 치료법을 강의하고 그 치료 방법을 알려 주면서 통증 치료를 널리 알렸다.

강의는 매우 인기가 있었다. 당시에 개원을 하려면 '안강'의 강의를

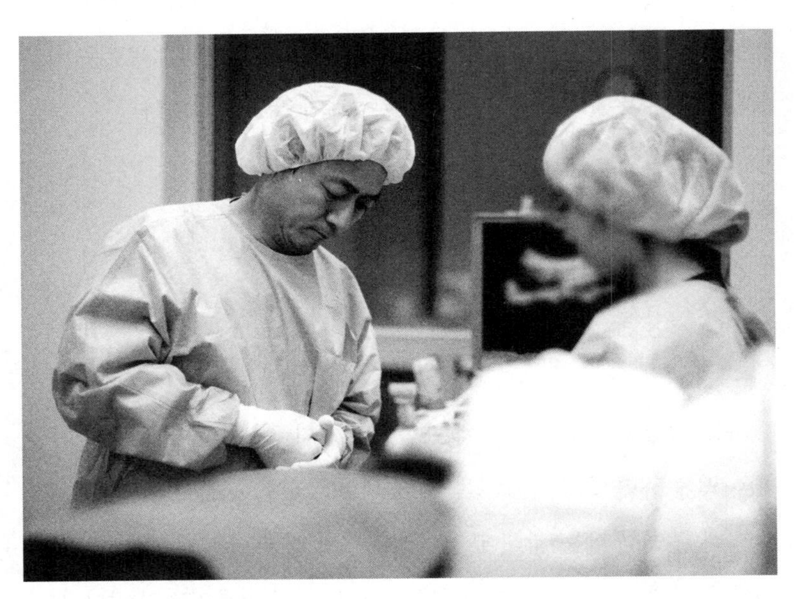

통증 분야 '명의', 통증 전문의 안강 원장

듣지 않으면 안 된다고 할 정도로 나의 강의는 유명해졌다. 당시 모든 의사의 5분의1이 나의 정규 강의를 들었으며, 환자 치료 경과도 좋아서 여러 곳에서 스카우트 제의가 왔다. 그중에서 나는 줄기세포 연구를 시작한 차의과대학을 선택했다.

차병원에서의 근무는 여러 가지로 나에게 도움이 되었다. 첫 번째는 줄기세포에 대해 많은 공부를 할 수 있었다. 줄기세포는 만성통증 치료에 새로운 가능성을 제시하는 기술이다. 나는 줄기세포 연구를 통해 만성통증 치료에 새로운 돌파구를 마련할 수 있었다. 두 번째는 내가 해외나 국내에 더욱 많이 알려지게 된 계기가 되었다. 당시 차병원은 줄기세포 연구와 새로운 형태의 연구 의학에 있어서는 국내에서 가장 유명한 병원 중 하나였다. 차병원에서 근무하면서 많은 사람에게 나의 연구와 치료법을 알릴 수 있었다.

한편, 당시 EBS 방송에서 새롭게 방영한 〈명의〉라는 프로그램이 있었다. 초기에는 대한민국 모든 의과대학 교수 중에서 최고의 명의 50명을 뽑아 방영하는 프로그램으로 시작했는데, 내가 그중 한 명으로 뽑혀 젊은 나이에 '명의' 반열에 올랐다.

나는 당시 줄기세포 치료를 공부하면서 크게 느낀 것이 있었다. 관절염을 치료하자면 무릎 관절이 딱딱한 경우는 어떤 치료를 해도 효과가 없으며, 관절이 부드러워지면 아무런 치료를 하지 않아도 증상이 좋아진다는 사실이다. 결국, 딱딱한 관절을 부드럽게 하는 것이 치료의 전제가 되어야 한다는 것이다. 당시 이러한 논리는 매우 강하게 비판받았지만 지금은 완벽하게 증명되어 있다. 이것을 쉽게 표현하자면 기가 막힌 부분은 뻣뻣하고 긴장된다. 기가 뚫리면 뻣뻣하고 긴장된 부위가 유연하고 부드러워진다.

압전자, 만성통증의 숨겨진 원인

우리 몸, 숨겨진 여섯 번째 감각의 비밀

어느 날 나는 아뎀 파타푸티언(Ardem Patapoutian) 교수의 연구를 우연히 만났다. 그 연구 내용은 마치 과학 소설 같았다. 아뎀 파타푸티언 교수는 우리 몸 안에 숨어 있는 신비한 신호체계를 발견했다. 이 신호체계는 디스크·관절·근육 등에 존재하며, 충격과 움직임을 감지하고 그 정보를 뇌로 전달하는 역할을 한다. 이 연구 내용을 알게 되자, 나는 마치 과학의 신세계에 발을 들인 것처럼 큰 충격을 받았다.

그런데 여기서 더욱 놀라운 사실은, 이 신호체계가 만성통증의 원인 중 하나로 지목되고 있다는 것이었다. 만성통증, 어릴 적부터 수고로운 치료를 받아오던 이 고통스러운 증상의 근본 원인이 신호체계의 이상 때문이라니, 믿기 어려운 사실이었다. 그럼에도 나는 이 연구를 통해 만성통증의 새로운 대안적 치료법을 개발하려는 여정을 시작했다.

감각의 세계, 오감과 제 6의 감각

우리는 일반적으로 다섯 가지 오감을 통해 외부 세계를 인식한다. 눈으로 보고, 코로 냄새를 맡고, 입으로 맛을 느끼며, 귀로 소리를 듣고, 피부로 만질 수 있다. 이러한 감각은 우리가 외부 세계를 경험하고 상호 작용하는 데 중요한 역할을 한다. 그러나 미래의 세상은 오감뿐만 아니라 여섯 번째 감각을 더욱 활용해야 하는 시대가 도래했다.

여섯 번째 감각은 몸 안의 변화를 감지하는 감각이다(내감각, 고유감각, 통증감각 등이 포함된다.). 통증감각은 이러한 여섯 번째 감각의 대표적인 예시다. 이 감각은 외부에서 오는 자극이 아니라 우리 몸 내부에서 발생하는 것을 감지하며, 그 정보를 뇌로 전달한다. 압력, 당김과 같은 물리적 변화를 전달해 주는 고유감각은 우리 몸이 어디에 있는지, 관절이 어떤 위치에 있는지를 파악하는 중요한 능력을 갖고 있다. 내감각은 내장, 혈관, 심장과 같은 곳의 이상을 파악한다.

고유감각의 중요성과 의료 혁명

여섯 번째 감각, 특히 고유감각은 우리 몸이 어디에 있는지, 어떻게 움직이는지를 인식하는 핵심 요소다. 고유감각은 양자역학과 초전도체와 함께 제4차 산업혁명을 주도할 것으로 예측되며, 이제는 우리의 미래를 지배할 중요한 역할을 할 것으로 기대된다.

로봇, 인공지능, 메타버스와 같은 첨단 기술은 고유감각을 필요로 한다. 로봇이 인간처럼 스스로 움직이고, 주변 환경을 인식하며 물건을 다루기 위해서는 고유감각이 필수적이다. 메타버스와 같은 가상 공간에서 현실 세계의 정보를 가상 세계로 전달하거나 가상 세계 내의 변화를 몸으로 느끼기 위해서는 고유감각 회로를 활용해야 한다.

교육, 의료 분야에서도 고유감각은 더욱더 중요한 역할을 한다. 고유감각을 활용하면 장기기억이 만들어지며, 의료 분야에서는 신체 상태를 모니터링하고 질병을 진단하는 데 사용되며, 노화를 방지하고 역노화를 실현하는 데 핵심적인 역할을 한다.

여섯 번째 감각, 특히 고유감각은 현대 의학의 미래에 밝은 희망을 가져다줄 것으로 예상된다. 고유감각 신호기의 기능을 회복하고, 병을 치료하며 재생을 이루어 내는 과정에서 우리는 제6의 감각의 비밀을 해독하게 될 것이다.

척추 협착증이나 퇴행성 관절염 환자의 경우 정상인에 비해 고유감각 압전자의 기능이 저하되어 있다. 이 경우 환자는 척추나 관절이 뻣뻣하고 힘이 빠지는 느낌을 느끼게 된다. 동양 철학에서는 이러한 현상을 '기가 막혔다'고 표현하는 것과 같다. 여기에 대한 유일한 치료 방법은 막힌 기를 뚫는 것이다. 막힌 기가 뚫리기 전에는 어떠한 치료도 효과가 없다.

앞으로 의학의 미래에는 제6의 감각을 전달하는 고유감각 압전자의 기능을 어떻게 살리느냐가 가장 중요한 관건이 될 수 있다. 다시 말하면, 기가 뚫려야 병이 치료되고 재생이 이루어지는 것이다. FIMS는 긴장되고 뻣뻣한 척추나 관절을 유연하게 하는 것을 목적으로 한다. 고유감각 기능이 살아나지 않는다면 뻣뻣한 척추나 관절이 유연하게 되지는 않는다. 따라서 만성통증을 치료하기 위해서는 여섯 번째 감각을 정상화하는 것이 핵심이다.

나는 이미 만성통증 연구에 평생을 바치기로 결심했다. 만성통증으로 고통받는 사람들의 고통을 덜어 주고, 그들이 일상적인 삶을 되찾을 수 있도록 돕고 싶다. 앞으로도 끊임없이 연구하고 노력하여 만성통증 치료의 새로운 가능성을 열어갈 것이다.

작은 원장실, 큰 머슴

어느 비 오는 날 만난 의사의 친절한 격려로 나는 의사가 되기로 결심했다. 문과 출신이 경로를 바꾸기는 쉽지 않았지만 아픈 사람들을 돕고 싶었고, 새로운 치료법을 개발하고 싶었다.

교수로서의 삶은 겉으로 보기에는 화려하지만, 내면적으로는 많은 갈등을 겪는다. 병원의 관행에 얽매여 서로 싸우는 일도 있었고, 새로운 시도를 할 새로운 기구나 장비들이 제때 공급되지 않았다. 환자들을 위한 최선의 치료를 제공하기 어려운 현실에 좌절했다. 결국 나는 교수직을 내려놓고 통증 치료 전문병원을 개원하기로 결심했다.

처음 개원 후 모든 것이 서툴고 힘들었지만, 환자들을 직접 치료하면서 보람을 느꼈다. 개원하고 나는 많은 것을 배웠다. 병원을 경영하는 것, 환자를 진료하는 것, 그리고 나 자신에 대한 것. 나는 매너리즘에 빠지지 않기 위해 노력했다. 기존의 틀을 깨고 새로운 시도를 하기 위해 노력했다. 그리고 나는 병원에서 가장 큰 머슴이 되기로 결심했다. 환자와 직원을 위해 봉사하는 진정한 의사가 되기로 결심했다.

5년 동안 임대 과정을 끝내고 많은 빚을 내서 역삼동에 새 병원을 오픈했다. 그러고 나서 서서히 병원이 자리 잡혀 갈 무렵, 기사 대기실로 설계했던 병원 주차장 바로 앞 한 평 되는 공간을 원장실로 만들었다.

그 작은 곳이 나에게는 최적의 공간이라고 생각한다. 보통 환자가 원장실로 찾아오기보다는 환자가 있는 진료실로 찾아가기에 넓은 방은 필요 없다는 생각이다. 또 병원에서 사람들이 들어오고 나오고 하는 것을 한눈에 볼 수 있는 곳이기에 병원의 흐름을 제대로 파악할 수 있어서 좋다. 심지어 환자나 직원들이 하는 얘기까지도 듣는 재미가 쏠쏠하다. 아마 병원이 돌아가는 상황을 파악하기에 최적의 장소가 아닐까 싶다. 그리고 무엇보다 나는 병원에서 가장 큰 머슴이 되어야 한다고 생각하였기에 머슴으로서 일하기 가장 좋은, 달려가기 가장 좋은 한 평짜리 공간을 마련한 것이다.

우리 병원 직원들도 다 같이 한몸처럼 일하고 있고, 그뿐만 아니라 가족들도 한몸처럼 나와 같이 호흡하며 병원 운영을 잘 하고 있다.

나는 지금도 통증으로 고통받는 사람들을 위해 최선을 다한다. 그리고 앞으로도 계속해서 새로운 시도를 통해 통증 치료에 새로운 돌파구를 마련하기 위해 노력할 것이다.

안강병원의 미래

2023년 11월부터 카타르에서 만성통증을 전문으로 하는 안강병원을 카타르 엘레간시아 그룹과 공동 경영한다. 또한 내년 초(2024년)부터 안강병원을 통증뿐 아니라 재활 부분까지 영역을 확장한다.

우리 병원은 수술이 아닌 비수술 치료를 통해 환자들의 통증을 완화하고 일상생활을 회복하도록 돕고 있다. 나는 불필요한 수술을 없애고 환자들이 나이 들어서도 편안하게 살 수 있도록 도와주는 것이 내 사명이라고 생각한다.

나는 자연 현상에서도 소통의 중요성을 깨달았다. 바람의 흐름만 바꾸어도 죽어가던 생물이 살아나고, 화분에 그냥 물을 주는 것과 야외에서 비를 맞는 것은 같은 양의 물일지라도 다르다. 우리 몸도 관절이나 근육이 소통되지 않으면 결국 퇴화하고 망가진다. 이러한 것들

카타르 군사령부 만성통증센터 개원

이 뻣뻣하고 긴장되지 않도록 소통되도록 한다면 우리는 만성 퇴행성 질환으로부터 벗어날 수 있다.

나는 내 주위에 좋은 사람들이 넘쳐나는 것에 감사한다. 목적 없이 방황할 때 의사가 되라고 길을 제시해 준 이름 모를 의사 선생님, 이상한 의사라는 소문에도 끝까지 나를 믿고 지켜 주셨던 의사 선생님, 그리고 통증의학의 길을 걷는 데 격려해 주신 지도 교수님 등 모두가 주위의 좋은 인연을 만나서 소통한 결과다. 특히, 검정고시와의 인연이 없었다면 오늘날 '통증 전문의 안강'도 존재하지 않았을 것이다.

나는 오늘도 우리 병원을 찾는 모든 환자와의 소중한 인연을 생각하며 통증 치료에 만전을 기하고 있다. 통증이 사라지는 그날을 위해서 끝까지!

배움

열네 살에 불과했던 어린 나이에 학업을 중단하고 공장에 취업하기까지…, 당시에 느꼈던 심경은 시간이 지난 지금 떠올려도 가슴 한편이 저려 오는 아픔이다. 가난은 누구에게나 쓰리고 아픈 것이지만, 그 어려움을 헤쳐 나오는 과정에서 생겨난 자양분으로 오늘의 내가 만들어졌다고 생각한다.

처음과 같은 마음으로

토굴집 살던 열네 살 소년 가장, 마포구청장이 되다

유동균

연세대학교 행정대학원 정치행정 리더십 석사 졸업
한국방송통신대학교 행정학과 졸업
제44대 서울특별시 마포구청장
제2대 마포구의원 출마 당선(최연소)
제6대 마포구의원 출마 당선(재선)
제9대 서울시의원 출마 당선

올곧이 선 나무

작은 씨앗이 세상 밖으로 나와서 나무가 되어가는 과정은 경이롭다. 막 싹을 틔운 어린나무가 생장을 마다하는 이유는 땅속의 뿌리 때문이다. 어린나무는 작은 잎에서 만들어 낸 소량의 영양분을 자라는 데 쓰지 않고 오직 뿌리를 키우는 데 쓴다. 눈에 보이는 생장보다는 자기 안의 힘을 다지는 데 집중하는 것이다. 나의 어린 시절 또한 그랬다.

나는 1961년 전라북도 고창에서 7남매 중 장남으로 태어났다. 당시 시골은 같은 성씨로 이루어진 사람들이 모여 살곤 했는데, 우리 마을은 유씨와 정씨로 이루어진 집성촌이었다. 종친 어른들은 나를 붙잡고 여러 가지 말씀을 하시곤 했다.

"동균아, 너는 무송 유(庾)가 34세손 양반이다. 아무리 배가 고파도 남의 물건에 손을 대서는 안 되는 것이다. 아무리 더워도 바지를 걷어

젖히고 앉아서는 안 되는 것이다. 코가 나와도 손으로 닦으면 안 되는 것이다."

어린 나이임에도 곁에 앉아 고개를 끄덕이며 이야기 듣는 나를 기특해하며 어른들은 내게 생활 속 예의와 양반다운 행동에 대해 가르쳤다. 한번은 동네 친구들과 장난으로 수박 서리를 하려고 망을 보고 있었는데, 멀리 원두막에서 이를 본 어르신이 헛기침하며 우리에게 오라고 손짓하셨다. 부끄러움과 낭패감에 고개를 숙이고 어르신께 다가가자 말씀하셨다.

"이 밭은 서울 양반들에게 팔기로 약속되어 있는 것이니 이건 먹으면 안 된다. 대신 저기 옆에 있는 밭은 내가 따로 먹으려고 키우고 있는 것이니 먹고 싶으면 저것을 따서 먹어라."

어린 나이였지만 나는 어르신들이 말씀하셨던 예의와 양심, 양반다운 행동이 무엇인지 깨달았다. 그리고 '타인에 대한 배려와 자신의 행동에 대한 책임'에 대해 한참을 생각했다. 이후 나는 어른들의 말씀에 더욱 귀를 기울였고, 어른들의 가르침은 훗날 극한 상황에 처했을 때 자존심과 양심을 잃지 않을 나의 삶의 지침이 되어 주었다.

어린나무였던 나의 뿌리가 단단해질 수 있었던 건 종친 어른들뿐 아니라 올곧은 성품을 지니신 아버지 덕분이었다. 아버지는 정치에 대한 관심으로 정당 활동을 하며 동네에 어려운 일이 생기면 팔을 걷어붙이고 나서는 무척 활동적인 분이셨다. 지역 유지나 정치인들과 친분이 깊었고, 특유의 부드러운 카리스마가 넘치는 분이셨다. 이에 동네 사람들은 해결하기 힘든 일이 생기면 늘 아버지를 찾았고, 아버지는 싫은 내색 한번 없이 자신의 일처럼 도움을 주었다.

그런 아버지의 덕망 때문일까. 나는 초등학교에 다니는 내내 학교와 마을에서 사랑을 듬뿍 받는 아이였다. 사랑만큼 기대도 높았는데 학교에서 통지표가 나오는 날이면 당숙들, 마을 어른들이 한달음에 뛰어와 통지표를 보자고 할 정도였다. 나는 어른들의 바람과 아버지의 지원 속에 줄곧 우등생 자리를 놓치지 않았고, 선생님들은 그런 나를 아끼고 신뢰했다.

김제군 백산면 하리에 사셨던 4학년 담임 오창균 선생님은 아침 자습시간마다 나에게 자습 문제를 칠판에 쓰도록 했고, 기말고사 기간에는 시험 문제지를 등사기로 밀어 프린트하는 작업을 맡기기도 했다.

"동균아, 시험 문제는 보지 마라."

선생님은 이렇게 말씀하시곤 실제로 내가 보는지 안 보는지 지켜보지도 않으셨다. 나는 나를 신뢰하는 선생님의 믿음에 어긋나지 않게 한 문제에도 눈길을 주지 않았고, 인쇄 작업이 끝나면 A3 크기의 노란색 시험지를 선생님 책상에 가지런히 올려놓고 집으로 돌아갔다. 나는 시험에서 한두 개 정도를 틀리곤 했는데, 아이들은 내가 시험 문제를 알고 있을 것이라 생각해 일부러 틀린 거 아니냐며 놀리곤 했다.

아버지는 서울에 다녀오실 때마다 학습 전과를 사다 주시곤 했는데, 나는 전과를 가지고 공부한 덕분에 늘 좋은 성적을 거둘 수 있었다. 그런데 5학년이 되어 아이들과 어울려 노느라 공부를 소홀히 한 적이 있었다. 공부를 많이 하지도 못했는데 시험 날이 되었고, 불안해진 나는 전과를 다리 밑에 펼쳐 놓고 시험을 보려고 했다. 처음으로 시도했던 커닝이었지만 무섭고 두려운 마음에 커닝은커녕 시험 문제도 제대로 보지 못했다. 그렇게 시험이 끝난 후 선생님은 나를 포함한 네 명의 아이들을 불렀다. 커닝한 정황이 의심되는 아이들을 부른 것이다. 선생님은 나를 제외한 세 명의 아이들의 엉덩이를 두 대씩 때려 들여보내고 나는 엉덩이를 20대 때렸다.

"왜 다른 애들은 두 대를 때리고 저는 20대나 때리십니까? 게다가 저는 커닝을 하지도 못했습니다."

억울한 마음에 선생님께 항의했지만, 선생님은 실제로 커닝을 하지 않았다 하더라도 그 마음을 먹은 것 자체가 나쁜 것이라며 날 나무라셨다.

"나무가 옆으로 쓰러지려고 할 때는 반대 방향으로 밀어 줘야 반듯이 설 수 있다. 하지만 너무 힘을 많이 주면 반대로 쓰러질 수도 있다. 그러니 나무를 밀 때는 반듯이 세워질 만큼만 밀어야 한다. 선생님은 이런 점을 고려해서 너희들에게 매를 들었다. 타의 모범이 되어야 할 네가 이처럼 실망스러운 행동을 했으니, 너는 더 큰 벌을 줘야 똑바로 설 수 있을 것이다. 누구보다 올곧이 사시는 네 아버지 얼굴에 네가 먹칠을 해서야 쓰겠느냐."

선생님의 말씀은 지금도 잊히지 않는다. 5학년 때 담임 선생님은 그렇게 나를 바른길로 이끌어 주셨다.

'나'라는 나무가 뿌리를 내릴 수 있었던 건 마을 어른들과 선생님들, 그리고 누구보다 정직한 아버지의 힘이었다. 그들의 삶의 지혜와 말씀들은 어린나무였던 내게 충분한 빛과 물이 되어 주었고, 나는 단단한 뿌리를 내릴 수 있었다. 지금의 나를 버티게 하는 힘 또한 보이지 않는 나의 뿌리다. 그렇게 나는 세찬 바람에도 쉽사리 흔들리지 않는, 올곧이 선 나무가 되기 위해 천천히 뿌리를 키워 갔다.

아버지의 귀중한 유산

5학년이 끝나갈 즈음인 1972년 12월, 우리 가족은 서울로 이사를 했다. 처음 터전을 잡은 곳은 서울 성동구 화양동이었는데, 아버지는 그곳에서 쌀가게를 시작했다. 쌀가게가 허가제이던 시절, 우리 쌀가게는 화양동 제일시장 한복판에 자리 잡은 '서13호 영광상회'였다. 길에 흘린 쌀 한 톨도 아깝던 시절이었기에 창고 천장 가득 쌓여 있는 쌀 포대는 풍족함 그 자체였다.

늘 남에게 베풀고 어려운 사정에 처한 사람들을 그냥 지나치지 못하셨던 아버지의 성품은 쌀가게를 운영할 때도 변함이 없었다. 아버지는 형편이 어려운 이웃들에게 외상으로 쌀을 주곤 했는데, 외상으로 가져간 사람들이 이후에 쌀값을 갚는 경우는 거의 없었다.

한번은 기다리다 못해 외상을 준 집에 아버지와 함께 찾아간 적이 있었다. 허름한 판잣집 안에 들어서니 어린아이 여럿이 쪼르륵 앉아 있었다.

"밥은 먹었니?"

아버지의 물음에 아이들은 아무런 말이 없었고, 그 집 부엌의 쌀독은 텅 비어 있었다.

"동균아, 가자."

아버지는 쌀가게로 돌아와 포대 자루에 쌀을 한가득 담아 다시 그 집에 갖다 주셨다. 물론 쌀값은 받지 않았다. 아버지의 쌀가게는 사업이라기보다는 자선사업에 가까웠다. 돈이 없는 사람들이 라디오나 시계 등의 물건을 가져오면 선뜻 쌀로 바꿔주셨고, 공짜로 쌀을 주기도 했다.

그 시절 쌀을 담아 파는 그릇을 됫박이라고 했는데, 그 됫박을 팔러 오는 됫박 장수들이 있었다. 그중에는 일반 됫박의 밑바닥에 합판 한 장을 더 깔아 쌀이 덜 들어가게 만든 됫박을 팔러 오는 사람도 있었는데, 아버지는 "날 도둑놈으로 만들려고 그러냐!"며 됫박 장수를 쫓아내셨다. 그렇게 우리 쌀가게는 늘 정량으로만 쌀을 팔았다.

어느 날 아버지를 도와 쌀을 팔던 내게 아버지는 말씀하셨다.

"동균아, 네가 보기에 굶주리고 어려운 사람이 오면 쌀을 담고 나서 됫박을 한번 쳐라. 그럼 공간이 생겨 쌀을 더 많이 담아줄 수 있다. 반대로 부유해 보이는 사람이 오면 그냥 정석대로 됫박에 퍼서 주면 된다."

아버지는 매사에 양심에 어긋나는 일은 하지 않으셨고, 어렵고 힘든 사람들에 대한 측은지심(惻隱之心)이 남다르셨다. 그런 아버지의 유전자를 물려받아서일까. 나 또한 어려움에 빠진 사람을 보면 그냥 지나치지 못하고, 양심에 비추어 불의를 보면 참지 못하는 성격이다.

아버지께 물려받은 측은지심과 의협심은 훗날 나를 정치의 세계로 이끌어 준 바탕이 되었다. 어려워진 형편에 쌀가게 문을 닫을 무렵, 아버지는 내 손을 잡고 말씀하셨다.

"동균아, 너는 커서 사업은 하지 마라. 특히 남을 속여야만 돈을 버는 사업은 절대 하지 마라. 무엇보다 양심에 떳떳한 어른이 되어야 한다. 꼭 사람들에게 도움이 되는 일을 해라."

시끄러운 시장 한복판에서 나직이 말씀하시던 아버지의 음성과 그 따뜻했던 손의 온기가 아직도 생생하게 느껴진다.

올해로 아버지가 돌아가신 지 22년이 되었다. 아버지를 떠나보내며 그 이름에 부끄럽지 않은 자식으로 살겠다는 약속을 드렸다. 아버지의 성품으로 인해 가족이 어려움에 빠지기도 했지만, 나는 아버지를 한 번도 원망하지 않았다. 나는 아버지한테서 나눔을 배웠고, 나눔의 행복과 가치를 배웠다. 철없던 어린 시절부터 아버지가 떠난 지금까지도 아버지는 내게 고통과 회한이 아닌 따사로운 마음을 전해 주신다. 그렇게 나는 나의 아버지에게 따사로운 마음과 나눔이라는 가장 귀중한 유산을 물려받았다.

차가운 가난의 시작

베풀기를 좋아하고 약자에게 모질지 못했던 아버지는 돈과는 인연이 없으셨다. 가세가 점점 기울자 나는 집안에 작은 도움이라도 되기 위해 초등학교 6학년 때부터 신문 배달을 시작했다. 어린 나이에 학교에 다니며 신문 배달을 한다는 건 쉬운 일이 아니었다. 혹 지각이라도 할까, 나는 학교에서도 배달을 하면서도 늘 뛰어다녀야 했다. 넘어져 다치기도 하고 개에게 물리기도 했다. 비가 오면 신문이 젖을까 가슴에 품고 노심초사했고 여름에는 땀범벅, 겨울에는 감기를 달고 살았다.

중학생이 되어 수업시간이 늘어나 배달을 하지 못할까 걱정했는데, 담임 선생님께서 방과 후 교실 청소를 빼주셔서 배달을 계속할 수 있었다. 그러던 어느 날, 배달을 마치고 돌아오는 길에 불이 아직 붙어 있는 담배꽁초 하나를 발견했다. 호기심에 꽁초를 입에 물었는데 누군가 갑자기 나의 뒤통수를 치고 지나갔다. 놀라 쳐다보니 담임 선생님이었다. 죄책감과 두려움에 한숨도 자지 못하고 다음 날 아침 일찍 학교 교무실에 선생님을 찾아가 무릎 꿇고 용서를 빌었다.

"너 담배 펴? 거짓말하지 마. 내가 아는 유동균은 그럴 애가 아니다."

선생님은 그렇게 말씀하시고는 내 머리를 쓰다듬어 주셨다. 중학교 1학년 담임 선생님이었던 김용석 선생님(현 이동학원 이사장)은 그렇게 나를 믿고 아껴 주셨다. 생각해 보니 난 참 좋은 선생님을 많이 만난 것 같다. 이후 나는 선생님의 믿음에 부응하려 한눈 한 번 팔지 않고 시간을 아껴 공부에 매달렸다.

중학교 1학년 가을, 아버지의 사업이 완전히 문을 닫게 되면서 우리 가족은 친척분이 계시던 마포구 성산동으로 이사를 하게 되었다. 이때부터 마포구와 나의 길고 긴 인연이 시작되었다. 사실 당시 마포구는 내게 있어서 칠흑 같은 어둠이었다. 우리 가족은 집을 구해 주신다는 친척분께 보증금을 드리고는 모든 살림살이를 챙겨 성산동으로 왔다. 하지만 친척분은 끝내 나타나지 않았고, 우리는 보증금을 돌려받지 못했다.

당장 갈 곳이 없어진 우리 가족은 하는 수 없이 다리 밑에 짐을 풀었다. 눈앞이 캄캄하다는 것이 무엇인지 나는 너무 어린 나이에 알게 되었다. 차갑고 습한 땅바닥에 어린 동생들과 함께 자리를 깔고 누웠다. 이제 우리 가족은 어떻게 되는 걸까? 불안한 마음에 아버지, 어머니 얼굴을 한참 동안 바라보았다. 그런 자식들을 보는 부모님의 마음은 얼마나 황망하고 힘겨웠을지……. 부모가 된 지금 다시 생각하니 가슴이 더욱 아파온다.

그래도 죽으란 법은 없었는지, 지나가던 동네 사람이 우리 사연을 듣고 마포구청 뒷산에 있는 성미산 토굴을 알려 주었다. 우리는 당장에 비라도 피하자는 심정으로 토굴에 살림살이를 풀었고, 토굴은 우리 가족의 첫 번째 터전이 되었다.

갑자기 찾아온 가난은 살을 에는 추위만큼이나 아프고 독한 것이었다. 외풍이 매섭게 들이치는 토굴에서 우리 형제들은 허기진 몸뚱이를 옹기종기 붙이고 추위에 떨어야 했다. 설상가상으로 부모님의 건강이 나빠져 우리는 하루하루 끼니 걱정을 해야 하는 형편이 되었다. 끼니를 거르는 일은 예삿일이었고, 한여름에는 파리·모기들과 더불어 지독한 열대야를 견뎌야 했다. 쌀을 구경한 것이 언제인지 모를 정도로 지독한 가난의 시간이 이어졌다.

토굴 근처에는 오이·호박·감자 등 밭이 많았지만, 우리 형제들은 굶으면서도 남의 밭에 손을 대지 않았다. 동네 사람들은 우리 형제들이 지나갈 때면 "저 집은 아이들이 저렇게 많은데 밭에 손대는 일이 없다."며 칭찬을 하시곤 했다. 배고픔에 많이도 울었지만 남이 보지 않는다고 남의 물건에 손을 댈 수는 없었다. 그것은 부모님의 가르침이자 철칙이었다. 하지만 지독한 가난은 사람의 마음을 약하게 만들고, 어느 순간 자포자기하는 마음까지 들게 했다.

어느 늦은 밤, 뒤척이다 잠에서 설핏 깨어났을 때 아버지와 어머니가 나누는 이야기를 듣게 되었다.

"차라리 우리가 죽으면 고아원에서 아이들을 맡아주지 않을까 싶소. 그럼 지금처럼 아이들이 굶지는 않을 터이니……."

심장이 덜컥 내려앉았다. 완전히 잠에서 깼지만 한 마디 소리조차 낼 수 없었다. 이불을 뒤집어쓴 채 숨을 죽이고는 '우리 아버지 우리 어머니 어떡하나…, 내 동생들은 어떡하나…….' 머릿속이 어지럽게 흔들렸다. 어머니의 흐느낌과 아버지의 한숨 소리를 들으며 나는 동이 틀 때까지 잠들지 못했다.

내 가족을 위해

뜬눈으로 밤을 지새운 나는 돈을 벌어 가족을 지키기로 결심했다. 날로 병환이 깊어지는 아버지와 지병으로 일하기 힘드셨던 어머니, 내 밑으로 열두 살, 열 살, 여덟 살, 여섯 살, 세 살 난 동생 둘까지……. 열네 살의 나는 그렇게 아홉 식구의 실질적인 가장이 되기로 결심했다. 선택의 여지가 없는 길이었다. 길 너머에 천길 낭떠러지가 있다 해도 나는 가족을 위해서라면 부지런히 뛰고 또 뛰어야만 했다.

가장 먼저 찾아간 곳은 프레스 공장이었다. 모집 공고를 보고 찾아갔는데, 열네 살이라고 하니 받아 주지 않았다. 당시 취업을 할 수 있는 최소한의 나이는 열여덟 살이었다. 그래서 나는 다른 프레스 공장을 찾아가 열여덟 살이라고 나이를 속였다. 또래보다 키가 컸던 덕분에 믿어주는 눈치였는데, 부모님 동의서가 필요하다고 했다. 공장에 취직한다고 말씀드리면 가슴 아파하실 게 뻔했기에 부모님 몰래 동의서를 제출했고, 나는 다음 날부터 출근할 수 있게 되었다.

출근 첫날, 아침 일찍 집을 나서는데 어머니가 어디에 가냐고 물었다. 어디 갈 데가 있다고 대충 둘러대니 어머니는 내게 10원짜리 동전

하나를 주셨다. 당시 버스 요금이 20원 정도였다.

아침 일찍 공장 앞에 가서 문 열기를 기다리니 사람들이 하나둘 모이기 시작했다. 점심 시간이 되자 사람들은 밥을 먹기 위해 흩어졌지만, 나는 근처 상점에 가서 10원으로 유일하게 살 수 있었던 껌 한 통을 사서 씹었다. 허기를 달랠 목적이었는데 오히려 뱃속이 더 헛헛했다. 일이 끝난 후 공장이 있던 아현동에서 성산동까지 50분 거리를 걸어 집으로 돌아갔다.

그렇게 한 달이 지나 나는 부모님께 공장에 다닌다는 사실을 이야기하며 첫 월급봉투를 건넸다.

“미안하고 고맙구나…….”

부모님은 마음 아파하셨지만 나는 부모님의 손을 잡고 활짝 웃었다. 돈을 벌어 부모님께 드릴 수 있다는 건 내게 큰 기쁨이었다.

물론 공장 일은 열네 살이 감당하기엔 쉽지 않았다. 나이가 어리다는 이유로 온갖 잡일과 심부름을 해야 했고, 하루 일과를 마치면 녹초가 되기 일쑤였다. 온몸은 늘 땀과 먼지로 뒤범벅되었고, 기계소음에 늘 귀가 먹먹했다. 하지만 가족을 위해 일을 하고 있다는 보람으로 버틸 수 있었다. 당시 프레스 공장은 칼날로 필름을 감싸는 종이를 절단하는 곳이었는데, 박자가 안 맞으면 손이 절단되는 사고가 나기도 했다.

위험하지 않은 일을 하는 것이 좋겠다는 부모님 말씀에 나는 몇 달 후 공장을 옮겼다. 티셔츠를 수출하는 공장에 다니다가 열다섯 살 되는 해에 가방을 만드는 봉제 공장으로 옮겨 정착하게 되었다.

내가 일했던 봉제 공장에는 가방을 만드는 기술자들이 많았는데, 처음 일을 시작하는 견습공들과 경력이 쌓인 숙련공들이 있었다. 당연히 견습공에 비해 숙련공은 월급이 많았다. 견습공이었던 나는 하루 일과가 끝나도 퇴근하지 않고 야근하는 숙련공 선배들의 작업을 어깨너머로 보며 기술을 익혔다. 선배들의 작업 순서와 능숙한 손놀림을 하나라도 놓칠세라 분주하게 눈에 담았고, 재단에 필요한 수치 등을 작은 수첩에 빼곡히 적었다. 또래 아이들은 밤이 되면 놀러 나가기 바빴지만 나는 기술을 하나라도 더 익히기 위해 애썼다. 선배들은 그런 나를 기특해하며 나의 어수룩한 질문에도 곧잘 대답을 해주곤 했다.

나는 하루빨리 기술을 쌓아 숙련공이 되고 싶었다. 숙련공이 되어 지금보다 많은 돈을 부모님께 드리고 싶었다. 사랑하는 부모님, 동생들과 함께 따뜻한 아랫목에 도란도란 앉아 하루 세끼 새하얀 쌀밥을 먹고 싶었고, 초등학교 졸업장이 전부인 나와 달리 동생들은 적어도 고등학교까지는 보내고 싶었다. 그렇게 나는 쉬지 않고 기술을 배우고 습득했고, 월급도 조금씩 계속 올랐다.

그러던 어느 토요일 저녁이었다. 우리 공장에 수주를 맡기곤 했던 본사의 영업담당 임원이 급하게 우리 공장을 방문했다. 그날 입국한 외국 바이어가 월요일 아침까지 가방 샘플을 만들어 달라고 요청했다는 것이다. 우리 공장은 일요일은 휴무였고, 그날은 토요일 저녁이라 기술자들은 모두 퇴근을 한 상태였기에 사장님은 난처할 수밖에 없었다.

"제가 한번 만들어 보겠습니다."

무슨 용기였는지 모르겠다. 경력이 부족한 상황이었지만 해낼 수 있을 것 같았다.

사장님은 나를 한 번 믿고 맡겨보겠다고 했고, 나는 그날 저녁부터 일요일까지 한숨도 자지 않고 가방을 만드는 데 열중했다. 바이어가 요청한 가방에 대한 정보는 스케치 한 장뿐이었다. 스케치에 담겨 있는 가방의 모양을 그대로 본 따 밑그림을 그리고 가로세로 높이를 추정하여 재단했다. 몇 번의 실패 끝에 드디어 완성작을 만들어 냈다. 신기하게도 스케치 속 가방과 모양, 색깔이 똑같았다. 나는 속으로 쾌재를 불렀다. 완성된 샘플을 보다가 문득 다른 색깔도 만들어 보면 어떨까 싶은 생각이 들었다. 다른 색상의 원단들을 가져와 똑같은 모양의 가방을 색상만 다르게 두 개를 더 만들었다. 그러고 나니 또 다른 욕심이 생겼다. 단색이 아니라 두 개 이상의 색을 응용하여 만들면 어떨까 싶은 생각이 들었고, 나는 콤비(Combination)를 시도했다.

일요일 저녁, 걱정된 사장님이 나의 작업을 보기 위해 공장을 찾았다. 나는 먼저 색깔이 다른 세 개의 샘플을 사장님께 보여드렸는데, 사장님은 어떻게 이런 생각을 했냐며 놀라셨다. 그리고 부끄러워 보여드리지 않으려고 했던 콤비 샘플을 꺼내자 사장님은 너무 좋다며 박수를 몇 번이고 치셨다.

그렇게 월요일이 되어 콤비까지 포함한 총 네 개의 가방 샘플을 회사 영업담당 임원이 외국 바이어에게 전달했다. 초조한 시간이 흘렀고, 결과는 대만족이었다. 바이어는 크게 흡족해했고, 색상별로 각 1만 개씩 총 4만 개의 가방을 주문했다. 대박을 터뜨린 회사의 영업담당 임원은 그날 이후부터 우리 공장에만 물건을 수주했다.

나는 늘 우리 공장이 잘 되길 바라는 마음으로 최선을 다했다. 주문이 들어오면 여러 방법을 응용해 다양한 디자인의 가방을 만들어 냈다. 회사가 잘 돼야 나도 잘 된다고 생각했고, 그 마음은 지금도 변함이 없다. 내가 몸담고 있는 조직이 잘 되는 것이 우선이며, 그 속에서 나의 발전도 가능하다는 것이 나의 신념이다. 나는 끊임없이 새로운 아이디어를 생각해 냈고, 남들보다 한 시간 먼저 출근하고 한 시간 늦게 퇴근했다. 그렇게 나는 19세가 되는 해에 공장의 총책임자가 되었다.

열네 살에 불과했던 어린 나이에 학업을 중단하고 공장에 취업하기까지…, 당시에 느꼈던 심경은 시간이 지난 지금 떠올려도 가슴 한편이 저려 오는 아픔이다. 가난은 누구에게나 쓰리고 아픈 것이지만, 그 어려움을 헤쳐 나오는 과정에서 생겨난 자양분으로 오늘의 내가 만들어졌다고 생각한다. 처음에는 선택의 여지가 없었던 길이었지만 쉬지 않고 걷다 보니 선택할 수 있는 길이 나왔고, 아픈 그늘을 피하지 않고 직시하니 희망이라는 빛이 내렸다. 나는 지금도 어려움이 닥치면 그 어려움을 헤쳐 나오는 과정의 힘을 믿고, 어려움을 이겨 낸 후 더욱 성장할 나를 믿는다.

배움에 대한 열망

1974년, 아버지 사업이 실패하고 성산동으로 이사를 올 무렵 나는 중학교를 그만둘 수밖에 없었다. 집안 형편상 더이상 학업을 지속할 수 없었던 나는 학교를 그만두기 전, 마지막 인사를 드리기 위해 중학교 1학년 담임 선생님이셨던 김용석 선생님을 찾아갔다. 선생님께 사정을 말씀드리니 선생님은 화가 난 목소리로 말씀하셨다.

"동균아, 너는 공부를 해야 한다. 다른 사람은 몰라도 너는 배워야 한다. 선생님이 도와주마. 우리 집에 방이 세 갠데 아들들만 있으니 네가 우리 집에 와서 먹고 자고 하면서 학교에 다녀라. 어디서든 배운 사람이 대장을 하는 거다."

마음이 흔들릴 만큼 고마운 제안이었지만 나는 선생님의 마음을 거절했다. 당장 먹고살 길이 힘들어진 우리 가족들을 두고 혼자 집을 나올 수 없었다. 그것은 내 양심이 허락하는 일이 아니었다. 나는 가족은 어떻게든 함께 살아가야 한다고 생각했다.

선생님의 마음을 뒤로한 채 학교를 돌아 나오는데 나도 모르게 눈물이 흘렀다. 비가 내리던 교정을 뒤돌아보며 다시는 학교에 돌아오지 못할 것 같다는 생각을 했다. 나는 그렇게 쓰린 마음으로 중학교를 중퇴했다.

공장에서 밤낮으로 일하고 생활전선에 뛰어들면서 학교에 대한 기억이 잊힌 듯했지만 배움에 대한 열망은 사라지지 않았다. "너는 배워야 한다."던 선생님의 말씀은 가슴속 깊은 파문이 되어 문득문득 되살아나곤 했다.

한창 놀기 좋아하던 10대의 친구들은 일과가 끝나면 서로 어울려 술을 먹고 유흥을 즐겼지만, 나는 공장에 남아 공부를 했다. 어떤 목표가 있었다기보다는 그냥 공부하는 것이 좋았다. 유독 즐거웠던 건 한자 공부였는데, 신문을 보면서 옥편을 찾아가며 한자의 뜻을 익히고 공부했다. 출근길에 거리의 간판 속 모르는 한자를 본 날이면 일을 하면서도 그 낯선 한자가 머릿속에 둥둥 떠다녔다. 한자 공부와 함께 영어 공부도 했는데, 생소한 영어 단어를 쓰고 익히며 언젠가 외국인과 자유롭게 대화하는 꿈을 꾸기도 했다.

그러던 어느 날이었다. 공장에는 가끔 사장님의 친구분들이 놀러 오시곤 했는데, 어느 한 분이 나를 눈여겨보았다며 내게 조언을 해 주셨다.

"봉제 기술을 넘어 더 큰 뜻을 품어야 한다. 그러기 위해서는 더 많이 배워야 한다. 시간이 날 때마다 전문서적을 찾아 읽어라."

친구분은 고등학교 정도는 나올 정도의 지식이 있어야 전문서적을 이해하고 습득도 더 빠를 것이라 했다. 그 이야기는 잠시 잊고 있던 학업에 대한 내 안의 불씨를 일깨웠다. 몹시도 공부가 하고 싶었지만 당시의 나는 방법도 몰랐고, 다시 학교의 문을 두드릴 수도 없는 처지였다.

'책을 읽자!' 학교는 가지 못해도 책은 읽을 수 있었다. 그때부터 나는 월급을 받으면 무작정 책을 사서 읽었다. 어렵게 느껴졌던 전문서

20대 중반의 필자

적보다 수필집을 택했고 소설과 시, 역사서를 읽었다. 나보다 더 힘든 과거를 살다 간 이들의 삶을 간접적으로 느끼며 많은 위안을 받았던 것 같다.

나를 아는 많은 사람은 내게 주경야독이라는 표현을 하지만, 당시의 나는 막연하게 배우고 싶다는 열망뿐이었다. 배우기 위해서는 책을 읽는 것이 좋겠다고 생각했고, 나는 늘 책을 끼고 살았다. 이후 사람들은 문제가 해결되지 않거나 논란거리가 생기면 가장 먼저 나를 찾곤 했다. 그것이 기술이든 지식이든 지혜든 사람들은 늘 내게 답을 물었고, 나는 더 발전하기 위해 새로운 책을 사서 읽고 또 읽었다. 스스로 발전하고자 하는 압박감은 나를 더욱 성장하게 해 주었고, 나는 천천히 내 안의 지식과 지혜를 쌓아가기 시작했다. 책은 학교만큼이나 좋은 선생님이 되어 주었고, 수많은 경험을 하게 도와주었다. 지금도 나는 책이라는 선생님을 아끼고, 배움의 열망을 아주 사랑한다.

정치의 길로 들어서다

1987년은 많은 사람에게 그렇듯 나도 잊을 수 없는 해다. 독재정권에 항거하던 내 또래의 젊은이 이한열 열사가 꽃다운 삶을 마감하게 되었고, 그 사건을 계기로 민주화운동의 열기가 전국으로 확산되어 갔다. 그 당시 나는 스물일곱 살의 나이로 작은 가방 공장을 운영하고 있었는데, 누가 시키지도 않았는데 민주화 열기의 한복판에서 구호를 외치고 있었다. 힘없는 국민이었지만 대한민국의 민주화를 위해, 국가와 민족을 위해 나서야 한다는 생각뿐이었다. 서울역 일대, 시청 일대 집회에 참가하며 최루탄 연기를 뒤집어쓰며 생명의 위협을 느낄 때도 있었지만, 내가 하는 행동이 명분 있고 보람 있게 느껴졌다. 아마도 그 옛날 정당 활동을 하시며 불의를 보면 참지 못했던 아버지의 정의감과 주변의 약자를 돌보셨던 아버지의 따뜻한 피가 나에게도 흐르고 있었던 것 같다.

그해 여름쯤 업무상 오토바이를 타고 가는 길에 우연히 평화민주당 현수막이 걸린 차량을 보게 되었다. 나는 차량을 따라가 입당 신청서를 제출했고, 평화민주당에 입당했다. 민주당의 전신인 평화민주당에 입당한 나는 청년당원으로서 청소와 심부름 등 당의 궂은일을 도맡아 했고, 당원들과 주변 사람들은 아무런 대가 없이, 싫은 내색 하나 없이 열심히 활동하는 나를 신뢰하기 시작했다.

나의 본적지인 성산 1동은 보수 성향이 강한 동네였다. 이에 1995년 제1회 지방 선거가 시작되었지만 민주당 후보로 나서는 사람이 한 명도 없었다. 그러던 중 나에게 출마 권유가 들어왔고, 나는 정치를 할 만한 그릇이 안 된다며 극구 사양했다. 그러나 지역 유지를 포함해 출마 가능성이 있었던 모든 분들이 "유동균 청년부장이 출마한다면 적극 지원하겠다."는 선언을 했다. 주변의 권유에 출마를 결심할 즈음, 나는 의욕도 좋지만 준비를 해야겠다는 생각이 들었다. 목표가 생기자 오랜 시간 내 가슴속에 묻어 놓았던 배움에 대한 막연한 열망이 구체적인 그림으로 그려졌다.

그렇게 나는 1994년 명지대학교 경영대학원 유통학과에 입학했다. 1년의 연구 과정이었기에 고등학교 졸업 자격이 필요 없었지만 그 당시에는 학력으로 통용되기도 했다. 그리고 나는 오랜만에 공부하는 기쁨을 누렸다. 내가 대학원에서 배운 것은 물류유통, 즉 마케팅이었다. 그 당시는 상점에 상품을 진열해 놓고 손님이 오기를 기다리는 방어형 마케팅이 주류였다. 그런데 물류 유통계에 새로운 바람으로 공격형 마케팅이 도입되었다. 손님이 오기만을 기다리지 않고 직접 밖에 나가서 방문판매를 하고, 사람을 설득시켜 판매하는 방법이었다. 당시 주임 교수님은 지방자치에 관심이 많은 분이셨는데, 내가 선거에 출마한다고 하자 '선거도 마케팅'이라며 내게 질문을 했다.

"선거에 출마하기 위해 유동균 씨는 무엇을 했습니까?"

말문이 막혔다. 교수님은 지금의 선거는 마케팅이며 미리 준비해야 한다며 커다란 종이에 선거 출마를 위해 해야 할 전략을 써 내려갔다. 그것은 어쩌면 아주 사소해 보이는 것들이었다. 이를테면 동네 경로당에 찾아가 인사는 드렸는지, 집 앞 동네는 쓸었는지, 동네 어르신들께 인사는 잘했는지……. 교수님은 내가 놓치고 있던 부분들에 대해 조목조목 짚어주셨고, 나는 교수님의 말씀대로 요건을 하나하나 충족해 나갔다.

한번은 지나다니며 늘 인사했던 동네 할아버님께서 나를 불러 세우더니 주머니에서 안성탕면 세 개를 꺼내 주셨다. 가지고 가서 아이들과 끓여 먹으라고 하시며 내 손에 쥐여 주셨는데, 할아버님 입장에서는 소중한 선물을 주신 것이었다. 그 후 며칠째 할아버님이 보이지 않아 궁금했는데, 할아버님 집 앞에 등이 달려 있는 것을 보게 되었다. 나는 집에 가서 옷을 갈아입고 문상을 드리러 갔다. 내가 들어가자 할아버님의 가족분들은 나를 알아보셨다. 생전에 아버지가 칭찬을 많이 하셨다고 했다. 젊은 사람이 예의 바르고 성실해 보여서 무엇이든 가져다주고 싶었다고……. 지금도 나는 안성탕면을 먹을 때면 할아버님의 따뜻한 미소가 떠오른다.

1995년 6월 27일 제1회 전국 동시 지방 선거에서 현역 구의원을 상대로 압도적인 표차로 마포구의원에 당선되었다. 아무도 예상하지 못했던 결과였지만 남모르는 노력의 결과였고, 그러기에 더욱 값진 결실이었다.

나는 동네 어르신 한 분, 어머님 아버님 한 분, 길을 지나는 청년 한 분 한 분의 소중함을 다시금 느꼈다. 그리고 소년노동자 출신인 내가 세상을 향해, 힘없는 누군가를 위해 무엇인가 해 볼 수 있다는 희망에 가슴이 뛰었다. 가족의 생계를 책임지는 것만으로 살아왔던 내가 나 자신이 진정으로 원하는 것이 무엇인지 깨닫게 된 것이다. 내가 살아갈 이유를 찾게 해 준 건 바로 정치라는 무대였다.

방황의 시간들

긴 시간 나는 가족의 생계를 책임져야 한다는 강박으로 학업에 대한 엄두를 내지 못했고, 삶의 의미에 대해 고민할 틈도 없이 그저 하루를 살아내기에 바빴다. 열네 살 나이에 중학교 교정을 떠나며 흘렸던 눈물 속에, 학업에 대한 희망을 묻고 공장으로 향했다. 공장 출근길에 교복을 입고 등교하는 아이들을 볼 때면 '약해지지 마.' 하며 스스로를 채찍질해야 했다. 가끔 초등학교 친구들과 등굣길에 냇가에서 도시락을 까먹던 추억이 되살아나 눈시울이 붉어질 때도 있었지만 눈물을 참고 또 참았다.

시간이 지나 공장에서 인정받고 더이상 밥을 굶지 않아도 될 정도가 되었지만, 학업에 대한 도전은 너무 늦어버린 것이라 생각했다. 하지만 나는 정치라는 무대를 택했고, 현실은 의욕만으로 되는 것이 아니었다. 선거 준비를 하며 내가 느꼈던 현실의 벽은 활자화된 학력의 중요성이었다. 중학교 중퇴라는 나의 학력은 뜻을 펼치고자 하는 곳에서 마이너스 요인이 되기에 충분했다.

"동균아, 너는 배워야 한다." 가슴속에 돌멩이처럼 꾹 눌러 자리 잡고 있던 선생님의 말씀이 떠올랐다. 그리고 공장에 다니던 시절 사장님의 친구분이 해 주셨던 말씀의 의미도 알 것 같았다. 뜻을 품기 위해서는 세상을 더 많이 알아야 했고, 그러기 위해서는 배워야 했다. 늦었다고 생각할 때가 가장 빠르다고 했던가. 나는 1996년 35세의 나이에 고입 검정고시에 도전했다.

과연 합격할 수 있을까? 처음에는 자신 없었지만 시험에 접수하고 나니 반드시 붙겠다는 오기가 생겼다. 낮에는 의정활동을 하고 밤에는 검정고시 책으로 공부하며, 그야말로 주경야독의 시간을 보냈다. 그리고 나는 고입 검정고시에 당당히 합격했고, 기쁨의 눈물을 흘렸다. 스스로를 채찍질하며 긴 시간 참아 온 눈물이 나도 모르게 흘러내렸다. 기세를 몰아 대입 검정고시를 거쳐 대학까지 가야겠다는 목표를 세웠다. 그러나 가난은 날 놓아주지 않았다.

1998년 구의원 재선 도전에 실패한 나는 빚을 안고 가족의 생계를 위해 닥치는 대로 일을 해야 했다. 물류 유통을 배웠던 경험을 살려 화장품이나 자동차에 부착하는 연료 절감기 등을 방문판매로 팔았는데, 가족을 먹여 살리기에는 수입이 턱없이 부족했다. 아이들에게 나와 같은 고생을 물려주고 싶지 않았던 나는 일본행을 결심했다. 어린 시절 공장을 떠돌며 받았던 인간적인 모욕과 가진 자의 횡포, 삶의 비애를 내 자식이 느끼게 하고 싶지 않았다. 살을 깎고 뼈를 녹여서라도 아이들만은 부족하지 않은 환경에서 배우고 싶었던 걸 마음껏 배우게 해 주고 싶었다.

그렇게 2002년 12월 5일, 나는 가지고 있던 전 재산 150만 원을 아내에게 건네고 출국을 준비했다. 아내는 내게 마지막으로 밥 한 끼를 먹자고 했고, 이른 추위로 세상이 꽁꽁 언 것 같았던 그날 아내와 나는 서교가든에서 점심으로 갈비탕을 먹었다. 아무렇지 않게 일상을 이야기하며 밥을 먹고 헤어질 시간이 되었는데, 아내가 갑자기 나를 끌어안고 눈물을 흘렸다. 나는 아내를 떼어 내고 택시를 잡아 타고는 공항으로 향했다. 그리고 달리는 택시 안에서 태어나서 가장 많은 눈물을 흘렸다. 가슴이 찢어지는 것 같았다. 아픈 가슴을 달래며 눈물 속에 다짐했다. 내 한 몸 부서지는 한이 있더라도 사랑하는 아내를 더이상 고생시키지 않으리.

일본에서 자리를 잡기까지는 많은 시간이 걸렸다. 아침밥을 파는 곳이 없어 체질에 맞지도 않는 우유와 빵으로 허기를 달래야 했다. 월급은 우리나라 돈으로 400만 원을 받았는데, 나는 30만 원만 남기고 모두 아내에게 송금했다. 외롭고 고된 시간이었지만 가족을 생각하며 버티고 또 버텼다.

그러던 어느 날, 아내가 나를 보기 위해 두 아이를 데리고 일본으로 왔다. 우리는 우에노공원에 가서 동물원을 구경하고 호수에서 배도 타며 모처럼 즐거운 시간을 보냈다. 100엔짜리 초밥집에 가서 총 75그릇을 해치우는 기염을 토했는데, 식당 사장도 놀랄 정도였다. 가족과 함께했던 2박 3일간의 시간은 타지에서의 고생과 모든 설움이 날아가 버릴 정도로 행복했다. 그 기억만으로 나는 오랜 시간을 버텨냈고, 무사히 한국으로 돌아올 수 있었다.

일본에서 귀국하던 날 찾아간 우리 집은 더이상 단칸방이 아니었고 예쁜 강아지도 키우고 있었다. 내가 보내 준 생활비로 아내는 내가 진 빚을 모두 청산하고, 단칸방에서 전셋집으로 이사 갔다. 다정하고 알뜰한 아내를 만난 건 내 생애 가장 큰 행운이다.

2005년 8월 귀국해서 할 일을 찾고 있을 무렵, 택시 운전 경험이 있는 친구가 내게 택시 운전을 권했다. 나는 마음먹고 송파에 있는 교통회관에 가서 택시 운전 자격증 교육을 받았다. 교통회관에는 운전사를 채용하기 위해 여러 택시회사에서 나와 있었는데, 당시 양평동에 있던 삼익 택시회사 부장이 나를 데려갔다. 이력서를 쓰고 취직이 되는 듯했지만 구의원 이력이 문제가 됐다. 한때 구의원이었던 사람이 택시 운전을 하는 것은 다른 뜻이 있을 거라며 회사 측에서 채용을 반대한 것이다. 하는 수 없이 찾아간 다른 택시회사는 화창운수였는데,

이력서에 초졸 학력만 기록하고 아무것도 적지 않았다. 나는 무리 없이 취업을 했고, 그렇게 택시 운전을 시작했다.

첫 손님을 태우던 날의 긴장감은 아직도 생생하다. 택시를 몰고 나왔지만 길도 잘 모르는 상태에서 손님을 태운다는 건 두려운 일이었다. 당시에는 내비게이션도 없던 시대였다. 나의 첫 손님은 젊은 부부였는데, 제 첫 손님이라고 너스레를 떨며 양해를 구해 목적지까지 무사히 모셔다드렸다. 운행이 끝나면 매일 택시 세차를 했는데, 동네 선배가 우연히 나를 보고는 "의원님!" 하고 부르는 바람에 지난 이력이 들통이 났다. 결국 나는 이력서 허위 기재를 사유로 또 한 번의 해고를 당했다.

방문판매와 일본 생활에 택시 운전까지, 나는 그렇게 적지 않은 방황의 시간을 보냈다. 방황의 시간이라고 표현은 했지만 한 가정의 가장으로서 책임을 다했던 인내의 시간이었고, 제2의 정치 생활을 위한 자양분의 기간이었다. 이 방황의 시간은 가족의 소중함을 다시금 느끼고, 먹고사는 것에 최선을 다했던 아주 소중한 시간이었다.

40대 후반에 대입 검정고시 준비

인도의 아버지로 불리는 간디는 정치에 있어 가장 중요한 것 중 하나가 '정치인의 건전한 철학 정립'이라고 했다. 그러나 정치가로서의 철학은 어느 날 갑자기 생겨나는 것이 아니다. 다시 구의원에 도전하려는 마음을 품으면서 향후 정치인으로서 무슨 일을 할 것인가에 대해 진지하게 고민했다. 만약 당선된다면 더 나은 사회를 위해 비전을 제시할 수 있는 좋은 정치인이 되고 싶었다.

동시에 배우고자 하는 열망이 내 안에서 다시 꿈틀거렸다. 중학교를 중퇴할 때 은사님께서 내게 해 주셨던 "배운 사람이 대장한다."는 말씀의 의미가 더 큰 울림으로 다가왔다. 자신만의 철학을 가진 큰 사람이 되기 위해서 끊임없이 자신을 갈고닦고 학습해야 하는 것이다. 대입 검정고시를 준비해야겠다고 마음먹은 것도 이 무렵이다.

40대 후반의 나이에 다시 시험 준비를 하는 것이 쉽지는 않았다. 더구나 지역사무실 사무국장 일을 하며 틈틈이 시간을 쪼개 준비해야 하는 상황이었다. 그러나 뚜렷한 목표를 가지고 준비하는 과정이었기에 힘들다는 생각은 들지 않았다. 새로운 도전 앞에서 몸은 힘들어도 마음만은 즐거웠다.

그런 준비 과정을 거쳐 나는 2008년도 가을에 48세의 나이로 대입 검정고시에 당당히 합격했다. 그때의 기쁨은 말로 표현할 수가 없다. 이제 대학에 가서 공부할 수 있다는 사실이 믿어지지가 않았다. 그리고 2009년 봄에는 한국방송통신대학교 행정학과에 입학하여 본격적으로 공부를 시작했다. 눈물로 학업을 중단할 수밖에 없었던 봉제 공장을 다니던 가난한 소년노동자가 기나긴 세월을 돌고 돌아 드디어 어엿한 대학생이 된 것이다.

다음 선거가 아닌
다음 세대를 생각하는 정치가

구의원 당선으로 12년 만에 다시 시작한 의정활동은 내게 큰 의미로 다가왔다. 아픈 만큼 성숙해진다는 말처럼 고난과 역경은 내게 주어진 것들과 남아 있는 것들에 대한 감사한 마음을 갖게 해 주었다.

택시 운전으로 수많은 분을 만나고 이야기를 나눴던 시간은 서민들과 지역사회에 대한 소통과 이해의 시간이었다. 이는 의원으로 활동하는 데 큰 힘이 되어 주었다.

나는 구의원으로서 의회가 행정기관에 브레이크를 거는 존재가 아니라 행정의 파트너로 자리 잡기 위한 노력을 끊임없이 했다. 의회와 집행부가 동반자가 되어야 구민을 위한 일을 할 수 있기 때문이다.

구의원을 하면서 뿌듯한 일이 있다면, 마포중앙도서관 건립과 마포인재육성장학재단 설립에 기여한 일이다. 국가의 미래를 위해 가장 중요한 건 자라나는 아이들에게 꿈과 희망을 심어 주는 것이다. 나 또한 어려운 환경 속에서도 꿈과 희망을 놓지 않았기에 어려움을 극복할 수 있었다. 아이들이 보호자의 경제 능력에 따라 꿈을 꾸는 것이 아니라 그와 무관하게 재능을 키워 나갈 수 있도록 지원하는 제도적 기반을 만드는 건 아주 보람된 일이었다.

구의원을 하면서 나는 더 많은 주민을 만나고 그들의 목소리를 듣기 위해 밤낮을 가리지 않고 마포 이곳저곳을 살폈다. 부당한 일을 당한 주민을 만나면 구의원이라는 직함도 잊을 정도로 함께 분노하며 앞장섰다. 누구든 필요한 일이 있다면 언제든 달려가 문제를 해결할 수 있도록 최선을 다한 결과, 2014년 서울시 시의원에 당선되어 보다 폭넓은 정치 활동을 펼칠 수 있게 되었다.

그렇게 구의원과 시의원을 거치며 지역을 위해 최선을 다해 뛰었지만, 열심히 일했다는 뿌듯함보다 아쉬운 마음이 더 컸다. 의정활동을 통해 구와 시 행정을 지켜보며 서민의 아픔을 보듬어 줄 수 있는 정책을 직접 만들어 추진하고 싶다는 생각이 들었다. 그중 소외계층의 주택 문제는 꼭 해결하고 싶은 사안이었다.

내가 처음으로 집을 산 건 2011년이다. 우리 가족이 집을 장만할 수 있었던 건 작은 것도 아끼고 저축하며 희생한 아내 덕분이다. 궁핍한 살림에 남편을 뒷바라지하고 아이들을 먹이고 입히기 위해 아내 자신은 늘 뒷전이었다. 새집으로 이사할 무렵 아내의 옷 가방엔 청바지와 티셔츠 몇 벌이 전부였는데, 그동안 아내가 얼마나 고생했는지 말하지 않아도 느낄 수 있었다. 집을 샀다는 소식을 전해 들은 지인은 이렇게 말했다.

"사람은 집만 있으면 돼. 집만 있으면 맨밥에다 김치만 먹어도 살 수 있어."

그 말에 누구보다도 공감하는 사람은 바로 나 자신이다. 아버지 사업이 실패하고 마포구 성산동으로 이사한 첫날, 갈 곳 없어 다리 밑에 짐을 풀었던 기억이 아직도 생생하다. 그때 막냇동생은 겨우 세 살이었다. 울고 보채는 어린 자식들을 보던 어머니의 황망한 눈빛은 50년이 지난 지금도 잊히지 않는다. 한 집안의 가장이 되고, 눈에 넣어도 아프지 않을 자식들을 키우면서 당시 부모님의 심정을 더욱 사무치게 깨닫게 되었다.

민선 7기 마포구청장에 당선되다

2018년, 나는 마포구청장 예비 후보 자격으로 당내 경선을 치렀고 승리했다. 그리고 마포구민의 성원과 지지를 받아 민선 7기 마포구청장이 되었다.

나는 그동안 생각해 왔던 서민을 위한 정책을 만들기 위해 노력했다. 먼저, 불가피한 사정으로 당장 갈 곳이 없어진 사람들에게 희망의 보금자리를 마련해 주는 '마포하우징사업'을 역점적으로 추진했다. 마포하우징사업은 주거 위기 가구를 보호하기 위해 임시 거소 및 공공임대주택 등을 지원하는 것인데, 아직 갈 길이 멀지만 임기 중 총 95채의 거주 공간을 마련해 지원할 계획이었다.

내가 스무 살이 되던 해 입영 통지서를 받고 하늘이 무너진 것처럼 막막했을 때, 생계유지 곤란자에 대한 군 입대 면제 제도를 알려 주었던 동사무소 직원이 있었다. 나는 그때 공무원 한 사람이 한 가족을 살릴 수도 있다는 것을 느꼈다. 구청장이 된 후 그때의 기억을 바탕으

2019년 마포구청장 재임 시 3·1절 100주년 기념 행사에서의 필자

로 만든 것이 현재 16개 모든 동에 설치된 '무엇이든 상담 창구'다. 정보가 없어서, 잘 몰라서 도움받지 못하는 구민이 없도록 하고 싶었다. '무엇이든 상담창구'는 가정폭력, 실직, 이웃 간 분쟁, 상속 및 양육권 변경 등은 물론이고 구의 소관 사항이 아닌 스스로 해결하기 어려운 개인 신상에 관한 문제까지 상담해 주는 역할을 하고 있다. 아무리 그럴듯한 정책도 주민이 만족하지 못하면 아무런 의미가 없다. 보여 주기식 행정이 아니라 실질적으로 주민의 가려운 곳을 긁어 주고 아픈 곳은 어루만져 줄 수 있는 정책을 추진해야 한다. 이를 위해서는 정치인들과 공무원들이 더욱 노력하고 희생해야 한다.

"정치꾼은 다음 선거 생각을 하고, 정치가는 다음 세대를 생각한다.” 19세기 미국의 정치개혁가 제임스 프리먼 클라크(James Freeman Clarke)의 명언을 떠올려 본다. 정치가 국민을 걱정하기에 앞서 국민이 정치를 걱정하는 상황이 되어서는 안 될 것이다. 돌아보면 나는 이제 절반 정도 달려왔을 뿐이다. 언젠가 정치를 그만두는 날이 올 때, 다음 세대를 위한 의미 있는 발자국을 남길 수만 있다면 나는 성공한 인생을 살았다고 말할 수 있을 것이다. 그러기 위해 나는 오늘도 다음 선거가 아닌 다음 세대를 생각하고 또 생각한다.

어머니, 나의 어머니

나의 삶 이야기에 우리 어머니를 빼놓을 수가 없다. 어머니는 지금도 용돈을 드리면 쓰지 않고 모아놓으신다. 저축해 놓았다가 아들 선거 때 주신다고 한다. 내가 그러시지 말라고 해도 어머니는 그저 자식 걱정뿐이다. 맛있는 음식도 드시고, 좋은 옷도 사 입으시라고 아무리 말해도 듣지 않으신다. 어느 날, 어머니가 시름 가득한 얼굴로 말씀하셨다.

“애비야, 큰일 났다. 내 친구가 치매가 걸려서 아들도 못 알아본단다. 나도 치매에 걸리면 어떡하냐?”

“어머니, 그럼 지금부터 제가 오면 ‘아들 왔구나’ 하지 마시고 ‘유동균 왔구나’ 하고 이름을 불러 보세요.”

그때부터 어머니는 내가 오면 "유동균 왔냐" 하며 반가워하신다.

내가 시의원 할 때, 어머니가 길을 걷다가 넘어지는 사고를 당한 적이 있다. 보통 사람들은 넘어질 때 아이고 하느님, 아이고 부처님, 아버지 어머니 등을 불렀겠지만 어머니는 그때 "아이고 유동균" 하며 넘어지셨다고 한다. 지나가는 사람이 유동균이 누구냐고 물어보니 아들이라고 말씀하시며 지갑 속 명함을 보여 주셨다고 했다. 연락을 받고 황급히 달려가 어머님을 모시고 병원에 갔다. 엑스레이를 찍어야 하는데 어머니가 자꾸 내게 나가라고 하셨다. 아들인데 뭐 어떠냐며 나가지 않았는데, 알고 보니 꿰매 입은 속옷을 감추려고 하신 것이었다. 그런 어머니를 보며 화가 나기보다는 마음이 착잡했다. 나는 그날 아무 말 없이 아내에게 어머니 옷장 서랍에 튼튼하고 좋은 속옷들을 채워드리도록 부탁했다.

어머니는 한평생 자식을 위해서만 살아오신 분이다. 아버지의 병환이 깊어지면서 7남매나 되는 자식들을 위해 쉴 틈 없는 삶을 살아오셨다. 끼니가 힘들었던 시절, 어머니는 7남매에게 밥상을 차려 주고 "어서들 먹어라." 하고 나가 계셨는데, "엄마 왜 안 먹어?" 하면 "나는 아까 먹었다." 늘 그렇게 말씀하셨다.

시의원 선거를 준비할 때였다. 선거 사무소 개소식에 어머니가 오셨고, 나는 손님들께 어머니를 소개했다. 그 당시 무릎이 많이 안 좋으셨던 어머니는 다리를 절뚝이시면서 앞으로 나오셨고, 나는 그런 어머니의 모습에 목이 메었다.

"제가 비록 많이 부족하지만 저를 낳아서 길러주신 어머니입니다. 우리 어머니가 무릎이 편찮으셔서 걸음 걷기도 불편해하시는 걸 보니 저는 정말 불효자입니다. 그런데 여러분, 여기 계신 여러분께 약속드리겠습니다. 제 공약이 하나 더 늘었습니다. 이번 선거가 끝나면 당락에 관계 없이 어머니 무릎 수술부터 해 드리겠습니다."

이후 시의원 선거에 승리하고 당선증을 가지고 어머니께 가장 먼저 달려갔다. 어머니는 우리 아들 장하다며 기뻐하셨다. 그리고 무릎은 괜찮으니 절대 신경 쓰지 말라고 하셨다. 그래도 나는 그해 가을 어머니의 무릎을 수술해드렸다. 수술 후 재활 치료를 받는데 의사가 아프냐고 물으면 어머니는 아파도 안 아프다고 하셨단다. 이유를 물어보니 아프다고 엄살을 부리면 서울시의원 엄마가 그것도 못 참는다고 할까 봐 꾹 참으셨다는 거다.

지금도 어머니는 큰아들 덕에 다리가 멀쩡해졌다고 늘 자랑을 하신다. 사랑하는 나의 어머니가 튼튼한 무릎으로 아들이 걸어가는 길에 부디 오래오래 함께 동행해 주시길 마음속 깊이 바라고 또 바란다.

처음과 같은 마음으로 새로운 시작

언젠가 TV에서 한 정신과 의사가 "모든 사람은 완벽하게 불완전하다."고 말하는 것을 보았다. 나는 그 말에 공감한다. 최고 기업의 총수도, 최고 대학의 총장도, 한 나라의 통치자도 세상에 그 누구도 완벽한 사람은 없다. 우리 모두는 완벽하지 않기에 함께 살아갈 수 있고, 함께 살아가야만 한다. 나 또한 한없이 부족한 사람이지만, 나는 그 부족함을 채우려 사회적 환경에 굴복하거나 지배받으려 하지 않았다. 나만 불안전한 사람이라는 생각, 부족한 사람이라는 생각으로 사회적 환경에 지배를 받고 의존하게 되면 뜻한 바를 이룰 수도 없고 변명만 하는 삶을 살게 된다.

10대 시절 공장의 먼지와 소음 속에서 내가 처한 환경을 비관하고 배움의 끈을 놓아버렸다면 오늘날 나의 모습은 많이 달라졌을 것이다. 돌이켜보면 극한 상황 속에서도 나를 지켜 준 버팀목은 할 수 있다는 긍정의 힘과 열정이었다. 힘은 뼈와 근육에서 나오는 것이 아니라 불굴의 의지에서 나온다고 했다. 나무가 세찬 바람에 버틸 수 있는 힘은 두꺼운 기둥이 아니라 깊고 단단한 뿌리인 것처럼.

한때 젊은 시절, 나는 생계를 위해 운전대를 잡았었다. 그 경험을 살려서 구청장에 낙선한 후 더 큰 꿈을 위해 운전대를 잡고, 더 겸손하고 현명해지기 위해 지역 구석구석을 쉬지 않고 달렸다. 택시 운전을 하면서 손님들 말에 귀를 기울이다 보면 세상 돌아가는 이야기를 들을 수 있어서 좋았고, 그들의 고충을 잘 들을 수 있어서 어떻게 정치를 해야 할지 다시 한번 다짐하는 시간이 되었다. 운 좋은 날에는 손님이 거스름돈을 사양하거나 요금의 몇 배를 더 주시기도 한다. 좋은 일에 쓰라는 의미다. 이렇게 벌어들인 수입은 모두 마포인재육성장학재단에 기부했다. 하지만 택시 운전도 그리 오래 하진 못했다. 전 세계를 덮친 코로나 팬더믹으로 인해 택시 운전을 잠시 접고야 말았다.

"사람은 자기가 행복할 때는 힘들었던 기억을 잊어버리고, 역경에 처했을 때는 행복했었던 때를 기억하지 못한다."는 말이 있다. 택시 운전은 힘들었던 기억을 되살아나게 하지만, 내가 지금 여기 있는 이유와 가야 할 길을 알려 준다. 그리고 세상을 살아가는 처음의 열정과 용기를 떠올리게 해 준다.

우리의 삶은 수많은 처음과 끊임없는 시작으로 가득하다. 처음은 세상을 향한 열정이며 용기와 같다. 역경과 고난을 견디는 방법은 처음의 마음을 잃지 않는 것이다. 모든 사람은 완벽하지 않고 나 또한 그러하다. 나는 완벽해지기보다는 지금보다 나아지기 위해 늘 준비하고 처음과 같은 열정과 용기를 만들어 낸다. 그리고 그 열정과 용기를 실천한다. 시간이 흘러도 이 마음은 변하지 않을 것이다.

이제 코로나 팬더믹으로 잠시 중단했던 택시 운전을 다시 시작하려고 한다. 오늘도 처음과 같은 변하지 않은 마음으로 다시 택시 운전을 통해 한 지역의 살림을 책임졌던 정치인으로서 그들의 솔직한 삶의 이야기를 듣고자 손님과의 대화를 꿈꿔 본다. 새봄과 같이, 아침과 같이, 새싹과 같이 그 뜨거운 처음과 같은 마음으로 다시 시작하려고 한다.

배움

요양보호사로 근무한 지도 어느새 수년이 흘러 일흔네 살이 되었을 무렵 가슴속에 응어리로 남았던 중학교 진학에 대한 생각이 다시 꿈틀거렸다. 그냥 지금처럼 살아도 뭐 그다지 후회되는 일은 아니지만, 왠지 하고 싶었던 공부를 계속해야겠다는 생각이 떠나질 않았다. 이런 마음을 갖고 있던 어느 날, 요양 돌봄 일을 마치고 집으로 오는 엘리베이터 앞에 야간학교에 관한 전단지를 보게 되었다.

나이는 숫자에 불과하다

일흔네 살에 시작한 중학교 공부, 여든한 살 최고령 고졸 검정고시에 합격하다

유인희

2023년 상반기 고졸 학력 검정고시 최고령 합격자
중졸 학력 검정고시 합격
롯데·해태 중상인
요양보호사

나는 1945년, 소위 말하는 해방둥이로 태어났다. 부모님께서는 농사를 천직으로 알고 아침부터 저녁까지 농사일에만 매달리며 8남매를 먹여 살리느라 애쓰셨다. 작은 시골 마을에서 농사도 많지 않다 보니 사는 게 몹시 힘들었다. 그땐 다 그렇게 살았다.

다행히 나는 8남매의 막내로 태어나서 어릴 때부터 형제들의 보살핌 속에서 원만하게 자랐다. 초등학교 다닐 때는 공부보다는 또래 친구들과 소꿉놀이, 고무줄놀이를 하며 그저 놀면서 지냈다. 조금 커서는 집안일을 거들며 보통 아이들처럼 별생각 없이 초등학교에 다녔다.

그런데 평범한 내 생활에 다른 세상을 맛볼 기회가 찾아왔다. 초등학교 3학년 때였다. 체육 시간에 많은 학생이 운동장에 모여 달리기를 했다. 선생님은 앞줄 순서대로 400미터 달리기를 시켰다. 초등학생에게 400미터 달리기는 좀 힘든 거리였지만 선생님은 아이들이 달릴 때마다 초시계로 제일 빠른 학생만 시간을 쟀다. 달리기를 모두 마친 후 선생님은 내 얼굴을 빤히 쳐다보더니 앞으로 나오라고 하셨다.

"너는 달리기가 제일 빠르니까 선수를 해 보면 좋겠다!"

갑작스러운 선생님 말씀에 나는 어안이 벙벙해서 어찌할 바를 몰랐다. 육상선수에 대해 잘 몰랐기 때문에 싫다 좋다 적극적인 의사 표현은 안 했다. 그땐 3학년 어린 학생이어서 싫어도 선생님이 하라면 대꾸할 줄도 몰랐다.

어느 날 전교생이 운동장에 모여 국민체조를 했다. 국민체조가 끝나자마자 선생님은 나를 전교생 앞으로 불러냈다.

"우리 반에서 달리기를 제일 잘하는 학생인데 잘 훈련하면 전국대회에 나가서 좋은 선수로 활약할 것 같습니다."

나는 얼떨결에 불려 나가 전교생이 보는 앞에서 학교대표 육상선수로 발탁되었다. 초등학교 3학년이 전교생 앞에 서 있다 보니 부끄러워서 빨리 내 자리로 돌아가고만 싶었다.

어렸지만 나는 정말 육상선수가 될 수 있는지 스스로 고민을 했다. 시골에서만 살아서인지 자신이 없었고, 전국대회에 나가 도회지 아이들과 경쟁한다는 것이 겁났다.

"선생님, 저는 달리기 못 할 것 같아요."

"아니야, 너는 끈기도 있고 잘할 수 있어. 누구보다도 빠르고, 달리기에 소질이 있으니 잘 해 보자."

결국 선생님이 용기를 주시는 바람에 하는 수 없이 여자육상선수가 되기로 맘을 먹었다. 집에 와서 육상을 해 보겠다고 하니 여자아이가 무슨 뜀박질 선수냐면서 집안에서는 시큰둥했다. 그래도 선생님이 해 보라고 하셨으니 한번 해 보라면서도 대수롭지 않게 여겼다.

그때부터 오전의 학교 수업이 끝나면 오후에는 곧장 운동장에서 달리기 연습에 들어갔다. 전국대회를 앞두고는 학교에서 집에 와도 늘 달리기만 생각했다. 운동장에서 선배들과 달리기 훈련을 할 때마다 그만두고 싶은 생각이 간절했다. 하지만 기록이 점차 좋아지는 걸 느끼면서 힘은 들어도 점차 육상에 재미를 붙이게 되었다.

대회 날짜가 다가오자 수업이 끝나면 오후에는 선생님과 일대일 교육을 했다. 당시 나는 3학년으로, 상급생 선수들과 함께 훈련을 받았다. 나는 작은 체구였지만 끈기가 있어서 그 힘든 육상훈련을 이겨 내고 학교대표 육상선수가 되었다. 나는 학교를 대표하는 육상선수니 잘해야 한다는 부담도 있어서 열심히 훈련에 열중했다.

드디어 군대회를 거쳐 천안에서 열린 전국대회에 출전했다. 우리 학교 선수들은 오전에 치른 예선, 준결승 경기에서 뛰어난 실력을 발휘해 결승까지 올라갔다. 선수들은 곧 우승할 것 같은 생각에 신이 났다. 시골 학교 출신들이 결승까지 올랐으니 그럴 만도 했다. 하지만 역시 결승전에 모인 육상선수들은 실력이 좋았다. 결국 우리 학교 선수들은 결승전에서 그만 우승을 놓치고 말았다.

학교에서는 결승까지 갔으니 대단하다면서 육상부를 적극적으로 키우겠다며 축하해 주었다. 우리는 우승을 놓친 안타까움을 뒤로하고 예전과 같은 방식으로 학교 수업이 끝나기 무섭게 오후에는 운동장에 모여 육상 훈련을 계속했다. 다음 회 우승을 꿈꾸면서 누구 하나 게으름 피우지 않고 최선을 다했다. 육상 그 자체가 힘은 들었지만 경쟁에서 이기고 '기록 단축'이라는 성과를 얻으면서 보람이 있었다. 달리기만 하다 보니 나도 어느새 고학년이 되었다. 여자육상선수가 매우 드물 때였는데, 나는 훌륭한 여자육상선수가 되는 게 꿈이 되었다.

그러던 어느 날, 육상선수로 꿈을 펼쳐 보이겠다는 내 목표가 하루아침에 물거품이 되는 현실을 마주하게 되었다. 고향을 떠나 가족 모두가 천안으로 이사 가야 하는 일이 생긴 것이다. 고향을 떠나면 학교를 전학해야 하고, 또 육상을 포기해야만 해 무척 속상했다. 육상을 계속하고 싶은 마음이 간절해 그냥 고향에서 혼자라도 살고 싶었다. 하지만 부모님 뜻을 거역할 수가 없어서 천안으로 이사 갔다.

전학 간 학교에는 육상부가 없었다. 그동안 힘들게 노력한 육상선수의 꿈이 한순간에 사라지고 물거품이 되었다는 현실 앞에 어리지만 답답하고 앞날이 불안했다. 하지만 천안에서의 학교생활은 시골 학교와는 달리 여러모로 매우 좋았다. 도회지여서인지 학생들은 공부도 열심히 하고, 피부도 좀 하얗고 이쁘다는 생각이 들었다.

전학 와서 친구들과 사귀면서 또래 아이들처럼 수다 떠는 재미로 학교생활을 이어 가다 보니 어느새 6학년이 되었다. 이때 상급 학교인 중학교 진학 문제가 나를 다소 주눅들게 했다. 이미 집안 형편이 좋지 않음을 누가 말해 주지 않아도 잘 알고 있었기에, 담임 선생님과 진학 상담을 하면서 중학교에 가지 못한다고 말씀드렸다. 그나마 다행인 것은 반에서 여자친구들 대부분이 중학교에 진학하지 못했다. 나도 그중 하나일 뿐이라는 사실이 다소 위안을 주었다. 당시엔 남자라면 몰라도 여자들은 대부분 진학을 포기하고 집안 살림을 돕다가 적당한 나이에 결혼하는 분위기였다.

"중학교도 못 가는데 공부는 해서 뭐하냐!"

나는 친구들과 어울려 쏘다니며 공부는 아예 뒷전으로 하고는 놀기만 했다. 성적이 갑자기 곤두박질쳤다.

초등학교 졸업을 얼마 앞두고부터는 상급 학교에 진학하는 친구들과 그렇지 못하는 친구들로 갈라져 반 분위기는 썩 좋지 않았다. 지금 생각해 보니 중학교 진학하는 친구들은 좀 더 밝게 생활했고, 진학하지 못하는 친구들은 마음이 안 좋아 얼굴 표정이 어두웠던 것 같다.

나는 괴롭고 답답한 마음에 중학교에 가지 못하면 뭘 해야 할지 고민했다. 당시엔 집안일을 거들거나 도회지에 나가 공장에서 일하거나, 양품점이나 잡화점에서 일을 하거나 아니면 어린애들 돌보는 일들이 많았다. 시골 학교에 계속 남았으면 어쩌면 육상으로 중학교에 갈 수도 있었다는 생각에 천안으로 온 게 너무 후회되었다. 시골 학교에선 스타였는데, 천안에 이사 와 그렇게도 가고 싶던 중학교를 못 가니 어린 마음에 너무나 실망이 컸다.

그 후 나는 할 일 없이 놀고 있을 때 다른 친구들은 중학생이 되어 재잘거리며 집 앞에 오가는 것을 볼 때마다 쥐구멍에라도 숨고 싶었다. 검은색 치마에 흰 카라를 꼿꼿이 세운 교복을 예쁘게 입고 새 가방을 들고 다니는 친구들을 볼 때는 참으로 부럽기만 했다. 또래들이 지나가기만을 기다렸다가 멀리서 그 뒷모습을 보면서 오기가 생겼다.
'지금은 형편상 공부를 못 하지만 나도 언젠가는 중학교에 갈 거다!'

그러나 생각은 생각일 뿐이었다. 어린 여자아이가 스스로 결정해서 공부하기는 쉽지 않았다. 중학생이 될 거라는 생각은 부러움과 질투에 의한 막연한 생각이었다. 집안 형편상 중학교 진학은 점점 멀어져만 갔다. 나는 어린 나이에 내가 할 수 있는 일을 찾아서 그때그때 일을 했다. 그러다 보니 세월만 흘렀다. 혼기가 들어차자 결혼을 했고, 학업에 대한 꿈은 점점 멀어졌다.

그렇게 세월이 흐르고 그만큼 또 공부의 시기는 놓치게 되고…, 대신 가정을 갖게 되었다. 아이들을 양육하면서 지아비를 둔 가정주부로 평범하게 살던 어느 날 일을 해야겠다는 생각이 들었다. 하지만 초등학교 졸업장밖에 없는 내가 할 수 있는 직업은 별로 없었다. 그래서 방문판매원이 되어 가가호호를 방문해 물건을 소개하고 판매했다.

나에게 주어진 일을 육상선수 시절처럼 열심히 하니 용기도 나고 자신감이 생겼다. 돈을 벌어 가정 살림과 아이들 교육에 도움이 된다고 생각하니 너무 기뻤다. 일하다 보니 자동차를 타고 다니면 훨씬 수월하고 판매가 더 잘 될 것 같았다. 그래서 운전학원 새벽반에 등록해 운전 교육을 받고는 출근 시간 늦지 않게 일찍 대리점으로 출근해 열심히 일했다.

얼마 후 운전면허증을 취득하고는 기쁜 마음으로 다마스 자동차를 구입했다. 물건을 자동차로 나르니 더욱더 힘이 나고 수입도 늘었다. 신여성이 된 듯 착각도 하며 오랫동안 꿈꾸었던 학업은 점차 멀어져 가는 듯한 생활이 계속 이어졌다. 하지만 순간순간 못다 한 중학교 공부에 대한 미련을 떨쳐 버릴 수가 없었다. 그러나 그럴 때마다 늦은 나이에 무슨 중학교 공부냐면서 차라리 판매원을 더 열심히 해서 돈이나 많이 벌자고 생각했다.

판매원 일을 50년 넘게 하다 보니 어느새 나이가 일흔한 살이 되어 있었다. 적은 나이가 아닌데 판매원을 언제까지 계속할 수 있을까 하는 물음표가 불쑥불쑥 비수처럼 꽂혔다. 비록 고령층에 속하나 아직은 건강하니 이대로 현실에 안주하지 말고 앞으로 어떤 일을 하면서 살 것인지 곰곰이 생각하는 날이 많아졌다. 그래서 낮에는 일하고, 야간에 공부할 수 있는 요양보호사 학원에 등록해 공부를 시작했다.

야간에 공부하자니 체력적으로 힘들고 어렵긴 했지만 새로운 공부를 한다는 자체로 재미가 있어 즐거운 마음으로 정말 열심히 공부했다. 배움이 짧아 말뜻도 이해가 잘 안 되고 답답했지만, 당장은 어려워도 앞으로 할 수 있는 일이라는 생각이 들어 열심히 했다. 얼마 후, 요양보호사 시험에 합격해 자격증을 취득하고는 곧바로 요양보호사로 일하게 되었다. 오전에는 판매원 본업을 하고, 오후에는 요양보호사로 건강하지 못한 어르신들 돌봄 일을 했다.

요양보호사로 근무한 지도 어느새 수년이 흘러 일흔네 살이 되었을 무렵 가슴속에 응어리로 남았던 중학교 진학에 대한 생각이 다시 꿈틀거렸다. 그냥 지금처럼 살아도 뭐 그다지 후회되는 일은 아니지만, 왠지 하고 싶었던 공부를 계속해야겠다는 생각이 떠나질 않았다. 이런 마음을 갖고 있던 어느 날, 요양 돌봄 일을 마치고 집으로 오는 엘리베이터 앞에 야간학교에 관한 전단지를 보게 되었다.

'아, 야간으로 갈 수 있는 학교도 있구나!'

소녀처럼 가슴이 두근거리고 얼굴이 발갛게 달아올랐다. 다소 흥분도 되었다. 하지만 나이가 발목을 잡았다.

'내 나이가 몇인데, 이젠 때가 너무 늦은 것 같아!'

며칠 동안 침대에 누워 혼자서 곰곰이 생각하고 또 생각하면서 공부할 수 있다, 없다를 반복하며 지루한 시간을 보냈다. 상록학교 문 앞까지 갔다가 돌아오기를 수차례 반복했다.

'내 나이 일흔넷? 요양보호사 자격증도 일흔한 살에 취득했지 않은가! 다시 생각을 해 봐. 늦었다고 생각하는 지금이 가장 빠르다는 말처럼 용기를 내 보자.'

야간학교에 가야 한다, 못 간다를 여러 날 생각하다가 '인생은 도전의 연속'이라는 생각이 들어 용기를 내 상록학교 문을 두드렸다.

상록학교에 입학해 공부를 하니 배움에 목마른 비슷한 처지에 있는 동급생들이 있어서인지 마음이 편하고 즐거웠다. 그렇게 낮에는 요양보호사로, 밤에는 상록학교에서 공부하면서 "시련은 있어도 실패는 없다!"는 생각을 하며 마음을 다잡고는 열심히 공부했다. 하지만 늦은 나이에 중학교 과정을 공부하다 보니 참으로 힘들고, 이해하기 어려운 공부로 인해 난관에 부딪혀 포기하기를 여러 번 하였다. 그때마다 육상선수 시절처럼 '무조건 뛰어보자, 땀 흘려 뛰다 보면 끝이 보이겠지.' 하고 도전, 또 도전했다. 그렇지만 늦은 나이에 시작한 공부란 참으로 쉽지가 않았다. 공부가 부족하면 시간을 더 쪼개서 노력해 보려고 다시 계획을 세워서 시작하기를 여러 번! 너무 힘들고 어렵고 힘에 겨워 여기서 포기할까 하는 마음도 수시로 찾아와 나를 힘들게 했다.

'어휴! 돌대가리. 넌 왜 그렇게 공부를 못하니!'

스스로 자책하다가 차라리 공부 그만하고 편하게 노년을 즐겨야겠다는 생각을 하면 다시 "유인희, 포기는 안 돼!" 하고 마음을 누르고, 또다시 다짐하고 힘을 내어 상록학교에 다녔다.

낮에는 요양보호사 일을 하고 밤에 학교에 가면 지칠 법도 한데, 나는 오히려 이 공부가 활력소가 되어 기쁜 마음으로 수업을 들을 수 있었다. 시간이 지나자 조금씩 어려운 문제도 알게 되고, 공부에 빠져들면서 중학교 졸업장을 손에 쥘 수 있겠다는 자신감이 생겼다.

드디어 최선을 다해 검정고시 시험을 봤다. 그리고 은근히 합격을 기다렸다. 사춘기 소녀의 첫사랑을 기다리는 것처럼 합격증을 손에 쥘 수 있을지 어떨지 설레기까지 했다. 시간이 지나자 초조함으로 '그래, 이번에 못 받으면 더 열심히 해서 다음에 합격하면 되지!' 하는 생각으로 편안하게 마음먹었다.

얼마 후, 중학교 졸업 학력 검정고시에 합격하여 내 생애 최고의 선물을 받았다. 합격증을 손에 들고 쓰다듬고 또 쓰다듬으며 감동해서는 흐뭇한 마음이어서인지 생활에 활력까지 돌았다.

"중학교를 졸업했는데 내친김에 고등학교도 졸업해야지!"

이제는 고등학교 졸업장을 따야겠다는 목표를 갖게 되었다.

다시 상록학교 고등학교 과정에 입학해 열심히 학교생활에 매진했다. 너무나 훌륭하시고 교육이 높으신 많은 선생님, 그리고 학우들과 함께 생활하면서 인생 공부, 협동 생활, 참으로 값지고 뜻있는 생활을 재미있게 하다 보니 어느덧 고등학교 2학년이 되었다. "이제는 정신 차려 열심히 하자. 게으름을 피우지 말자. 나는 할 수 있어!" 하고 혼자 외치고 다짐하며 용기 내 하루 일과를 마무리하고는 상록학교에 가서 공부했다.

노력하다 보면 얻을 수 있다는 마음가짐으로 한 우물을 파기로 했다. 그것도 물이 안 나온다고 불평하거나 중도에 포기할 것이 아니라 물이 나올 때까지 파기로 결심했다. "나이는 숫자에 불과하다."는 말처럼 '그래, 나도 할 수 있어.' 하는 자신감으로 공부했다.

세월이 흘러 어느새 고 3이 되어 졸업을 앞뒀다. 시험이 코앞에 다가오니 그동안 뭘 했나 싶고, 아쉬우면서 열심히 공부하지 않은 것 같아 머리를 쥐어박고 싶은 심정이었다. 선생님들께서는 충분히 합격할 수 있다며 격려와 용기를 주셨다.

상록학교에서 공부하는 동안 내가 목표로 삼은 뜻 있는 길을 찾게 되었다. 때로는 나이가 많다고 원망스러울 때도 있었지만 모든 후회는 뒤로하고 앞만 보고 달리자는 정신력으로 나의 할 일과 인생길을

전국검정고시총동문회 이창효 자문위원으로부터 합격 증서를 받는 필자

보람 있고 값지게 살아보고자 노력했다. 하지만 중학교는 몰라도 그 어려운 고등학교까지 과연 합격할 수 있을까? 초조한 마음으로 주저앉기를 여러 번!

드디어 고등학교 졸업 학력 검정고시 시험을 치렀고, 여든한 살 최고령으로 합격했다는 소식을 전달받았다. 순간 깜짝 놀랍기도 하고, 기쁘면서 한편으로는 쑥스럽기도 했다. 고등학교 합격증에다가 검정고시지원협회로부터 최고령상 격려금 50만 원을 받았다. 귀한 상금은 상록학교에 보냈다.

평생 가슴에 파묻고 살았던 배우지 못한 한을 풀어 주신 선생님들께 참으로 감사하는 마음 금할 길이 없다. 처음에는 한풀이로 시작한 공부였지만 이제는 한풀이가 아닌 공부를 통해 고학력자라는 자긍심과 세상을 보는 눈과 레벨이 높아졌다는 사실이 너무나 기쁘고 감사하다.

고졸 학력 검정고시 합격증 수여식 후 기념사진 촬영

80세인 나에게 누군가는 더 공부해서 대학에 들어가라고 축하의 말씀을 하신다. 대학에 가고 싶은 마음은 있지만 체력과 실력이 부족하고, 학비도 어려울 것 같기에 학업은 여기서 멈추고자 한다. 때로는 하던 일을 멈출 줄도 알아야 한다는 것을 그동안 공부를 통해서 알게 되었다. 이제는 가정의 화목과 내 건강을 지키면서 일을 더 열심히 하자는 결심을 갖는다.

끝으로 상록야간학교의 훌륭한 선생님들, 배움에 열정을 불태우는 학우들의 행복과 건강을 기원한다. 하고 싶은 일을 포기하지 않고 노력하다 보면 반드시 목표를 이루리라 여긴다. "나이는 숫자에 불과하다."는 말을 다시 한번 되새긴다.

배움

드디어 초중고를 졸업한, 국가가 인정한 기본 학력을 모두 끝마치자 나는 작가란 꿈 외에 새로운 목표가 생겼다. 그것은 바로 나와 같은 소외된 사람들이 희망을 가질 수 있도록 당사자 입장에서 정말로 필요한 서비스와 조언을 해 주고 싶다. 그래서 보다 전문적인 지식을 쌓기 위해 고려사이버대학 사회복지학과에 입학해 사회복지사 공부를 하고 있다. 더구나 장애인자립센터에서 정식 직원으로 근무도 하고 있다. 이러한 전문지식을 통해 비록 사이버 세상 속이지만 아픈 환우들이 더이상 소외됨 없이 사람들과 세상 밖에서 소통할 수 있도록 도움을 주며 살고자 한다.

나를 다시 새롭게 살게 해 준 검정고시

초등학교 문턱도 가보지 못한 희귀병 장애 안고 대학생이 되다

이송이

고려사이버대학 사회복지학과 재학 중
장애인자립센터 근무
초·중·고 학력 인정 검정고시 합격

on learning and achieving their dreams

1992년에 나는 태어났다. 한창 재롱을 부리며 부모님 사랑을 독차지하던 네 살 무렵, 고열로 인해 경기를 심하게 일으켜 병원에 입원했다. 놀랍게도 병원에서 척수성근위축증이라는 희귀병 진단을 받았다. 이 병마는 온몸에 있는 근육의 힘이 점점 빠져 결국에는 숨쉬는 근육까지 악화되어 생명을 위협하게 하는 장애다. 1990년대 당시 의학으로는 다른 근육 장애와 마찬가지로 나 또한 성인이 되기도 전에 생을 마감한다는 시한부 판정과도 같은 진단을 나는 네 살 무렵에 받은 것이다.

부모님께서는 치료 방법이 없음을 받아들이고는 내가 치료로 인한 스트레스를 받지 않도록 환경을 조성해 주셨다. 내가 그 환경 안에서 나름 하고 싶은 것을 할 수 있도록 많은 부분을 배려해 주셨다. 가능한 외출을 삼가고 감기와 폐렴만을 조심하라는 의사의 소견에 나는 집안이 곧 놀이터이자 학교가 되었다.

집에서 혼자 노는 게 외롭지만 익숙하고 편했다. 내 또래들이 제 나이가 되면 당연히 가는 학교는 단 하루도 가보지 못했다. 대신 부모님은 집에서 공부할 수 있도록 학습지로 기본적인 학습을 시켜 주셨다. 게다가 여러 다양한 장르의 책들과 영화들을 볼 수 있도록 집에 작은 학교와 놀이 공간을 만들어 주셨다. 참으로 감사한 일이다.

학교에 가지 않고 새장에 갇힌 새처럼 집에 갇혀 있는 아이로만 존재하는 상황에서도 늘 기도로 희망을 찾으려고 했다. 또한 어머니의 지극한 보살핌으로 부모님에 대한 감사한 마음이 더욱 커졌다.

학교에 가보지 않아서인지는 모르겠으나 어릴 땐 학교에 대한 동경 같은 것은 전혀 없었다. 당시 청소년 드라마에 비친 학교 풍경 속의 또래 친구들이 어울려 재밌게 지내는 모습을 볼 때면 부럽기는 했다. 한편으론 나도 학교에 가서 친구들과 수다를 떨거나 맛있는 것도 사 먹고 싶은 생각도 들었다. 하지만 일찍이 내가 처한 환경과 사정을 나는 너무도 잘 알고 있었다. 학교에 가지 않는 것이 나에겐 특권이라 생각하며 스스로를 위로 아닌 위로를 했다.

어릴 적, 나는 나름 책 읽는 것을 좋아했다. 그러다 보니 조금 커서는 드라마나 영화를 좋아하게 되었다. 그래서 나의 어릴 적 오래된 꿈은 나와 같은 장애인들이 등장하는 드라마와 영화 대본을 쓰는 작가였다. 그렇게 사람들을 울고 웃게 하는 작가가 되고 싶었지만 그 꿈을 이루어갈 나이가 되었을 무렵, 나는 '무학'이라는 현실의 장벽 앞에 마주서고는 당혹감에 사로잡혔다.

학교 공부를 해 본 적도 없는 무학인 내 현실 상황을 직시하고는 결국 오래된 꿈을 포기하기에 이르렀다. 무학인 내가 그런 꿈을 꿀 수 있는 자격조차 없다는 생각에 우울했고, 슬픔이 계속 밀물처럼 다가왔다. 급기야 나는 이 세상에 존재하지 않는 투명인간 같은 사람이라는 생각까지 하게 되었다. 나 같은 투명인간은 나밖에 없다는 생각에 너무 외로웠다. 내 자신을 원망하며 삶 그 자체가 출구 없는 답답함의 연속이었고, 사는 게 슬픔 그 자체였다.

어느 날, 나와 같이 장애를 가진 사람들과 온라인을 통해 만나고 소통할 수 있다는 사실을 알게 되었다. 순간 원망과 자조적인 슬픔을 뒤로하고는 새장에만 갇혀 있던 파랑새 한 마리가 넓은 세상 속으로 처음 날아가는 내 모습에 너무 기뻤다.

차츰 장애우들과 온라인 세상에서 만나고 소통하다 보니 나도 보통사람들과 같은 목표를 갖고 꿈을 이룰 수 있는 용기가 생겼다. 그래서 무학인 내가 학력을 인정받을 수 있는 검정고시 제도가 있다는 사실에 뛸 듯이 기뻤다. 그동안 집에서 혼자 한 공부를 직접 평가해 보고 싶은 욕심도 생겼다.

그렇게 내 꿈을 이루기 위한 단계로서 첫 도전은 검정고시 시험이었다. 하지만 검정고시 시험일이 다가오자 또 한번 어려움에 봉착했다. 경기도에 사는 최중증장애인이 아침 일찍 시험 장소인 수원시로 이동하는 것 자체가 큰 난관이었다. 하지만 나는 이대로 주저앉을 수가 없어서 포기하지 않고 여러 경로를 통해 도움을 줄 수 있는 곳을 알아보기 시작했다.

얼마 후, 서울시교육청에 최중증장애인에게 학업 증진을 위한 '찾아가는 검정고시 서비스'가 있다는 것을 알게 되었다. 희미하게 꺼져 가던 희망의 불씨를 되살렸다. 간절한 마음으로 서울시교육청에 여러 번 문의 전화를 걸어 상담을 이어 나갔다. 그리고 어렵게 도움을 받아 접수장까지 직접 찾아가 내가 처한 사정을 알렸다.

노력하고 원하면 통한다고, 내 처지와 간절함을 알아주신 서울시교육청 관계자분들은 심사에 통과시켜 주셨다. 그렇게 나는 경기도 최초로 중증장애인이 시험을 볼 수 있는 '찾아가는 검정고시 서비스'를 통해 초졸과 중졸 검정고시 시험을 보아 한 번에 합격할 수 있었다.

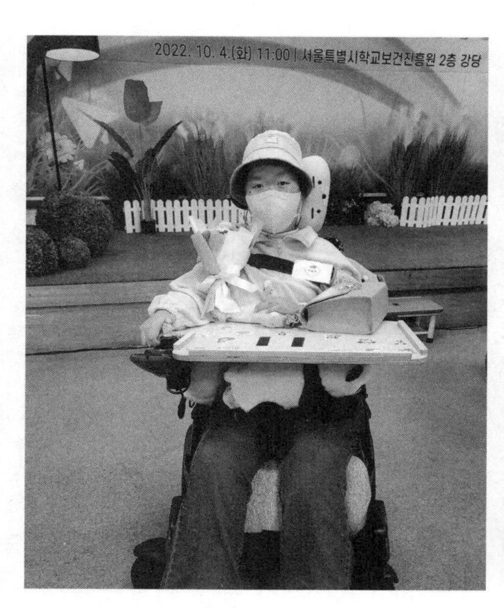

2022년 초·중졸 학력 검정고시 합격증 수여식 후

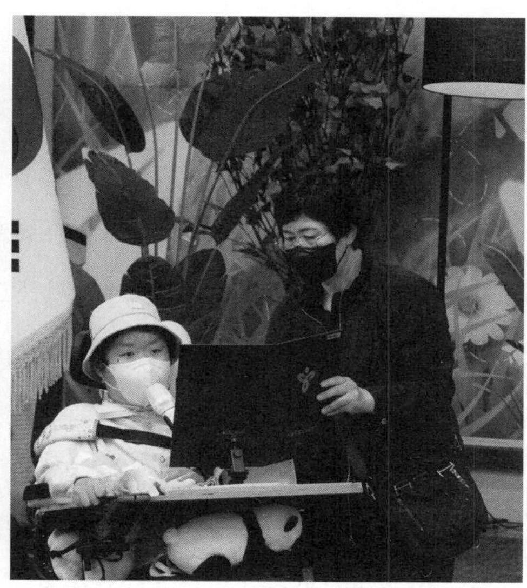
2022년 합격증 수여식장에서 소감문 발표하는 필자

서울시교육청에서 실시한 검정고시 수료식에도 초대받았다. 그 자리에서 훌륭한 검정고시 동문들의 격려와 검정고시지원협회로부터 장학금까지 받았다. 이때 세상은 나 혼자가 아니라는 사실을 알고는 크게 고무되었다. 나는 수여식에 참여한 많은 사람 앞에서 직접 쓴 소감문도 발표하는 영광스러운 경험을 했다.

그 후, 용기가 백배로 충전된 나는 곧바로 마지막 남은 고졸 검정고시를 준비하기 시작했다. 하지만 무리했는지 늘 염려했던 폐렴이 찾아왔다. 폐렴 쇼크로 인해 중환자실로 실려 갔다. 근육 장애를 안고 살아서인지 폐렴 후유증으로 인해 이번엔 부득이 기관절개관까지 하게 되었다. 앞으로 폐렴이라는 무서운 병마와 또 싸우며 위태롭게 살아갈 수밖에 없는 처지가 되었다.

그렇게 기관절개관을 통해 호흡에 문제가 생길 때마다 석션기로 가래를 제거해 주어야만 숨을 쉴 수 있는 상태로 살고 있다. 기관절개관을 통해 가래를 빼낼 때 처음엔 낯설고 고통스럽고 무서웠다. 숨쉬기조차 힘들자 고졸 검정고시를 보겠다는 작은 희망마저 무참히 꺾였다. 이젠 삶 그 자체를 포기하고 싶은 부정적인 생각이 자꾸 들었다.

초등학교 졸업·중학교 졸업 학력 검정고시에 합격해 이제 희망을 갖게 되었고, 막 하고 싶은 것도, 이루고 싶은 것들도 많아 꿈을 키우고 있을 때였는데, 실망은 더욱 컸다. 그동안 이루지 못한 꿈을 이젠 이룰 수 있다는 희망을 꿈꾸던 중에 찾아온 실망의 그 무게는 산처럼 무겁게 나를 짓눌렀다. 항상 긍정적인 생각을 가지고 살아가던 나에게도 무기력함과 우울감을 안겨 주었고, 내 머릿속은 점점 나쁜 생각으로 가득해져만 갔다. 지금도 근육병이란 희귀 병마와 힘든 싸움의 연속인데, 또 다른 숨쉬기조차 힘든 병까지 생기자 건잡을 수 없을 정도로 의기소침해졌다.

식물인간과 다름없는 내 자신이 한없이 초라하고, 이런 상태로 무얼 한다고 힘든 공부를 하겠다는 건지 스스로 자문하지 않을 수가 없었다. 하지만 아픈 만큼 성숙한다고 했던가! 자책을 오래하다 보니 세상에 홀로 던져진 외로운 새가 아니라는 생각이 마음속에 자리 잡기 시작했다. 집 안에 갇혀 있던 나를 세상 밖으로 끌어내 준 사람들이 떠올랐다. 인터넷 동호인들과 검정고시를 볼 수 있도록 도움을 준 교육청 관계자분들이 생각났다. 초중등학교 검정고시 합격증은 내가 아닌 누군가의 도움이 없었더라면 이룰 수 없는 현실이었다. 특히 서울시 교육청 관계자분들이 수료식 날 해 주신 격려의 말씀은 잊을 수가 없었다.

"이제 남은 마지막 고졸 학력을 마칠 수 있도록 찾아가는 검정고시 심사에 통과시켜 줄 테니 포기하지 말고 고졸 검정고시에 도전하여 원하는 꿈을 이루세요."

사방이 막힌 어둠 속에서 한 줄기 빛이 벽을 뚫고 들어온 느낌이었다. 힘든 상황이지만 포기하지 말라며 격려와 지지를 해 준 그분들과의 약속들을 지켜야 한다는 생각이 나를 다시 일어서게 했다. 숨쉬기조차, 일어설 힘도 없는 그런 상태에서 나는 다시 인터넷 강의로 공부를 시작했다. 공부는 할수록 재미있고, 다시 활력을 찾기 시작했다. 곧바로 고졸 검정고시 시험을 보기 위해 접수했다.

하지만 검정고시 시험이 한 달도 안 남은 시점에 또다시 급성폐렴이 나를 식물인간으로 만들었다. 시험을 코앞에 두고 폐렴으로 또다시 병원에 입원했다. 폐렴 치료를 하면서 혹여라도 시험을 보지 못하게 될까 봐 조급한 마음이 들었다. 매일같이 퇴원 날짜를 간호사님께 물었다.

다행히도 폐렴은 차도가 있어서 시험일 일주일 전 퇴원하게 되어 '찾아가는 검정고시 서비스'를 통해 시험을 보았다. 그리고 초졸·중졸 검정고시 합격에 이어 미리 조금씩 공부한 덕에 마지막 고졸 검정고시까지 멋지게 합격했다.

드디어 초중고를 졸업한, 국가가 인정한 기본 학력을 모두 끝마치자 나는 작가란 꿈 외에 새로운 목표가 생겼다. 그것은 바로 나와 같은 소외된 사람들이 희망을 가질 수 있도록 당사자 입장에서 정말로 필요한 서비스와 조언을 해 주고 싶다. 그래서 보다 전문적인 지식을 쌓기 위해 고려사이버대학 사회복지학과에 입학해 사회복지사 공부를 하고 있다. 더구나 장애인자립센터에서 정식 직원으로 근무도 하고 있다. 이러한 전문지식을 통해 비록 사이버 세상 속이지만 아픈 환우들이 더이상 소외됨 없이 사람들과 세상 밖에서 소통할 수 있도록 도움을 주며 살고자 한다.

이러한 목표가 생긴 것은 검정고시를 통해 학력을 인정받았기에 가능한 일이었다. 검정고시 제도를 몰랐더라면 나는 매일매일 병마와 싸우면서 아무런 목적 없이 투명인간처럼 살다가 생을 마감했을지도 모른다.

나는 오랫동안 병마와 싸우면서 인간은 한없이 나약한 존재지만 반대로 강하다는 사실을 알게 되었다. 또 한편으로는 한 자연인으로서 내가 세상에 태어난 이유가 분명히 있을 것으로 생각하기에 이르렀다. 이제 나는 나의 병마와 싸우며, 세상과 담쌓고는 부정적으로 볼 수밖에 없는 환경에 처한 나와 같은 중증 환우들에게 한 줄기 빛이 되고 싶다. 내가 이렇게 목표를 세우고 나아갈 수 있는 건 바로 검정고시 덕분이다. 검정고시는 세상의 어둠을 몰아내는 한 줄기 희망의 빛이다.

배움

영어 ABC 정도는 어영부영 읽을 수 있었는데, 'STOP 버튼 옆에 PLAY'를 눌러 보라는 기사의 말에 눈앞이 캄캄해졌다.

"애기가 울어서 지금 통화가 어려워요. …죄송합니다."

나는 핑계를 대며 얼른 전화를 끊었다. 얼굴이 화끈거리고 심장이 두근거렸다. 그날 통화의 충격으로 나는 한숨도 자지 못했다. '배워야 한다. 배울 수 있는 길을 찾아야 한다.' 이후 나의 머릿속은 '배워야 한다'는 생각뿐이었다.

‘오늘’이라는 소중한 시간

‘PLAY’ 버튼도 모르던 초졸,
서울시청 부동산분쟁 상담위원회 위원이 되다

은춘선

㈜이비앤에프 대표
WD엘림부동산 대표
검정고시총동문회 여성위원장
한국공인중개사협회 남부지부 13대 관악구 지회장
관악구청 부동산분쟁조정위원회 위원
관악구청 공유자산심의위원회 위원
관악구청 협치위원회 도시기획과 분과장
서울시청 부동산분쟁 상담위원회 위원

나의 어린 시절

어린 시절, 내게는 '아버지'라는 단어가 없었다. 아버지가 계시는 친구 집에 놀러가면 오히려 분위기가 낯설어 어색해하곤 했다. 아버지는 내가 세 살 때 돌아가셨다. 아버지에 대한 기억은 어머니에게 들은 이야기가 전부다. 사진 한 장 없어 아버지 얼굴을 알지 못했던 나는 작은오빠가 아버지를 많이 닮았다는 어머니의 말에 머릿속으로 늘 아버지를 상상하곤 했다.

우리 어머니 육종복 여사님은 38세에 홀로 되어 큰오빠와 작은오빠, 외동딸인 나와 3개월 유복자인 남동생을 키우고 향년 88세에 아버지 곁으로 가셨다. 어머니는 아버지 없이 자식을 잘 키운다는 건 '배고프지 않게 하고, 남의 집(식모)에 보내지 않고, 홀어머니 아래 자라 버릇없다는 소리를 듣지 않게 한다.'는 거였다. 이에 풍족하지 않은 살림임에도 어머니는 늘 우리를 배불려 주셨다. 아침저녁에 따뜻한 밥을 꼭 지어 주셨고, 점심은 밥 한 그릇으로 다섯 식구가 나누어 먹을 수 있도록 준비해 주셨다. 추울 때는 김치를 넣은 국수를 끓여 주셨는데, 지금도 그 맛이 그리워 겨울이면 한 번씩 끓여 먹곤 한다.

잠자리에 들 때가 되면 어머니는 우리가 잠들 때까지 옛날이야기를 해 주시곤 했다. 같은 이야기를 듣고 또 들어도 어머니의 이야기는 들을 때마다 재미있고 무서웠다. 우리는 웃다가 울다가, 무서워 서로를 껴안기도 하다가 어머니의 목소리가 아득하게 들려 올 즈음 스르르 잠이 들곤 했다. 어머니의 이야기는 라디오보다 재미있었고, 어떤 자장가보다 따뜻하고 포근했다. 지금도 어머니의 옛날이야기 목소리가 또렷이 기억난다.

어린 시절을 떠올리면 고무신 냄새가 함께 떠오른다. 옆집 사는 친구가 어느 날 아버지가 사주셨다며 새 신을 신고 자랑을 했다. 새 신을 갖고 싶어졌던 나는 냇가의 징검다리 돌에 헌신을 문지르고 또 문질렀다. 그러고는 구멍 뚫린 신을 들고 어머니께 달려갔다.

"어머니, 신발 떨어졌어요!"

어머니는 무슨 신이 그렇게 빨리 떨어지냐며 장날에 가서 새 신을 사다 주셨다. 새 신의 고무 냄새가 어찌나 좋았던지, 머리맡에 신을 두고 자면 고무신 냄새가 꿈결에서도 나를 행복하게 해 주었다.

초등학교 3학년 즈음 집안 사정 때문에 서울 봉천동으로 이사를 왔다. 당시 봉천동은 판잣집이 즐비한 달동네였다. 아침에는 공동

화장실 앞에 종이를 쥔 사람들이 줄줄이 서 있었고, 공동 수도는 일주일에 한두 번 정해진 날에만 물이 나왔다. 아이들이 수도 앞에 줄을 서서 기다리면, 물 나오는 시간에 어른들이 물통을 들고 와 돈을 내고 물을 받아 갔던 기억이 난다. 당시 물 한 통 값은 3~5원 정도였다.

서울의 학교는 오전반과 오후반으로 나뉘어 있었고, 학생 수도 아주 많았다. 새로운 친구를 사귀고 친구 집에 놀러가 숙제도 하며 서울 생활이 적응될 무렵이었다. 시골 외갓집에서 전보가 왔다. 어머니는 급하게 경상도에 다녀오셨고, 근심 어린 표정으로 서둘러 시골에 가야 한다고 하셨다. 우리는 시골 땅을 임대로 빌려주고 쌀을 받아서 1년 양식으로 살아가고 있었는데, 어머니는 땅 주인이 직접 농사를 짓지 않고 오랫동안 땅을 빌려주면 농사를 짓는 사람한테 빼앗긴다고 하셨다 (1970년대 농지개혁. 소작농이 장기간 농사를 지으면 소유권을 취득할 수 있는 권리). 어머니는 나의 중학교 진학 문제보다 땅을 지키는 데 많은 신경을 쓰셨고, 여자는 한글만 알면 사는 데 큰 지장이 없다고 하셨다.

그렇게 나는 초등학교 졸업을 며칠 앞두고 졸업식도 하지 못한 채 어머니를 따라 시골로 내려가야 했다. 큰오빠는 중학교, 남동생은 고등학교까지 나왔지만 나와 작은오빠는 중학교 교문 앞에도 가보지 못했다. 그럼에도 나는 서운해하지 않았다. 그때의 나는 학교에 가는 것보다 어머니와 함께 사는 것이 더 큰 행복이었다.

취직을 하기까지

빈둥빈둥 집에서 놀기만 하던 어느 날, 이웃에 사시는 이모님이 어머니를 도와드리라며 내게 과자 공장을 소개해 주었다. 나는 열다섯 살에 처음으로 공장 일을 시작했다. 고사리 같은 손으로 과자를 포장했는데, 처음에는 달콤한 냄새가 좋았지만 점점 힘이 들고 손이 너무 찐득거려 한 달 만에 공장을 그만두었다. 그러고는 뒷동네에 있던 자물통 제조 공장에 갔는데, 지독한 쇳덩이 냄새와 어둡고 칙칙한 분위기에 일주일도 다니지 못했다. 인내심이 없다고 어머니와 이모한테 꾸중을 들어야 했지만, 나는 돈을 벌더라도 옷을 단정히 입은 사무원이 되고 싶었다.

고민 중에 장터 부근에 있던 '주산 부기 학원' 간판을 보게 되었다. 용기를 내 학원에 들어가 상담을 하니, 주산 부기를 배우면 사무원으로 취직할 수 있다고 했다. 나는 들뜬 마음으로 어머니께 학원에 보내 달라고 했는데, 어머니는 아무 내색 없이 내 말을 듣기만 하셨다.

다음 날, 이모님이 나를 찾아오셨다.

"남의 딸들은 서울에 가서 돈도 벌고, 버스 안내양 하면서 동생들 공부도 시키고, 부모님 땅까지 사준다더라."

이모님은 혼자 힘으로 자식 키우는 어머니가 무슨 돈이 있겠냐며 내가 학원에 다니지 못하게 설득하셨다. 이모님 말에 알겠다고는 했지만, 서러운 마음에 어머니 몰래 밤새 펑펑 울었다. '대체 무슨 일을

해야 하나. 어떻게 돈을 벌어야 하나, 나는 아직 열다섯 살인데…….'

자신의 딸은 고등학교에 보내면서 내게 배움을 포기하라는 이모의 말은 내게 큰 상처로 남았다. 이모도, 어머니도 모두 원망스러웠던 나는 그날 이후 배움에 대한 이야기는 꺼내지 않았다.

사춘기가 된 나는 또래 친구들이 교복을 입고 학교에 다니는 모습이 부러워졌다. 담장 너머로 몰래 보다가 친구들이 가까이 오면 몸을 숨기곤 했다. 잘못한 것도 없는데 교복 입은 또래 학생만 보면 스스로 위축되고, 부끄럽고 창피했다.

공장에 가지도 않고 빈둥거리는 나를 어머니는 막내 이모 댁으로 보냈다. 입이라도 던다는 이유였다. 막내 이모 댁은 큰 슈퍼를 운영하는 부자였는데, 나보다 두어 살 어린 남동생 두 명과 여동생 한 명이 있었다. 나는 이모네 집에서 잔심부름을 하고 여동생을 보살피며, 간단한 설거지와 집안 청소를 도왔다.

그러던 어느 날 펌프질을 하다가 사고가 터졌다. 펌프 손잡이가 미끄러지며 손에서 튕겨 나와 나의 눈을 찌른 것이다. 피를 얼마나 흘렸던지, 우물가가 내 피로 흥건해졌다. 지금도 눈 위 쌍꺼풀 선에 흉터가 있는데, 흉터를 볼 때마다 아픔이 떠오르곤 한다. 놀란 어머니는 나를 데리러 오셨고, 나는 막내 이모 댁에서 나와 다시 어머니와 지내게 되었다.

1977년, 구미공단 전자회사에서 직원을 모집한다는 벽보 광고를 보았다. 하지만 지원 가능한 학력이 중졸 이상이었고, 나는 하고 싶어도 취직을 할 수 없는 상황이었다. 그때 알고 지내던 언니가 자신의 중학교 졸업장을 빌려 줄 테니, 언니 이름으로 접수를 해 보라고 했다. 괜찮다고 했지만 언니는 이력서까지 써주며 나를 회사에 데리고 갔다. 이력서에 사진을 붙였는지 붙이지 않았는지는 기억나지 않는데, 당시는 전산화가 되어 있지 않아 허술함이 있었던 것 같다. 후에 다른 직원의 명의 대여로 취직한 사람도 보았으니 말이다. 지금 생각하면 아찔한 일인데, 어쨌든 나는 취직이 되었고, '57년 황인숙' 이름으로 회사를 다니게 되었다. 월급날이 되면 현금을 봉투에 담아서 관리자가 이름을 불러 나눠 줬는데 "황인숙 씨!"를 부를 때마다 나는 멍하니 있다가 아차 하며 봉투를 받곤 했다. 언니 덕분에 나는 3년의 근무 기간 동안 통근 버스를 타고 전자회사를 폼나게 다닐 수 있었다. 하지만 그 이후로 언니를 만나지 못해 아쉬움이 남는다.

PLAY▶

스무 살이 된 나는 남편을 만나 연애를 하고, 스물한 살에 결혼했다. 결혼과 동시에 서울로 상경해 남편과 아이를 키우면서 나의 자존감도 높아지기 시작했다. 남편과 아이들에게 나는 절대적으로 필요한 존재였고, 학업에 대한 아쉬움을 잊고 아내와 엄마로서 행복한 시간을 보냈다.

1982년에 첫아들을, 1987년에 둘째 아들을, 1990년에 셋째 아들을 출산한 나는 어느새 세 아이의 엄마가 되었다. 유통업을 했던 남편은 사업이 번창해 28세에 집과 자가용을 마련했고, 우리 가족은 경제적으로 여유와 안정을 누릴 수 있었다.

동네 새댁 친구들은 가전제품(세탁기, 오디오 세트, 비디오, 화면이 큰 컬러 TV 등)이 갖춰진 우리 집을 자주 찾았고, 비디오로 영화를 보며 함께 여가생활을 즐기곤 했다. 여유로운 생활만으로 충분히 만족스러운 시간들이었다. 그러던 어느 날, 전화벨 소리가 들렸다.

"따르릉, 따르릉."

"안녕하세요? 사모님, 금성 A/S 기사입니다. 비디오 작동이 안 된다고 접수하셨나요?"

"네, 비디오 화면이 안 나와요."

"그럼 먼저 전화로 확인하겠습니다. 일단 플레이를 눌러 보세요."

"네?"

"플레이요."

"아, …잘 안 보이는데요?"

"스톱 버튼 옆에 플레이 보이시죠 ? "

영어 ABC 정도는 어영부영 읽을 수 있었는데, 'STOP 버튼 옆에 PLAY'를 눌러 보라는 기사의 말에 눈앞이 캄캄해졌다.

"애기가 울어서 지금 통화가 어려워요. …죄송합니다."

나는 핑계를 대며 얼른 전화를 끊었다. 얼굴이 화끈거리고 심장이 두근거렸다.

그날 통화의 충격으로 나는 한숨도 자지 못했다. '배워야 한다. 배울 수 있는 길을 찾아야 한다.' 이후 나의 머릿속은 '배워야 한다'는 생각뿐이었다.

큰아들이 초등학교에 입학했는데 가정통신 설문지의 '부모 학력'란에 초등학교 졸업을 쓸 수가 없어 중학교 졸업이라고 적었다. 아들에게는 "거짓말은 나쁜 거야. 절대 거짓말은 하면 안 돼."라고 교육하면서 나는 거짓으로 학력을 속인 것이다. 양심의 가책을 느껴 마음이 무거웠고, 아이 앞에 떳떳하기가 힘들었다.

신문이나 간판에 주부 영어학원이나 주부학교 등을 알아보던 그때, 우리 집 문간방에 세 들어 사는 새댁이 떠올랐다. 새댁은 일주일에 몇 번씩 어딘가를 다니며 영어 단어를 암기하고 숙제를 한다고 했다. 새댁이 집에 있던 날, 나는 점심을 먹자며 새댁을 불렀다. 어디에 다니냐 물으면서 나도 학교에 다니고 싶으니 방법을 알려 달라고 했다. 새댁은 자기 주변 사람들은 자신이 고등학교 나온 줄 알고 있으니 비밀로 해달라며, 서대문에 있는 양원주부학교를 알려 주었다. 영어, 수학, 한문, 역사 등의 일반 중학교 수업을 하는 학교라는 이야기에 나는 당장이라도 학교로 달려가고 싶었다. 하지만 막내아들을 수유 중이어서 바로 실행할 수가 없었다.

막내아들이 돌이 지나고 아장아장 걸을 때, 나는 마포에 있는 주부학교를 찾았다. 상담해 보니 일주일에 세 번, 오전 9시부터 오후 1시까지 네 시간 수업으로, 중학교 1년 과정과 고등학교 1년 과정, 연구반 1년 과정이 있다고 했다. 한 달 후에 입학할 수 있다는 말에, 나는 막내아들을 동네 놀이방에 맡기고 학교에 다니기로 했다. 이를 알게 된 남편은 자신의 일처럼 기뻐하며 나를 적극적으로 지원해 주기로 했다.

나는 화목토에 수업을 들었는데, 유치원 수업이 없는 토요일에는 둘째를 데리고 학교에 다녀야 했다. 맨 뒤에 있는 책상에 둘째를 앉히고 좋아하는 간식과 책을 펼쳐 주면, 기특하게도 수업이 끝날 때까지 얌전히 있어 주었다. 학우들도 아이한테 참 잘 해 주었는데, 고마우면서도 늘 미안한 마음이었다. 학교는 2호선 서울대입구역에서 전철을 타고 이대입구역에 내려 도보 15분 정도에 있었는데, 가는 길이 어찌나 즐겁고 신나던지 다시 학생이 된 기분이었다.

PLAY는 '게임, 놀이를 하다' 등의 많은 뜻을 가지고 있지만 '어떤 행동을 하다'라는 뜻으로도 쓰인다. A/S 기사가 말했던 PLAY 버튼은 날 당황하게 했지만, 덕분에 내 삶의 PLAY 버튼이 눌러졌고, 나는 공부를 시작하게 되었다. 지금 생각하면 감사한 버튼이다.

세 번째 기회

"사람은 누구나 인생에 세 번의 기회가 옵니다."

입학 후 첫 수업에서 국어 선생님이 말씀하신 내용을 기억해 되살려 본다.

어느 동네에 하나님을 성실히 믿는 한 사람이 있었다. 어느 날 비가 4일 밤 4일 낮 쉬지 않고 쏟아져 온 동네가 물바다가 되었다. 동네 사람들은 동네 뒷산으로 올라가자고 했지만, 그 사람은 하나님께 기도만 하고 피신을 가지 않았다. 그 사람을 제외한 사람들은 동네 뒷산으로 올라갔다. 물은 점점 차올랐고, 집 중간까지 잠기게 되었다. 동네 사람들은 배를 타고 와 밧줄을 던지면서, 어서 밧줄을 잡고 헤엄쳐 나오라고 소리쳤다. 그 사람은 밧줄을 잡지 않았다. 하나님께서 구해 주실 거라고 믿으며 열심히 기도를 했다. 물이 지붕까지 차오르기 시작했다. 그 사람은 지붕 꼭대기에 올라가 있었다. 동네 사람들은 헬기를 불러 밧줄을 내리고 밧줄을 잡으라고 소리쳤다. 그 사람은 밧줄을 잡지 않았다. 집은 무너졌고, 그 사람은 물속에 빠져 허우적거렸다.

"여러분, 여러분은 무식의 물속에서 허우적거리고 있었습니다. 첫 번째 공부의 기회는 당시 우리나라의 환경 때문에 놓쳤고, 두 번째 배움의 기회는 가정적 환경이나 사회적 환경 때문에 놓쳤습니다. 다행히도 여러분은 세 번째 기회를 붙잡았습니다. 헬기에서 내려 준 주부학교의 밧줄을 잡은 것입니다. 공부하면서 힘들고 어려우실 수 있습니다. 하지만 이 밧줄을 놓으면 다시 무식의 물속으로 빠지게 됩니다. 여기 계신 학생 여러분은 배움의 마지막 기회인 이 밧줄을 꽉 붙잡고

유식의 세상으로 나오십시오."

국어 선생님의 말씀에 눈물이 쏟아졌다. 나는 지금도 선생님의 말씀을 잊지 않고 인생의 기준으로 삼고 있다.

하지만 아이 셋을 키우며 공부한다는 건 쉬운 일이 아니었다. 가장 마음이 아팠던 건, 아장아장 걸으면서 엄마와 떨어지지 않으려는 아이를 두고 돌아설 때였다. 막내가 다섯 살 정도 되었을 때였다. 나는 친구들과 어울림 없이 항상 수업을 마치자마자 집으로 달려왔고, 그날도 집으로 가고 있었다. 그런데 갑자기 하늘이 컴컴해지더니 하늘이 번쩍번쩍하면서 번개가 치고 장대비가 쏟아졌다. 막내가 집에 도착할 시간이라 전철역에 내리자마자 정신없이 집으로 뛰어갔는데, 막내가 안방 침대에서 이불을 뒤집어쓰고 번개가 무서워 벌벌 떨고 있었다.

"주현아!"

내 목소리를 들은 아이는 이불 속에서 뛰어나와 내 품에 와락 안겨 몸을 꼭 껴안았다. 너무 미안하고 가슴이 아팠다. 그날 막내의 눈빛과 나를 꼭 껴안았던 그 느낌은 한 번도 잊은 적이 없다. 막내가 군에 입대했을 때도 그 모습이 떠올라 많이 울었던 기억이 난다.

어느 날은 토요일에 수업을 마치고 집으로 돌아와 보니 집이 아수라장이 되어 있었다. 첫째와 둘째가 2층 베란다에서 폭죽놀이를 하다가 성냥개비를 성냥 통에 넣어 성냥 통이 폭발한 것이다. 폭발 소리에 앞집 아주머니가 놀라 달려와 보니, 첫째는 그을린 얼굴로 울고 있었고, 둘째는 앞머리와 눈썹이 타서 울고 있었다고 했다. 나는 아들 둘을 데리고 화상 병원으로 달려갔다. 첫째는 코에 화상을 입어 입원 치료를 해야 했고, 둘째는 연고만으로 치료할 수 있었다. 치료 때문에 한 달 정도 학교에 가지 못하고 병원에서 간호했는데, 화상 환자들의 상처와 고통을 가까이에서 보며 가슴이 너무 아팠다. 심하게 다치지 않은 아들에게 감사하기도 했다.

공부하면서 나 은춘선은 행복했지만, 아이들에겐 항상 미안한 마음이었다. '엄마로서 자식에게 본분을 다하지 않은 건 아닐까? 공부는 나의 이기심일까?' 내적 갈등도 많았고, 자책할 때도 많았지만 나는 포기하고 싶지 않았다. 힘들게 붙잡은 세 번째 기회를 놓친다면 다시는 기회가 오지 않을 것 같았다.

콩은 콩나물이 되어

주부학교를 다닌 지 4년이 되던 해에 검정고시 제도를 알게 되었다. 주부학교는 수료증만 나오고 학력 인정이 되지 않았다. 어느 날 친구들이 일요일에 시험을 보러 간다고 하고, 과목 합격이 되었다 안 되었다 등 말을 해서 그게 뭐냐고 물으니, 내게도 시험을 보라며 검정고시 제도를 알려 주었다. 4년이나 중고등 과정 공부를 했으니 과목 합격을 한 뒤 나머지 공부만 하면 된다고 했지만 걱정이 앞섰다. 나는 결석 없이 주부학교를 열심히 다녔지만, 복습이나 예습은 불가능했고 숙제만 간신히 하는 정도였다.

준비도 없이 친구들과 함께 중학교 과정 검정고시 시험을 보았다. 국가시험은 처음 보는 거라 무섭고 많이 떨렸다. 시험을 어떻게 봤는지도 기억나지 않는다.

마음의 폭풍이 지나고 발표 날이 되었다. 합격한 친구들도 있었고, 과목 합격한 친구들도 있었다. 나는 내가 떨어졌다는 생각에 확인하러 갈 용기가 나지 않았다. 당시에는 합격 여부를 교육청에 가서 직접 확인할 때였다. 나는 끝내 확인하지 않았다.

시간이 흘러 과목 합격한 친구들은 보충수업을 위해 검정고시 학원을 알아보고 있었다. 친구들은 내게 시험을 아무리 못 봤어도 한두 과목은 패스했을 것이라며 교육청에 확인해 보라고 했다. 검정고시 학원에 다니는 친구들을 보며 나는 다시 도전하고 싶은 욕구가 생겼고, 서울시교육청에 찾아가 주민번호를 알려 주고 몇 과목이 붙었는지 확인하러 왔다고 했다.

"은춘선 씨요? 이름이 없네요."

"아… 네, 감사합니다."

"잠깐만요."

"네?"

"과목 합격이 아니라 전 과목 합격이에요."

"네?"

그분은 내게 축하한다며 중학교 검정고시 합격증을 건네 주었다.

나는 얼떨결에 합격증을 받고 교육청 비탈길을 내려오며 엉엉 울었다. 심장이 터질 듯 뛰었고, 몸이 두둥실 구름을 타고 올라가는 기분이었다. 예상 문제도 한 번 안 풀어보고 시험을 봤는데 덜컥 합격이라니……. 중학교 검정고시는 주부학교 덕분에 합격할 수 있었던 것 같다.

고등학교 과정은 수학, 영어 과목이 어려워 검정고시 학원에 방문 상담하여 등록했다. 수업시간에 국사 선생님께서 이런 말씀을 하셨다.

“여러분, 배움이 뭔지 아세요? 배움은 내가 무엇을 몰랐는지 알아가는 과정입니다. 여러분이 안다고 하는 건 지구상의 수억만 분의 1입니다. 조금 안다고 해서 안다고 할 수 없고, 평생을 배워도 지식의 완성은 없습니다. 그러니 모른다고 해서 절대 비관하거나 자책하지 마십시오. 자신감을 가지고 대입 검정고시에 도전하십시오. 여러분은 콩나물 시루 안의 콩입니다. 콩나물의 물은 우리 선생님들이 매일 줄 겁니다. 배운 것을 잊어버리는 걸 두려워하지 마십시오. 콩나물도 물을 주면 금세 시루 아래로 물이 빠집니다. 물이 빠지지 않으면 오히려 콩나물 뿌리가 썩습니다. 시루 안에 있다 보면 콩은 어느새 콩나물로 자라납니다. 걱정하지 마십시오. 콩은 반드시 콩나물로 자랍니다.”

지금은 검정고시 동문이며 친구인 이중석, 당시 국사 선생님은 내게 많은 도움을 주었고 진로 방향을 제안해 주었다.

사람의 인연은 참으로 소중하다. 어디서 어떻게 이어질지 모른다. 나는 수업이 끝난 후에도 홀로 영어와 수학을 공부했고, 대입 검정고시에 합격했다. 드디어 대한민국의 당당한 고등학교 졸업을 갖추게 된 것이다.

나는 국사 선생님의 조언대로 방송통신대학교 법학과에 입학했다. 대학 생활을 할 때는 아이들이 제법 자라 첫째가 고등학생이었고, 둘째와 막내는 초등학교에 다니고 있었다. 시간이 조금 자유로워진 나는 스터디 그룹에 가입해 저녁에는 스터디를, 낮에는 대학 생활을 했다. 나는 천천히 콩나물로 쑥쑥 자라나기 시작했다.

공인중개사 합격과 학사 취득

나의 최종 목표는 법학을 전공하며 졸업 후 공인중개사 자격을 취득하는 것이었다. 그런데 남편의 사업이 갑자기 기울어져 공부하기 힘든 상황이 되었다. 나는 2학년 1학기를 휴학하고 바로 공인중개사 시험에 도전했다. 1차 시험 합격 후, 기뻐할 새도 없이 남편의 사업이 더 힘들어졌다. 결국 2차 시험을 준비하며 생활비를 보태야 하는 상황이 되었다.

구인 광고를 통해 빌딩 지하 주차장에서 자동차 세차를 하는 일자리를 구했다. 나는 아이들 학원비에 조금이라도 도움이 되게 하면서 2차 시험을 준비했다. 5개월 동안, 아침 9시에서 12시까지 세차 일을 하고, 오후에는 학원에 가서 공부하고, 저녁에는 아이들 밥을 챙겨 준 후 다시 독서실로 달려가 문 닫을 때까지 공부했다.

눈이 오면 나는 두 가지 기억이 동시에 떠오른다. "아~ 좋아!" 하며 뛰어다니는 나의 모습과 지하 주차장에 있던 눈 쌓인 자동차의 무서움. 평상시의 나는 눈을 무척이나 좋아해 눈이 오면 토끼나 강아지처럼 가까운 산으로 가서 뛰어다녔는데, 지하 주차장에서 알바할 때는 눈이 오는 날이 무서웠다. 자동차가 눈을 맞고 들어오면 눈이 녹아 줄줄 흘러내렸고, 자동차를 닦는 일이 더 많아졌다. 이에 퇴근 시간이 늦어졌고, 공부하는 시간도 줄어들 수밖에 없었다. 내게 눈 쌓인 자동차는 막막함 그 자체였다.

나는 자동차 닦고 하루 종일 뛰어다니며 쉬지 않고 공부한 결과, 2001년 12회 공인중개사에 합격했다. 자본적 여유와 경험이 부족했기에 개업은 조금 미뤄 두고 남편이 운영하는 식당을 도와주며 휴학 중이었던 법학과를 무사히 졸업했다. 중간고사 기간에는 점심시간의 식당 일을 마치고 저녁 장사 시작하기 전까지 식당 근처에 있던 독서실에서 시험공부를 했다. 세 시간이 어찌나 빨리 가는지 가끔 저녁 장사 시간을 놓치곤 했다.

공부하는 걸 적극적으로 지원해 주었던 남편이었지만 이 시기만큼은 조금 부정적이었다. 먹고살기도 힘든데 그렇게까지 하면서 대학을 졸업해야 하냐는 남편과 졸업을 하고 싶은 나의 마음이 부딪치곤 했다. 때문에 시험 기간이 되면 다투곤 했는데, 퉁퉁 부은 눈으로 시험을 보러 간 적도 있다. 남편과의 갈등이 서럽기도 했지만, 한편으로는 식당 일에 치여 힘들어하는 남편이 안타깝기도 했다. 현실은 나를 도와주지 않았지만, 나는 끝까지 포기하지 않았다.

졸업을 위해 논문을 쓰기 시작했다. 자료를 찾기 위해 국회도서관에 가서 학생증을 보여 주고 통과될 때는 희열이 느껴졌다. 내가 대한민국 국회도서관에 오다니! '은춘선, 네가 논문을 쓰고 있어!'

나는 국회도서관에서 자료를 찾고 논문을 쓰는 내 모습이 대견스러웠다. 당시에는 컴퓨터가 익숙하지 않아 수기로 논문을 작성했다. 그때 생긴 손가락의 굳은살은 보기에 좀 밉기는 하지만 나의 자랑이다. 2개월 정도 밤낮으로 작성한 원고를 구청 앞 인쇄소에 가서 타이핑했다. 그렇게 나는 졸업논문 「형사소송법 '피의자 인권 침해'」로 학사 학위를 취득하게 되었고, 법학사로서 자랑스러운 대학 졸업생이 되었다.

'오늘'이라는 소중한 시간

과자 공장과 자물통 공장, 구미공단 전자회사까지. 공순이와 전업주부로 살아왔던 나는 31세부터 41세까지 주부학교와 고등 자격 검정고시 5년, 방송통신대학교 4년, 공인중개사 시험 1년, 총 10년을 쉬지 않고 공부했다.

한국방송통신대학교 법학과를 졸업하고 공인중개사(12회) 자격을 취득해 부동산 전문가로 제2의 인생을 스스로 개척했다. 처음 중개업을 시작할 때는 작은 상가의 월세였다. 공간이 작든 크든 나는 "국민의 재산권 보호와 안전에 기여를 한다."는 공인중개사의 책임과 의무를 항상 가슴에 새기고 공인중개사의 이익이 아닌 거래 당사자 간의 안전한 거래를 위해 최선을 다해 노력했다.

그렇게 쉬지 않고 중개업 대표로 현업에 활동한 지 벌써 22년 차가 되었다. 지금은 오랜 경험을 바탕으로 빌딩 및 상업용 건물 매매와 분양 전문중개사로서 활발한 활동을 하고 있다. 최근에는 서울대입구역 오피스텔 부지 중개와 182세대를 직접 분양했다.

나는 현업 공인중개사 중개업을 하면서 관악구청 부동산분쟁조정위원회 상담위원, 서울시 전월세상담위원, 관악구청 공유자산심의위원회·협치위원회 분과장 등으로 봉사활동을 하고 있다. 주민들의 부동산 고충 문제 해결을 위해 관악구청에서 운영하는 '부동산분쟁조정상담센터'에서는 부동산 거래에 따른 중개수수료 관련 내용이나 부동산 거래 계약과 해지 관련 민원, 주택·상가 임대차 계약 등 각종 부동산 거래 분쟁에 관한 상담으로 다양한 사례가 많다. 특히 세입자와 집주인의 갈등이 상담의 가장 많은 부분을 차지한다. 만약 집주인과 세입자가 서로 부동산분쟁을 호소한다면, 감정적 대응을 자

관악구청 부동산 분쟁조정상담센터 상담사 활동 당시의 필자

제하고 상대편 입장에서 한 번 더 생각하도록 권유하고 있다. 서로 한 발짝씩 양보해 분쟁을 해결하도록 유도하는 것이 먼저라고 생각한다. 관악구 지적 과장님은 "공인중개사들은 공무원보다 더 풍부한 현장 경험을 바탕으로 상담해 줘 민원인들에게 큰 도움이 되고 있다. 고질적인 민원이나 다양한 분쟁을 잘 해결해 성과도 크다."며 크게 만족해 하셨고, 나 또한 주민들의 고민과 갈등에 도움 줄 수 있어 기쁨과 보람을 느낀다.

박주현 법무사 엄마로 불리다!

2020년 12월 9일 오후, 운전 중이었는데 갑자기 막내아들이 떨리는 목소리로 전화를 했다.

"엄마! 나 법무사 합격했어."

내가 공부를 시작했을 때, 가장 어렸던 막내아들은 매일 놀이방에서 하염없이 나를 기다렸다. 어린 시절 아들은 공부를 멀리했고, 대학 진학은 감히 생각도 할 수 없었다. 나는 모든 게 내 탓인 것 같아 늘 마음이 아팠다. 그런 아들이 군대를 제대해 학사고시 법학을 공부하고, 공인중개사에 합격, 26회 법무사까지 합격하다니! 아들의 울먹이는 소리에 가슴속 깊은 응어리가 올라오며 눈물이 흘렀다. 나는 차를 세우고 아들에게 소리 높여 말했다.

"고맙다. 장하다 내 아들, 고맙다!"

아들의 법무사 합격으로 항상 미안했던 무거운 마음이 조금은 가벼워졌다.

"당신의 끈기와 인내심을 닮아서 주현이가 해 낸 거야. 수고 많았어."

평소에 잘 표현하지 않던 남편도 빙그레 웃으며 내 손을 꼭 잡아 주었다.

주변 지인들은 나를 '박주현 법무사 어머니'로 부르며, 엄마가 산교육이라며 함께 축하해 주셨다. 나는 아들을 보면서 정확한 목표를 정해 최선을 다하여 공부하면 반드시 이루어진다는 것을 다시금 실감할 수 있었고, 2020년은 '박주현 법무사의 어머니'로 불리는 가슴 벅찬 보람과 뜨거운 감동의 한 해였다.

은춘선, 관악구 조직장(지회장)으로 당선되다

서울시 25개구 중에서 관악구는 21개 행정동으로 나뉘어 있으며, 관악구 개업 공인중개사는 1,100~1,200명 회원으로 등록되어 있다. '지회장'은 관악구청에 등록한 개업 중개사의 대표다.

2022년 어느 날, 함께 활동하던 동료 개업 중개사님들의 관악구지회의 발전적인 단합과 중개사의 권익을 위해 봉사해달라는 강력한 요청과 추천을 받았다. 이에 2022년 한국공인중개사협회 13대 남부지부 관악지회 조직장 선거에 출마했고, 당당하게 선거를 통해 높은 득표율로 관악구 최초 여성지회장으로 당선되었다. 이는 검정고시인의 끈기와 열정의 결과라고 나는 확신한다.

선거가 있던 2022년 7월은 그 어느 여름보다도 폭우와 폭염이 심했지만 하루 한 시간도 게을리하지 않고 공인중개사 사무소를 방문해 회원님들을 만나 손을 잡으면서 약속했다.

"저 은춘선은 회원님을 위해 꼭 필요한 일을 하겠습니다."

한국공인중개사협회 13대 남부지부 관악지회 최초 여성 조직장 당선, 이취임식 때의 필자

선거 당일에는 하늘에 큰 구멍이라도 난 듯 집중폭우가 내렸다. 하지만 관악지회 역사상 최고의 투표율을 기록했다. 현재 나는 관악구 지회장으로서 개업 공인중개사의 권익과 회원 간의 친목 도모를 위하여 동분서주하고 있다.

이 글을 쓰면서 지난 시간을 돌이켜보니, 나의 가장 큰 장점은 한번 결심한 일은 어떠한 고난과 어려움이 있어도 중도에 포기하지 않는 정신이 있다는 걸 알게 되었다. 검정고시와 공인중개사 시험, 대학의 독학 과정도 그랬고, 중개업에 임해서도 이러한 나의 정신이 업무에 고스란히 반영되었다.

일례로 관악구에서 15년 넘도록 방치되어 있던 부도난 사고물건인

당곡시장은 모두가 중개할 수 없는 물건이라고 했다. 하지만 나는 검정고시를 공부하면서 터득한 도전과 끈기를 바탕으로 7년 6개월을 매달려 중개 완성으로 성사시켰다. 이에 중개사의 성취욕과 지역 발전에도 크게 이바지해 관악구 구청장 표창장도 받았다.

현재 부동산 중개 시장의 중개업은 앞으로 경쟁도 치열하고, 부동산(세금 폭탄, 사기 전세, 깡통 전세) 등으로 점점 위태롭고 어려워지고 있다. 하지만 나는 검정고시인의 도전과 열정으로 부동산 관련 공부를 게을리하지 않고 끊임없이 빌딩 임대 관리 등 새로운 부동산 시장 영역에 도전하고, 중개업의 업무 범위를 확장하고 있다. 검정고시와 중개업은 '무에서 유를 창조한다.'는 점에서 일맥상통하는 것 같다.

사람들은 늘 웃음이 가득하고 활기 넘치는 내게 어떻게 매일 그렇게 즐겁고 활발하게 활동하느냐고 묻곤 한다. 나는 정말 매일 즐겁다. 인생의 오늘은 한 번뿐이고, '오늘'이라는 시간은 내게 아주 소중한 시간이다. 공부할 때도 마찬가지였다. 책상 위에 오래 앉아 있어도, 다리에 쥐가 나도 나는 웃음을 잃지 않고 즐겼다. 공부가 잘 되지 않아 지루해지거나 답답해지더라도, 이 과정이 지나면 분명 목표를 이룰 수 있다는 확신이 있었다. 웃음 지을 수 없는 어려운 상황일지라도 인내를 가지고 목표를 향하면 웃음이 저절로 창조되고, 어떤 순간에도 행복을 찾을 수 있다고 생각한다.

지금도 나는 부동산 관련 공부를 하며 일도 즐기고 인생도 즐기며 하루하루 웃을 일을 만들어 가고 있다. 생각하면 얼마나 감사한가! 우리 아들 삼형제가 건강한 정신으로 각자 사회에서 꼭 필요한 사회 구성원으로서 살아가고 있으니…….

인생에서 가장 의미 없는 날은 웃지 않고 보낸 날이라고 한다. 웃으며 행복하게 살아도 부족한 시간들이다. 이 글을 읽는 모두가 '오늘'이라는 소중한 시간을 의미 있는 날로 만들기를 바라며, 자신의 목표를 정하여 이루어진다는 긍정적 확신을 가지고 이루어질 때까지 웃으면서 살아가길 바란다.

배움

내가 가진 건 잔고 없는 통장과 중학교 중퇴가 전부였다. 나는 새로운 인생의 첫 관문을 검정고시로 정했다. 심호흡하고 검정고시 학원의 문을 열었다. 심장이 터질 것 같았다. 사람들과 마주앉아 눈을 보고 이야기를 나눈 건 40년 전이 마지막이었다. 학원 접수를 위해 이름을 쓰는데 손이 너무 떨려 이름을 쓸 수가 없었다. 식은땀을 흘리는 내게 담당자가 대필을 해 주며 몸이 불편하시냐고 물을 정도였다. 나의 후유증은 생각보다 깊었고, 불안과 공포는 의지만으로 제어하기 힘들었다.

더디지만
아름답게 피어난 꽃

늦은 대학생활, 패션디자이너로 불꽃을 피우다

정지우

패션디자이너, 시인, 수필가, 시 낭송가
지우 컬렉션 대표
김해·양산 검정고시동문회 회장
영호남예술제 시낭송 대상,
2017 부산패션위크 특별상·브랜드상 등 수상

축복받지 못한 아이

누구나 혼자라는 외로움에 사무칠 때가 있다. 그럴 때 자신을 더 힘들게 하는 건 스스로 초라해져 고개를 숙이는 것이다. 간혹 세상은 나를 '나'로 보지 않고 배경과 함께 평가하곤 한다. 하지만 배경이 무엇이든, 세상의 모든 '나'는 특별하고 귀한 존재다. 혹여 나 자신이 바람 부는 언덕에 홀로 핀 꽃처럼 느껴지더라도 스스로 고개 숙이지 마라. 아픈 바람에 흔들릴 수야 있겠지만 그 흔들림은 부끄러운 것이 아니다.

꽃은 무리 지어 피어나든, 홀로 피어나든 당당하고 아름답다. 우리 또한 '나'라는 존재 이유만으로도 아름답다. 나는 나 자신을 아끼고 사랑하지 못했다. 내가 귀하고 특별한 존재라는 생각도 하지 못했다. 나는 여자라는 이유로 태어남을 축복받지 못했고, 아쉬운 한숨 속에서 자라야 했다.

내가 태어나기 전, 우리 가족은 해방을 앞두고 한국으로 건너와 경산 외가댁에서 거주했다. 그곳에서 언니, 오빠 들은 홍역으로 세상을 떠났다. 하루아침에 5남매를 잃은 어머니는 병석에 누웠다. 아버지는 하나 남은 열한 살짜리 언니를 살리기 위해 언니 손을 잡고, 어머니는 들쳐업은 채 부산으로 가는 야간열차에 몸을 실었다.

홍역의 저주를 피해 부산에 터전을 잡은 후 내가 태어났다. 자식 잃은 아픔으로 병석에 누워 있는 어머니한테 할머니는 하루빨리 집안의 대를 이어야 한다고 했고, 어머니는 아픈 몸으로 나를 품으셨다. 우리 가족은 내가 아들이기를 간절히 바랐고, 나는 아들이어야만 했다. 하지만 나는 온 가족의 기대를 저버리고 여자로 태어났다.

"자식 잡아먹은 년, 집안의 대를 끊어먹은 년!"

할머니는 조상님을 뵐 면목이 없다며 어머니에게 심한 타박을 주셨고, 어머니는 내가 자식임을 거부했다. 어머니는 막 태어난 아이를 이불 속에 묻고, 일주일 동안 젖을 물리지 않았다고 했다. 한 많은 세상을 떠나시기 전, 어머니는 내게 사실을 고백하며 눈물을 흘렸다.

"여자로 태어나 나처럼 사는 게 불쌍했다. 내 팔자 닮는 게 한스러웠다. 비정한 어미를 용서해다오."

어머니의 고백에 나도 울고 하늘도 울었다. 하루아침에 자식을 잃은 아픔도 모자라, 자식을 다 잡아먹었다는 할머니의 넋두리는 어머니를 극단적인 상황으로 몰아갔다.

그럼에도 나는 살아남았다. 하지만 나는 죽은 자의 호적으로 살지 않으면 다섯 살을 넘기지 못한다는 여승의 예언으로, 세상을 떠난 언니의 호적으로 살아야 했다.

세상은 나를 환영하지 않았지만, 나는 밝고 명랑하게 세상을 받아들였다. 할머니의 구박은 나를 더 단단하게 만들었고, 나는 할머니에게 복수라도 하듯 남자애들을 고무줄로 엮어 끌고 다녔다. 딱지란 딱지는 내가 다 땄고, 구슬이란 구슬도 다 모았다. 남자애들은 딱지와 구슬 부자인 나를 부러워했고, 여자애들은 털털한 나를 좋아했다. 할머니는 나만 보면 타박했다.

"저걸 누가 데려가노? 첫날밤 소박 안 맞으면 다행이다!"

그래도 나는 기죽지 않았다. 할머니의 말들이 날 아프게 할수록 나는 더 억새풀처럼 꿋꿋이 행동했다.

구박 속에서도 내가 당당할 수 있었던 건 유복한 환경 덕분이었다. 한국에 오기 전 아버지는 일본에서 '한바'라는 식당과 세탁업을 하셨는데, 일본 집 대밭에 돈 세 가마니를 묻어놓고 한국에는 한 자루만 짊어지고 왔다고 했다. 청과조합과 경매일로 승승장구하던 아버지 덕분에 나는 여유로운 환경에서 배우고 싶은 것들을 마음껏 배울 수 있었다. 보리밥도 먹기 힘든 시절에 나는 피아노 건반을 두드리고, 고전무용학원에서 무용을 배웠다. 우리 집엔 과일이 상자로 쌓여 있었는데, 나는 친구들을 불러 과일을 나눠주는 걸 좋아했다. 친구들을 몰고 아버지 조합에 가면 아버지는 친구들에게 과일을 보따리째 안겨 주셨다. 손가락을 오므렸다 폈다 하는 경매 입찰은 친구들에게 아주 인기가 많았다.

아버지는 나의 자랑이었다. 매일 저녁이 되면 아버지는 방 하나를 내어 마을 학생들에게 이야기를 들려주셨다. 고조선부터 조선의 탄생, 우리나라의 역사와 위인들, 민족의 얼과 도덕에 관한 이야기였다. 아버지는 생활 야학을 하셨다. 구성진 목소리로 이야기를 들려주시던 아버지와 어머니가 챙겨 주시는 야식은 마을 언니 오빠 들에게 최고의 인기였다.

나는 언니 오빠 들의 재롱둥이였다. 언니들은 나를 무릎에 앉히고 아버지의 이야기를 들었고, 내가 학원에서 배웠던 춤을 추면 오빠들은 박수를 치며 칭찬을 아끼지 않았다. 부모님은 매일 떡을 해서 이웃 분들께 나눠 주는 따뜻한 분들이셨고, 우리 집은 언제나 사람들로 붐볐다. 하지만 아버지는 단 한 번도 당신의 이야기는 들려준 적이 없다. 할머니와 어머니도 아버지의 이야기는 하지 않으셨다.

"너희 아버지 무서운 사람이다. 별명만 들어도 다들 벌벌 떨었어. 백곰, 백돼지. 모르는 사람이 없었지."

이웃 아저씨의 말에 어머니는 불같이 화를 내셨다. 어머니가 화내는 모습을 본 건 그때가 처음이었다. 그날 이후 나는 아버지의 과거에 대해 묻지 않았다.

"네가 아들이면 모든 걸 잊고 눈감을 수 있을 텐데……."

아버지는 술을 한잔하실 때면 꼭 내게 이렇게 말하곤 했다. 할머니의 구박에는 내성이 생겼지만, 아버지의 한숨 섞인 말은 들을 때마다 가슴이 무너지는 것 같았다.

나는 유복한 환경에서 사랑받고 컸지만 내 존재가 귀하고 특별하다는 생각은 하지 못했다. 나는 풍요롭지만 존재가 아쉬운 동화 속 공주님 같았다. 가족들은 모두 나를 사랑했고 주위 사람들도 나를 아꼈지만, 나는 그 따뜻함 속에서 서글픔을 느끼곤 했다.

내가 나 자신을 아끼고 사랑하지 못했던 건 축복받지 못했던 출생과 여자아이라는 슬픔 때문이었다. 지금의 나는 '나'라는 존재의 귀함과 소중함을 잘 알고 있지만, 나를 아끼고 사랑하기까지는 오랜 시간이 걸려야 했다. 나는 그 시간 속에 수없이 많은 경험을 해야 했고, 그 경험들은 마냥 행복하지만은 않았다.

죽음과 아이

여자아이라는 슬픔과 동화 속 공주님의 외로움. 내 마음을 알아주는 건 나의 언니뿐이었다. 띠동갑이었던 나의 언니는, 어머니가 막 태어난 나를 거부했을 때 젖배를 곯아 앙상한 몰골이 된 내가 불쌍해 등에 업고 밤새 울었다고 했다. 우유를 먹지 않고 토해 내는 내가 안쓰러워 찐 고구마의 속살을 발라 손가락으로 먹여 주고, 삼베로 야채를 짜서 젖 대신 먹였다고 했다. 내가 잠들 때까지 동요를 불러 주고,

울음을 그칠 때까지 업어 주던 언니는 내게 엄마와도 같은 존재였다.

나는 언니의 껌 딱지가 되어 언니가 친구를 만날 때는 물론이고, 집 앞에 잠깐 나갈 때도 언니를 따라다녔다. 언니는 귀찮을 법도 했지만 싫은 내색 한번 없이 내 손을 잡고 나를 데리고 다녔다. 여덟 살 때 처음 본 영화 〈누구를 위하여 종은 울리나〉도 언니와 함께 본 영화다.

> 나 자신이 인류의 한 부분이니
> 친구의 죽음은 곧 나의 한 부분이 떨어져 나가는 것이라.
> 그러니 누구를 위하여 종이 울리는지 알아보려 하지 말라.
> 그것은 곧 너 자신을 위하여 울리는 것이다.

누구보다 사랑했던 나의 언니는 이름 모를 병으로 2년을 시름시름 앓다가 스물두 살 꽃다운 나이에 하늘의 별이 되었다. 언니와 함께 본 영화는 처음이자 마지막 영화가 되었고, 나는 "친구의 죽음은 곧 나의 한 부분이 떨어져 나가는 것"이라는 영화 속 기도문처럼 아프게 울었다.

언니가 세상을 떠나면서 부모님은 여섯 명의 자식을 가슴에 묻어야 했다. 아버지는 충격으로 쓰러져 병석에 누우셨고, 어머니는 화병으로 몸져누우셨다. 나는 혼자 남았다는 괴로움에 스스로를 원망했다.

충격이 가시기도 전에 전신 마비로 누워 계시던 아버지가 눈을 감으셨다. 열세 살이 되던 겨울이었다. 아버지는 유언 한 마디 남기지 않으시고 하얀 눈꽃이 소복이 쌓이는 저녁, 먼저 보낸 자식들을 만나기 위해 먼길을 떠나셨다. 어머니는 나를 안고 눈물을 흘리셨다. 나는 어린 나이에 너무 많은 죽음을 보아야 했고, 그 아픔을 이겨 내야 했다.

"우리 두 사람 가운데 한 사람이라도 살아 있으면 그건 둘 다 살아 있는 거야." 언니와 함께 본 영화 속 대사가 떠올랐다. 나는 언니와 아버지가 우리 곁에 있을 거라는 생각이 들었다. 볼 수도, 만질 수도 없지만 두 사람은 나와 어머니를 지켜보며, 우리의 삶을 응원할 것이라 생각했다. 내가 행복하게 살아간다면 언니도 행복하게 지내지 않을까? 어머니가 눈물을 닦아 내셔야 아버지도 눈물을 닦아 내시지 않을까? 열세 살의 어린아이는 그렇게 아픔을 받아들여야 했다. 세상은 날 환영하지 않았지만, 밝고 명랑하게 세상을 받아들였던 그때처럼.

성냥팔이 소녀

아버지가 돌아가신 후 사촌들이 집을 뒤지기 시작했다. 아버지는 돌아가실 때까지 재산의 행방을 누구에게도 알리지 않으셨고, 사촌들은 장롱에 장판까지 뒤지며 보물을 찾아 헤맸다.

아버지의 비밀 금고는 베개였다. 아버지는 땅문서와 채권, 통장을 베개 속에 넣고 손수 베개를 꿰매셨다. 하지만 아버지의 금고를 아는 사람은 나밖에 없었고, 어린 나이였던 나는 베개의 중요성을 알지 못했다. 그렇게 어른들은 아버지의 유품을 불태웠고, 아버지의 비밀 금고는 영원히 불 속으로 사라져 버렸다.

우리는 대일청구권 때 한 푼도 받지 못했다. 이후 경남 진동면 선산이 창원시에 편입되었는데, 선산을 옮기는 데 내 도장이 필요하다는 사촌의 말을 믿고 도장을 내어 주어 선산마저 잃었다. 40년이 지난 지금까지도 사촌은 얼굴 한 번 비치지 않았다. 그렇게 어머니와 나는 가지고 있던 모든 것을 잃었고, 동화 속 공주님은 하루아침에 성냥팔이 소녀가 되었다.

"호랑이가 자기 새끼를 벼랑에 밀어버리는 건, 죽이기 위해서가 아니라 삶을 가르치는 거다. 인간도 마찬가지다. 부모가 아무것도 남기지 않아야 자식이 삶을 배울 수 있다. 재산을 많이 남기면 자식을 죽이는 거다."

아버지 말씀이 떠올랐다. 그 재산이 얼마나 큰 재산이기에 자식 목숨까지 걱정하셨는지 지금도 의문이다.

어머니와 나는 집을 팔아 남은 빚을 정리하고, 얼마 되지 않는 짐을 리어카에 싣고 산동네 단칸방에 들어갔다. 나는 그리움에 사무쳐 아버지와 언니와 함께 살았던 옛집을 서성이곤 했다. 시간이 가는 줄도 모르고 대문 앞에 쪼그리고 앉아 있다가 잠이 들기도 했다. 해가 져도 돌아오지 않는 나를 찾아다니던 어머니는 옛집 대문 앞에서 잠든 나를 발견하곤 했다.

그럴 즈음, 나는 중학교에 입학했다. 친구들의 힐끔거리는 시선과 들려오는 소문들이 나의 마음을 무겁게 했다. 주변의 눈치를 살피는 내 모습이 싫었고, 변해 버린 환경에 자존심이 상했다. 그러던 어느 날 점심시간에 도시락을 먹다가 친구들의 수다를 들었다.

"쟤 집 망했대. 아버지도 언니도 죽고 산동네로 이사 갔대."

친구들은 날 힐끔거리더니 수다를 이어 갔다.

"우리 엄마가 쟤 학교도 곧 그만둔대."

친구들은 어느새 사실이 아닌 이야기까지 하고 있었다.

나는 벌떡 일어나 남은 밥을 쓰레기통에 버리고, 도시락통으로 친구의 머리를 후려쳤다. 그러고는 가방을 챙겨 학교를 나왔다.

나는 앞만 보고 달리기 시작했다. 숨도 쉬지 않고 집으로 가는 언덕을 단숨에 올랐다. 학교 수업이 일찍 끝났다는 거짓말과 함께 나는 방으로 들어갔다. 내 방은 사람 하나 누울 정도의 작은 다락방이었는데, 나는 내 비밀 상자에 책가방과 함께 패션디자이너라는 꿈을 집어넣었다. 어머니가 알까, 입술을 깨물고 숨죽여 몇 시간을 울었다. 그리고 비밀 상자의 열쇠를 채우며 다짐했다. 집을 다시 일으키겠다고.

그날 이후 나는 학교에 간다고 집을 나서서 발걸음을 돌려 시장으로 갔다. 시장 골목의 가게들을 들여다보며 무엇을 팔고, 어떤 물건들이 판매가 잘 되는지 파악했다. 손님들이 좋아하는 가게의 특징이 무엇인지, 큰 자본 없이도 할 수 있는 일이 무엇인지 노트에 적어가며 공부했다. 하루종일 시장을 조사하고 학교 마칠 시간에 맞춰 집으로 돌아갔다.

일주일 뒤, 담임 선생님이 우리 집을 찾으셨고, 나는 어머니께 사실을 고백해야만 했다. 어머니는 난생처음 내게 회초리를 들었다. 나는 회초리를 고스란히 받아 내며 끝까지 학교에 가지 않았다.

어머니는 작은 구멍가게를 얻어 야채와 부식을 겸한 생필품을 팔기 시작했다. 학교에 가라는 어머니의 말을 뒤로하고 나는 매일 어머니를 따라나섰다. 새벽 5시에 가게 문을 열고 야채를 다듬고, 물독을 이고 산길을 오르내렸다. 나물을 데치다가 뜨거운 김에 얼굴을 데고, 김치를 담그다가 고추 독이 올라 물집이 생기고, 산길에서 미끄러져 발목을 다치기도 했다. 매서운 산동네 겨울바람에 손발은 늘 갈라지고 피가 났다.

"엄마 혼자 하면 되니깐 가! 제발!"

어머니는 피딱지가 앉은 내 손을 잡고 학교에 가라며 애원했다. 그럼에도 끄떡하지 않는 내게 어머니는 고집 센 아버지와 똑같다며 나를 학교에 보내기를 포기하셨다.

내가 중학교를 그만둔 건 나의 선택이었다. 나는 이미 할머니 나이가 되어 버린 어머니를 위해 스스로 소녀 가장이 되었다.

새마을운동 바람이 불면서 산동네가 철거되고, 철거 이주민으로 배정받은 터에서 우리는 새로운 생활을 시작했다. 베풀기를 좋아하셨던 어머니는 후덕한 마음으로 장사를 했고, 가게는 아침부터 저녁까지 손님이 끊이지 않았다. 가게의 방 하나는 동네 어른들의 놀이터였는데, 어른들은 가게의 잔손을 거들어 주며 매일 이야기꽃을 피웠다. 점심에 저녁까지 나눠 먹고, 어른들이 집으로 돌아갈 때면 어머니는 꼭 김치나 야채를 챙겨 주셨다.

가게가 있던 곳은 철거민들이 이주한 곳이라 건설 쪽에 일하는 분들이 많았는데, 대부분 외상으로 물건을 가져간 후 월급을 타면 갚곤 했다. 매출은 상승했지만 손에 남는 돈은 별로 없었다. 나는 어머니에게 외상은 손해 보는 방법이니 하지 말자고 했지만, 어머니는 없는 사람 편하게 먹게 해 주는 게 마음 편하다고 하셨다. 외상은 커다란 장부를 벽에 붙여놓고 그날 가져간 것을 각자의 이름 밑에 적는 방식이었는데, 저녁에 정리를 하다 보면 계산이 맞지 않는 경우도 있었다. 내가 고치려고 하면 어머니는 괜찮다며 말리셨다.

"그냥 둬, 손님 민망해하신다."

"다 퍼주고, 다 떼이고 남는 거 하나도 없겠다!"

내가 투덜거리면 어머니는 조용히 한마디하셨다.

"이러면 자식이 잘된대."

당신이 죽으면 세상에 아무도 없으니 내게 인심이라도 남겨 놓고 가야 한다고 했다. 나는 어머니의 말에 눈물이 쏟아질 것 같아 괜한 장부만 몇 번이고 뒤적거려야 했다.

인정 많고 따뜻한 어머니의 음식솜씨와 나의 부지런함은 조금씩 빛을 보기 시작했다. 가게는 번창했고, 물을 만난 물고기처럼 활개를 쳤다. 어머니와 나는 좋은 재료를 아끼지 않고 음식을 만들고, 새벽부터 늦은 밤까지 쉬지 않고 일했다.

오래전 아버지가 베개라는 금고를 둔 것처럼 우리도 작은 금고에 돈을 모으기 시작했고, 한 푼 한 푼을 소중하게 아끼고 모았다. 그렇게 우리는 산동네 단칸방에서 벗어나 땅을 사고, 상가를 지어 가게를 넓혔다. 넘쳐나는 금고를 바라보며 희망과 행복 속에 살았다. 하지만 세상은 나의 행복을 그냥 내버려두지 않았다. 성냥팔이 소녀의 따뜻한 성냥이 꺼져 버린 것처럼 나의 희망도 한순간에 무너졌다.

어두운 터널을 박차고

나는 어두운 터널에 갇혀 버렸다. 나는 내가 왜 터널에 갇힌 건지 알지 못했다. 주위를 둘러보고 다시 둘러보아도 작은 빛 하나 찾을 수 없었다. 나는 주저앉은 채 내가 왜 어두운 터널에 갇힌 건지 생각하고 또 생각했다.

어른이 된 나는 결혼을 선택했다. 사랑을 해 본 적도, 사랑이 무엇인지도 몰랐던 나는 그저 어머니와 함께 살며 내 금고를 지켜 줄 사람을 원했다. 그는 어머니와 함께 지내기로 했고, 내 금고를 지켜 주기로 했다.

하지만 그는 나를 소유하려 했다. 나는 세상 밖으로 나갈 수 없었고, TV를 통해서만 세상의 소식을 접해야 했다. 결혼한 지 한 달 만에 그는 본성을 드러냈다. 술은 그를 난폭하게 만들었고, 그는 악마가 되었다가 다음 날이 되면 순한 양으로 바뀌었다. 언제 악마로 바뀔지 모르는 그가 두려웠지만 나는 저항했다. 처절하게, 아주 오래도록. 하지만 끝나지 않는 전쟁은 나의 희망을 절망으로 바꾸었다.

어린 딸과 어머니를 놓아 버릴 수 없었던 나는 결국 어두운 터널에 주저앉고 말았다. 새벽 5시가 되면 모자를 깊이 눌러쓰고, 허리까지 긴 머리를 묶고 가게에 나갔다. 자정까지 계산대에 앉아 돈 받는 기계가 된 나는 로봇처럼 감정을 잃어버렸다. 행복이 무엇인지 기억나지 않았고, 계절조차 느낄 수 없었다. 따뜻하면 봄이고, 손발이 시리면 겨울이었다. 억새풀처럼 단단했던 나는 그렇게 천천히 소리 없이 시들어갔다.

40년. 나는 어두운 터널에서 40년을 살았다. 그리고 내 삶의 40년을 잃었다. 그럼에도 내가 버틸 수 있었던 건 어머니와 딸의 존재였다. 아주 가끔 웃을 수 있었던 것도 어머니와 딸 덕분이었다. 하지만 시간은 두 사람을 내버려두지 않았다.

"너를 두고 어떻게 눈을 감나……."

마지막 말씀을 남기고 어머니는 고달픈 세상을 마감하셨다. 늦가을에 내리는 비는 내 뼛속까지 파고들어 심장을 녹이고 있었다.

법대를 졸업한 딸은 미국으로 유학을 갔다. 아버지가 닿을 수 없는 곳으로 떠나갔다. 하지만 두 사람을 떠나보내고 혼자가 된 나는 희망도, 꿈도, 내일도 없는 악마의 동굴 속에서 서서히 조금씩 말라 죽어가고 있었다.

나는 그의 얼굴만 보아도 몸이 경직되어 숨조차 쉴 수 없었다. 작은 발소리 하나에 놀라 소리를 지르고 장롱 속으로 몸을 숨겨야 했다. 검붉은 불덩이가 나를 향해 다가오는 환각 속에 길길이 날뛰며 도망을 다녔다. 지옥이었다. 매일 목숨을 거두어 달라는 기도를 했다.

병원에서는 공포증(특정한 물건, 환경 또는 상황에 대하여 지나치게 두려워하고 피하려는 불안장애의 일종)과 신경증(내적인 심리적 갈등이 있거나 외부에서 오는 스트레스를 다루는 과정에서 무리가 생겨 심리적 긴장이나 증상이 일어나는 인격 변화)이라고 했다. 약을 먹고 치료를 받았지만 나의 상태는 점점 더 악화되었다. 끝이 보이지 않는 어두운 터널에 갇혀 빛조차 볼 수 없다면 더는 살아갈 이유가 없었다. 나는 끝내 스스로 의식을 놓아버렸다.

"내 손을 잡아라. 너를 구원할 것이다."

어둠 속에 희미한 목소리가 들렸다. 목소리는 물방울처럼 퍼지며 내 몸을 천천히 감싸 주었다. 가만히 눈을 떴다. 하얀 커튼 사이로 강렬한 빛이 쏟아졌다. 빛! 나는 칠흑 속에서 처음으로 빛을 발견한 사람처럼 눈물을 흘렸다. 그 빛은 마치 터널의 끝을 보여 주는 것 같았다.

안도감에 눈물을 흘리며 결심했다. 평화를 찾자. 그리고 잃어버린 나를 찾자.

터널을 나가는 길은 내게 많은 희생과 조건을 요구했다. 원인을 제공했던 그가 아닌 내가 위자료를 지불해야 했고, 어머니와 고생하며 이룬 재산을 잃어야 했다. 하지만 나는 나를 위해, 나의 자유를 위해 금고를 내려놓았다. 그리고 나는 40년 만에 어두운 터널을 뛰쳐나왔다. 찬란한 빛이 가득한 세상으로, 삶의 기쁨과 긍지가 가득한 세상으로, 나를 위한 나의 세상으로!

잃어버린 나를 찾아서

내가 가진 건 잔고 없는 통장과 중학교 중퇴가 전부였다. 나는 새로운 인생의 첫 관문을 검정고시로 정했다. 심호흡하고 검정고시 학원의 문을 열었다. 심장이 터질 것 같았다. 사람들과 마주앉아 눈을 보고 이야기를 나눈 건 40년 전이 마지막이었다. 학원 접수를 위해 이름을 쓰는데 손이 너무 떨려 이름을 쓸 수가 없었다. 식은땀을 흘리는 내게 담당자가 대필을 해주며 몸이 불편하시냐고 물을 정도였다. 나의 후유증은 생각보다 깊었고, 불안과 공포는 의지만으로 제어하기 힘들었다. 트라우마를 극복하기까지는 많은 시간과 노력이 필요했다. 두렵고 불안했지만 나는 검정고시 학원에 등록했다.

그동안 나는 나 자신을 외면했지만, 죽음의 문턱을 밟고 난 후 나는 행복하지 않거나 나에게 옳은 일이 아닌 건 하지 않겠다고 결심했다. 내가 깨달은 건, 나는 절대 하찮은 존재가 아니며 존재만으로 사랑받을 자격이 있다는 것이었다. 나는 용기를 내 잃어버린 나를 찾기로 했다.

힘들었지만 즐거웠다. 공부를 하면 할수록 내 안에 새로운 세상이 펼쳐지는 것 같았다. 환갑이 된 나이였지만 소녀처럼 설레는 마음으로 학원에 다녔다. 글자 하나하나가 소중해 연필을 꾹꾹 눌러쓰며 공부했고, 어려운 문제도 쉽게 답을 찾을 수 있을 정도로 실력이 늘었다. 하지만 나의 불안감은 엉뚱한 곳에서 나의 발목을 잡았다.

학원에서 모의 검정고시 시험이 있던 날이다. 심장이 떨리고 발이 떨려 물을 마셔 가며 겨우 시험을 치렀는데, 평균 점수가 20점이었다. 내가 시험지와 답을 대조했을 때는 분명 전 과목 모두 100점이었는데 20점이라니? 결과가 이상했다. 나는 시험지를 들고 담임 선생님을 찾았다. 담임 선생님은 아무 말 없이 나의 답안지를 보여 주셨다. 한 칸을 빼고 쓰고, 한 줄 씩 미뤄 쓰고, 원 밖에 체크를 하고……. 나의 답안지는 엉망이었다. 선생님은 시험지를 대조했을 때는 만점이 틀림없지만 채점은 답안지로 하는 거라며, 오늘부터는 시험공부가 아니라 답안지 작성 연습을 하라고 했다. 선생님은 빈 답안지 50장을 프린트해 주며 마음속에 무엇이 담겨 있어 그렇게 불안해하고 식은땀을 흘리시냐며 날 안타까워했다. 나는 하루도 빠짐없이 답안지 작성 연습을 했다. 누군가에겐 가장 쉬운 답안지 작성이지만 내게는 가장 힘든 일이었다.

2015년 4월 12일, 검정고시 시험을 보는 날이 되었다. 시험장에 들어선 순간 모두가 나를 주시한다는 공포감이 몰려왔다. 땀이 비 오듯 흐르고 손이 사시나무 떨리듯 떨렸다. 심호흡하고 시험에 집중했다. 첫 시간이었던 국어시험을 무사히 치르며 순조롭게 넘어가는 듯했지만, 답안지 수정을 거치며 불안감이 심해지기 시작했다. 수학 시간에는 답안지만 네 번을 바꿔야 했다. 시험장의 모든 눈이 나를 주시했고, 나는 가장 자신 있었던 수학을 다섯 문항이나 채우지 못했다. 억울함에 눈물이 났다. 문제를 다 풀었음에도 답안지 체크를 하지 못하는 내가 답답하고, 세월이 원망스러웠다. 감독관들은 세 번, 네 번 도전하는 사람도 있으니 실망하지 말고 다시 도전하라고 했지만, 나는 내년이라고 달라질 것 같지 않았다.

네 시간의 시험을 치르고 점심시간이 되었다. 같은 학원의 동료가 다시 증상이 나타나는 거 아니냐며 날 걱정했다. 포기하고 집으로 돌아가야 하나…, 고민하던 그때 누군가 앞서 치렀던 네 시간의 시험 답안을 돌렸다. 점수나 알고 가자 싶어 체크를 했는데 80점을 넘긴 합격점이었다. 나는 부끄러운 줄도 모르고 환호성을 질렀다. 불안이 가시니 마음이 조금씩 차분해지기 시작했다. 나는 남은 두 과목의 시험을 침착하게 치렀고 합격점 100점을 넘겼다.

학원에서는 내가 1등을 할 줄 알았는데 아쉽다며 박수를 보냈다.

나는 그렇게 새로운 삶의 첫 관문을 통과했다. 검정고시는 잃어버린 나를 찾는 과정의 시작이었고, 그 결과라고 할 수 있는 합격증은 내게 더없이 소중하고 특별했다.

이제 내게 남은 건 세상과 마주하는 일이었다. 나는 작은 공간을 얻어 책상을 놓고 그 위에 가정용 재봉틀을 올려놓았다. 아파트에 전단을 돌리며 옷 수선 일을 시작했다. 남들이 잘 시간에 책을 펴 공부하고, 남들이 쉬는 시간에 재봉틀을 돌렸다. 지하철을 오가는 등굣길에는 영어 단어를 외웠고, 마을버스를 기다리며 과제를 했다. 김밥과 컵라면으로 식비를 아꼈고, 전단지 뒷면을 연습장으로 썼다. 미용실은 언제 가봤는지 기억도 나지 않았고, 머리가 너무 길면 집에서 직접 가위로 잘랐다. 오이비누 하나로 목욕했고, 트리트먼트나 에센스는 발라본 적도 없다. 옷은 내가 직접 만들어 입었다. 나의 통장 잔고는 여전히 적었지만 괴롭지 않았다. 어머니와 야채를 다듬던 옛날처럼 작은 것에 행복을 느꼈고, 희망을 키워 나갔다.

1년에 네 번, 설과 추석·어버이날·크리스마스에 선물을 들고 경로당 어르신들을 찾아 외로움을 나눴고, 학우들에게 햄버거와 짜장면을 대접했다. 어릴 적, 매번 손님에게 외상을 주던 어머니께 "다 퍼주고, 다 떼이고 남는 거 하나도 없겠다!"며 투덜거리던 나는 어느새 어머니를 닮아 가고 있었다. 어머니는 당신이 죽으면 세상에 아무도 없으니 내게 인심이라도 남겨 놓고 가야 한다고 했다. 나는 어머니가 남겨 주신 인심에 감사하며 하루하루를 행복으로 채워 나갔다.

'내가 행복해지려면 어떻게 해야 할까? 나를 사랑하려면 어떻게 해야 할까?' 긴 시간 고민했지만 답은 간단했다. 내가 행복한 것을 찾고, 행복한 일을 하면 되는 것이었다. 나를 사랑하기 위해서는 내가 원하는 것을 끊임없이 스스로에게 질문하고, 나 자신을 믿으면 된다. 나는 나를 믿고 앞으로 나아가기로 했다. '내가 행복한 일을 찾자. 내 가슴이 뛰는 행복한 일을 하자.'

더디지만 아름답게 피어난 꽃

부산 동주대학교에 수시 1차 1등으로 입학했다. 나는 대한민국 대학을 통틀어 패션디자인학과의 최고령자이며 선구자다. 어렵게 되찾은 꿈이었기에 나는 한순간도 헛되게 보내고 싶지 않았다.

젊은 청년들과 함께 수업을 받으며 나는 졸업할 때까지 수석 자리를 놓치지 않았고, 성적장학금을 받으며 학교에 다녔다. '학점 4.5점 만점'으로 단상에 올라 총장님께 성적우수상과 특별상을 받았다. 학교가 생긴 이래 유례없는 영광을 학교에 안기기도 했는데, 2017년 11월 부산패션위크(BFW) 때였다. 나는 나의 작품 〈여심〉을 부산패션위크에 출품했다.

'작품 여심', 〈여심〉은 불타는 여인의 마음을 표현한 작품인데, 그 탄생만 6개월이 걸렸다. 모시를 핀턱 바느질로 부채의 형태를 만들어

조각 내 불꽃을 만들고, 바구니 기법으로 천을 엮어 불꽃을 담는 항아리를 표현했다. 하지만 항아리를 엮는 과정에서 천이 자꾸 흘러내려 수십 번의 수정을 해야 했고, 다가오는 출품 날짜에 맞추기 위해 집에 가는 걸 포기하고 학교 작업실에서 꼬박 일주일을 살아야 했다. 낮에는 수업을 듣고 밤에는 작업을 하고, 남은 천 조각을 이불 삼아 의자에서 새우잠을 잤다. 〈여심〉은 나의 열정과 가슴으로 잉태한 작품이다.

〈여심〉은 출품작 700점이 넘는 예선을 거쳐 15명을 뽑는 본선에 진출했다. 젊은 대학 신입생으로는 진출하기 어려운 자리였다. 나의 옷

2017 부산 패션위크에서 특별상, 브랜드상을 수상한 필자의 작품 〈여심〉

을 입은 모델이 무대에 등장하자, 박수 소리가 하나둘 들리기 시작했다. 하나의 불꽃을 연상하는 나의 작품과 차오르는 박수 소리에 무대는 뜨겁게 달아올랐다. 눈물이 차올랐다. 내 진심이 인정받는 것 같았고, 아픈 과거를 위로받는 것 같았다. 나는 나의 작품을 향해, 나의 삶을 향해 뜨거운 박수를 보냈다. 내가 디자인한 작품 〈여심〉은 2017년 부산패션위크에서 특별상, 브랜드상을 수상했다. 교수님들도 예상하지 못했던 결과였다. 나는 학교에 영광을 돌렸고, 〈여심〉은 2018년도 신입생 모집 팸플릿으로 제작되었다. 그 과정에서 나는 2017년 추석 특집 다큐멘터리에 출연하기도 했다.

2022년 한국방송통신대학교에서 국어국문학과 시니어 성적우수상과 성적우수상 두 상을 가슴에 안고 졸업했다. 지금도 나의 공부는 계속되고 있다. 2021년에는 불교문학에서 신인상을 수상하면서 시인으로 등단했다. 전국 시 낭송 대상 낭송가다. 또한 아주 작지만 내 가계를 운영하는 '지우 컬렉션' 대표다. 나는 세상에 쏟아 내지 못했던 마음속 이야기를 글을 통해 풀어내고, 나의 자아를 가꾸고 다듬는 중이다.

누가 내게 물었다. 그 나이에 박사를 꿈꾸느냐고. 아니다. 나는 '박사'보다는 '밥 사'를 더 좋아한다. 누굴 만나든 밥은 내가 사고 싶다. 작은 것이라도 나눌 수 있다는 행복은 내가 살아가는 이유다. 나는 내가 여유로워지는 만큼 밥을 사고, 배고픈 이들을 배부르게 먹이고 싶다.

나는 고통 속에 태어났고, 고통 속에서 성장했다. 나약해지고, 두

영호남예술제 시낭송 대상 수상, 시낭송가로 활동하는 필자

려워지고, 두려움이 더 두려워지는 순간까지 경험했다. 부정적인 생각들은 늘 나를 괴롭혔지만, 부정적인 생각은 내가 막을 수 있는 게 아니었다. 중요한 건 부정적인 생각을 하는 '나'를 인정하는 것이었다. 성장한다는 건 나약한 나를 인정하고 앞으로 나아가는 것이다. 상처를 입고 피가 흐를 때는 상처를 제대로 보고 치료해야 한다. 치료를 뒤로 미루고 괜찮다 긍정만 하면 상처는 더 곪기 마련이다. 상처가 아물고 새살이 돋기 위해 우리는 고통스러운 일과 맞닥뜨려야 한다. 만약 내가 충분히 사랑받을 가치가 있다는 존재임을 처음부터

알았더라면, 내 인생은 많이 바뀌었을 것이다. 하지만 아픈 시간들이 있었기에 나는 작은 것에도 감동받고 행복을 느낄 수 있는 사람이 되었다.

나는 패션디자이너다. 나는 시인이며 수필가다. 전국 대상 낭송가다. 나는 '지우 컬렉션'이라는 작은 가게를 운영한다. 뜨거운 열정과 감사함으로 옷을 만든다. 디자인과 재단·바느질까지 모두 내 손으로 직접 하며, 옷에 예술의 혼을 담고 한 땀 한 땀 정성을 담아 고객의 옷을 만든다. 사람이든 물건이든 모든 일에 최선을 다하는 건 나를 위한 일이고, 내 삶의 목적이다. 나는 양장에 아름다운 우리 옷의 선을 접목하고, 우리 고유의 옷에 새로운 날개를 달아 저 먼 지구의 남쪽까지 날아갈 생각이다.

세상의 모든 꽃은 제각각이다. 무리 지어 피는 꽃도 있고, 홀로 피어나는 꽃도 있다. 봄에 피는 꽃이 있고, 겨울에 피는 꽃이 있으며, 금세 피어나는 꽃도 있고 아닌 꽃도 있다. 우리의 삶도 그러하다. 누군가는 빠르게 꽃을 피우고, 누군가는 더디게 꽃을 피운다. 언제 어떤 꽃이 필지 누구도 알 수 없지만, 분명한 것은 저마다 섬세하고 아름답게 꽃을 피울 거라는 것이다.

꽃은 그 존재만으로 아름답다. 우리 또한 '나'라는 존재만으로 충분히 아름답다. 나는 오늘도 따뜻함을 베풀 수 있게 해달라고 기도하며, 더디지만 아름답게 피어난 나의 꽃과 당당하고 아름다운 나를 아끼고 사랑하며 살아 있다는 감사함과 행복함으로 하루를 시작한다.

너는 바람

흐르는 바람에 눈물 되어

흩어지는 구름이어라

바람아 흔들지 말아라

흩어짐도 서러운데

흔들어 더 아프구나

바람아

그냥 지나가거라.

—목화 정지우, 시화 작품상

배움

나는 평생 남을 관대하게 여기고, 타인으로부터 불이익을 당해도 자신을 돌아보며 살아왔다. 고등학교를 중퇴할 수밖에 없었지만, 그것이 누군가의 잘못이라고 생각하지 않았다. 오히려 학교에 다닐 수 없었기에 공부의 소중함을 알게 되었고, 스스로 책을 읽고 글을 쓰기 시작했다. 절망과 희망 사이에서 방황하던 나는 그렇게 희망을 선택했다. 절망을 희망으로 만드는 건 다른 누구도 아닌 나 자신이다.

꿈을 가진 사람이 사는 법

150여 회 헌혈,
대한적십자사 포장증 명예장을 수상하다

장기양

서울시 시민기자
전국검정고시총동문회 이사
한국우편엽서회 총무이사
수락운수(8번)운영위원
AJ강남파라곤 보안실 근무
대한적십자사 포장증 명예장 수상

한 송이 꽃의 희망

할아버지(1884년)가 계신 집안에 4남 2녀의 막내로 태어난 나는, 어머님이 43세에 낳은 늦둥이다. 태어난 곳은 전라남도 화순 읍내에서 4~5킬로미터 떨어진 수만리 1구였고, 1~4구까지 네 개의 마을이 있고 아랫마을에 국동리가 있었다. 우리 마을은 가게 하나 없던 한적한 동네였다. 우리 집 뒤뜰로 돌아가면 장독대를 지나 큰 감나무가 있었는데, 나는 매일 감나무에 올라가 감을 따거나 멀리 이웃집과 동네를 내려다보곤 했다.

나는 자연 속의 소소한 행복을 좋아했다. 가까운 학교 운동장에서 땅에 선을 그어놓고 땅따먹기를 하고, 자치기놀이, 재기차기, 저녁엔 진도리(술래잡기와 비슷한 놀이)를 하고, 논둑에서 쥐불놀이와 풀베기 등을 했다. 머리핀 따먹기와 동전 던지기나 동전 치기 등은 할 때마다 신기하고 재미있는 놀이였다. 동네 우물가는 아낙네들이 모여 동네 소식을 나누거나 안부 인사를 하는 소통의 장소였는데, 아낙네들의 웃음소리는 듣기만 해도 즐거웠다. 우리 집엔 물지게로 물을 나를 수 있는 사내들이 많아 다른 집에 비해 물이 풍족했다.

어느 날, 마을 가까이에 국민학교(초등학교)가 들어섰다. 여섯 살 때 학교에 가서 1학년 학생들과 어울리며 교실에까지 들어간 일이 있었는데, 선생님이 "너는 내년에 오거라." 하시며 웃으셨다. 그날 이후 선생님과 학교가 너무 좋았던 나는 눈만 뜨면 학교로 향했고, 일곱 살에 초등학교에 입학했다. 교실도, 학생 수도 적었기에 1학년과 6학년, 2학년과 5학년이 한교실에서 수업했고, 선생님은 두 개의 반을 맡았다.

학교 앞에는 도로가 나 있었는데, 큰 재 너머에서 트럭이라도 넘어 올라치면 아이들과 함께 학교 밖으로 뛰쳐나가 구경하기에 바빴다. 트럭이 출발하면 차 뒤에 매달리기도 했는데, 운전기사는 서서히 달리다가 멈춰 우리를 타이르곤 했다. 점심시간에는 강냉이죽을 끓여 다 같이 나눠 먹었고, 그릇과 수저만 챙기면 매일 따뜻한 점심을 먹을 수 있었다. 적은 인원이었기에 더 가족같이, 형제같이 학교에 다녔던 것 같다.

초등학교 고학년이 된 나는 중학교 시험을 준비했다. 이른 시간부터 늦은 시간까지 중학교에 진학하기 위한 치열한 입시에 시달렸다. 졸업반은 남학생 15명, 여학생 10명으로 총 25명이 초등학교를 졸업했다. 졸업식 날 어찌된 일인지 집에 왔더니 나의 정근상과 우등상이 놓여 있었다. 졸업앨범은 졸업사진 한 장으로 만족해야 했는데, 이게 내 어릴 적 최초의 사진이었다.

초등학교 1학년에서 6학년까지 줄곧 반장만 하던 친구는 광주로 진학했고, 시험에 합격한 몇몇 친구들은 읍내 화순중학교로 진학했다. 43가구인 우리 마을(수만리 1구, 물촌 또는 수촌)에서는 나 혼자 중학교에 입학했고, 수만리 4구(중지) 한 명, 아랫마을 국동리는 두 명이 입학했다. 당시는 그 정도로 중학교에 간 친구가 많지 않았다.

중학교 입학을 앞두고 나는 '운동화'라는 걸 처음 신어보게 되었다. 가방도 마찬가지였다. 초등학교 때까지는 보자기에, 고무신을 신고 다녔다. 아침 일찍 어머님이 깨워 주시면 나는 밥을 먹고 도시락을 가방에 넣었다. 그리고 교복을 입고 운동화 신고 학교로 향했다. 먼 거리였지만 학교에 간다는 건 아주 특별하고 즐거운 일이었다.

꽃을 좋아했던 나는 초등학교 고학년 때부터 집안 뒤뜰에 한 평쯤 꽃밭을 일구었다. 봄이면 자갈을 주워내고, 봉숭아·채송화·해바라기 등 몇 가지 꽃씨를 뿌렸다. 여름이 지나 가을에 이르기까지 여러 가지 재롱을 부리는 꽃을 볼 때면 기분이 좋아지곤 했다. 중학교 1학년 때 일기 검사를 하던 선생님이 나의 일기를 칭찬하며 낭송한 적이 있다.

"꽃을 가꾸는 마음은 나의 마음을 가꾸는 것이기도 하지만, 더 나아가 애국하는 길이다." 한 송이 꽃을 피우는 일은 '애국'이라는 말처럼 쉽지 않은 일이다. 매일 물을 주고 잡초를 뽑고 온 정성을 기울여야 한 송이의 꽃을 피울 수 있다. 나는 지금도 꽃을 아주 좋아한다. 작은 씨앗 하나가 서서히 아름다운 꽃으로 자라나는 과정을 좋아한다. 꽃은 아무것도 없는 빈 땅의 희망과 같다.

나의 큰형님은 중학교를 중퇴했고, 셋째 형님은 초등학교를 졸업했으며, 큰누나·작은누나·둘째 형님은 학교에 다니지 않았다. 그럼에도 나는 학교에 입학해 공부하겠다는 희망을 키워 나갔다. 매일 물을 주고 잡초를 뽑으며 '나'라는 꽃을 피우기 위해.

절망과 희망 사이에서

1971년 여름, 광주 조선대 부속병원(1971년 4월 15일 개원일)을 찾았다. 어릴 적 머리에 하얗게 피부병(버짐, 기계독)이 있었는데, 초등학교 때 아이들이 놀려 대곤 했었다. 어머니가 양잿물을 끓여 머리에 발라 주기도 했었지만, 나을 리가 없었다. 중학교에 입학해서도 아이들이 날 놀려 대자, 어머니는 나를 병원에 데리고 갔다. 남광주에서 조대병원을 오가는 셔틀버스를 타고 병원에 다녔는데, 어느 날 처음으로 택시를 탔다. 그런데 병원 앞에 도착하자 기사 아저씨가 택시비를 내라고 하는 것이었다. 지금까지 무료로 차를 탔다고 하니, 기사 아저씨는 셔틀 버스와 택시의 구별법을 알려 주고 택시비를 받지 않았다. 나는 셔틀 버스와 택시가 다르다는 것을 그때 처음 알게 되었다. 내가 열다섯 살 때의 일이다. 몇 번의 병원 치료만으로 피부병이 나을 수 있다는 것도 그때 처음 알게 되었다.

중학교를 졸업하고 광주의 신설학교인 진흥고에 입학했다. 서울 신일고를 본떠 신축한 학교였는데 여섯 개의 반이 있었다. 막상 진학은 했지만 숙소가 없어 광주 고모 댁에서 신세를 지기로 했다.

죄송한 마음에 용돈이라도 벌기 위해 전남일보(사장 김남중) 보급소를 찾았다. 나는 140여 부로 광주 대인동, 계림동, 풍향동, 중흥동을 뛰어다니며 신문을 배달했다. 한 달에 2,000원 정도의 월급을 받았던 것 같다. 학교를 마치면 바로 보급소로 향해 신문을 배달했는데, 가장 힘들었던 건 신문 대금의 수금이었다. 당시 신문 대금은 350원이었는데, 지금처럼 지로용지나 자동이체가 아닌 일일이 수금을 해야 했다. 350원, 300원, 280원, 250원 심지어 150원 할인 독자까지 있어 수금에 상당한 어려움이 있었다. 신문을 들고 배달을 나갈 때는 5부 정도 여유 있게 가지고 나가 몇 부는 리어카 튀김장수의 튀김 몇 개와 바꿔 먹고, 한 부는 버스 요금으로 사용했다. 그 시절이었으니 가능했던 것 같다.

가을 어느 날이었다. 신문 확장을 위해 광주고 육교 건너편 팥죽집에 들러 신문 구독을 권했다. 아주머니는 신문 구독은 어렵고, 배가 고플 테니 신문 한 부 놓고 팥죽 한 그릇 먹고 가라고 하셨다. 그날 이후 아주머니는 늘 신문 한 부에 팥죽 한 그릇을 내주셨다. 눈치 보지 말고 오라는 아주머니의 따뜻한 말씀에 나는 배달을 마치고 팥죽을 먹고 가곤 했다. 어느 비 오는 날에는 젖은 교복을 입고 버스를 타 버스 안내양 바로 뒷좌석에 앉은 적이 있었다. 안내양은 손을 내밀어 내게 10원짜리 하나를 쥐여 주었다. 버스 기사 몰래 건네준 따뜻한 마음이었다. 신문 배달 일은 힘들었지만 이웃들의 배려와 나눔으로 이겨 낼 수 있었던 것 같다.

배달 일을 마치고 공부하려고 하면 고모님은 늘 전기세가 많이 나온다며 화를 내곤 하셨다. 전기세가 아닌 다른 뜻이었음을 지금은 알지만, 순진했던 나는 호롱을 사 등유를 준비해 호롱불에 공부했다. 1년이 지나 고모님은 나를 더이상 돌보지 못하겠다고 하셨고, 나는 광주에서 자취하던 친구 집에 들어가게 되었다. 친구와 함께 신문을 배달하며 학교에 다녔는데, 여름방학을 앞두고 친구는 불편하다며 따로 사는 게 좋겠다고 했다. 대안이 없던 나는 집에 도움을 청했다. 하지만 아버지는 서울에 있는 누나네로 올라가는 게 좋겠다며 학교를 그만두라고 하셨다. 지금 같으면 휴학계를 내고 돈을 벌어 학교에 복학하겠지만, 당시에는 다른 대안이 없었다. 그렇게 나는 고등학교를 그만두게 되었다.

서울행 완행열차는 새로운 세상으로 나를 데려갔다. 17세 소년은 기가 죽어 말도 제대로 하지 못했다. 누나네는 동숭동 서울 문리대 뒤편에 있는 산동네였는데, 그곳은 물을 길어다 쓰는 꼬막촌이었다. 나는 누나의 살림을 돕다가 1974년 장승배기(노량진동)로 이사 간 후, 누나의 도움으로 관광학원에 다니게 되었다.

1년 동안 관광학개론과 일본어 등을 배우며 관광종사원으로 일을 하는 것도 좋다고 생각했다. 일본어에 관심이 많았던 나는 형이 월남에서 가지고 온 전축으로 단파 라디오를 청취하곤 했는데, 〈라디오 일본〉 방송은 하루에 45분씩 했다. 그 무렵 일본은 단파방송 청취가 보편화되고 300만 명이 넘었지만, 한국에는 공개하지 않았다. 단파는 이북 방송도 청취가 가능하다는 이유에서였다. 관광학원 교수님은 나를 호텔에 취직시키려 했지만 당시 미성년자였던 나는 취직이 되지 않았고, 결국 그쪽 길을 포기하고 돈을 벌기로 했다.

낮에는 형을 따라 화문석 돗자리 등을 짊어지고 다니며 팔았고, 가을에는 리어카에 대바구니 등을 싣고 다니며 팔았다. 검정고무신을 신고 물건을 팔면서 공부해야 한다는 마음은 더 커져만 갔다. 틈만 나면 시집과 에세이집, 대학교수님이 쓴 인생론집 등을 읽으며 꿈을 키워나갔다. 지나가는 학생들 가방만 봐도 괜스레 눈물이 날 것만 같은 날들이었다. 1977년도에는 신양전기(온수동)에서 1년 동안 직장생활을 했는데 장사와 비슷하게 비전이 없었다.

성인이 된 나는 1977년 12월 13일 군에 입대했다. 군복무를 하면서도 나는 책을 가까이했다. 시간만 나면 책을 보는 나를 대학공부쯤 하다가 온 것으로 아는 사람도 있었다. 나는 책을 읽는 것만큼 글을 쓰는 것을 좋아했는데, 1979년 5월 29일(화) 자 《전우신문》에 '참된 군인이 되자'라는 제하의 글을, 그리고 1980년 4월 19일(토) 《전우신문》에 '일기를 쓰는 보람'을 썼다. 이에 군부대의 사기가 달아올라 국군방송에도 참여하게 되었다. '참된 군인이 되자'라는 글은 장병문예 현상공모에 장려상으로 뽑혀, 육군 준장의 장려상 메달과 고급 만년필을 받았다. 당시 내가 쓴 글 중 기억에 남는 글이 있다.

"군인은 용서를 받을 수는 없어도 용서할 수 있는 관용이 필요하다."

우리는 살아가면서 누구나 실수를 하고 잘못을 한다. 그리곤 그에 대한 벌을 받기도 하고 용서를 구하기도 한다. 하지만 내가 용서받기보다 남을 용서하는 게 더 중요하다고 생각한다. 어쩌면 철학적 사유에서 기인한 게 아닌가 싶다. 세상이 혼탁한 게 기성세대의 잘못이라면 나도 기성세대의 한 사람으로서 잘못이 있다는 황필호 교수님의 말씀처럼 사회를 위한 따뜻한 시선이 아쉬운 요즘이다.

나는 평생 남을 관대하게 여기고, 타인으로부터 불이익을 당해도 자신을 돌아보며 살아왔다. 고등학교를 중퇴할 수밖에 없었지만, 그것이 누군가의 잘못이라고 생각하지 않았다. 오히려 학교에 다닐 수 없었기에 공부의 소중함을 알게 되었고, 스스로 책을 읽고 글을 쓰기 시작했다. 절망과 희망 사이에서 방황하던 나는 그렇게 희망을 선택했다. 절망을 희망으로 만드는 건 다른 누구도 아닌 나 자신이다.

자신과의 약속

군 복무를 마친 추운 겨울날, 전화국에 다니는 이웃 아저씨에게 어머님은 나의 취직을 부탁했다. 정규직이 아닌 비정규직(알바)이었지만 감사한 마음에 노량진전화국에 나갔다. 전화국 전람계에 속해 일을 하면서 '우체국 집배원 모집' 광고를 접했다. 그냥 치러보기로 한 시험에 덜컥 합격했다. 하지만 공무원 임용 발령 통지서 절차가 남아 있었다. 그러던 중 1982년 전화국이 공사화(한국전기통신공사)가 되면서 비정규직이었던 나는 전화국에서 쫓겨나게 되었고, 부흥개발이라는 전화 가설업체 일을 시작했다. 일당 8,000원으로 첫 봉급을 받아 녹음기를 샀던 기억이 난다.

일을 하던 중 서부서울우체국(현 은평우체국)에서 출근하라는 연락을 받았다. 부흥개발 현장 소장님께 얘기했더니 일당을 올려 주겠다며 날 붙잡았다. 하지만 풍족한 임금보다 안정적인 공무원의 길이 나을 것 같다는 생각이 들었다. 아쉬운 작별을 고하고 나는 6월 11일 서부서울우체국에 첫 출근을 했다. 모두가 대선배님들이어서 처음엔 기가 죽었지만, 시키는 대로 성실하게 열심히 일했다.

그러던 1983년 봄, 서울역 앞 중앙사회복지관에서 검정고시 준비생을 모집한다는 광고를 접했다. 가슴이 콩닥콩닥 뛰었다. 나는 주위 직장동료들을 설득하기 시작했다. 젊은 사람이 공부하겠다는데 못 하게 말리면 안 된다는 분위기가 무르익어 갔고, 주위에서는 나의 공부를 허락하며 응원하기 시작했다.

업무를 마친 나는 서울역 앞 남대문경찰서를 지나 골목으로 뚜벅뚜벅 걸어 들어갔다. 교재만 자부담이고 모든 수업료가 면제된다는 바로 그 야학이었다. 선생님들은 직장인이거나 대학생들로, 봉사활동의 일환으로 각 과목 담임을 맡아 가르쳐 주었다. 외근하느라 파김치가 되어도 졸음을 참아가며 수업을 들어야 했다. 토요일이나 일요일에는 이른 새벽부터 남산도서관으로 향했다. 피곤하면 커피를 마시고 배가 고프면 싸가지고 온 도시락 두 개로 번갈아가며 시장기를 메웠다. 그렇게 나는 2년 만에 검정고시 합격증을 거머쥐었다(1985년 5월 15일).

검정고시 합격이 목표가 아니었다. 대학 진학을 위해 다시 허리끈을 졸라맸다. 종로 고려학원 문을 두드렸다. 학력고사가 기다리고 있었다. 같은 방법으로 열심히 외근하고 밤엔 종로학원으로 달려갔다. 공부에 열의가 높아 장학생으로 선발되어 장학증(한 달 수강료 면제)도 받았다. 하지만 나는 공부에 더 많은 시간을 쏟고 싶었다. 학력고사 3개월을 앞두고 어머니께 사정을 말씀드리고, 이불과 베개 등 몇 가지 살림살이를 싸들고 직장 인근 독서실에 둥지를 틀었다. 주간에는 우편물을 배달하고 곧장 종로 고려학원으로 향했다. 아침과 저녁 식사는 지정 식당(서대문경찰서 옆 골목, 평양집)에서 했다. 학원을 마치고 독서실에서 밤을 지새우고, 다음 날 아침 출근하고……. 죽기 아니면 까무러치기식으로 나는 자신과의 약속을 지키기 위한 노력을 게을리하지 않았다.

학력고사를 일주일 앞두고 나는 일주일만 휴가를 달라고 동료들에게 도움을 청했다. 내가 휴가를 내면 다른 분들의 수고가 뒤따라야 했는데, 그동안 내가 공부하는 모습을 지켜보았던 동료들은 흔쾌히 나를 도와주기로 했다. 지금도 동료들의 성원과 격려에 감사한 마음을 가지고 있다.

나는 휴가를 얻어 사직동 도서관에서 잠시도 쉬지 않고 공부했고, 일주일 뒤 학력고사 시험을 치렀다. 그리고 명지전문대 행정학과에 합격했다. 목표는 사범대와 교육대였지만 직장을 다녀야 했기에 불가능한 일이었다. 긴 시간이 걸렸지만 나는 결국 나 자신과의 약속을 지켜 냈다.

꿈을 가진 사람

대학 입학 후 5월에 체육대회가 있었는데 10킬로미터 마라톤에 참가하게 되었다. 개교 12주년 체육대회였는데, 공교롭게 12위를 해 행운상과 트로피를 거머쥐었다. 스스로 노력해 들어간 학교였기에 모든 순간이 소중했고, 아쉬운 만큼 시간이 빨리 흘러갔던 것 같다. 학교를 마친 일상은 허전했지만, 계속 공부하기에도 쉽지 않은 상황이었다.

1989년 3월 10일, 운명의 그녀를 처음 만나 일주일에 두 번 만나다시피해 1989년 5월 21일 결혼했다. 지금 슬하에 90년생(31세), 91년생(30세) 두 딸아이가 있다. 생활이 조금 안정된 나는 1990년도 방송통신대 국문학과에 편입했지만, 출석 수업의 불가능으로 중도에 포기해야만 했다.

공부할 수 없다는 것이 마음 아팠지만 주저앉을 수는 없었다. 나는 내가 할 수 있는 공부를 하기로 했고, '내 인생의 공부'라는 새로운 돌파구를 찾기로 했다. 전시회나 뮤지컬 등을 접하며 문화체험을 하고 철학 서적과 에세이집, 프로이트의 순수이성비판, 사서(논어, 맹자, 대학, 중용), 명심보감 등을 읽고 공부했다. 세상을 살아가면서 학교 공부가 전부가 아니라는 생각에 늘 일기를 쓰며 나의 성장 과정을 담았고, 조간신문에 45년 동안 각종 투고와 기고문으로 발표의 기회를 넓혀 나갔다.

한순간도 적당히 넘어가는 것을 허용하지 않던 나는, 1991년 교통방송 개국과 더불어 교통방송 통신원으로 교통제보는 물론 교통 시설에 대한 제안을 서울지방경찰청에 건의했고, 이에 횡단보도 신호등을 세 곳이나 설치했다. 통신원들 모임을 하며 자가 통신원과 수해 지역(고양지역) 봉사활동을 했고, 소망의 집(마천동에서 하남으로 이전)도 정기적으로 다니며 나눔을 행했다. 삶의 의미를 깨닫기 위해 1994년부터 헌혈을 시작해 지속적인 헌혈로 각종 인터뷰의 주인공이 되었고, 현재 헌혈은 140여 회에 이른다.

2000년 봄에는 경주 마라톤 풀코스에 도전했는데, 3~4개월을 준비했지만 18킬로미터에서 중도에 포기해야 했

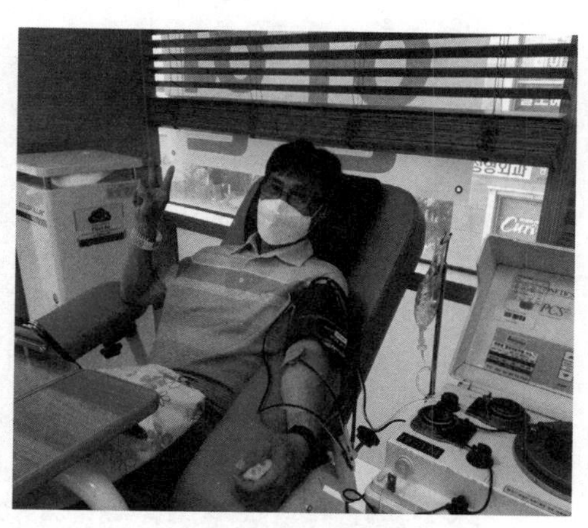

1994년부터 헌혈 나눔 활동을 하는 필자. 현재 150여 회에 이른다.

다. 그럼에도 2000년 3월 5일 서울마라톤대회 하프코스 완주(2시간 2분 55초), 3월 19일 동아서울국제마파톤마스터스대회 하프코스 완주(2시간 37분 53초), 그 외 경향마라톤 하프코스를 완주했다. 마라톤은 처절한 자신과의 싸움이고, 나는 마라톤을 하며 불굴의 투지를 배웠다. 우리의 삶도 마찬가지다. 우리의 삶은 누가 대신해 살아 줄 수 없기에 우리는 늘 자신과의 싸움을 해야 한다.

2023년 5월부터 시작된 서울둘레길 완주 도전, 10월에 완주한 필자

2009년부터 서울시청《하이 서울뉴스》시민기자 활동을 하며 활동 범위를 넓혔는데, 나의 닉네임은 '꿈을 가진 사람'이다. 어디에서 가지고 온 것이 아닌 스스로의 삶에 의해 결정지은 철학적 닉네임이다.

어릴 적 나는 방바닥에 엎드려 공부했다. 그때는 책상이 있었으면 하는 꿈이 있었고, 책상이 있는 친구들이 부러웠다. 나는 뒤이어 책장이 있는 나만의 공간을 꿈꿨다. 지금의 나는 책장이 있는 책상에 컴퓨터를 올리고 나만의 공간에서 글을 쓰고 있다. 어릴 적 꿈을 이룬 셈이다. 그럼에도 나는 새로운 꿈을 또 꾼다. 욕심을 버리는 꿈, 건강하고 아름다운 삶을 영위하는 꿈을.

내가 걸어온 길을 더듬어 보니, 곁에서 격려해 준 수많은 사람에 의해 이루어졌다고 해도 과언이 아니다. 나 스스로 일어난 결과가 아닌 것이다. 내가 날 수 있다는 것을 깨닫게 해 준 건 내 곁의 수많은 사람이었다. 나를 절벽 가까이 불러 주고, 절벽에 선 나를 응원해 준 사람들. 돌아보니 어느새 나의 등 뒤에는 날개가 자라나 있다. 하지만 나는 더 크고 단단한 날개를 위해 계속해서 꿈을 꿀 것이다. 가보지 못한 새로운 하늘을 향해 마음껏 날 수 있을 때까지.

배움

내 삶의 방향을 선택하는 중요 기점에는 늘 역풍이 몰아쳤다. 세상이 원망스러웠다. 억울하다는 생각을 하면서 청소년기를 보냈다. 20대 중반까지도 늘 그랬다. 그러던 나는 언제부터인가 세상으로부터 과분한 배려를 받고 있다는 것을 알았다. 세상에 대한 고마운 마음이 생겼다. 요즈음 하루하루를 감사한 마음으로 살고 있다. 내세울 것 없는 나의 삶이지만, 고희(古稀)에 이르러 걸어온 시간을 돌아볼 기회를 준 전국검정고시총동문회에 감사의 마음을 전하면서 이 글을 쓴다.

나는 역풍 속에서 높이 날았는가?

여러 번의 입학시험 실패 늦깎이 대학생, 남보다 일찍 대학교수가 되다

황희연

충북대학교 명예교수, 고려대학교 객원교수
서울대학교 건축학과 졸업, 동대학원 공학 석사·공학 박사
충북대학교 건축공학과·도시공학과 교수(36년간)
대한국토·도시계획학회장
LH 토지주택연구원장
세종시 총괄계획가
행정중심복합도시 총괄기획가
대통령 소속 행복도시건설위원회 위원
지속가능발전위원회 위원
건축문화선진화위원회 위원
대한민국도시재생산업박람회 추진위원장
국토교통부 도시재생한마당 추진위원장
녹조근정훈장 수훈
대통령상, 국무총리상, 국토교통부장관상, 환경부장관상,
대한국토·도시계획 학술상, KOREA AWARDS 사회공헌대상,
충북대학교 최우수 연구교원, 2019년 자랑스러운 검정고시인상 등 수상

실패로 점철된 청소년기

나는 1951년 한반도 최남단 전라남도 장흥군 대덕읍(당시 대덕면)에서 태어났다. 6·25 동란기에 태어났지만 전쟁이라는 것을 전혀 의식하지 못하고 성장했다. 태어나 아동기를 보낸 대덕읍은 상당 부분이 바다에 면해 있지만, 내가 자란 신월리는 바다로부터 3킬로미터 정도 떨어진 전형적인 농촌 지역이다.

가까이에 천관산이라는 명산이 있다. 초등학교(당시 대덕국민학교) 때 소풍은 으레 천관산으로 갔다. 내가 살던 집에서도 선명하게 보이는 산 정상에 있는 '구룡봉'이라는 큰 바위는 지금까지도 내 마음속 이정표 같은 존재다. 초등하교 6학년 때 소풍을 또 천관산으로 갔다. 처음으로 목적지가 정상이었다. 직접 가보니 구룡봉은 마음속에 그리고 있던 것보다 훨씬 큰 바위였다. 언제부터인가, 이 바위는 나를 평생 지켜 준 수호신으로 느끼게 되었다.

이곳에서 보낸 초등학교 시절은 자연이 벗이었다. 학교 가는 시간을 제외하면 놀았던 것만 기억난다. 동네 골목에서, 집 앞 실개천에서, 집에서 조금 떨어진 개울물에서, 그리고 들과 산에서……. 공부는 늘 뒷전이었다. 그래서 성적도 좋지 못했다.

초등학교 6학년 때다. 우연한 기회에 공부라는 것을 조금씩 하게 되었다. 그러면서 서울에 가서 공부하고 싶은 마음이 생겼다. 그때는 중학교, 고등학교 모두 입학시험을 통해 들어가던 시절이었다. 가정 형편이 넉넉하지 못한 상태였음에도 무리하여 서울 H중학교에 응시했다. 결과는 낙방이었다. 후기에 응모했던 J중학교까지 떨어졌다. 재수하기로 결정하고 서울 J초등학교(당시 J국민학교) 6학년을 다시 다니게 되었다. 이듬해 서울 P중학교에 입학했다.

마주친 시련을…

힘들게 들어간 중학교였는데 공 차고, 노는 것을 좋아했던 나는 공부에 집중하지 못했다. 게다가 2학년 초에 유도부에 들어가 매일 운동을 하게 되면서 공부와 더 멀어졌다. 3학년이 되면서 유도부를 나와 나름 고등학교 입학시험 준비에 매진했다. 성적도 올라 진학에는 별 어려움 없을 수준이 되었다. 하지만 예기치 못한 결과로 고등학교 진학에 실패했다. 많은 실패 중 이 낙방의 충격이 내 인생에 가장 크게 다가오지 않았나 싶다. 후기 D고등학교까지 실패한 나는 방황했다. 이때의 시련은 큰 아픔이었지만, 돌아보면 내 인생의 큰 전환점을 마련하는 계기가 된 것 같다.

고민 끝에 고등학교를 다니지 않고 대학에 바로 가기로 결심했다. 부모님과 마찰이 있었지만 나는 뜻을 굽히지 않았고, 결국 고등학교 졸업 학력 검정고시의 길을 택했다. 험난한 길이었다. 나 스스로 선택한 길이지만 주변 친구들이 모두 학교에 다닐 때 학교 밖 청소년이 된 마음을 직접 겪어 보지 않은 사람은 모를 것이다.

소속 없이 학원과 독서실을 헤매던 시절은 고독과 싸우는 시간이기도 했다. 당시 나를 버텨 주었던 것은 미래에 대한 희망이 아니었나 싶다. 하지만 1969년 대학입학 자격 검정고시에 합격한 후, K대학교 법과대학에 응시했는데 낙방했다. 그날 나는 결심했다. '반드시 S대학교에 가겠다.'

지루한 재수생활이 이어졌다. 1년 내내 대학입학시험 준비에 매진했지만 낙방, 1년 또 준비했는데 다시 낙방이 반복되었다. 매년 대학입학시험 준비에 나름 최선을 다했다. 4년 연속으로 실패하고 난 당시의 허탈감이란, 이 지면에 다 표현하기가 어렵다.

1년에 한 번씩 불합격을 확인하던 날이면 낮잠을 한숨 잔 후, 차년도 입학시험을 준비하겠다고 가방 들고 독서실에 갔던 반복된 나의 모습이 지금도 새록새록 떠오른다.

그날부터 또 새로운 1년간의 투쟁(?)이 시작되었다. 거의 매일 학원 독서실 문 닫는 시간에 3분의 2쯤 내려져 있는 건물 입구 셔터 문 아래로 기어나온 것이 일상화되었다. 명절 때가 되면 붐비던 친척들을 피해 동네 독서실을 찾아 주인께 간곡하게 부탁하여 혼자 종일 비어 있는 독서실에서 보냈던 것도 추억으로 남아 있다. 옆이 닳아 문드러지고 땀방울로 늘 부풀어 있던 영어사전도 종종 아른거린다.

하지만 이때 나를 더 힘들게 했던 것은 몇 달에 한 번씩 주기적으로 나타난 깊은 고독감이었다. 이 증상이 나타나면 아무리 애를 써도 책이 손에 잡히지 않았다. 독서실 자리에 앉아 끙끙 앓다가 건물 옥상으로 가서 심호흡하고 팔딱팔딱 뛰기도 하면서 2~3일 몸부림치고 나면 정상으로 돌아오곤 했다. 아마도 내 몸이 수용할 수 있는 한계치 현상이 아니었나 싶다.

그 당시 나의 모든 에너지는 내가 원하는 대학에 꼭 가겠다는 욕망(?)에 집중되었던 것 같다. 화장실에 앉아 있을 때나 동네 목욕탕 욕조에 앉아 있을 때면 나도 모르는 사이에 두 주먹을 불끈 쥐고 있었던 자신을 발견하곤 했다. 무엇이 나를 그토록 얽매었을까? 감수성이 예민한 청소년기에 거듭 실패하면서도 스스로를 지킬 수 있었던 것은 오히려 그 얽매임 덕분이었을까? 그냥 감사한 마음이 든다. 요즈음도 불쑥 누군가에게 감사의 마음을 전해야 할 것만 같은 생각이 들곤 한다.

대학입학, 미래를 위한 꿈

1973년 봄, 다시 대학입학시험 준비를 위해 D학원을 찾았다. 초등학교 동기들이 대학 4학년이 된 해였다. 그해는 성적도 제법 올랐다. 하지만 불안감은 여전했다. 그해 내가 목표로 한 S대학교가 계열별 입학제로 바뀌면서 불안감은 더 커졌다.

그때까지 문과에 있었던 나는 그해 9월에 내가 좋아했던 수학과 과학 비중이 높은 이과로 옮겼고, 공과대학이 속한 자연 계열에 응시했다. 그리고 천신만고 끝에 합격했다. 홍수환 권투선수가 1라운드에 네 번 다운된 후 KO승을 거두어 세계챔피언이 되면서 '4전 5기'라는 말이 유행하던 그해였다. 나는 대학교 입학시험에서 4전 5기를 한 셈이다. 주변 사람들 사이에 종종 오르내리는 4전 5기의 주인공이기도 했다.

중학교 졸업 후 6년의 시간을 서울 광화문 일대를 오가며 학원 생활을 했다. 어느 날 오후, 학원수업을 마치고 집에 가는 버스를 타려 하는데 버스 안내양(당시 '버스 차장'이라 불렀다.)이 나를 가로막고 못 타게 했다. 버스가 떠난 뒤 멍한 상태였다. '왜 나를 못 타게 하지?' 한참 생각했다. 버스에서 물건 파는 사람이 떠올랐다(당시에는 버스에서 물건을 파는 경우가 종종 있었다.). 내가 목표로 한 대학의 입학시험 과목이 총 13개 과목이었기 때문에 내 책가방에는 늘 영어사전·불어사전을 포함해 15권의 책을 넣어 다녔던 터라, 아마도 나의 책가방이 크고 무겁게 느껴져 물건 파는 사람으로 착각했던 것 같았다. 며칠 후 같은 상황이 또 벌어졌다. 그다음부터 버스 타는 것이 두려워졌다. 버스 정류장에 우두커니 서서 몇 대를 보내고 용기를 내어 타곤 했던 기억이 선명하다.

시간이 지난 후, 나보다 훨씬 어려운 환경 속에서 중학교, 고등학교 모두 검정고시를 거쳐 사회생활을 하고 있는 선후배들을 다수 접하면서 나는 상대적으로 좋은 여건에서 공부했다는 것을 알게 되었다. 하지만 내가 당시에 느꼈던 아픔은 나름 작지 않았던 것 같다. 수많은 낙방은 늘 날 아프게 했지만, 그 아픔은 내게 '인내'라는 큰 선물을 남겨 주었다. 그 덕분일까? 지금도 나는 어려움이 닥쳐도 쉽게 포기하지 않는다. 차갑고 매서운 역풍은 그렇게 나를 한 걸음 나아가게 해 주지 않았나 싶다.

나이가 들어가니, 수없이 실패를 거듭하고 있는 자식을 뒷바라지했던 부모님 생각이 많이 난다. 정신적으로나 경제적으로 나보다 훨씬 큰 아픔 속에서 사셨다는 것도 알게 되었다. 부모님에 대한 그리움과 송구스러운 마음은 글로 표현할 수 없다. 초등학교 교사를 시작하면서부터 5년 가까이 봉급의 많은 부분을 동생에게 희생했던 누이, 긴 시간 거처를 제공해 준 고모님 댁과 큰댁을 비롯한 친지들에 대한 고마움도 평생 안고 살고 있다.

대학입학 전까지 나는 세상에 대한 불만이 많았다. 세상이 평등하지도, 정의롭지도 않다는 생각이 들었다. 노력한 만큼의 정당한 인정을 못 받는 사람이 너무 많다고 느꼈다. 그래서 소외된 사람들을 위한 일을 할 수 있는 직업을 갖고 싶었다. 정치가가 떠올랐다. 정치가가 되겠다고 마음먹었다. 인문사회 계열에 집착했던 것도 이와 무관하지 않았다. 그런데 뜻하지 않게 친구(류장수 박사, 전국대학검정고시동문회 초대 회장, 현 ㈜AP위성 대표)의 권유로 공과대학에 가게 되었다.

대학 1학년 1학기 교양 과정 때까지도 그 꿈을 버리지 않았다. 1학년 2학기 때 일이다. 친구 같은 선배(장원달, 당시 한국외국어대학교 검정고시동문회장)와의 대화가 내 생각에 변화를 주었다. 본인이 정치학 강의를 듣고 나니, "정치학이란 본질적으로 사람을 속이는 기술학이다. 상대를 제거해야 할 때는 냉혹하게 쳐내야 한다. 온정주의로는 정치가로서 성공할 수 없다."는 점을 알게 되었다는 것이다. 정치가는 근본적으로 나의 적성에 맞지 않는다는 것을 알게 되었다. 그렇다면 앞으로 나는 어떤 직업을 가질 것인가?

검정고시 동문과의 소중한 만남

1973년 어느 봄날, 다니고 있던 D학원 게시판을 통해 검정고시 출신 모임을 알리는 게시물을 보게 되었다. 검정고시 출신으로 대학에 간 분들이 대학입학 준비생들을 찾아와 면담하는 자리였다. 함께 입학시험을 준비하면서 친하게 지내다가 서울공대 기계공학과 2학년이 된 류장수 친구가 중심인물 중 한 사람이었다. 후에 많이 친하게 된 심창섭 선배이자 친구(당시 서울공대 응용물리학과 3학년)도 그때 처음 만났다. 예비 입학시험을 볼 기회를 줄 테니 참여하라는 것이었다. 나를 포함하여 많은 사람(50명쯤은 된 것으로 기억됨.)이 기꺼이 참여했다. 행사를 주관한 분들께 고마움을 전하고 싶다. 50년 가까이 지난 지금도 그 당시 만났던 사람 중 여러 명과 교류하고 있다.

대학에 입학 후 1학년 때부터 검정고시동문회(내가 다니던 대학교의 동문회명은 '고우회(考友會)' 활동을 적극적으로 했다. 2학년 때 '고우회' 회장을 하면서 제4대 전국대학검정고시동문회 회장도 맡았다. 당시에 전국대학검정고시동문 카니발을 주최했던 일이 생각난다. 강남 어느 업소를 통째로 빌려 진행한 행사였다. 시간에 맞춰 남녀 200쌍 정도가 행사장으로 몰려오는데, 갑자기 경찰관이 찾아와 행사 중지 요청과 함께 출입을 통제하는 것이었다. 데모 우려가 있는 대규모 집회라는 것이 이유였다. 경찰서로 찾아가 검정고시동문회와 행사의 성격을 설명하면서 한 시간 넘게 통사정했던 기억이 난다. 행사 시간 30분 이상이 지나서야 허락을 받아 진행하게 되었다. 전국대학검정고시동문회로서는 처음이었던 이 행사가 지금도 강남을 지날 때면 생각나곤 한다.

대학 시절, 검정고시동문회는 나의 많은 부분을 차지했다. 동문회 활동과 동문회에서 만난 친구, 선후배들과 보낸 시간이 다른 어떤 활동보다 큰 비중을 차지했다. 다른 친구들이 고등학교 동문 모임을 할 때 소외감을 덜 느낀 것도 검정고시동문회가 있었기 때문이었다. 졸업 후 사회에 나가면 검정고시 출신 후배들을 위해 한 역할을 하겠다는 생각을 수없이 하면서 대학생활을 했다. 사회에 진출 후 그 생각을 제대로 이행하지 못해 한편으로는 부담감을 지금도 느끼고 있다. 충북검정고시동문회 창립에 기꺼이 앞장섰고, 초대 회장을 맡아 조그마한 봉사라도 할 수 있었던 것도 대학 시절 가졌던 생각이 영향을 미친 것 같다.

2022년 말부터 고우회 회장직을 맡고 있다. 고우회 창립 연도가 1973년이니, 올해 2023년이 창립 50돌을 맞는 해다. 며칠 전 창립 50주년 기념식을 모교 교수회관에서 했다. 때마침 내가 회장직을 맡아 치른 행사여서인지 남다른 감회가 느껴졌다. 앞으로도 검정고시동문회의 소중함만은 간직하고 싶다.

건축학과 진급과 인생 목표 형성

대학 1학년 2학기 초, 정치가가 되겠다는 꿈을 버린 후 장래 직업에 대한 생각을 자주 했다. 2학기가 끝날 때쯤 생각이 정리되었다. 후학 양성이 내가 사회를 위해 할 수 있는 최선의 길이라는 생각이 들었다. 그래서 대학교수가 되겠다고 마음을 정했다. 아마도 때로는 실망스런 교수님을, 때로는 존경스러운 교수님을 만나면서 자연스럽게 형성된 꿈이었던 것 같다. 그때 이후 그 생각은 한 번도 바뀌지 않았다.

자연 계열로 입학한 나는 2학년 진급할 때, 입학 성적과 대학 1학년 학점을 합산해 희망하는 학과를 배정받아야 할 상황이었다. 나는 건축학과를 지망했다. 이것 역시 류장수 친구가 영향을 미쳤다. 다행히 희망했던 건축학과를 배정받았다.

2학년이 되면서 나에게 행운이 왔다. 우연한 기회에 대학교 내에 있는 '정영사(正英舍)'라는 기숙사에 들어가게 되었다. 성적이 우수한 지방 출신 학생에게 특혜를 주는 기숙사다. 박정희 대통령의 '正'과 육영수 여사의 '英'을 따서 기숙사 명칭을 정했다고 한다. 한 학년에서 30~40명을 선발했다. 단과대학별 정원이 있는데, 공과대학 재학생에게는 1년에 3~4명 정도에게 기회가 주어졌다. 기숙사비가 공대 기숙사인 청암사의 3분의 1 수준이었다. 육영수 여사 생전에는 매년 명절 때 사생 전체를 청와대로 초대해 식사를 함께했다는데, 내가 입사했을 때는 작고한 후라서 그런 기회는 없었다.

나의 대학생활에서 정영사가 미친 영향이 크다. 같은 과 학생은 같은 방에 들어갈 수 없는 규정 때문에 룸메이트는 항상 다른 전공 학생이었다. 자연스럽게 여러 전공 학생들과 교류가 일어났다. 나의 지식과 인격을 형성하는 데나 다양한 인적 교류에 많은 도움이 되었다. 성적이 일정 수준에 미달하면 퇴사하도록 되어 있어 학교 성적에 보다 신경을 쓰는 계기가 되기도 했다. 기숙사에서 함께 생활했던 동년배 10명의 부부 모임(일정회(一鼎會), 한솥밥 모임)은 10년 전쯤 한 친구가 세상을 떠나는 아픔을 겪었지만, 45년이 지난 지금도 잘 이어 가고 있다.

사생들은 나름 자긍심을 갖고 대학생활을 했다. 어느 날 사생총회장에서 뜻하지 않은 논쟁이 벌어졌다. 갑자기 어느 학생이 일어나 일장 연설을 했다.

"독재자 박정희 이름을 딴 기숙사에서 박정희가 지원해 준 돈으로 호의호식하면서 지내고 있는 우리 자신을 냉철하게 돌아봐야 하지 않겠습니까?"

순간 분위기가 싸늘해졌다. 나 자신도 부끄럽다는 생각이 들 만큼 설득력 있는 연설(?)이었다. 그 순간 다른 학생이 벌떡 일어나 주장했다.

"박정희가 자기 개인 돈으로 우리를 지원해 줍니까? 국민이 낸 세금으로 지원하고 있습니다. 왜 우리를 지원하겠습니까? 열심히 공부해서 사회에 나가 국가를 위해 많은 일을 하라는 뜻입니다. 죄의식 가질 필요 없이 열심히 공부해서 졸업 후 국민에게 진 빚을 갚도록 합시다."

공감했다. 찜찜했던 마음이 일부 해소된 느낌도 들었다. 내가 받은 혜택을 졸업 후 사회에 돌려주어야겠다는 생각으로 이어졌다.

대학입학 전까지 수차례 실패를 경험하면서 사회에 대한 원망이 많았던 나였다. 하지만 대학입학 후 생각이 바뀌었다. 대학생활을 하면서 나는 사회로부터 많은 배려를 받았다. 내가 다닌 국립대학교의 등록금은 사립대학교의 3분의 1 수준이었다. 얼마 되지 않은 등록금도 교내 혹은 교외 장학금으로 충당되었다. 거기다 기숙사비도 많이 저렴했다. 그나마도 사생 중 10명 대상인 특별장학생에 선발되어 면제받기도 했다. 중고등학생들을 가르치는 아르바이트 덕분에 생활하는 데도 크게 어렵지 않았다. 대학원 다닐 때는 교수요원으로 선발되어 등록금 전액 면제와 생활비도 일부 지급받았다. 모두가 국가와 기업이 미래 세대를 위한 조건 없는 투자였다.

어느 날 문득 내가 사회로부터 분에 넘치는 배려를 받고 있다는 것을 알았다. 언젠가 기숙사 사생총회에서 느꼈던 것, '졸업 후 어떤 형태로든 사회로부터 진 빚을 갚아야 한다'는 생각이 40년이 훨씬 지난 지금까지도 마음의 빚으로 남아 있다.

첫발을 내딛기 위해

대학에 입학하면서 실시한 신체검사 결과 폐가 좋지 않다는 판정을 받았다. 그로 인해 군대 신체검사에서도 보충역 판정을 받았다.

대학 2학년 1학기를 마치고 보충역 일원으로 군에 입대했다. 훈련소 입소 첫날 군의관실로부터 호출이 있었다. 폐가 좋지 않으니 귀가 조치를 취하겠다는 것이다. 휴학까지 하고 힘들게 입대했던 나는 꼭 귀가를 해야 하냐고 물었다. 본인이 원하면 복무할 수 있는 수준이라고 했다. 무척 다행스러웠다. 덕분에 고향집에서 출퇴근하면서 방위병으로 복무할 수 있었다. 어린 시절 부모 곁을 떠난 후 방학 때 잠깐씩 머물던 것을 제외하면 12년 만에 1년 동안 부모님과 함께 지낼 수 있었다. 가족과 고향에 대한 인식을 새롭게 갖는 기회이기도 했다.

복학 후 다시 기숙사(정영사)에 입사할 수 있었지만, 방학 동안에는 기숙사 문을 닫기 때문에 방학만 되면 늘 어려움이 있었다. 서울에 있는 친척집 신세를 많이 졌다. 큰댁·작은댁·고모님 댁·큰집 누이 댁, 어려운 시기에 도움을 준 친척분들을 잊지 않고 있다. 특히 아무 때나 찾아가도 싫은 내색하지 않고 받아 주셨던 작은고모님과 고숙님에 대한 고마운 마음은 퍽이나 크다.

대학 4학년 2학기가 되면서 졸업 후 진로를 정해야 할 때가 되었다. 교수가 되기 위해 대학원 진학을 염두에 두고 있었지만 부모님은 취직하기를 원했다. S기업으로부터 무시험 입사 기회가 주어져 일단 원서를 냈다. 합격 통지를 받고 약간의 갈등을 느꼈지만 취직을 포기하고 대학원 입학 준비에 집중했다.

그해 내가 다닌 S대학교 공과대학에 교수요원 제도가 처음 도입되었다. 교수요원이 되면 군대 면제와 등록금 전액 면제에 약간의 생활비를 지급받는 제도다. S대학교 공과대학을 졸업한 우수 재원을 한국과학원(현 KAIST)에 지나치게 많이 빼앗기는 문제를 해결하고자, S대학교 공과대학에 한국과학원 수준으로 지원하는 한시적 제도였다. 나는 교수요원으로 선발되었다. 이미 군대를 다녀왔기 때문에 군 혜택은 따로 받지 않았지만 경제적으로 큰 도움이 되었다. 이것 또한 내가 우리 사회로부터 진 빚으로 남아 있다.

대학원에 다니는 동안 KIST(한국과학기술연구원)에 근무하고 싶었다. 나의 전공에 가까운 부서로 환경공학부가 있었다. 무턱대고 환경공학부장을 찾아가 근무하고 싶다고 했다. 요구받은 몇 가지 서류를 제출하고 나서 연구원으로 채용되었다. 석사과정 시절 6개월여 짧은 기간이었지만 환경공학에 친숙해지고, 우리나라 환경문제의 심각성을 느낄 수 있는 계기가 되었다. 아마도 후에 내가 환경보전에 많은 관심을 가진 데도 이 시기 경험이 영향을 미친 것 같다.

석사과정 1학년 2학기 후반에 국토연구원으로 옮겨 근무하게 되었다. 처음 참여한 과제가 '전주 도시 기본계획'이었다. 토지이용계획과 도시개발 부문을 맡았었는데, 무척 흥미로웠다. 다른 사람이 퇴근한 후에도 혼자 남아 일을 한 경우가 많았다. 밤 열한 시가 되면 손전지를 들고 나타난 수위 아저씨 요청으로 강제 퇴근하곤 했던 일이 추억으로 남아 있다. 그때는 하던 일이 재미있었고 보람도 느꼈다. 한참 지난 후에야 한 도시의 도시계획, 특히 토지이용계획을 수립하는 것이 얼마나 중요하고 어려운 일인지를 알게 되었다. 대학에서 도시계획 몇 강좌를 듣고 나서 특정 도시의 토지이용계획을 수립한 것은 무모한 일이었다. 국토연구원에서 일하던 시절은 몰라서 용감했던 것 같다.

대학교수로 첫발을 떼다

석사 학위 논문을 쓰고 있던 어느 날, 학교 교문 앞에서 대학 진학 학원에서 알던 친구를 오랜만에 만났다. 나보다 2년 먼저 같은 대학 토목공학과에 입학했던 친구다. 근황을 물었더니, 박사 과정 2년 차면서 충북대학교 공과대학 토목공학과 교수로 재직 중이라고 했다. 당시 규정에 따르면 전임강사 임명 조건이 석사 후 1년 이상 연구 경력을 갖추어야 한다(박사 학위가 없는 경우 전임강사를 거쳐 2년 후 조교수로 임명되었다.). 나는 석사 학위를 받더라도 연구 경력 1년이 없는 상태였다. 깊은 생각 없이 혹시 내가 갈 수 있는 자리가 있는지 알아봐 달라고 부탁했다. 며칠 후 연락이 왔다. 건축공학과 학과장과 상의한 결과 긍정적 반응을 받았다고 한다. 충북대학교에 방문해 해당 교수님을 만나 상의 후 원서를 제출했다. 영어시험과 면접을 거쳐 합격 통지서를 받았다.

며칠 후 연구 경력 1년이 부족하기 때문에 1년간 강의 전담 조교로 근무하다 1년 후 전임강사로 임명하겠다는 연락이 왔다. 한동안 망설임 끝에 발령을 받기로 결정했다. 교문 앞 우연한 만남이 충북대학교와 36년 인연으로 이어지리라고는 생각하지 못했다. 높은 경쟁률 상태에서 임용 자격 요건도 못 갖춘 나를 미리 선발한 것이 엄청난 배려였음을 한참 후에 알았다. 인생을 살아오는 동안 중요한 결정의 상당 부분이 예기치 못한 상황에서 이루어진 것 같다. 행운과 우연의 산물인가, 아니면 루이 파스퇴르 말처럼 '기회는 준비된 사람에게만 오는 것'인가.

이듬해 박사 과정에 입학하고 동시에 충북대학교 공과대학 건축공학과에서 근무를 시작했다. 1년간 신분은 조교였지만 한 학기 18시간 강의를 맡았고, 교수실까지 배정받았다. 모두 '교수'라고 불러 그냥 교수로 착각하고 1년을 보냈다. 하지만 많은 강의를 맡으면서 박사 과정을 수강해야 하는 험난한 생활이었다. 당시 서울 청파동 하숙집에서 출퇴근과 통학을 했다. 어려운 시기에 하숙집 아주머니와 아저씨의 따뜻한 보살핌이 큰 힘이 되었던 것 같다. 해가 바뀌어 1982년 3월 1일 전임강사로 임명받았다. 대학 1학년 때 목표로 설정했던 대학교수로 첫발을 이렇게 내딛었다.

아내와 함께 이겨 낸 시간

1980년 말 석사 학위 논문을 완료한 후 충북대학교에 근무할 이듬해 3월까지 두 달여 여유 있을 때 일이다. 대학 학과 선배님이기도 한 국토연구원 이건영 박사님(후에 국토교통부 차관, 국토연구원장 역임) 요청으로 국토연구원에서 연구 업무를 돕게 되었다. 그때도 종종 다른 사람이 퇴근한 후 혼자 남아 일을 하곤 했다. 1981년 2월 어느 날 저녁 늦은 시간, 연구원 내 대선배님께서 혼자 있는 저에게 오시어 지금의 아내를 소개시켜 주었다. 우리는 그해 11월 1일 결혼을 했고, 42년이 지난 지금까지 2녀를 두고 잘살고 있다. 인생을 살면서 찾아온 행운의 상당 부분은 우연의 산물이 맞는 것 같다.

우리 결혼식은 조금 특별했다. 대학 다닐 때 생활했던 기숙사(정영사) 뜰에서 후배 사생들이 정성 모아 깔아 준 노란 은행잎 카펫을 밟고 한복 차림의 신부가 입장했다. 기숙사 식당 아주머니들의 정성이 깃든 국수와 하숙집 아주머니께서 결혼식 피로연에 사용할 떡을 주문하여 머리에 이고 가져오던 것도 잊을 수 없다. 모두 주변 사람들의 특별한 배려가 있었기에 가능한 일이었다.

시간이 한참 지난 후, 나의 결혼식 준비를 위해 고생한 후배들에게 저녁 식사를 대접하게 되었다. 참석한 후배들은 결혼식 며칠 전부터 노란색 은행잎만 골라 몇 가마를 모으느라 고생했던 후일담을 늘어놓았다. 식사 한 끼로 넘길 일이 아니라는 생각이 들 정도로 여러 사람의 노고로 이루어진 예식이었다.

우리 결혼식은 매스컴을 탔다. 중동에 파견돼 근무하던 대학 졸업 동기가 음악 사이에 나온 고국 소식을 통해 알게 되었다고 하면서 결혼 안부를 물어오기도 했다. 하지만 결혼하는 과정이 순탄치만은 않았다. 장인 될 어르신의 완강한 반대에 부딪혔다. 끝까지 허락받지 못한 채 결혼을 강행하게 되었다. 후에 원만한 관계를 갖게 되기는 했지만 늘 마음 한구석에 석연치 않은 부분으로 남아 있다.

충북대학교에서 근무를 시작한 1981년, 박사 과정에 입학했다. 첫

1년은 서울에서 청주로 출퇴근을 했고, 이듬해부터 청주에서 서울로 통학했다. 피로가 많이 쌓였던 것 같았다. 박사 과정 3년 차 중간에 늑막염 진단을 받았다. 치료를 받으면서도 강의하며 서울로 통학했다. 병원에 다니면서 지속적으로 치료를 받았지만 병세는 갈수록 악화하여 일상생활이 힘든 상태에 이르렀다. 어렵게 박사 과정 과목을 모두 이수하고 나서 충북대학교에 2개월 병가를 냈다. 걷는 것이 불편할 정도로 병세는 악화되었다.

그즈음 우연한 기회에 늑막염 치료에 정통한 한의원을 소개받았다. 반신반의하면서 어렵게 음성에 있는 해당 한의원을 찾았다. 무수히 많은 늑막염 환자를 한 명도 실패 없이 모두 치료했다는 한의사를 믿고 처방해 준 한약을 먹었다. 신기하게도 일주일이 채 안 되어 몸 상태가 현저하게 좋아졌다. 일주일분을 더 먹고 나니 완치되었다. 그런데 육아에, 남편 간호까지 겹쳐 고생하던 아내가 늑막염 진단을 받았다. 모든 게 나 때문인 것 같아 마음이 아팠다. 아내를 데리고 그 한의원을 찾았다. 초기 단계이기 때문에 일주일분 약만 먹으면 완치될 것이라는 한의사 말에 조금은 안도하는 마음으로 약을 처방받았다. 정말 일주일 만에 완치되었다.

지금 생각해도 신비한 약이다. 종종 그 시절 어려웠던 상황과 아픔이 떠오를 때가 있다. 그럴 때면 아내에 대한 미안함과 감사의 마음이 함께한다. 한의원을 소개해 준 복덕방 할머니와 치료해 준 한의사 선생님을 잊을 수가 없다.

1985년 말, 박사 학위 논문 작성을 본격적으로 시작했다. 우연한 기회에 읽은 『인간생태학』 책 한 권이 무척 흥미를 끌었다. 도시 속에서 인종이나 소득 계층에 따라 주거지를 선택하고 옮겨 가는 현상을 생물생태학 이론으로 해석하는 학문이다. 1900년대 초 미국 시카고대학 사회학자 중심으로 시작했는데, 점차 지리학자들의 영역으로 옮겨 왔다. 나는 이 이론을 도시 중심부의 토지이용 변화 현상에 적용하는 것을 주제로 한 논문을 쓰기로 결정했다.

논문 주제 관련 사회학 논문과 지리학 논문은 물론 생물학 책도 상당량 읽어야 했다. 학교에서 수업만 하고 집으로 와서 논문 작성을 했다. 관련 논문과 책을 읽고 관련 부분을 발췌하는 작업이 끝없이 이루어졌다. 이 작업을 1년 가까이 진행하다 보니 몸이 많이 약해졌다. 너무 피곤해 잠깐 누우면 귀에서 비행기 소리가 점점 세게 들려오다 '꽝!' 하고 폭탄이 터지는 것 같았다. 이명 현상이 온 것이다. 이명 현상이 두려워 아무리 피곤해도 잠을 잘 수가 없게 되었다. 마음이 불안하여 쉴 수도 없었다.

유일한 돌파구가 토요일 오후 모든 일을 제쳐놓고 테니스를 치러 가는 것이었다. 늘 한두 게임만 하고 바로 돌아올 요량으로 집에서 출발한다. 하지만 테니스 게임이 끝나면 '맥주 한잔만 하자.'는 반강제적 요구로 끌려갔다가 밤늦게까지 붙잡혀 술집을 벗어나지 못하곤 했다. 매주 토요일마다 같은 현상이 반복되었다. 당시에는 매주 나를 맥줏집으로 끌고 가고 일찍 집에 못 가도록 붙잡았던 친구가 원망스러웠지만, 지나고 보니 그 친구가 위태로웠던 시기에 쉬어가게 해 준 나의 생명의 은인이었던 것 같다. 우여곡절을 거쳐 1987년 8월 공학 박사 학위를 받았다.

당시는 개인 컴퓨터가 보급되기 전이었기 때문에 모든 논문 초고를 필사본으로 작성했다. 심사 과정에서 지적받으면 많은 부분을 다시 손으로 써서 재작성해야 했다. 200쪽이 넘는 초고를 수차례 다시 작성하는 과정을 거쳤다. 이 모든 작업을 아내가 담당해 주었다. 당시 아내는 두 딸을 육아 중이었다. 아내가 겪은 고충과 당시 느낀 미안한 마음은…, 지금도 나는 박사 학위 절반은 아내 몫으로 느끼고 있다.

공학 박사 학위 수여식 날 가족과 함께 서울대학교 교정에서

아내는 높은 지식과 재능을 가지고 있으면서도 자식과 남편 뒷바라지에 헌신했다. 아내가 없었다면 지금의 나는 없었을 것이다. 은행나무는 동식물 대부분이 멸종한 빙하기를 거치고도 살아남았다고 한다. 은행잎으로 가득했던 결혼식을 시작으로, 아내와 나는 수많은 아픔을 함께 이겨 냈다. 앞으로도 그러고 싶다. 빙하기를 거치고도 살아남은 은행나무와 같이.

충북대학교 생활을 돌아보면

나는 초등학교 동기가 대학을 졸업할 나이에 입학했다. 남보다 늦게 입학했다는 생각을 늘 안고 살았다. 빨리 가야 한다는 강박관념이 마음 한곳에 있었다. 그래서 더 치열하게 살았는지 모르겠다. 시간이 흘러 충북대학교에서 전임강사, 조교수, 부교수를 거쳐 정교수 임명장을 받게 되었다. 그 후 어느 날, 충북대학교 소속 정교수 중 나보다 나이가 적은 사람이 별로 없다는 것을 알게 되었다. 깜짝 놀랐다. 그때 비로소 늦었다는 강박관념에서 벗어나지 않았나 싶다.

충북대학교에는 도시공학과가 없었기 때문에 건축공학과 교수로 시작했다. 도시계획 관련 과목과 함께 건축 관련 과목과도 함께 맡았다. 충북대학교에 도시공학과를 설립하고 싶었다. 학과 교수들과 상의하여 도시설계학과를 신청했다. 하지만 공과대학 문턱을 두 차례

나 연거푸 넘지 못했다. 3년째에는 다른 교수들의 의견을 받아들여 도시공학과로 신청했다. 어렵게 공과대학과 대학본부 문턱을 넘어 교육부의 인가까지 받게 되었다. 1987년 말 일이다. 나는 당연히 학과 소속을 도시공학과로 옮기는 것으로 생각했는데, 여기에도 복병이 있었다. 1년 가까이 수차례 난관을 거쳐 1989년 12월 도시공학과로 소속을 옮기게 되었다. 대학교수로서 그리고 도시계획 분야 학자로서 새로운 출발을 하게 된 해다. 세상에 쉽게 성취할 수 있는 것은 별로 없다는 진리를 새삼 깨달았던 때이기도 했다.

시간이 지나 생각하니, 30대 건축공학과 교수로 있는 동안 선배 교수, 동료 교수께 철없는 행동을 많이 한 것 같다. 불필요한 고집을 피웠던 일, 선배 교수님의 간곡한 부탁을 순전히 자존심 때문에 거절했던 일, 학생들 앞에서 선배 교수님과 지나치게 옳고 그름을 가리려 했던 일……. 내 전공과목도 아니면서 단순히 관심이 많다는 이유로 무리하게 강의를 담당했던 것도 지나고 나서 생각하면 사려 깊지 못한 행동이었다. 30대 때 맡았던 청주시 건축위원회, 충청북도 문화재전문위원회, 충청북도 도시계획위원회 위원 등도 행정행위 정당화 수단으로 위원회를 운영하는 행태의 시정을 요구하면서 모두 임기 중에 사표를 냈던 기억도 아픔으로 남아 있다. 당시 철저하게 옳다고 믿었던 것들이 시간의 흐름 속에서 허무하게 무너지는 것을 자주 경험하게 된다.

때로는 고민한다. 우리 사회에 만연한 비합리적 사항에 대해 아무도 저항하지 않는다면 우리 사회의 미래 비전을 기대할 수 없지 않은가. 그런데 왜 꼭 내가 그 저항자가 되었어야 했던가. 많은 생각이 교차한다. 나이가 들어갈수록 관행을 넘는 변화를 추구하는 데 따른 현실적 어려움을 인지하게 된다. 나도 모르는 사이에 현실과 이상 사이의 접점을 찾으려 애쓰고 있는 나 자신도 발견하곤 한다. 다소 무모했던 젊은 시절의 나의 삶 행태를, 젊은 에너지가 있었기 때문에 가능했던 일, 어쩌면 그때만이 내가 사회를 위해서 할 수 있었던 일을 하려고 했던 것으로 받아들이고 싶다. 하지만 사회에 대한, 때로는 나 자신에 대한 나의 질문은 남은 삶 시간 내내 이어질 것 같다.

작은 역할이라도 사회를 위해

대학에서 소속 학과를 도시공학과로 옮기면서 학술 활동도 보다 활발해졌다. 대한건축학회, 한국공간환경학회, 한국지역개발학회, 한국도시지리학회 등 여러 학회에서 활동했지만 나의 학술 활동 중심은 대한국토·도시계획학회다. 이 학회는 우리 분야 학회 중 가장 역사가 깊고 회원수가 8,000명이 넘어 관련 학회에 비해 압도적으로 많기도 하지만, 전공 분야 면에서도 나의 연구 분야와 가장 밀접하다. 나는 대한국토·도시계획학회에 특별한 애착을 갖고 활동해 왔다.

어느 날 학계 대선배 교수님으로부터 학회 이사직을 맡아달라는 전화를 받았다. 이렇게 대한국토·도시계획학회 운영진으로 진입이 시작되었다. 이사직을 맡고 나서 보니 내가 가장 나이가 어렸다. 몇 년 후 다른 선배 교수님으로부터 학회 상임이사직을 맡아달라는 연락이 왔다. 아직 때가 안 된 것 같다는 말씀을 전했지만 결국 맡게 되었다. 역시 나보다 더 나이가 적은 상임이사는 없었다. 이런 과정을 거쳐 학회의 주요 위원회 위원장을 맡아 순조롭게 회장단으로 진입할 수 있는 위치에 오게 되었다. 하지만 예상하지 못한 상황이 발생해 부회장 진입 과정에서 치열한 선거를 치러야 했다. 한차례 고배를 마셨다. 같은 상대와 치른 두 번째 선거에서 성공하여 부회장직을 수행하게 되었고, 이어 회장직을 맡게 되었다. "세상에 쉽게 얻을 수 있는 큰 열매는 없다."는 진리를 다시 한번 깨달을 수 있는 시간이었다.

2008년부터 2년간 대한국토·도시계획학회 회장직 수행은 내 인생의 큰 전환점 중 하나다. 소중한 경험의 기회가 다양하게 주어졌고, 그 경험과 경력은 지금까지도 나의 활동에 상당한 영향을 미치고 있다.

학술 활동 외에 자문위원회와 심의위원회 활동도 많았다. 대학 내 청주시 소속, 충청북도 소속, 여타 지방자치단체 소속, 국토교통부 소속, 환경부 소속, 국무총리실 소속, 대통령 직속 위원회 등을 모두 합치면 100개가 넘을 것 같다. 그중 행정수도건설추진위원회 위원, 행정중심복합도시건설추진위원회 위원, 대통령 직속 지속가능발전위원회 분과위원장, 국무총리실 도시재생특별위원회 위원, 국토교통부 중앙도시계획위원회 분과위원장, 충청북도 도정정책자문단 위원장, 세종시 정책자문위원회 위원장 등으로 활동했던 것이 기억에 많이 남는다. 최근에 수행한 세종시 총괄계획가와 행정중심복합도시 총괄기획가로서의 활동 또한 보람 있는 일이었다.

시민단체 활동과 지역사회 운동

시민단체 활동도 비교적 많이 했다. 1990년대 중후반, 정부가 서울 강남·잠실 지역 일대를 대상으로 대대적인 재건축 계획을 발표했다. 멀쩡한 아파트를 부수고 새로 아파트를 짓겠다는 것이었다. 도시계획 분야 학계의 우려 목소리가 높았다. 자원 낭비 문제, 아파트 철거에 따른 엄청난 폐기물과 환경문제, 도로 등 도시기반 시설을 그대로 둔 채 밀도를 높이는 데 따른 교통체증 등 도시문제들이 제기되었다. 도심에 있는 소형 아파트를 없애면 저소득자들이 도심에서 쫓겨나게 되는 등 사회문제까지 부각되었다.

1997년 이 같은 문제의식을 공유하는 사람들이 모여 경실련에 도시개혁센터를 설립했다. 나는 초대 도시재생위원회 위원장을 맡아 재건축 문제, 도시 난개발 문제를 비롯한 도시문제의 실상을 세상에 알리는 기자회견을 수차례 했다. 이어 경실련 도시개혁센터 운영위원장·대표·이사장직을 맡았었고, 경실련 중앙위원회 부위원장을 역임했다. 그 시기 환경운동연합, 환경정의시민연대 등과 수시로 연대 활동을 했다. 국토 난개발 문제를 제기하여 국토계획법을 탄생시키는 데 한몫을 했던 일, 개발제한구역을 지키기 위해 전국 130여 개 단체와 연합하여 반대했던 일은 지금도 잊히지 않는다.

지역사회 운동에도 적극적으로 참여했다. 가장 기억에 남는 활동은 KTX 오송역 유치운동이다. 1990년 전후 KTX 경부선 노선이 충북을 경유하지 않고 조치원 서쪽을 통과하는 것으로 결정됨에 따라 충북도민의 반대 목소리가 높았다. 노선을 충북 오송 지역을 지나도록 바꾸기 위한 지역사회 운동에 5년여 기간 동안 많은 에너지를 쏟았다. 투쟁에 가까운 힘들고 지루한 운동이었지만, 정부가 KTX 경부선 본선의 오송 경유로 정책 변경을 발표하던 날의 기쁨은 쉽게 잊을 수 없다.

하지만 바로 이어서 또 하나의 지역사회 운동이 시작되었다. KTX 경부선과 호남선의 분기역이 천안으로 계획되어 있는 것을 오송으로 바꾸고자 하는 운동이었다. 호남선을 오송 경유해 충북선을 거쳐 강릉으로 이음으로써 국토 X축 고속철도망을 형성시켜야 한다는 논리가 바탕이 되었다. 이렇게 시작한 KTX 오송 분기역 유치운동이 다시 5년 이상 이어졌다. 참으로 험난한 과정을 거쳐 KTX 오송 분기역이 결정되었다. 물론 충청북도 도민 전체가 합심하여 이루어 낸 성과지만, 함께 참여하여 긴 시간 열정을 쏟았던 한 사람으로서 오송역에 갈 때마다 뿌듯한 보람을 느끼곤 한다.

당시 10여 년 동안은 학자로서의 활동보다 국토를 지키고 도시를 개혁하기 위한 사회활동가로서의 역할이 더 크지 않았나 싶다. 나이 60대 중반에 이르러 세종환경운동연합 창립에 참여하여 초대 공 동대표를 맡아 활동하였고, 이어서 세종시 지속가능발전협의회 회장을 맡아 2년간 수행했다. 내가 한 일이 크지 않을지라도 우리 사회를 위해 조그마한 역할이라도 해 왔다는 것에서 의미와 보람을 느끼고 있다. 앞으로도 사회를 위해 할 수 있는 일이 있다면 힘이 닿는 대로 하고 싶다.

시대 변화 속에서 내가 추구해 온 가치는?

나는 1970년대에 대학을 다녔다. 공부해 온 건축학과 도시계획 영역은 공과대학에 속한다. 하지만 학문 특성상 사회적 실천 분야에서 활동해 왔고, 관심사는 시대 변화와 함께 바뀌어 왔다.

특히 나는 전국적으로 펼쳐졌던 새마을운동 등으로 인해 우리 골목길과 건축물이 파괴되는 현장을 보면서 대학에 다녔다. 이를 마음 아파하면서 풍수지리 책을 끼고 전통마을과 사찰 건축 등을 찾아 전국을 누비던 시절이 있었다.

1980년 전후에는 재개발에 의해 서민들의 주거지가 철거됨에 따라 살던 지역에서 쫓겨난 주민들을 보면서 달동네를 찾아다닌 기억도 아련하다. 달동네 주민들의 힘들게 사는 생활상, 그러면서도 인간미 넘쳤던 모습들이 남은 인생에 상당한 영향을 미친 것 같다. 당시 밀려들어온 외국 자본과 그와 결탁한 매판 자본에 대한 위기감을 갖고 종속이론 등에 심취하여 갑론을박하며 밤을 지새우던 기억도 새롭다. 요즈음 외국 자본을 유치하기 위해 노력하는 모습과 중첩되어 겸연쩍은 웃음을 짓기도 한다.

1980년대 후반에는 개발에 의해 이곳저곳에서 자연이 파괴된 것에 분노했다. 때로는 참나무 수림대, 두꺼비 서식지 등을 보전하기 위해 동분서주하기도 했다. 특히 개발제한구역을 지키기 위해 보냈던 긴 시간은 잊히지 않는다.

2000년 전후에는 오랜 관행으로 밀실에서 진행해 오던 도시계획을 주민과 함께 만들어 가는 데 관심을 가졌다. 우리나라 최초로 청주시 도시계획을 주민 참여형으로 실행하는 과정에서 겪었던 어려움이 많이 생각난다. 그때의 경험과 실적이 이후 나의 학문적 영역을 형성하는 데 기틀이 되었던 것 같다. 제도권에 있었던 사람으로서는 드물게 마을 만들기를 실천하는 대열에 참여할 수 있었고, 이후 국가정책으로 이어지는 도시재생 연구에 앞장설 수 있었던 것은 이 덕분이 아닌가 싶다.

50세 넘어 교육자로서 위기가 찾아왔다. 어느 날부터 학생들이 나의 강의 내용에 흥미를 덜 갖는 것을 느꼈다. 여전히 나는 강의에 열정을 갖고 있었는데……. 학생들과의 대화 끝에, 도시개발 분야에 민간부문의 참여가 활발해지면서 관 중심의 정통적 도시계획에 대한 관심도가 줄어들었기 때문인 것을 알게 되었다. 그때 즈음하여 비교적 활발했던 나의 연구실도 대학원생이 줄어들면서 점점 썰렁해져 갔다. 대학원생들과 긴 시간 대화를 했다. 컴퓨터 보급이 일반화됨에 따라 학생들의 관심사가 컴퓨터를 활용한 분석으로 옮겨 가 있었다는 것을 알게 되었다.

세상이 바뀌었는데 나는? 강의 주안점과 강의방식을 학생 중심으로 바꾸었다. 동시에 남아 있는 대학원생에게 경비를 지원하여 통계 패키지 교육을 받도록 했고, 교육받은 내용에 대해 공동 학습을 하도록 했다. 연구실에 학부 학생들을 모집하여 컴퓨터 패키지 교육을 시키기도 했다. 강의실에 온기는 생각보다 빨리 돌아왔고 연구실의 활기도 되살아났다. 나이 들면서 교육자에게 찾아온 위기를 이렇게 극복해 갔다.

지금까지 나는 수많은 변화를 경험하며 살아왔다. 세상이 바뀌면 그에 따라 나도 바뀌어야 한다는 신념을 갖고 살아왔다. 그럼에도 불구하고 바뀌는 세상에서도 내가 지켜야 할 가치가 있다는 것 또한 나에게 중요한 명제였다. 정겨운 골목길과 우리 건축물이 파괴됨에 마음 아파했던 1970년대의 나, 달동네를 이곳저곳 찾아다니며 의미를 찾았던 1980년대의 나. 환경 훼손과 국토 난개발 문제를 세상에 폭로하고 대안을 제시하며 보냈던 1990년대의 나, 그리고 주민과 함께 마을 만들기에 앞장섰던 2000년대의 나까지. 시대 변화 속에서 내가 추구하는 가치는 무엇이었는가?

진정한 교육자란?

미술사 관련 책을 읽으면서 깊이 느낀 점이 있다.

19세기 초 신고전주의를 대표하는 화가 다비드에게 수제자 그로가 있었고, 19세기 후반 상징주의 화가이자 교육자 모로에게 수제자 마티스가 있었다. 그로는 신고전주의의 경직된 구도를 벗어나려 했고, 색채의 명암이 뚜렷한 회화적 효과를 추구했다. 마티스 또한 전통적인 회화 개념을 부정하고 작가의 본능적 주관을 바탕으로 색채 자체를 강조하였고, 형태의 단순화를 추구했다. 다비드는 튀는 제자에게 엄격한 비판을 가하고 끊임없이 고전적 기법을 요구한 반면, 모로는 튀는 제자에게 "자네는 회화를 단순화시키고 말 거야." 하며 격려해 주었다고 한다. 모로 밑에서 마티스 외에도 루오, 마르케와 같은 뛰어난 제자들이 나왔다. 하지만 스승에게 끝까지 인정받지 못했던 그로는 재능을 다 발휘하지 못한 채 자신의 작품에 대한 불만에 시달리다가 센 강에 투신 자살을 한다. 살롱에 출품해 심사위원장이었던 스승 다비드에게조차 인정받지 못했던 그로는 미술사에서 신고전주의 이후 제리코, 들라크루와로 이어지는 낭만파 미술을 견인한 인물로 기록된다.

대학에 부임한 지 얼마 되지 않았던 1980년대 초반에 있었던 일이다. 2학년생 주택 설계 작품 중 눈에 띄는 것이 있었다. 계곡의 물이 투명한 거실 바닥 밑을 지나가도록 설계하고, 노부모 방을 엘리베이터가 설치된 3층에 옥상정원과 함께 배치한 작품이었다. 학생의 작품은 여러 교수님으로부터 혹독한 평가를 받았다. 노인 침실은 1층에 배치해야 하고, 거실 바닥 밑이 외기에 노출될 경우 에너지 소모 등 유지관리에 문제가 있고……. 대학 2학년생이 첫 번째 습작에서 보여 준 튀는 아이디어를 격려해 줄 수는 없었을까? 마침 건축잡지사로부터 학생작품 하나를 소개해 달라는 부탁을 받았다. 나는 주저하지 않고 이 작품을 소개해 주었다. 이 학생은 졸업 후 우리나라 굴지 대기업에 입사해 역량을 펼쳤다.

우리나라는 이미 후기산업사회에 진입했다. 4차 산업혁명의 물결도 거세게 밀려오고 있다. 창의적 아이디어 없이 경쟁력을 확보할 수 없는 시대가 되었다. 다양성과 개성이 존중되지 않는 사회는 창의적 아이디어를 기대하기 어렵다. 그래서 비전도 없다. 대학이 튀는 사람, 튀는 행위를 포용하지 않으면 안 되는 이유다.

"인류가 만든 그림 중에서 어느 작품이 가장 가치가 있는가"에 대한 물음에 정답은 없지만, 가장 많은 사람이 지목한 작품이 다빈치의 〈최후의 만찬〉이라고 한다. 사회학자 짐멜은 이 작품을 "많은 인물이 등장하지만 한 명의 조연도 없는 작품이다. 현대사회가 어떻게 존속하고 발전해 가야 하는지를 한 장면에 보여 주는 그림"이라고 극찬했다. 그렇다. 우리는 모두가 주연이 되어야 하는 사회에 살고 있다. 대학도 개개인이 존중받고 개성을 살려주는 교육을 해야 하는 사회다.

클림트의 그림 〈생명의 나무〉에 죽음을 상징하는 검은 새가 앉아 있다. 생명의 나무에 무슨 죽은 새인가? 진정으로 살아 있다는 것은 죽음을 필요로 한다. 인간은 세대가 바뀌면서 존속하고, 자연은 계절이 바뀌면서 이어 간다. 지금 도도히 흐르고 있는 강물은 어제의 강물이 아니다. 이전 것이 흘러가고 새로운 것이 끊임없이 흘러 들어올 때 진정한 생명력이 있다. 그렇다면 나에게 진정한 생명력은 어디에서 오는 것일까?

우리는 자신의 조각칼로 자신이 원하는 인재를 조각해 낼 수 있다는 오류를 범할 경우가 많다. 하지만 위대한 리더는 자신의 칼로 인재를 조각하려 들지 않는다. 나는 뒤늦게, 진정한 교육자란 어떠한 것인지를 반문하곤 한다. 시대의 변화를 읽을 줄 아는 사람, 그에 맞춰 나 자신이 변하려고 노력하는 사람이어야 하는 것은 좋은 교육자가 되기 위한 필요조건임이 분명해 보인다.

36년 동안 나는 대학에서 학생들의 숨은 잠재력을 끌어내기 위해 얼마만큼 노력하였는가? 그럴 일은 없겠지만, 내가 다시 대학 강단에 서게 되면 진정한 생명력을 찾기 위해 더 노력하고 싶다. "교육은 그대의 머릿속에 씨앗을 심어 주는 것이 아니라 그대의 씨앗들이 자라나게 해 준다."는 칼릴 지브란의 말을 되새기면서.

남은 생의 꿈

2017년 2월 말, 긴 시간 근무했던 대학을 떠났다. 정년퇴임 10년여 전부터 퇴임 후 생활을 그렸다 지우기를 반복했다. 퇴임 5년여 전에 흙과 보내는 시간을 많이 갖기로 결정하고 조그마한 토지를 구했다. 과일나무를 종류별로 몇 그루씩 지인들과 함께 가꾸겠다는 마음으로 퇴임하던 해 봄부터 심기 시작했다. 그곳에 막걸리 한잔하면서 담론을 즐길 수 있는 작은 공간도 마련했다.

퇴임 후에도 세종시 총괄계획가와 행정중심복합도시 총괄기획가를 맡아 분주하게 지냈다. 이런 종류의 활동은 대학 재직 중에도 늘 하던 것이라서 그런지 마음이 무척 홀가분한 생활이었다. 오랜 시간 소속되었던 대학으로부터의 해방감이 마음을 이토록 가볍게 만들 줄은 생각지도 못했다. 항상 학기 시작부터 기다려지던 방학 같은 기분이었다. 소공동체를 이루고자 했던 꿈은 미완의 상태지만 내 인생 중 가장 행복감을 느끼면서 지내던 시간이었다.

그것은 잠시였다. 2019년 6월부터 LH 토지주택연구원장직을 맡게 되면서 그 행복감은 사라져 버렸다. '이 나이에 조직 생활에서 오는 압박감을 견디면서 살아야 하는지'에 대한 갈등을 안고 하루하루를 지냈던 것 같다. 하지만 공기업에 주어진 역할 일부를 수행하면서 느낀 보람이 제법 컸다는 점을 부인할 수 없다. 공사의 미래 역할에 대한 평소 생각을 실현시키고자 애쓰며 보낸 시간만은 행복감을 느끼며 지내지

LH토지주택연구원장 시절 집무실에서

않았나 싶다.

남은 생애에 사회로부터 받은 것 중 일부라도 갚을 수 있으면 좋겠다. 자본의 논리에 의해 인간성을 상실해 가고 있는 도시 속에서 주민 스스로 자신의 삶의 현장을 만들어 가도록 하는데, 그리고 시장의 논리에서 소외된 사람도 포용하는 도시를 만드는 데 조그마한 힘이라도 보태고 싶다. 흙과 보내는 시간도 늘리고 싶다. 지인들과 함께 과일나무를 가꾸고 열매를 나누어 가는 삶, 막걸리 한잔 놓고 담론을 즐기는 소공동체 꿈을 버리지 않으려고 한다. 시대가 변해도 지켜야 할 가치가 있는 것 같다.

지난 삶을 돌아보면서

철없이 노는 것이 좋아 골목에서, 개천에서, 들에서 그냥 놀기만 하면서 어린 시절을 지냈던 사람. 중학교, 고등학교, 대학교 어느 곳도 순탄하게 입학하지 못하고 수많은 실패를 거듭했던 사람. 고등학교 다닐 나이에 오로지 대학 진학만을 위해 광화문 일대 학원가를 6년 동안 맴돌던 사람. 그러던 사람이 고등학교 학력 검정고시를 통해 천신만고 끝에 대학에 입학하여 공학 박사 학위까지 받았고, 미국으로 건너가 박사 후 연구원(Post Doc.) 생활도 했다. 그리고 36년간 국립대학교수 생활을 했다.

대학교수로서 활동한 긴 세월 동안 주변 사람들의 말을 빌리면, 나는 치열하게 살아왔던 것 같다. 중앙정부와 지방자치단체의 의뢰를 받아 수많은 정책 보고서를 작성했다. 중앙정부와 지방자치단체의 각종 위원회 활동도 수없이 많이 했다. 국토·도시 분야 중심 학회의 회장을 역임했고, 여러 시민단체 대표도 맡았다. 그리고 고희에 우리나라 굴지 공기업 연구원장직을 맡아 수행했다.

초빙교수, 박사 후 연구원으로 미국 대학교에서 다섯 차례 근무했다. 세종시 건설 초기 단계부터 참여했고, 최근까지 세종시 총괄계획가와 행정중심복합도시 총괄기획가로 활동했다. 충북대학교 최우수 연구교원상, 대한국토·도시계획학회 학술상, 국토교통부장관상, 환경부장관상, 국무총리상, 대통령상, 녹조근정훈장, 2019년 자랑스러운 검정고시인상, 그리고 최근 2023년 KOREA AWARDS 사회공헌대상을 받았다. 환경운동 시민단체가 수여한 상, 주민들이 정성 모아 수여한 감사패도 몇 차례 받았다. 내가 하고 싶은 것, 갖고 싶은 것이 더 있을까?

나는 한동안 청소년기에 겪었던 아픔과 세상에 대한 원망을 안고 살았다. 어느 때부터인가 그 아픔과 원망이 사라지고 그 자리에 감사의 마음이 충만해 있다는 것을 알았다. 주변에 고마움을 전해야 할 사람이 수없이 많다는 것도 알았다. 한 사람 한 사람께 마음을 다 전하지 못하고 생을 마칠 것 같아 이렇게라도 감사함을 전하고 싶다.

남은 생애는 평생 자식과 남편 뒷바라지에 헌신한 사랑하는 아내와 함께할 수 있는 시간을 많이 갖고 싶다. 더 하고 싶은 것이 있다면, 소외된 사람을 위해 도시계획가로서 그리고 활동가로서 역할을 하고 싶다. 더 갖고 싶은 것이 있다면, 퇴임 후를 위해 마련한 터에 심어 놓은 몇 그루 과일나무를 함께 가꿀 사람이다. 그 열매를 안주 삼아 막걸리 한잔이라도 함께하면서 담론을 즐길 수 있는 친구면 더 좋겠다.

어린 시절, 나는 공부와는 거리가 멀었다. 그래서 공부를 잘하지 못했다. 중학교부터 고등학교, 대학교에 이르기까지 정상 시기에 입학한 것이 하나도 없다. 아마 학교 입학시험 떨어진 횟수로 치면 지구상에 나만큼 많은 사람이 또 있을까 싶다. 그런 내가 평생 공부하고 가르치는 직업을 택해 36년간 대학에서 후학을 양성한 후 정년퇴임을 하였고, 이어서 박사급 연구원만 100명이 넘은 연구원 원장직을 수행했다. 인생살이가 참 아이러니하다.

윈스턴 처칠이 한 말이다. "연은 순풍이 아니라 역풍에 높이 난다." 두 개 질문을 나 자신에게 던지면서 글을 맺고자 한다. "나는 역풍에 맞서 성장했는가? 나는 높이 날았는가?"